**M.L. Busch** hat nicht Medienkommunikation studiert, ist keine Journalistin und arbeitet auch nicht für verschiedene Zeitschriften als freie Autorin. Sie wurde nicht bekannt durch Auftritte im Radio oder Fernsehen. Auch wöchentliche Kolumnen gibt es keine.

Die Autorin lebt in Nordrhein-Westfalen und schreibt „Tussi-Literatur". In ihren Happy-End-Geschichten geht es immer um die Liebe und das Leben. Auch im wirklichen Leben der Autorin gibt es den Humor, der regelmäßig in ihren Büchern zu finden ist.

M. L. Busch

# Tildas KLEINER LADEN ZUM Verlieben

Erstausgabe Juli 2023

Copyright © 2023 dp Verlag, ein Imprint der
dp DIGITAL PUBLISHERS GmbH
Made in Stuttgart with ♥
Alle Rechte vorbehalten

# Tildas kleiner Laden zum Verlieben

ISBN 978-3-98778-620-4
E-Book-ISBN 978-3-98778-360-9

Covergestaltung: Larissa Siepmann
Umschlaggestaltung: ARTC.ore Design
unter Verwendung von Motiven von
shutterstock.com: © 昊 周, ©Terri Francis, © Yelena Panyukova,
© Robert Kneschke, © Dace Spalvina
depositphotos.com: © belchonock
adobe.stock.com: © gilles lougassi, © fedotovalora, © banphote,
© ARTYuSTUDIO, © amedeoemaja
Lektorat: Stephanie Schilling

Satz: dp DIGITAL PUBLISHERS GmbH
Druck und Bindung: Books on Demand GmbH, Norderstedt

*Montagsküsser*

*Mann, der, obwohl er umwerfend aussieht, schlecht
küsst. Abgeleitet vom Wort: Montagsauto*

# 1

## Tilda

„Endlich geschafft." Erschöpft schüttele ich meine Hand aus. Amanda Rose King, mit einem Herzchen statt eines i-Punkts. So habe ich es in der letzten halben Stunde in fünfzig Bücher geschrieben, auf die erste Buchseite gleich unter den Titel.

Romantische Liebesromane lassen sich um ein Vielfaches besser verkaufen, wenn sie von der Autorin signiert angeboten werden. Und bei einem Bestseller wie *Zuckerkuss* bedeutet das; klingelnde Kassen für mein kleines, aber feines Unternehmen.

Bisher habe ich zweihundertneunundddreißig Bücher mit Widmung verkauft. *In Liebe, Amanda Rose King* stand in jedem einzelnen davon. Da meine einfallsreiche Verkaufsmasche dermaßen gut funktioniert, überlege ich, den nächsten Schritt zu wagen: Die persönliche Widmung.

Ungeahnte Möglichkeiten würden sich auftun.

Man braucht kein Genie zu sein, um zu wissen, dass ein individueller Gruß bei einer anspruchsvollen Leserschaft weitaus besser ankommt als ein allgemeingehaltenes *In Liebe*.

Da eh schon jeder im Umkreis denkt, dass ich Amanda persönlich kenne, – was ich natürlich nicht tue – sollte das Risiko nicht allzu groß sein. Selbstbewusstes Auftreten kombiniert mit Vorwitz sind der Schlüssel für ein gutes Gelingen. Zumindest, wenn es um meine Existenzgrundlage geht, welche ich mit jeder Menge Herzblut aufgebaut habe.

Mein Geschäft *Der kleine Laden* ist mein Ein und Alles und liegt mitten in Berlin. Es ist winzig, wie der Name bereits verrät. Die Verkaufsfläche umfasst gerade mal fünfundzwanzig Quadratmeter und macht jede Überwachungskamera überflüssig. Hinter meinem Verkaufstresen bekomme ich alles mit.

Aber wie bei so vielen anderen Dingen im Leben, kommt es nicht auf die Größe an. Die Sachen, die es bei mir zu kaufen gibt, sind verschiedenartig und stets von mir persönlich ausgewählt. Nicht selten arbeite ich mit Künstlern zusammen und verkaufe ihre Artwork in Kommission. Die Kunden kommen zu mir, wenn sie ein besonderes Geschenk suchen. Und da ich mich stets bemühe, in jeder Preisklasse etwas anzubieten, werden sie nie enttäuscht. In meinem Laden gibt es die ausgefallensten Dinge. Vintage, Antiquitäten, Kunst und sogar Schnickschnack für Kinder ab dem Vorschulalter. Wer gerne auf den Trödelmarkt geht, kommt auch gerne zu mir.

Leider herrscht seit ein paar Wochen eine Flaute, sodass mir die Idee, im Namen der Autorin zu signieren, kam. Zum Glück hat mein Einfall gezündet und die Kasse ordentlich klingeln lassen.

Beflügelt von meiner nächsten originellen und, wie ich finde, cleveren Idee mit der persönlichen Widmung, greife ich nach dem Stift, den ich gerade erst weggelegt habe und ziehe die Schublade meines Schreibtisches auf. Irgendwo muss hier noch ein schlichter weißer Büttenkarton sein.

Nachdem ich fündig geworden bin, fasse ich mir ein Herz, überwinde die letzten Skrupel, und schreibe:

*Sie möchten Ihr Zuckerkuss-Exemplar mit persönlicher Widmung? Kein Problem, sprechen Sie uns an.*

Als bestünde die Gefahr, dass der Stift im nächsten Moment Feuer fängt und mich in Brand setzt, lasse ich ihn fallen. O Gott! Bestürzt von der Leichtigkeit, mit der ich die Worte verfasst habe, trete ich ein Stück zurück. Was habe ich getan? Wie konnte ich nur? Ich fühle mich schlecht. Jedenfalls ein bisschen und ein paar Sekunden lang.

*Wie unehrlich und aalglatt du doch bist! Das Karma wird dich finden, Tilda. Du begehst eine Straftat.*

Einen Moment lassen meine eigenen Worte mich innehalten. Aber ... Herr im Himmel! Wer glaubt schon an Spiritualität? Oder an Karma? Was ich mache, ist maximal ein kleines Vergehen, niemals eine Straftat. Bestimmt machen sowas auch andere Leute.

Kaum sehe ich die akkurat geschwungenen Buchstaben auf dem strahlend weißen Büttenkarton mit der Riffeloptik, verfliegt mein schlechtes Gewissen und macht Bewunderung Platz.

Wunderschön. Einzigartig. Stolz schwellt meine Brust und lässt mich ausatmen. Die letzten Zweifel verpuffen wie heiße Luft.

*Du bist eine Meisterin deines Fachs, Tilda. Eine begnadete Künstlerin.* Die Worte meines ehemaligen Professors hallen in mir nach und lassen mich die gewohnte Zufriedenheit empfinden. Wenn der Laden pleite geht, weil ich auffliege, kann ich mein Geld mit Grußkartenschreiben verdienen.

Vielleicht bin ich voreingenommen und überheblich, aber der Schwung des kleinen Ms gelingt mir auch nach den vielen Jahren des Pausierens noch ausgesprochen gut. Prof. Dr. Jonn, mein Typografieprofessor im zweiten Semester, wäre stolz auf mich. Meine kaligrafischen Übungen waren immer die besten der Klasse. Damals dachte ich, die Hochschule für bildende Künste wäre der richtige Ort für eine kreative und vor Ideen überschäumende Person wie ich es bin. Weit gefehlt.

So weit meine künstlerische Ader auch ausgeprägt war, es reichte nicht, um länger über die Runden zu kommen. Ohne einen Job, der für ein regelmäßiges Einkommen sorgte, ging es nach zwei Semestern nicht weiter. Meine mickrigen Rücklagen waren schneller aufgebraucht, als ich es für möglich gehalten hatte. Zum Glück hielt das Schicksal eine auf mich zugeschnittene Lösung bereit. Sogar mein Wohnungsproblem löste sich auf einen Schlag.

***

Dass ich im Alter von fünfundzwanzig Jahren ohne die nötige Qualifikation den Schritt in die Selbstständigkeit gewagt habe, war ein Abenteuer. Ein Abenteuer, in das ich mich jederzeit wieder stürzen würde.

An den kleinen Laden, der früher „Hilles Lädchen“ hieß, bin ich durch die Erbschaft einer entfernten Tante gekommen. Tante Hildegard ist im Alter von vierundachtzig hinter der Ladentheke an einem Schlaganfall gestorben. Ganz plötzlich. Sie war eine Großcousine meiner Mutter. Da niemand aus der wohlhabenden Familie von Tante Hildegard das heruntergewirtschaftete Geschäft mit seinem Ramsch und Trödel übernehmen oder verkaufen wollte, haben alle Erbberechtigten das Erbe abgelehnt. Alle außer mir. Ich habe den kompletten Nachlass übernommen. Mit all seinen Rechten und Pflichten.

Glück für mich, denn die kleine Wohnung über dem Geschäft gehörte ebenfalls zum Erbe und wurde zu meinem neuen Zuhause.

Auch fünf Jahre nach der Eröffnung des kleinen Ladens an der Oderberger Straße bereue ich den Abbruch meines Studiums nicht. Ich verdiene keine Millionen, aber ich liebe, was ich tue, und das ist um ein Vielfaches mehr wert.

Hingerissen blicke ich auf meine ausgezeichnete Freitechnik mit den geschwungenen Ms. Erneute Bedenken und Skepsis überkommen mich und machen Platz für Besorgnis. Diesmal klingt mein Ausatmen eher wie ein Seufzen.

Wird jemand die Ähnlichkeit zu Amandas Schrift auffallen? Sollte ich den Büttenkarton lieber von jemand anderem beschriften lassen? Nur zur Sicherheit? Äußerst ungern möchte ich ins Visier eines übergenauen Gesetzeshüters kommen. Ich könnte Gioseppe aus dem Eiscafé gegenüber fragen. Er schreibt die Eissorte des Monats immer mit Kreide auf eine Schiefertafel, die über seiner Ladentheke hängt. Die Schönschrift des aus Italien stammenden Eisverkäufers ist nicht so ausgebildet wie meine, aber dennoch ganz passabel.

Ein Blick in das Chaos meiner Schreibtischschublade verrät mir, dass dies der letzte Büttenkarton war.

Na, dann...

„Das Schicksal hat bestimmt, Tilda“, rede ich laut mit mir selbst. Entschlossen lege ich mein eindrucksvoll kalligraphiertes Schild auf den Stapel Bücher, die ich gerade signiert habe und bringe alles zusammen in den Verkaufsraum. Ein Platz im Schaufenster wäre sicher angemessen für das Schild. Ich könnte es auf einen Stapel *Zuckerkuss*-Exemplare stellen, gleich neben die eigens von mir gestrickten Socken und Schals.

Verdammt ja! Ich bin ein Genie – ein wahres Verkaufstalent. Mit meinem neuen Plan schlage ich sicher noch mal zweihundertfünfzig Exemplare des Bestsellers los. Das wird der bereits abflauenden Geschäftsflaute den Rest geben. Ich liebe meine Idee so sehr, wie ich *Zuckerkuss* liebe. Hoffentlich kommt die gute Amanda nie dahinter, dass ich ihr einen Teil der lästigen Signierarbeit abnehme.

Es wäre mir sehr unangenehm, da ich ihre Geschichte des verliebten Zuckerbäckers doch so mag.

*Wie kann sie dir böse sein, wo du doch dafür sorgst, dass ihre Verkaufszahlen stetig steigen?,* versuche ich mich zu beruhigen. *Du spielst ihr tagtäglich Geld in die Kassen.*

Ich komme nicht dazu, meinen inneren Monolog fortzuführen, da Kundschaft den Laden betritt.

Ach du grüne Neune!

Im ersten Moment bin ich schockiert und denke, Gott bestraft kleine Sünden sofort, aber dann sehe ich, dass die Frau, die gerade mein Allerheiligstes betreten hat, nicht Amanda Rose King ist. Zum Glück. Sie sieht meiner favorisierten Bestsellerautorin lediglich unglaublich ähnlich. Die Augen der Kundin stehen weiter auseinander und die Nase ist etwas spitzer.

Alles ist paletti! Amanda Rose King befindet sich *nicht* in meinem Geschäft.

Die Erkenntnis reicht nicht aus, um meinen sprunghaft angestiegenen Puls zu beruhigen. Was hat das zu bedeuten? Alles Zufall?

Verdammt! Muss ich mir Sorgen machen? Möchte das Universum damit etwas ausdrücken? In meinem Magen bildet sich ein Klumpen, der sich schwer und groß anfühlt.

*Bitte lieber Gott, lass mich den Fingerzeig verstehen, sollte es einer sein. Mit wenig subtilen Vorwarnungen kann ich nichts anfangen. Ich brauche klare Anweisungen.*

„Guten Tag", werde ich lächelnd begrüßt.

„Äh. Hey. Guten Tag", antworte ich und ignoriere das klumpige Gefühl.

*Reiß dich zusammen, Tilda – und starr nicht so dämlich. Vor dir steht nicht Amanda.*

„Entschuldigung." Ich schüttele den Kopf, um meinen Blick loszureißen. „Hat Ihnen schon mal jemand gesagt, dass Sie Amanda Rose King ähnlichsehen?"

Verwunderung schlägt mir entgegen. „Wer ist Amanda Rose King? Muss ich die Frau kennen?"

„Eine Bestsellerautorin." Kurz schnappe ich nach Luft. Schwer zu glauben, dass jemand so unwissend sein kann. „A. R. Kings letzter Liebesroman hat sich zehn Wochen auf den Bestsellerlisten gehalten", erkläre ich stolz, als wäre das allein mein Verdienst.

Die Kundin klammert sich an ihre Handtasche und fängt an, mich zu mustern, als müsste sie abwägen, ob ich eine vertrauenswürdige Person bin oder ihr nur etwas aufschwatzen möchte. Unter Umständen wirke ich tatsächlich ein wenig besessen. Zugegeben, die wenigsten Menschen wissen, wie der Autor oder die Autorin hinter der Geschichte aussieht.

„Was kann ich für Sie tun?" Endlich übernimmt die Geschäftsfrau in mir das Ruder. Besser ich gebe der unechten Amanda nicht zu viel Zeit, mich in Augenschein zu nehmen. Mein Kleidungsstil ist heute Morgen etwas experimentell und nicht jedermanns Sache. In einem Anflug von Übermut habe ich eine lilafarbene hautenge Cordhose mit einer schwarzen Bluse mit Rüschenärmeln kombiniert. Lila und Schwarz sind natürlich nicht gewagt, aber die gelben wadenhohen Boots, die, wie ich finde, hervorragend dazu passen, schon.

„Ich suche nach einem Geschenk für meinen Freund." Ihr Blick heftet sich an meine Fräulein-Rottenmeier-Bluse. „Er hat Geburtstag und sammelt Dosenöffner." Sie beendet ihre Musterung, bevor ihr meine Schuhe auffallen. „Meine Nachbarin hat mir versichert, Sie würden einige interessante Vintage-Stücke verkaufen und ich hätte nirgendwo eine bessere Chance, etwas für meinen Robin zu finden."

*Einen vintage Dosenöffner?*

Sowas gibt's?

Schwer vorstellbar.

Welche Frau schenkt ihrem Schatz einen rostigen Dosenöffner zum Geburtstag? Was ist das überhaupt für eine merkwürdige Liebesbekundung? Ist dieser Robin der verschlossene Typ, der einen subtilen Hinweis benötigt?

„Äh ja. Natürlich", reiße ich mich zusammen und räuspere mich, ohne länger über den tieferen Sinn dieses Geschenkes nachzudenken. „Ich habe ein paar erschwingliche Schätze aus den frühen Zwanzigern und Dreißigern da. Vielleicht möchten Sie die durchsehen." Geschäftig setze ich mich in Bewegung. „Ob sich ein Dosenöffner darunter befindet, kann ich nicht versprechen, aber wir haben ein paar sehr schöne silberne Löffel. Möglicherweise würden die Ihrem Robin auch gefallen."

# 2

## Conrad

„Hast du gesehen, was Juliane in den sozialen Netzwerken gepostet hat?", frage ich meinen Freund Hagen, während ich auf dem Handy durch das Profil meiner Ex-Freundin scrolle und mich neben ihn auf die Couch fallen lasse.

„Jep." Der Klugscheißer, der sich eine WG mit mir teilt, grinst auf eine schadenfrohe Art, die mir nur allzu vertraut ist. „Außerdem ist mir aufgefallen, dass sie für ihre Anschuldigungen reichlich Bestätigung in den Kommentaren bekommen hat.

„Ihre Anschuldigungen sind eine Unverschämtheit", rege ich mich auf und spüre, wie neuer Zorn in mir hochkocht. „Nichts davon ist wahr", erkläre ich, während ich mir die Kommentare ansehe, die natürlich hauptsächlich von Julianes BFFs stammen. Gut möglich, dass sich darunter ein paar meiner Verflossenen befinden. In den letzten Monaten ging es heiß her. Eigentlich schon in den letzten Jahren.

„Bist du zu mir auf die Couch gekommen, um von mir gebauchpinselt zu werden?" Hagen stößt mich in die Seite und wartet, bis ich ihn ansehe. „Ich weiß nicht, wie gut deine Küsse sind, Alter, und kann Julianes Behauptungen weder dementieren noch bekräftigen. Wir haben schließlich noch nie ..." Eine eindeutige Handbewegung, die meinen Mund mit seinem verbinden soll, folgt den Worten.

*Igitt.*

Ganz üble Vorstellung. Mein Freund liebt Zwiebeln und Zaziki über alles. Niemals würde ich darüber nachdenken, ihm auf diese Weise näher zu kommen. Davon abgesehen, stehe ich nicht auf Männer.

In der Regel liebt die Frauenwelt mich und liegt mir zu Füßen. Zumindest solange keine beleidigten Ex-Freundinnen im Netz über mich herziehen.

„Sie hat mich den schlechtesten Küsser aller Zeiten genannt", beschwere ich mich, obwohl ich weiß, dass es wenig Sinn macht und ich Hagen mit meinem offen zur Schau gestellten Frust nur mehr Stoff zum Tratschen gebe. „Außerdem hat sie ihre Lügen mit dem Hashtag Montagsküsser gekrönt. Montagsküsser!", wiederhole ich, weil diese Ungeheuerlichkeit für einen erfahrenen Mann wie mich schwer zu fassen ist. „Das Wort hat die Bitch von Montagsauto abgeleitet."

Hagens Grinsen verbreitert sich und zeigt mir, dass er die Erklärung nicht gebraucht hätte. „Originell ist der Hashtag allemal, das musst du zugeben. Auch wenn ich nicht glaube, dass er in den Top-10 landet. So berühmt bist du dann doch nicht. Sorry, mein Hübscher."

Ein empörter Laut entschlüpft mir. „Juliane möchte mir schaden, weil ich mit ihr Schluss gemacht habe. Das ist der alleinige Grund. Sie hat Angst und Sorge. Ohne mich fehlen ihr die nötigen Kontakte, um ihre

Karriere als internationales Model anzutreiben." Eigentlich müsste meinem Freund das klar sein.

„Gut möglich." Hagen hebt die Schultern. „Sie kennt dich und dein Ego ziemlich gut und weiß, wo sie dich treffen kann."

Bitte?

Die Worte sind eine Beleidigung. Sie verletzen mich mehr als sie sollten.

„Behauptest du gerade, dass ich eingebildet bin? Anmaßend? Dass ich ein zu großes Ego habe?" Sind denn alle um mich herum verrückt geworden? Ich bin selbstbewusst, nicht eingebildet. Das ist ein Unterschied. Als Model muss ich selbstsicher rüberkommen, sonst werde ich von keinem Auftraggeber gebucht. Ein gesundes Selbstbewusstsein ist der Schlüssel zum Erfolg. Das weiß doch jeder.

Hagens Miene verändert sich. Plötzlich ist jedes überhebliche, leicht spaßige Grinsen verschwunden. An den gehobenen Augenbrauen und dem durchdringenden Blick erkenne ich, dass er mehr als bereit ist, mir seine Sicht auf die Dinge aufzutischen.

„Nein, das behaupte ich nicht. Ich weiß, dass du arrogant bist und die meiste Zeit auf einem zu hohen Ross thronst." Die Couch wackelt, als mein Freund sich mit seinen eins zweiundneunzig erhebt. „Schau mal in den Spiegel Conrad, und überprüfe, wie hoch du deine Nase wirklich trägst. Du bist ein hochbezahltes Supermodel, das einmal zu oft auf der Fashion Week gelaufen ist. Viele Menschen haben dich in den letzten Jahren hochgelobt und für dein Aussehen und deine Ausstrahlung bewundert. Ich denke, in einem rachsüchtigen Post einer Ex-Freundin als Montagsküsser betitelt zu werden, hilft dir von Wolke sieben auf den Boden zu schweben. Zeig Klasse und finde dich damit ab. Steh drüber! So einfach ist das."

Kaum ausgesprochen, dreht Hagen sich um und verschwindet in sein Zimmer. Verwirrt von dem Gefühlsausbruch sehe ich ihm nach. Anscheinend ist nicht nur Juliane eifersüchtig auf meinen Erfolg. Mein bester Freund ist es ebenfalls.

***

Da die Menschen in meinem Umfeld mich offensichtlich für egoistisch und selbstbezogen halten, beschließe ich, ihnen das Gegenteil zu beweisen. Wäre doch gelacht, wenn ich sie nicht überzeugen könnte. Ich gehöre schließlich zu den Guten. Ich trage meine Nase niemals oben. Hagen schätzt mich völlig falsch ein.

Oder?

Erste Zweifel überkommen mich. Unter Umständen hat mein Freund ein winziges bisschen recht. In den letzten Wochen habe ich mich wirklich ein wenig gehenlassen und mich und meine Bedürfnisse an die erste Stelle in meinem Leben gesetzt.

Aber sollte nicht jeder bei sich selbst an erster Stelle stehen. Selbstfürsorge – Self-Care – nennt sich das. Daran ist nichts falsch. Ich habe schließlich eine Verantwortung mir gegenüber. Körper, Geist und Seele und so weiter ...

Mit dem Ziel, etwas Gutes für andere zu tun und Hagen eines Besseren zu belehren, stelle ich den leeren Karton, den ich zuvor aus dem Keller geholt habe, auf mein Bett.

„Zeit für ein bisschen Gemeinnützigkeit", spreche ich zu mir selbst und öffne den Deckel.

Suchend blicke ich mich um. Wovon in meinem Reich kann ich mich trennen? Was hat Wert und lässt sich gebraucht weiterverkaufen? Mein Zimmer, welches ich erst seit wenigen Monaten bewohne, platzt bereits aus allen Nähten. Es sollte nicht schwer sein, etwas Angemessenes zu finden. Designerstücke habe ich schließlich zuhauf. Mein Kleiderschrank ist voll davon.

Nicht selten können wir die Sachen, die wir bei einem Shooting präsentiert haben, behalten. Manchmal ist etwas dabei, das ich auch tragen würde, aber das ist nicht die Regel. Für gewöhnlich reicht mir eine bequem gewordene Jeans und ein schlichtes weißes T-Shirt, im Winter kombiniert mit einem Hoodie. Ich bin nicht anspruchsvoll. Eingebildet auch nicht.

Verdammt! Ich bin so wenig eingebildet, dass ich kein Problem damit habe, Kleidung im Wert von tausenden Euro in den Ramschladen gegenüber zu geben. Wenn das keine gemeinnützige, von Herzen kommende Geste ist, weiß ich es auch nicht. Hagen wird sich wundern. Aber so was von.

Höchstwahrscheinlich macht die Ladenbesitzerin einen Luftsprung, sobald sie hört, dass ich bereit bin, ihr meine Sachen zu schenken. Sollte sie meine Designerstücke nur für den Bruchteil ihres Wertes verkaufen, kann sie von dem Gewinn ihr komplettes Geschäft renovieren.

Von meiner grandiosen Idee beschwingt, stopfe ich so viele unvergessliche und extravagante Kleidungsstücke in den Karton, dass es unmöglich ist, den Deckel zu schließen. Womöglich hätte ich besser einen Koffer genommen.

Egal. Irgendwie bekomme ich den Kram schon über die Straße. Noch schnell die Gürtel von Gucci aus der letzten Kollektion oben draufgelegt, dann kann es losgehen.

Warum habe ich mich nicht schon früher von dem unnützen Ballast in meinem Leben erleichtert? Obwohl ich mich noch von nichts getrennt habe, fühle ich mich bereits beflügelt wie lange nicht. So überwältigend fühlt sich also Loslassen an.

Julianes Hasspost vom Montagsküsser ist vergessen, als ich die quietschende Tür zum kleinen Laden aufstoße. Beinahe hätte ich auf dem Weg über die Straße einen Teil der Sachen verloren. Zum Glück ist das nicht passiert.

Mit lautem Gebimmel fällt die Tür hinter mir ins Schloss und ich stehe zum ersten Mal in dem Ramschgeschäft, welches alles und nichts zu verkaufen scheint. Bisher hatte ich kein Bedürfnis, einen Fuß in diesen sonderbaren Store zu setzen. Warum auch? Im Schaufenster lag noch nie etwas Ansprechendes. Nur Trödel und Bücher.

„Hallo?", rufe ich, weil niemand da zu sein scheint. Der vollgestopfte Verkaufsraum ist wahrlich winzig. Ich kann mich mit dem Karton im Arm kaum umdrehen. Hoffentlich reiße ich nicht eines der wackelig aussehenden Regale um.

„Moooment!", höre ich eine Stimme, die offensichtlich aus dem Nebenraum kommt. „Bin gleich da."

Da auf dem Tresen neben der Kasse Platz ist, stelle ich mein Hab und Gut dort ab. Erste Zweifel überkommen mich. Braucht dieser Laden noch mehr Zeug? An der hinteren Wand sehe ich einen Kleiderständer, auf dem zu meiner Verwunderung einige Designerstücke hängen. Auf den ersten Blick erkenne ich einen Mantel von Versace und einen Hosenanzug von Prada, den ich letztes Jahr zur Eröffnung eines Kaufhauses getragen habe. Wie kommt der hier her? Ich dachte, er wäre ein Einzelstück.

Möglicherweise gibt es hier doch nicht nur Ramsch.

„Was kann ich für Sie tun?", kommt die Frage leicht atemlos. Vor mir steht eine Frau, höchstens eins fünfundsechzig groß, blonde lange Haare mit einem frechen Grinsen, das einem Kind aus dem Kindergarten gleichkommt. Sogar ein paar vereinzelte Sommersprossen entdecke ich auf ihrer Nase. Sie ist etwa in meinem Alter; siebenundzwanzig, höchstens achtundzwanzig. Auf keinen Fall über dreißig.

Ihre Klamottenkombination lässt darauf schließen, dass sie ein Mensch ist, der keine Scheu vor Farbe hat. Nur mit Mühe unterdrücke ich ein Schmunzeln als ich den Blick senke. Die gelben hochglänzenden Boots erinnern mich stark an meine Gummistiefel aus Kindertagen.

Ob sie eine Aushilfskraft ist?

„Könnte ich bitte den Eigentümer sprechen?", frage ich, weil mir die Frau zu jung für eine Geschäftsinhaberin erscheint. Sogar für einen heruntergewirtschafteten Laden wie diesen.

„Steht vor Ihnen." Ihr Lächeln hat an Kraft verloren und Argwohn macht sich breit.

Tatsächlich?

„Äh. Ja. Gut", stammele ich von der Neuigkeit aus dem Konzept gebracht. „Ich wohne in dem Haus gegenüber und habe ein paar außergewöhnliche und sehr interessante Kleidungsstücke für Sie. Für Ihr Geschäft, meine ich."

*Was ist los, Conrad? Wo ist deine Coolness? Warum klingt deine Stimme so kratzig?*

Die Frau schüttelt vehement den Kopf, bevor ich weiterreden und ihr meine Schätze anpreisen kann. „Nein, danke." Sie schiebt den Karton in meine Richtung. Das Lächeln ist verschwunden. „Klamotten verkaufe ich nicht."

„Ach wirklich? Und was ist das da?" Ich deute auf den Kleiderständer mit dem besonderen Hosenanzug. Eine offensichtlichere Lüge gibt es kaum. Hält sie mich für blöd?

„Diese Sachen stehen nicht zum Verkauf. Das ist meine Garderobe. Es geht Sie zwar nichts an, aber ich streiche gerade meinen Kleiderschrank und wollte nicht riskieren, dass ich ein paar meiner besten Stücke mit Farbe ruiniere."

Nun gut, das erklärt den Ständer. Trotzdem verstehe ich ihre Einstellung nicht.

„Wie können Sie mein Angebot ungesehen ablehnen?", frage ich ohne Verständnis. „Sie wissen doch gar nicht, welche Schätze sich hier drin befinden." Unnachgiebig schiebe ich den Karton zurück und lockere meine Schultern. Ein Gespräch wie dieses, verursacht Spannungen im Nacken.

„Ist mir egal." Wieder wird der Karton über den Tresen gerückt. Was soll dieses Spielchen? Unter keinen

Umständen schleppe ich das Ding zurück in meine Wohnung. Mein Ziel war es, Gutes zu tun.

„Hören Sie, ich schenke Ihnen die Sachen", versuche ich es in versöhnlichem Tonfall. „Ich möchte die Stücke nicht an Sie verkaufen. Sie bekommen sie unentgeltlich. Umsonst. Gratis. Kostenlos. Als Spende." Deutlicher kann ich es nicht erklären. Mit jedem Wort bin ich lauter geworden, als wäre mein Gegenüber schwerhörig.

„Nein. Danke." Die Frau überkreuzt die Arme und wirkt abweisend wie ein Türsteher vor einem Nachtclub. Was ist das für eine merkwürdige Geschäftsfrau? Hat sie mich nicht verstanden? Sie schlägt ohne Frage den Deal ihres Lebens aus. Wie unprofessionell – und dumm.

„Wenn Sie diese einzigartigen Designerstücke verkaufen, könnten Sie Ihre Ladentür streichen und die stumpf gewordene Glasscheibe Ihres Schaufensters austauschen lassen ..." Mit angeekeltem Blick sehe ich zur Decke, an der sich ein Wasserfleck befindet. „... und noch einige andere Dinge machen lassen." Obwohl es nicht nötig ist, deute ich mit dem Finger nach oben.

Ohne die Arme zu lösen, beugt die Unbelehrbare sich vor. „Ich. Verkaufe. Keine. Kleidung." Sie spricht abgehackt und betont jedes Wort, als wäre ich schwer von Kapee. „Was verstehen Sie daran nicht?"

Heiliger Samariter. Anscheinend ist es gar nicht so leicht, sich mustergültig zu verhalten und beispielhaft voranzugehen. Das gute Gefühl, welches mich erfüllt hat, als ich den Laden betreten habe, ist verpufft.

Sei's drum! Wenn die Frau kein geschenktes Geld möchte, ist das ihr Pech. Verzichtet sie eben auf die Renovierung ihrer Bruchbude. Frustrieren lasse ich mich von dem Rückschlag nicht.

„Machen Sie mit den Sachen, was Sie wollen. Werfen Sie sie in den Müllcontainer oder spenden Sie sie der Wohlfahrt." Langsam weiche ich zurück. „Es ist mir egal." Mit der Hand tippe ich mir grüßend an die Stirn. „Ich verschwinde."

Ohne mich nochmal umzudrehen, verlasse ich den Laden, den ich sicher kein zweites Mal betreten werde. Nicht in diesem Leben.

# 3

## Tilda

Eine Bibel. In dem Pappkarton, den der selbsternannte Wohltäter aus dem Haus gegenüber gestern vorbeigebracht hat, liegt *Die Heilige Schrift*. Eine Familienbibel von 1887. Eine Schmuckausgabe mit Goldrand und handgeschriebenem Stammbaum der Familie auf der ersten Seite.

Was für ein unerwarteter Fund.

Wie gut, dass ich den Karton nicht ungesehen zu den Müllcontainern hinausgetragen habe. Was wird eine Bibel aus dem 19. Jahrhundert wohl wert sein?

Unter Umständen befinden sich noch weitere Schätze in dem verbeulten Karton. So unheimlich und aufdringlich wie der gutaussehende Typ auch war, ich werde die Sachen nun doch einer genauen Prüfung unterziehen müssen. Bei Büchern, egal welcher Art, werde ich schwach. Ich liebe die Literatur. Ob Sachbuch, Roman oder eine alte Heilige Schrift; ich werde wie magisch angezogen.

Nachdenklich halte ich inne. Womöglich habe ich gestern zu früh abweisend reagiert. Nicht zum ersten

Mal in meinem Leben handele ich überstürzt und ohne nachzudenken. Mein Temperament kann durchaus mit meiner Sturheit mithalten, was mich bereits des Öfteren in Schwierigkeiten gebracht hat.

Vorsichtig drehe ich das Buch in meinen Händen und überlege. Kann ich die wertvolle Bibel, die auf dem Boden des Kartons gelegen hat, ohne Rücksprache behalten? Sie ist schließlich weit über einhundert Jahre alt. Gut möglich, dass der Wohltäter gar nicht wusste, dass der Schatz noch im Karton lag, als er seine Designerklamotten, die unerwartet hochwertig sind, eingepackt hat.

Der Typ, der etwa in meinem Alter war, wohnt gegenüber. Das hat er zumindest behauptet. Es sollte also ein Leichtes sein, ihn ausfindig zu machen, auch wenn ich seinen Namen nicht behalten habe. Hat er ihn mir überhaupt genannt? Ich erinnere mich nicht. Seine selbstgefällige Art ist mir unangenehm aufgestoßen, sodass ich eigentlich nichts von dem, was er von sich gegeben hat, behalten habe.

Mit Ehrfurcht schlage ich die Bibel auf und blättere durch die Seiten. Leidenschaft und stille Erregung überkommen mich und lassen ein Kribbeln unter meinen Fingerspitzen entstehen. Bloß kein Blatt beschädigen. Der Besitzer scheint das Buch nicht gut behandelt zu haben. Einige Seiten sind eingerissen und es gibt sogar ein paar lose in der Mitte. Wie schrecklich.

Mein Herz blutet, während ich den Schaden genauer begutachte. Wie kann man einem Buch das antun? Es ist barbarisch, egal wie alt eine Publikation ist.

Was ist das?

Unverhofft halte ich ein Foto in der Hand. Ein altes Frauenportrait in Schwarz-Weiß. Es muss in der Mitte zwischen den losen Seiten gesteckt und sich durch das Umblättern gelockert haben.

Grundgütiger. Meine Augenbrauen heben sich und ich halte inne. Was…? Aus dem Kribbeln unter meinen Fingerspitzen wird ein Zittern. Mein Atem stockt. Beinahe lasse ich das Foto fallen, als ich es näher an mein Gesicht halte, um auch die feinsten Züge erkennen zu können.

Die Frau sieht aus wie ich.

Unmöglich!

Ausgeschlossen!

Echte Doppelgänger gibt es nicht. Höchstens welche, die sich ähneln.

Ich bin wie erstarrt und fühle mich, als hätte mir eine Abrissbirne mit Wucht ins Gehirn geschlagen. Am liebsten würde ich mich irgendwo festhalten. Mir ist sogar etwas schwindelig.

Wie kommt eine Fotografie von mir in die Bibel des Typen von gegenüber? Bin ich durch das Aufschlagen der Bibel in einer Zeitreise gelandet?

*Deine Fantasie geht mit dir durch, Tilda. Weniger Fernsehen, mehr wahres Leben.*

Ungläubig, durcheinander und einer Eingebung folgend drehe ich das Bild um. *Elfriede Bruns, 1942*, steht dort in Bleistift von Hand geschrieben.

Zum Glück.

Die Welt ist doch nicht aus den Fugen geraten. Es steht nicht *Tilda Kleine, 2023* auf der Rückseite.

Erleichtert atme ich aus und merke erst jetzt, dass ich die Luft angehalten habe. Die Frau ist jemand anderes.

Sie ist nicht ich. Sie ist eine Elfriede, von der ich noch nie gehört habe. Bruns? Ihr Nachname ist mir völlig unbekannt.

Nachdenklich drehe ich das Bild in den Händen wieder um. Aber warum sieht sie aus wie ich? Merkwürdig. Alles Zufall? Eigentlich glaube ich nicht an Zufälle.

Die Ähnlichkeit ist so erschreckend, dass ich meine Meinung über Doppelgänger im Allgemeinen überdenken muss.

Oder …

Unter Umständen halte ich die Fotografie einer Verwandten in der Hand. Die Frau könnte meine Mutter sein. Wohl eher meine Großmutter, wenn ich das Jahr berücksichtige. Aber es gibt oder gab, soweit ich weiß, keine Bruns in unserer Familie.

*Tilda, in jeder Familie gibt es Geheimnisse. Möglich ist vieles. Deine Mutter redet nicht gerne über die Vergangenheit. Ihr oftmals sonderbares Verhalten sollte dir nach dem Fund zu denken geben. Du weißt zu wenig über den Familienzweig deines Vaters, um jegliche Eventualitäten ausschließen zu können.*

Verdammt! Ich zittere immer noch.

Die Übereinstimmung in unseren Gesichtszügen ist zu frappierend. Es muss einen erklärbaren Zusammenhang dafür geben. Die Gene sind schuld. Nichts anderes ist denkbar. Ich möchte keinen Klon haben. Bitte nicht! Sowas ist gruselig. Elfriede Bruns ist sicher längst tot – sie muss tot sein. Die Frau auf dem Bild ist zwischen fünfundzwanzig und dreißig Jahren alt. Wenn das Foto von 1942 stammt, wäre sie heute über einhundert Jahre alt.

Unwahrscheinlich. Nur selten habe ich von Menschen gehört, die so alt geworden sind.

Einer Eingebung folgend blättere ich in der Bibel nach vorn. Auf der ersten Seite habe ich eine stammbaumähnliche Zeichnung gesehen. Möglicherweise hilft sie mir, den Namen und die Jahreszahl in Zusammenhang zu bringen.

Die handschriftlichen Eintragungen beginnen mit den Hauseltern. Der Hausvater ist ein Wilhelm Meinhard, gefolgt von der Hausmutter, Aletta Meinhard, geb. Lehm. Darunter steht das Datum der Trauung.

Danach kommen Angaben zu den Eltern des Hausvaters, den Kindern und Patenkindern von Wilhelm und Aletta. Sogar ein paar Sterbefälle sind eingetragen. Sonstige wichtige Familienerlebnisse gab es damals offenbar keine, denn dieser Bereich ist leer. Dummerweise taucht der Name Elfriede Bruns nirgendwo auf.

Eine Sackgasse.

So einfach ist es also nicht. Wäre auch zu schön.

Mit einem Seufzen lege ich das Foto zurück in die Bibel und möchte sie gerade weglegen, als mir ein weiteres Papier auffällt. Es liegt am Buchende und wäre mir beinahe entgangen. Ich ziehe vorsichtig an der weißen Ecke, die etwa einen halben Zentimeter herausragt und stelle fest, dass es kein Papier aus der Zeit um neunzehnhundert ist. Es ist ein Briefumschlag. Weiß, neu und aus überdurchschnittlich guter Qualität. Mit hochwertigen Papiersorten kenne ich mich wegen meines Kunststudiums aus.

Der Umschlag wurde laut Poststempel vor vier Wochen verschickt und ist ungeöffnet. Er stammt von einem Notar und ist an Johan Meinhard adressiert. Die

Hausnummer verrät mir, dass es eine der Wohnungen von gegenüber sein muss.

Treffer.

Konzentriert halte ich die Luft an und denke.

Johan Meinhard wollte ein paar Klamotten loswerden und hat dabei versehentlich seine Familienbibel mit abgegeben, schlussfolgere ich messerscharf und atme aus.

Schade. Irgendwie hätte ich die Bibel mit dem seltsamen Foto gerne behalten und zu meiner Sammlung alter Bücher gestellt. Aber mit dem neuen Wissen ist das unmöglich. Da das Couvert von einem Notar hier aus Berlin stammt, geht es vermutlich um etwas Wichtiges. Ich muss Johan sein Erbstück zurückbringen – und den Brief ebenfalls. Sicher sucht er bereits danach. Außerdem möchte ich ihn nach dem Foto fragen. Die Gelegenheit ist günstig, etwas herauszufinden.

Warum ist der Brief ungeöffnet? Ist der Inhalt zu brisant? Oder kennt sein Besitzer ihn bereits und hat den Umschlag deshalb nicht mehr beachtet? Meine Neugier, die nicht selten mit Ungeduld einhergeht, ist eine lästige Eigenschaft, die ich zu gerne ablegen würde. Genau wie mein Temperament und meine Sturheit bringt sie mich oft in Schwierigkeiten.

Achtsam lege ich die Bibel auf den Tresen. Den Umschlag betrachte ich noch einen Moment, bevor ich ihn unter den Buchdeckel klemme und beides zur Seite schiebe.

Heute handele ich besonnen. Meine Ungeduld ersticke ich im Keim. Wie es sich gehört, werde ich in der Mittagspause bei Meinhard klingeln und die Sachen zurückbringen. Und wenn ich Glück habe, erfahre ich,

wer Elfriede Bruns war und warum sie mir so verdammt ähnlichsieht.



wer Elfriede Bruns war und warum sie mir so verdammt ähnlichsieht.

4

## Tilda

Vier Stunden später klingele ich mit der Bibel unter dem Arm im Haus gegenüber. Allerdings ist der Name J. Meinhard neben dem Klingelknopf durchgestrichen und von einem Conrad Faterhaar mit fettem schwarzem Filzstift überschrieben worden.

Was für ein Reinfall. Womöglich werde ich gleich eine schlimme Enttäuschung erleben. Mit wenig Hoffnung drücke ich die Tür auf, als der Summer ertönt. Wenigstens ist dieser Conrad zu Hause und ich muss nicht wiederkommen.

Seine Überraschung, als ich nach Luft ringend die vierte Etage erreiche, ist nicht zu übersehen. Meine Kondition lässt stark zu wünschen übrig. Vielleicht sollte ich wieder mit dem Joggen anfangen. Früher, bevor ich die Verantwortung für ein Geschäft übernommen habe, habe ich regelmäßig Sport getrieben. Da wären die paar Stufen ein Klacks gewesen.

„Ach nee, die ach so nette Ladenbesitzerin von gegenüber", werde ich wenig freundlich begrüßt. Der Mann vor mir ist eindeutig der Wohltäter mit den Designer-klamotten. Höchstwahrscheinlich Conrad Faterhaar. „Bist du gekommen, um mir meine Sachen zurückzu-bringen?" Fassungslosigkeit begleitet die Worte.

Zu gerne würde ich antworten, etwas Entschuldigen-des sagen, aber mir fehlt der Sauerstoff. Die Luft in der vierten Etage scheint dünn zu sein. Die Bibel an die Brust gedrückt stehe ich am Treppenansatz und kon-zentriere mich auf meine Atmung. Dabei mustere ich verstohlen mein Gegenüber. Sah er eben auch schon so gut aus? Der Mann vor mir trägt eine tiefsitzende Jog-ginghose und ein schlichtes weißes T-Shirt. Seine hell-braunen Haare stehen ab, als hätte er geschlafen oder wäre sich mit der Hand über den Kopf gefahren. Und der herausfordernde Blick ... Ist das ein Muttermal gleich über seiner rechten Augenbraue? ... Sehr sexy.

Tief einatmend suche ich nach meiner Konzentra-tion. Heiliger Sauerstoff. Ab Morgen steht regelmäßi-ges Lauftraining auf dem Programm. *Keine Ausreden, Tilda.*

„Du solltest die Sachen doch wegwerfen, wenn du sie nicht behalten möchtest", werde ich belehrt, bevor ich den Mund aufmachen und etwas sagen kann.

Erst in dem Moment, als Conrad die Korridortür, ohne auf meine Antwort zu warten, schließen möchte, kann ich wieder sprechen.

„Moment. Entschuldige." Tief durchatmen. „Wegen deiner Sachen bin ich nicht gekommen." Mein Seufzen ähnelt einem langen Ausatmen. Endlich habe ich mich wieder unter Kontrolle. Verdammtes Höhentraining. „Also eigentlich bin ich doch wegen der Sachen hier." Etwas zittrig reiche ich ihm die Bibel. „Die lag auf dem

Boden deines Kartons. Es ist ein Erbstück aus dem 19. Jahrhundert und sicher wertvoll." Ich zucke mit den Schultern. „Vermutlich möchte Herr Meinhard seinen Besitz zurückbekommen."

Conrad starrt auf das Buch in seinen Händen und scheint zu überlegen, was er damit anfangen soll. „Die gehört mir nicht. Ich bin nicht gläubig und besitze keine Bibel", bekomme ich eine Abfuhr. Der Tonfall lässt arg zu wünschen übrig.

Sein abweisendes Verhalten ist meine Schuld. Warum war ich gestern eigentlich so unfreundlich? Diese Kratzbürstigkeit ist sonst gar nicht meine Art. Verständlich, dass Conrad Faterhaar mich nicht leiden mag. Aber irgendwie hatte ich das Gefühl, dass er meinen kleinen Laden wenig wertschätzt und für ein heruntergekommenes Trödelgeschäft hält. Keiner darf so etwas über mein Heiligtum denken. Zumindest nicht, wenn er sich gut mit mir stellen möchte.

„Natürlich gehört sie dir nicht. Wie ich schon sagte, vermute ich, dass sie einem Johan Meinhard gehört", antworte ich freundlich, ohne auf die Abwehr zu reagieren. „Es liegt ein Brief in der Mitte", sage ich und deute an, nachzusehen. „Könnte wichtig sein. Der Absender ist ein Notar, hier aus Berlin."

Conrads Haltung entspannt sich minimal. Er lehnt sich lässig mit der Schulter gegen den Rahmen und schlägt die Heilige Schrift auf. Vorsichtig und mit spitzen Fingern schlägt er die Seiten um, wie ich es nicht erwartet hätte. Anscheinend hat er Respekt vor einem Buch, das fünf Mal so alt ist wie wir. Sein bedachtsames Umblättern katapultiert ihn auf meiner Sympathieskala umgehend fünf Plätze nach oben. Vielleicht ist er doch kein totaler Reinfall. Erneut mustere ich ihn, diesmal mit anderen Augen. Verdammt! Wie sexy kann es aussehen, sich gegen einen Türrahmen zu lehnen? – Mit einem Buch in der Hand.

„Tut mir leid. Johan Meinhard ist vor drei Monaten ausgezogen. Ich habe sein Zimmer übernommen. Der Karton, den ich dir gebracht habe, war einer seiner übriggebliebenen Umzugskartons. Dass sich noch etwas darin befand, habe ich wohl übersehen."

Die Hand hebend weise ich Conrad an, das Buch zu behalten. „Kannst du deinem Freund nicht sein Erbstück zurückgeben? Der Brief stammt schließlich von einem Notar und könnte wichtig sein." Das Foto erwähne ich nicht. Es scheint mir in diesem Augenblick unpassend. Außerdem ist es unwahrscheinlich, dass der Mann vor mir etwas darüber weiß.

„Johan ist nicht mein Freund. Er war mein Vormieter." Conrad zieht den Brief heraus und tritt ins Treppenhaus. „Hier, nimm mal."

Plötzlich halte ich das wertvolle Buch in der Hand und muss zusehen, wie Conrad ohne einen Funken Anstand den Umschlag aufreißt.

„Halt. Stopp", versuche ich ihn zu bremsen. Es ist zu spät. „Der ist nicht für dich." Entsetzt von seiner Tat, schüttele ich den Kopf. „Du hast mir gerade erzählt, dass du nicht mit Johan befreundet bist." Meine Augenbrauen ziehen sich zusammen. „Warum machst du das? Schon mal etwas von Briefgeheimnis gehört?"

„Bullshit! Das Schriftstück sowie die Bibel gehören mir. Ich habe Johans WG-Besitz vorschriftsmäßig für einen obligatorischen Euro übernommen, als ich eingezogen bin. Irgendwo auf meinem Schreibtisch liegt dafür sogar ein quittungsähnlicher Wisch."

„Du hast dieses kostbare Buch für einen Euro gekauft?" Die Vorstellung lässt mich nach Luft schnappen, als würde ich weitere vier Etagen im Laufschritt nehmen. Warum passiert mir nie sowas?

„Ja. Den Umzugskarton, das Buch, die Hälfte der Kücheneinrichtung und den Kleiderschrank. Das Bett wollte ich nicht." Er zwinkert mir zu. „Zu viel Vorgeschichte. Außerdem hatte die Matratze Flecken, die ich nicht hinterfragen, geschweige denn entfernen wollte."

Einen Augenblick denke ich nach und verdaue das Gehörte. „Das Briefgeheimnis bleibt trotzdem bestehen", kläre ich den Checker von Morgen auf. Möglicherweise klinge ich unbeabsichtigt etwas besserwisserisch.

Die Antwort ist ein Augenrollen. „In dem Fall habe ich wohl eine Straftat begangen." Er faltet die Papiere aus dem Umschlag auseinander. „Gewöhn dich dran. Ich bin ein böser Junge." Die letzten Worte klingen verrucht und lassen mich innehalten.

Flirtet er mit mir? Ist das eine subtile Anmache? Warum verursacht sein überaus unreifer Kommentar mir eine Gänsehaut? Wäre es jetzt nicht an mir, mit den Augen zu rollen?

Überrascht und irgendwie angefixt mustere ich den Briefaufreißer erneut. Diesmal schaue ich genauer hin.

Lange Beine, breite Schultern und eine schmale Taille lassen mich unauffällig schlucken. Wie viel verflixten Sport treibt dieser Kerl eigentlich? Sicher kommt er kein bisschen aus der Puste, wenn er die Treppe zu seiner Wohnung hochsteigt.

Bevor ich zu Starren oder noch schlimmer zu Sabbern anfange, reiße ich mich zusammen und schlucke ein bisschen Spucke hinunter. Kein Flirten. Auch kein Nachdenken über; was wäre, wenn.

*Du bist wegen des Briefes hier, Tilda. Nicht um dich an einem Männerkörper zu ergötzen, der wahrlich nicht zu verachten ist.*

Conrad liest schweigend, ohne meine Blicke zu bemerken. Ohne aufzuschauen, lässt der Kerl mich zappeln. Ich versuche, an seiner Miene zu erkennen, worum es in dem Schreiben gehen könnte, aber das ist schwer. Sogar unmöglich.

Es ist zum Aus-der-Haut-Fahren. Wie lang ist dieser verdammte Brief? Es kostet mich alle Mühe, ruhig dazustehen und abzuwarten.

Einen Augenblick später gewinnt meine Ungeduld die Oberhand und ich gebe nach. Also schön. Da das Kind längst in den Brunnen gefallen ist, trete ich vor und recke das Kinn. Mir ist egal was Conrad von meinem Verhalten hält. Dann denkt er eben, dass ich mich nicht unter Kontrolle habe. Soll mir recht sein.

„Ein Erbvertrag?", lese ich den Betreff, von meiner Position aus, auf dem kopfstehend. „Wusste ich doch, dass es um etwas Wichtiges geht." Die Bestätigung ist eine Wohltat. Mein Gefühl hat mich nicht getäuscht.

„Jep. Der gute Jo erbt einen Porsche Cayenne, sobald ein Herr Otto van Hausen das Zeitliche segnet." Conrad scheint wenig beeindruckt von dem Erbe.

Interessant. „Ein direkter Verwandter ist dieser Otto aber nicht. Im Stammbaum der Bibel taucht sein Name nicht auf."

Conrad hebt den Blick und lächelt. Es ist ein einnehmendes Lächeln, das mir die Knie weich werden lässt. Der Kerl sieht wirklich verboten gut aus, wenn er auf diese smarte Weise den Mund verzieht. „Da war aber jemand neugierig", stellt er fest. „Hauptsache mich kritisieren, weil ich den Brief geöffnet habe." Seine Miene bekommt einen herausfordernden und zugleich gönnerhaften Zug.

„Moment, ich habe lediglich in einem Erbstück geblättert", rechtfertige ich mein Handeln und trete von einem Fuß auf den anderen. „Ein Briefgeheimnis habe ich nicht verletzt."

„In dem Fall bist du das brave Mädchen und ich der böse Junge." Conrads Schmunzeln verbreitert sich und treibt meinen Blutdruck in die Höhe. Warum ist mir plötzlich so komisch zumute? Und warum redet er schon wieder davon, zu den Bösen zu gehören? Ist das Wunschdenken?

Kann mal einer das Rauschen in mir drin abstellen.

Höchste Zeit für einen Themenwechsel.

Den Kommentar und das komische Gefühl ignorierend, hole ich das Foto zwischen den Seiten hervor. „Schau mal, das habe ich ebenfalls gefunden. Sieht mir die Frau auf dem Bild nicht zum Verwechseln ähnlich?" Meine Stimme zittert. Schnell räuspere ich mich, um es zu überspielen.

Conrad starrt erst auf das Foto und anschließend in mein Gesicht. Danach wieder auf das Foto.

„Verrückt. Was macht deine Oma in der Bibel von Jo?“ Genau wie ich dreht Conrad das Bild um. „1942“, kommentiert er stirnrunzelnd.

„Die Frau ist nicht meine Oma“, erkläre ich. „In unserer Familie gibt es keine Bruns. Allerdings bin ich als Einzelkind bei meiner Mutter aufgewachsen. Meinen Vater kenne ich nicht näher. Ich habe ihn nur wenige Male als Kind getroffen.“ Nachdenklich reibe ich mir übers Kinn. „Aber Mama hat den Namen Bruns nie erwähnt.“

*Warum erzählst du ihm deine Lebensgeschichte? Macht er auf dich den Eindruck, als würde ihn das interessieren?*

Gleichgültig, wie von mir erwartet, gibt Conrad mir das Foto samt Erbvertrag zurück. „Hier. Bitte.“

„Danke.“ Umsichtig und ohne den losen Seiten weiteren Schaden zuzufügen, stecke ich beides zurück in die Bibel. „Und jetzt?“, frage ich, das kostbare Buch an meine Brust gedrückt. Irgendwie habe ich ständig das Bedürfnis, das wertvolle Stück zu halten und vor äußeren Einflüssen zu schützen.

„Keine Ahnung.“ Conrad stößt einen Seufzer aus. „Verkaufe das Buch in deinem Laden und rahm dir deine Doppelgängerin ein.“ Mit abweisender Miene macht er Anstalten, zurück in die Wohnung zu gehen.

Nein!

Bitte? Das kann er nicht ernst meinen. Panik, umsonst gekommen zu sein, befällt mich und lässt mich erneut unruhig auf der Stelle treten.

„Stopp!", versuche ich ihn aufzuhalten, indem ich den Fuß vorschiebe. „Wir müssen diesem Johan seine Sachen zurückgeben. Der Vertrag ist sicher wichtig für ihn. Kennst du zufällig seine neue Adresse?"

„Nope." Mehr Unwille schlägt mir entgegen, bevor er kurz innehält. „Aber vielleicht … mein Mitbewohner Hagen kann dir möglicherweise helfen. Er hat vor mir mit Johan in dieser Wohnung zusammengewohnt."

Natürlich könnte ich Conrad die Sachen dalassen, mit der Bitte, sie an Johan Meinhards neue Adresse zu senden. Aber dann würde ich nichts über die Frau auf dem Bild erfahren. Außerdem wirkt der Mann vor mir nicht, als hätte er Lust, für mich ein Päckchen zur Post zu bringen.

„Besteht vielleicht die Möglichkeit, dass dein Freund Johan bittet, in meinen Laden zu kommen und die Sachen dort abzuholen? Zu gerne würde ich deinen Vormieter kennenlernen."

„Du möchtest erfahren, wer die Frau ist", durchschaut Conrad meine Bitte und wirkt plötzlich freundlicher.

„Erwischt. Ja, ich möchte dem seltsamen Foto auf den Grund gehen. Sollte es eine unbekannte Verwandte in meiner Familie geben, will ich mehr darüber erfahren."

Conrad scheint einen Moment nachzudenken. „Hast du nächsten Samstag gegen sechzehn Uhr Zeit?", fragt er, als ich schon denke, er sagt nichts mehr.

„Äh. Ja. *Der kleine Laden* schließt samstags um sechzehn Uhr."

„Wenn das so ist, kannst du mich zur Modenschau ins *Fashion Center* begleiten. Johan Meinhard stellt mit mir und ein paar anderen die neue Winterkollektion von Julius Kopp vor."

Mir klappt der Mund auf. Heute jagt eine Überraschung die nächste.

„Eine Modenschau?" Der Bruchteil einer Sekunde vergeht. „Oh! – Ich verstehe. Du bist ein Model", stelle ich selten dämlich fest und unterdrücke den Drang, mir gegen die Stirn zu schlagen.

Tilda. Tilda.

„Richtig erkannt, ich verdiene mein Geld mit dem Präsentieren von Designerkleidung." Conrads Haltung bleibt lässig. Er schiebt sogar eine Hand in die Tasche seiner Jogginghose. „Manchmal ergibt sich auch ein Werbespot oder ein exklusives Katalogshooting, samt Modenschau, erklärt er plötzlich nicht mehr wortkarg. Meine Güte, er spricht gelassen, als wäre es das Normalste auf der Welt, bei einem Werbespot mitzuwirken.

Wahnsinn.

Mir fehlen die Worte, oder besser ... sie stauen sich in meinen Gehirnwindungen und kommen nicht heraus. Der Typ vor mir ist ein Männermodel. Ein richtig echtes. Und nicht nur er. Auch Johan ist offenbar in der Branche tätig, sonst wäre er Samstag nicht an Conrads Seite. In dem Fall brauche ich mich auch nicht zu schämen, dass mir die Knie weich werden, sobald Conrad lächelt.

Es kostet mich einige Mühe, meine Überraschung abzuschütteln und zu antworten. „Danke für die Einladung. Ich komme gerne mit. Mein Name ist übrigens Tilda. Tilda Kleine."

Conrad nickt und zieht sein Handy aus der Hosentasche, anscheinend hat er eine Nachricht bekommen.

„Dann sehen wir uns Samstag, ... Tilda." Er spricht, ohne aufzusehen. „Ich hole dich vor deinem Laden ab."

*Hast du das gehört? Er hat deinen Namen ausgesprochen. Und ... er holt dich ab. Du hast ein Date mit einem echten Model.*

Bevor ich etwas erwidern kann, schließt er die Korridortür.

Und nun?

Perplex stehe ich da und weiß nicht, wo ich hinschauen soll. Was für ein verrückter Tag.

Von den Erkenntnissen überwältigt, setze ich mich zögerlich in Bewegung. Mich durchströmen Aufregung und Vorfreude, während ich ohne Eile die Treppenstufen abwärts gehe. Ich war noch nie auf einer richtigen Modenschau. Ob dort alle so gut aussehen wie Conrad? Mein Frauenherz, das schon viel zu lange unter meinem Singledasein leidet, hat gerade einen Hüpfer gemacht.

5

*Tilda*

Ich staune nicht schlecht und kneife die Augen zusammen, um über die Entfernung und gegen die Sonne besser sehen zu können. Ist das ein Hund? Ich korrigiere: Ein Hundchen? Hat jemand während der Mittagspause einen Welpen vor meinem Laden an die Türklinke gebunden? Wenn das Tier nicht niedlich bellen und an der Leine zerren würde, wäre ich nicht mal sicher, ob das überhaupt ein Hund ist. Das weiße Fellknäuel hat einen überproportionierten kreisrunden Kopf und riesige Füße. Bestimmt ein besonders geratener Mischlingshund. Der Arme kann kaum etwas sehen, weil ihm das wuschelige, viel zu lange Fell in den Augen hängt.

Wie alt der Kleine wohl ist? Und wo zur Hölle ist sein Herrchen? Oder Frauchen? Wem gehört das arme Tier, welches völlig verängstigt wirkt und sich an der Leine stranguliert?

„Hi, mein Kleiner", rede ich mit sanfter Stimme und strecke die Hand aus, während ich mich in Zeitlupe der Ladentür nähere. Die Bibel halte ich mit der anderen

Hand an die Brust gedrückt. „Bitte nicht ziehen. Du musst stillhalten, sonst erwürgst du dich.“

Die Antwort meines neuen Ladenbeschützers auf meine Bitte ist ein lautes und kräftiges Bellen. Ein Knurren, welches mehr niedlich als gefährlich klingt, bekomme ich ebenfalls zu hören.

Verdammt. Hier ist Fingerspitzengefühl gefragt.

Möglicherweise ist das Problem größer als gedacht. Wenn ich nicht gebissen werden möchte, muss ich mir etwas überlegen. Auch kleine Hundemilchzähne können spitz und gefährlich sein. Und da ich kein Blut sehen kann …

Um dem Hundchen die Angst zu nehmen und ihn zu beruhigen, setze ich mich im Schneidersitz in geringer Entfernung vor meinen Laden auf den Bürgersteig. Die Bibel lege ich auf meinen Schoß. Zum Glück ist der Boden trocken, sodass es nur kalt, aber nicht nass ist. Die wenigen Fußgänger und ihre merkwürdigen Blicke ignoriere ich fürs Erste.

„Ich hoffe, dir ist klar, dass ich das nicht für jeden dahergelaufenen Straßenköter machen würde. Meine Hose muss nach der Aktion vermutlich in die Wäsche“, spreche ich, ohne das Tier, das sicher aus Verzweiflung bellt, anzusehen. „Du kannst von Glück sagen, dass du so niedlich aussiehst. Mischlingshunde sind meine Lieblingshunde, musst du wissen.“ Langsam rutsche ich Zentimeter für Zentimeter näher an die Tür und hoffe, dass der Bürgersteig so sauber ist wie er aussieht. Das Bellen wird weniger und hört kurz darauf ganz auf. Nur dieses leise misstrauische Knurren, welches sich wie das Gurgeln meiner Munddusche anhört, bleibt.

„Danke", murmele ich und heuchele Desinteresse. Ich schlage sogar die Bibel auf und tue so, als würde ich lesen. Kaum ist auch das leise Knurren verstummt, ziehe ich das Foto zwischen den Seiten hervor und stoße ein freudiges und nicht zu lautes „Ohh!" aus, als würde mich der Anblick überaus begeistern.

Ein Segen, dass Welpen für gewöhnlich neugierig und leicht für sich zu gewinnen sind. Mein neuer Freund ist keine Ausnahme.

Wie ich mir erhofft habe, versucht das Hundchen zu mir und dem Foto zu gelangen und wedelt sogar mit dem Schwanz. „Wusste ich doch, dass du interessiert bist. Die jahrelangen Besuche im Tierheim, weil ich keinen eigenen Hund haben durfte, zahlen sich jetzt aus. Immer noch sind es die problembehafteten Geschöpfe, für die ich ein Händchen habe."

Erfreut, dass meine wenige Geduld schon belohnt worden ist, beuge ich mich zu ihm. „Diese Kostbarkeit kann ich dir nicht geben, mein Kleiner." Ich stecke das Foto zurück. „Aber du könntest mit in den Laden kommen. Sicher habe ich im Kühlschrank etwas, das dir schmeckt. Du hast doch bestimmt auch Durst." Mutig strecke ich die Hand aus. Vorsichtig, aber ohne sich die Seele aus dem Leib zu bellen, riecht der Mischling an meinen Fingern. Seine Rute hält inne, als wäre er noch nicht sicher, ob ich vertrauenswürdig bin. Anscheinend mag er meine Pfirsich-Handcreme, denn er beginnt, meine Finger abzulecken. Auch das Schwanzwedeln setzt zögerlich wieder ein.

„Na also." Der Punkt geht an mich. Gedankenverloren tätschele ich ihm den Kopf und muss an meine Kindheit denken. Wie sehr habe ich die unterschiedlichen

Tierheimbewohner geliebt. Jeden einzelnen, egal ob Hund oder Katze oder Kleintier. Ich mochte sie alle.

„Lässt du mich jetzt die Tür aufschließen?" Mit langsamen Bewegungen hole ich den Schlüssel aus meiner Hosentasche. Anschließend lasse ich ihn auch daran riechen. Wie erwartet mag er meine Finger – oder die Handcreme – lieber.

In Zeitlupentempo und mit nassen Fingern stehe ich auf und unterdrücke den Drang, mir den Hintern abzuklopfen. Um nichts in der Welt möchte ich dem süßen Kleinen Angst einjagen und meine Mühe zunichte machen. Hoffentlich habe ich nicht in irgendwelchen Käfern gesessen. Gegen bellende Hunde habe ich nichts. Aber Insekten, egal welcher Art, sind mir zuwider. Sie stechen und summen und krabbeln überall hin. Nicht drüber nachdenken.

Die kostbare Bibel in sicherer Entfernung haltend, öffne ich die Ladentür. Das Hundchen folgt mir, bis die Leine ihn zurückhält. Er protestiert erneut mit lautem Gebell.

Meine armen Ohren! Das kann heiter werden.

„Du machst gerne Krach, habe ich Recht?" Mit einem Schmunzeln lege ich die Bibel auf den Tresen und löse die Leine von der Klinke. „Na komm. Wir suchen uns etwas Leckeres zu Essen. Ich teile mein Mittagessen mit dir, wenn du aufhörst, so einen Radau zu machen. Ein Wachhund ist etwas Tolles, aber du darfst die Kunden nicht vergraulen, bevor sie mein Geschäft betreten haben."

Als hätte der Welpe mich verstanden, verstummt das Kläffen.

„Na bitte, du bist ein gescheites Kerlchen", lobe ich ihn und schließe die Tür. Nicht, dass er entwischt und auf die Straße läuft. Wer ihn wohl vor der Tür angebunden hat? Während der Mittagspause, in einer Zeitspanne, in der ich mich nur selten im Laden aufhalte?

Steckt da eine Absicht hinter?

Ich dachte eigentlich, dass das Aussetzen von Tieren aus der Mode gekommen sei. Da habe ich mich wohl getäuscht. Wahrscheinlich hat der Halter festgestellt, dass ein Welpe unglaublich viel Arbeit macht und von Zeit zu Zeit in die Wohnung pinkelt.

Ein Seufzen kommt mir über die Lippen. Es ist nur eine Vermutung, ... aber eventuell sollte ich ihn nach der Mittagspause finden und mich seiner annehmen.

Zugegeben der letzte Gedanke ist meinem immerwährenden Wunsch geschuldet, einen eigenen Hund zu besitzen.

Jetzt habe ich einen. Was für ein vermaledeites Pech. Schade, dass ich ihn nicht behalten kann.

# 6

## Conrad

**Samstag**

Wieso stehe ich hier und warte auf eine Frau? Warum habe ich mich überhaupt bereiterklärt dieses Zusammentreffen zu arrangieren? Ich kann Johan Meinhard nicht mal besonders gut leiden. Mir doch egal, ob er die Chance auf einen neuen Porsche verschenkt, sollte er den Brief nicht erhalten. Soweit ich mich erinnern kann, hat er bereits einen. Ist es nötig, einen weiteren zu erben? Zwei Luxusschlitten gleichzeitig zu fahren, ist schwierig. Allerdings ist Jo der Typ Mensch für einen Fuhrpark. Er liebt Autos über alles. Die Information habe ich von Hagen, der ebenfalls ein Autofanatiker ist. Wahrscheinlich haben die beiden sich kaum über etwas anderes unterhalten, als Jo noch Teil der WG war.

Ungeduldig sehe ich auf die Uhr und beschließe, noch fünf Minuten zu warten. Sollte Tilda bis dahin nicht auftauchen, gehe ich ohne sie. Zuspätkommen ist für mich keine Option. Ich gehöre zu den zuverlässigen Models, die für ihre Pünktlichkeit bekannt sind. Ich liebe meinen Job und möchte ihn mehr als nur gut machen. Rechtzeitig an Ort und Stelle zu sein, ist mein Grundsatz. Da bin ich überaus gewissenhaft.

„Entschuldige. Entschuldige", höre ich plötzlich jemanden in meinem Rücken rufen. „Ich bin zu spät." Mit einer Vollbremsung kommt Tilda neben mir zum Stehen. „Tut mir leid. Security wollte nicht in die Hundetasche. Ich habe fünf Leckerlis und einen alten Schuh gebraucht, um ihn da rein zu bugsieren."

Teufel auch! Ist sie verrückt geworden? Wovon redet sie? Und wer zur Hölle ist Security? Was ist das überhaupt für ein Name?

Gerade möchte ich nachfragen, da fällt mir ihre sonderbare Aufmachung auf. Alle Fragen vergessend starre ich die junge Ladenbesitzerin an. Was hat Tilda sich da angezogen? Ist sie über Nacht in den Farbtopf gefallen?

Ihre Hose ist schwarz und das unscheinbarste Kleidungsstück an ihrem Körper, obwohl irgendwelche farbigen Applikationen, die ich nicht näher erkennen kann, aufgenäht sind. Die Schuhe sind strahlend gelb. Ich glaube, es sind dieselben gummistiefelähnlichen Boots, die ich bereits an ihr bewundern durfte. Wenn der Mantel nicht wäre, würde sie in der Aufmachung kaum auffallen. Zumindest nicht hier in Berlin. Aber der Zebramantel, der ihr bis zur Wade reicht, ist eine echte Besonderheit. Woher hat sie einen grünen Zebramantel aus Kunstfell? Ein plastikähnliches Kunstfell, das sofort als solches zu erkennen ist. Auf der Stange in ihrem Laden hing das sonderbare Ding nicht. Daran würde ich mich erinnern.

Mir schwant Übles.

Taktlos deute ich mit dem Finger auf ihren Mantel. „Hast du diese sonderbaren Klamotten ausgewählt, weil wir auf eine Modenschau gehen?" Anders als sie, trage ich Jeans und ein schlichtes weißes T-Shirt, darüber eine schwarze Sweatshirtjacke mit Kapuze. Die Kapuze werde ich überziehen, bevor ich das Einkaufszentrum betrete. Auch wenn ich kein Filmstar bin, werde ich hin und wieder von Frauen erkannt und angesprochen. Nach der Show ist es okay, vorher nicht. Unter keinen Umständen möchte ich aufgehalten werden. Eine Verspätung ist nicht akzeptabel. Da wird mir jeder Designer recht geben.

„Äh ... Nein." Tilda sieht pikiert an sich runter. „Solche Sachen trage ich immer. Ich liebe knallige Farben und scheue mich nicht, mit verschiedenen Stoffen und Materialien zu experimentieren. Hast du ein Problem damit?" Ihre Frage klingt wie eine Herausforderung.

„Nein", antworte ich und setze mich in Bewegung. „Aber wir müssen langsam los." Ein Blick auf die Uhr verrät mir, dass wir uns beeilen sollten. Alle Fragen, die mir auf der Zunge liegen, verschiebe ich auf später. Vielleicht muss ich auch nicht wissen, wer oder was Security ist und aus welchem ungewöhnlichen polyesterhaltigen Material der Mantel besteht.

***

Tilda kann kaum mit meiner Schrittlänge mithalten. Sie schnauft und strauchelt in einer Tour. Warum hat sie einen ganzen Hausstand dabei? Der Weekender, den sie sich über die Schulter gehängt hat, scheint schwer zu sein.

„Gib mir die Tasche", weise ich sie nach einem weiteren Stolpern an und strecke die Hand nach dem Trageriemen aus. „Ich helfe dir. Wir haben es eilig."

„Entschuldige, dass ich mich verspätet habe und nicht mit dir mithalten kann. Bitte, sei nicht böse." Ihr Tonfall hat etwas Mitleiderregendes. „Ich wollte pünktlich sein. Ehrlich. Aber mit einem verspielten Welpen möchte man vieles." Sie stößt ein humorloses Lachen aus, das an leidgeplagte Eltern erinnert.

„Einem Welpen?", frage ich und spüre, wie die Tasche sich bewegt. Beinahe hätte ich sie fallen lassen. Dies ist die Hundetasche, von der sie eben gefaselt hat, trifft mich die Erkenntnis. „Ist da ein Hund drin?" Sicherheitshalber packe ich den Riemen fester. Da wir unmöglich mehr Zeit verlieren dürfen, setze ich mich samt Tasche in Bewegung und erwarte, dass Tilda mir folgt. Hoffentlich hat sie genug Kondition, um zu reden und zu laufen.

„Äh ... ja ... da ist ein Hundewelpe drin. Er wurde ... vor meinem Laden ... ausgesetzt. Ich habe ... ihn ... Security getauft." Ihr Gestotter beendet sie mit einem Schnaufen. Aus dem Augenwinkel erkenne ich, dass sie sich bereits über die Stirn reibt, als würde sie schwitzen.

Klasse. Wir sind gerade mal zweihundert Meter gelaufen. Die Frage, ob Tilda genügend Luft zum Sprechen und Rennen hat, erübrigt sich dann wohl.

„Erkläre mir alles, sobald wir in der U-Bahn sind." Etwas unsanft packe ich sie am Arm und ziehe sie in Richtung der Haltestelle. „Es ist wichtig, dass wir uns sputen. Da sind die Treppen. An der Stelle müssen wir runter. Komm!"

Tilda läuft schweigend und im Gleichschritt neben mir. Wir haben unendlich Glück, denn die Linie, die uns zum Einkaufszentrum bringt, hat Verspätung und fährt gerade ein. Mir fällt ein Stein vom Herzen und Erleichterung macht sich breit. Jetzt schaffen wir es auf jeden Fall. Ein Segen. Unter keinen Umständen möchte ich mir vorstellen, wie der Designer durchdreht, sollte ich nicht rechtzeitig vor Ort sein. Schließlich darf ich die Show eröffnen.

Die Türen der U-Bahn schließen sich hinter uns, als die Tasche sich erneut bewegt. Freie Sitzplätze gibt es keine. Es ist voll, wie immer um die Uhrzeit, weswegen wir uns eine Haltestange teilen müssen.

„So, dann erzähl mal. Ich bin gespannt." Ein Kopfschütteln kann ich nicht zurückhalten. „Wieso bringst du einen Hund zu unserem Treffen mit? In einer Tasche?" Jetzt fallen mir auch die Luftlöcher im Stoff auf. Dahinter schimmert ein weißes flauschig aussehendes Fell. Wie gut, dass ich gegen niedliche kleine Welpen immun bin. Ein Faible für Tiere, egal welcher Art, hatte ich nie.

„Security wurde achtlos vor meinem Laden ausgesetzt", wiederholt Tilda sich und sieht zu Boden. „Leider habe ich auf die Schnelle keinen Hundesitter gefunden, deshalb musste ich ihn mitbringen. Das ist nicht optimal, aber ..."

„Nicht optimal?", unterbreche ich sie und mache keinen Hehl aus meiner Fassungslosigkeit. Sie muss verrückt sein.

Tilda zieht die Augenbrauen zusammen, ihr Blick nimmt an Schärfe zu. „Hallo? Geht's noch ... ich kann einen Welpen nicht allein in der Wohnung lassen. Hast du eine Vorstellung davon, was in meiner Abwesenheit passieren könnte?"

„Nope, keinen Schimmer. In Filmen frisst der Hund in solchen Situationen die Polstermöbel im Wohnzimmer an. Oder er räumt die Cornflakes aus den ebenerdigen Küchenschränken", versuche ich unser Problem mit ein wenig Humor zu nehmen. Strenggenommen ist es Tildas Problem und nicht meins. In den nächsten Stunden werde ich mich auf dem Catwalk aufhalten und nicht Hundesitten.

„Du bist nicht witzig."

„Nein, bin ich nicht." Der Zug fährt eine Kurve und ich lege die zweite Hand an die Haltestange, um nicht umzufallen. „Möchtest du den Hund behalten?" Keine Ahnung, warum ich das frage.

Tilda schnaubt, lässt für einen Moment die Stange los und fährt sich durch die Haare. „Ich bin Single, lebe allein und führe ganz nebenbei ein Geschäft. Unter keinen Umständen könnte ich mich Vollzeit um einen Hund kümmern, erst recht nicht um einen Welpen. So gerne ich Security behalten möchte, es geht nicht." Ihr Missfallen ist deutlich herauszuhören. Sicher gehört sie zu den Menschen, die schon immer ein Haustier haben wollten, aber nie genug Zeit dafür hatten.

„Security? Was für ein merkwürdiger Name. Ist das deine Schöpfung oder wurde der Hund mit einem Anhänger am Halsband ausgesetzt?"

„Ich habe ihn so getauft. Er ist erst seit einem Tag bei mir und beschützt meinen Laden wie ein ganzes Security-Team." Tilda hebt die Schultern und versucht lässig zu erscheinen. Aber ihr Stolz auf den kleinen Kerl ist unübersehbar. „Security passt einfach." Ihre Augen beginnen trotzig zu funkeln. „Und es ist mir egal, ob dir der Name gefällt oder nicht."

„Habe verstanden! Wie beschützt er deinen Laden denn?" Irgendwie ist das schwer vorstellbar. Die Tasche wiegt höchstens fünf Kilo. Groß kann ihr Beschützer nicht sein.

„Er bellt."

„Er bellt? Echt? Das ist alles. Bis jetzt hat er noch keinen Mucks von sich gegeben." Wieder sehe ich durch die Luftlöcher der Tasche und versuche etwas anderes als weißes flauschiges Fell zu entdecken.

„Glaub mir, er kann bellen, sogar ziemlich laut. Gerade schläft er, deshalb hörst du nichts. Vorausschauend wie ich bin, habe ich im Park mit ihm gespielt, bevor ich zu unserem Treffpunkt gekommen bin. Die Erschöpfung hat Security in einen Tiefschlaf versetzt, kaum dass ich den Kampf gewonnen und ihn in die Tasche bekommen habe."

„Dann hoffen wir mal, dass er noch lange schläft. Kläffende Hunde haben auf einer Modenschau nämlich nichts zu suchen. Da ist Ärger mit dem Veranstalter vorprogrammiert." Ungewollt klinge ich oberlehrerhaft.

„Sei kein Snob", werde ich laut angefahren, sodass ein paar Fahrgäste sich zu uns umdrehen. „Deine ach so wichtige Modenschau interessiert mich kein Stück. Ich möchte nur mit Johan Meinhard über die Bibel und das Foto sprechen. Sobald das geschehen ist, verschwinden Security und ich. Es besteht keine Gefahr, dass dein wichtiger Walk gestört wird."

Ein paar Fahrgäste sehen zu uns herüber. War ja klar. Tilda hat nicht gerade leise gesprochen. Ihr aufbrausendes Temperament scheint sie nicht gut unter Kontrolle halten zu können.

Um nichts zu erwidern oder mehr Aufsehen zu erregen, beiße ich mir auf die Zunge. Warum habe ich nicht einfach die Klappe gehalten? Dieses Gespräch ist überflüssig, der Hund liegt schließlich im Tiefschlaf.

Es fuchst mich, dass Tilda mich einen Snob nennt. Das Wort trifft mich an einer unangenehmen Stelle. Ich bin kein Snob. Egal, was Hagen und Tilda behaupten.

„Wir müssen hier aussteigen.“ Der Zug hält und gibt mir die Gelegenheit, die Situation und meine plötzlich angefressene Stimmung zu überspielen.

Sobald wir auf dem Bürgersteig stehen, und der Eingang des *Fashion Centers* in Sicht kommt, setze ich die Kapuze auf und senke den Blick. Hoffentlich ist die Menschenmasse im Eingangsbereich noch nicht groß. Erkannt zu werden, würde uns Zeit kosten, die wir nicht haben.

Da ich Tilda ungern im Getümmel verlieren möchte, greife ich nach ihrer Hand und ziehe sie hinter mir her. Die Vorstellung, sie in der Masse nicht wiederzufinden und mit einem kläffenden Welpen allein dazustehen, behagt mir nicht.

„Wohin gehen wir?“ Ihre Frage ist kaum zu verstehen. Die Musik und die Geräuschkulisse um uns herum machen es schwer. Außerdem ist sie schon wieder aus der Puste.

„Wir müssen am Food-Court vorbei zu den Personalräumen, gleich neben dem Parkhaus. Ich zeige es dir.

Lass bloß nicht meine Hand los. Wir sind gleich am Ziel.“

„Wird Johan Meinhard schon da sein?“

Zielstrebig führe ich uns durch eine Gruppe junger Leute und weiche neugierigen Blicken aus. „Weiß nicht. Vielleicht.“

„Bist du wirklich so bekannt, dass es nötig ist, diese alberne Kapuze aufzusetzen?“

Mein Kopf dreht sich in ihre Richtung. „Ist das schwer vorstellbar für dich?“

Tilda fasst meine Hand nach. Unsere Handflächen sind feucht und rutschig. „Irgendwie schon. Sorry. Bist du berühmt? Ich kenne dich nicht.“

„Wer von uns ist jetzt der Snob?“, kontere ich. „Nur, weil du mich noch nie gesehen hast, denkst du, dass ich keine bekannte Person des öffentlichen Lebens sein kann.“

Endlich kommt die Tür zu den Personalräumen in Sicht. Bevor Tilda antworten kann, machen wir eine Vollbremsung. Ungeduldig, wie ich selten bin, tippe ich die Zahlenkombination in das Tastenfeld und empfinde Erleichterung, als sich die schwere Metalltür mit einem Summen öffnet. Endlich angekommen.

„Da bist du ja“, empfängt Imogene mich. Sie hebt ihr Smartphone. „Ich wollte dich gerade anrufen.“ Imogene Tomker ist eine Angestellte des Einkaufszentrums. Sie gehört zur Marketingabteilung und ist Teil des Organisationsteams. Da es im *Fashion Center* vier Mal im Jahr eine Modenschau gibt, sind wir mittlerweile sowas wie Freunde geworden.

„Nicht nötig. Bin hier. Wir wurden aufgehalten, entschuldige. Ist Johan schon da?" Im Gegensatz zu mir, kommt mein Kollege öfter auf den letzten Drücker.

„Jep, ist in der Maske. Malia hat mich angewiesen, dich umgehend nach hinten ins Fitting zu schicken, sobald du auftauchst." Sie wirft einen fragenden Blick auf Tilda. „Hast du Besuch mitgebracht?" Fremde Personen im Backstagebereich sind nicht gerne gesehen. Aber solange kein Aufsehen erregt wird, wir keine lärmende Schulklasse anschleppen und der Gast sich ruhig verhält, wird er in der Regel stillschweigend akzeptiert. „Ja. Das ist Tilda, sie ist eine Bekannte von Jo und sucht nach ihm."

Bei dem Wort *Bekannte* spüre ich, wie Tilda an meiner Hand zusammenzuckt. Wieso halten wir eigentlich immer noch Händchen? Schnell lasse ich ihre Finger los und nehme den Trageriemen von meiner Schulter.

„Könntest du dich um ...", ich krame in meinem Gedächtnis nach dem Beschützernamen, den Tilda erfunden hat, „... Security kümmern? Vielleicht braucht er Wasser, oder so."

„Nein!" Tilda greift nach der Tasche, bevor Imogene übernehmen kann. „Es ist besser, ich passe selbst auf ihn auf. Er kennt hier schließlich keinen und könnte sich fürchten."

Mit einem Schmunzeln wende ich mich meiner Begleitung zu. „Du hast bereits Muttergefühle für das Tier entwickelt."

„Muttergefühle?" Die Frage wird von einer Spur Empörung begleitet.

„Ja. Die sind gefährlich, habe ich gehört. Sie lassen dich Dinge tun, die du sonst nicht tun würdest. Zum

Beispiel einen Hund bei dir aufnehmen, obwohl du keine Zeit für einen hast. Nur weil er so niedlich ist und du dich kümmern möchtest. Wie eine Mutter um ihr Kind eben."

„Ist ein Hund in der Tasche?", mischt Imogene sich ein. Sie wirkt neugierig, aber auch ein wenig nervös. Verständlich. Der Inhalt der Tasche könnte sich zu einem Problem entwickeln. Vor allem, wenn der Vierbeiner aufwacht.

„Ja, aber nur ein kleiner", nimmt Tilda ihren Zuwachs in Schutz. „Er schläft und wird keinen Ärger machen. Ich passe auf ihn auf."

*Ihr Wort in Gottes Ohr.*

Imogene steckt das Smartphone weg und macht sich eine Notiz auf dem Klemmbrett, das bis gerade unter ihrem Arm gesteckt hat. Anschließend deutet sie den Flur hinunter. „Ihr solltet nicht länger trödeln. Wir liegen bereits hinter dem Zeitplan."

„Sind schon weg." Diesmal greife ich nicht nach Tildas Hand, sondern setze mich einfach in Bewegung.

„Hat diese Frau sich notiert, dass ich einen Hund dabeihabe?", fragt Tilda und setzt mir nach.

Mein Mundwinkel hebt sich. „Imogene macht sich ständig Notizen", antworte ich, ohne mich umzudrehen. „Keiner weiß, was sie ständig aufschreibt. Am besten ignorierst du ihr Gehabe."

Am Ende des Flurs bleibe ich stehen und wende mich Tilda zu. „Wenn du zu Jo möchtest, gehst du da lang. Dort findest du den Bereich für Haare und Make-up." Ich deute auf den Gang zu meiner Linken. „Hast du die Bibel und den Brief dabei?"

„Natürlich." Hektisch wühlt Tilda in dem Seitenfach dieser überdimensionalen Tasche, die irgendwie etwas von einer Wickeltasche für Babys hat. Nur dass in dieser Tasche auch Platz für das Baby selbst ist.

„Danke, dass du mich heute mitgenommen hast." Tilda schenkt mir ein Lächeln. „Entschuldige ... wie nachlässig von mir. Ich hätte mich früher bedanken sollen."

„Kein Problem", winke ich ab und sehe, wie die Tasche sich bewegt.

„Gib mir deinen neuen Freund." Ungeduldig strecke ich die Hand aus. „Ich passe auf ihn auf, während du mit Johan redest. Da ich spät dran bin, wird im Fitting wenig los sein. Bestimmt gibt es dort ein ruhiges Plätzchen, wo er sein Mittagsschläfchen fortsetzen kann."

„Bist du sicher?" Tilda scheint zu zweifeln. Oder ihre Muttergefühle melden sich und sie hat Angst um ihren Schützling.

Mein Blick wandert auf die Armbanduhr. „Entscheide dich, meine Zeit ist knapp. Wenn ich deinen Hund mitnehmen soll, dann musst du ihn mir jetzt geben. Sobald du dein Gespräch mit Johan beendet hast, holst du ihn bei mir ab. Frag einfach Imogene, solltest du mich nicht finden können. Sie weiß immer, wo ich bin. Sie weiß alles."

„Okay. Ist wahrscheinlich die beste Lösung." Tilda reicht mir die Tasche. Aber nicht ohne einen besorgten Blick durch die Luftlöcher zu werfen. Wie will sie den Hund jemals wieder abgeben, wenn sie schon jetzt völlig vernarrt in den kleinen Kerl ist?

„Bis gleich." Bevor Tilda noch auf die Idee kommt, mir Anweisungen zu erteilen, wende ich mich nach rechts

und schalte einen Gang rauf. Derart über der Zeit war
ich noch nie.

# 7

## Tilda

Die Bibel, in der der Brief vom Notar steckt, an die Brust gedrückt, mache ich mich auf den Weg zu Johan Meinhard. Mehr und mehr kommen mir Zweifel, ob die Idee, ihn heute hier zu treffen, eine gute war.

Wieso hat Conrad überhaupt diesen Ort vorgeschlagen? Ich komme mir völlig fehl am Platz vor. Ein Störenfried, der den Ablauf in Gefahr bringt. Hoffentlich ist Johan ein umgänglicher Typ, der kein Problem mit Unvorhergesehenem hat.

Den Stimmen folgend trete ich wenig später durch eine Tür und bleibe umgehend stehen. Bin ich gerade gestorben und im Fashionhimmel gelandet? Wenn das kein Anblick ist, der eine Frau innehalten lässt, weiß ich es auch nicht.

Fünf beleuchtete Spiegel, vor denen jeweils ein Stuhl steht, auf dem eine Person sitzt, ziehen meine Aufmerksamkeit auf sich. Zu jedem Platz gehört ein Make-up Artist, der in Eile, aber auch mit Präzision um sein Model herumwirbelt. Die Geräuschkulisse ist nichts für Leute, die unter Spannungskopfschmerzen leiden. Jeder redet mit jedem, aber einzelne Sätze lassen sich nicht verstehen. Alles vermischt sich zu einem Einheitsbrei. Glücklicherweise hat Conrad Security mitgenommen. Der Kleine wäre sicher sofort aufgewacht und mit der neuen Situation überfordert gewesen.

Irgendwie fühle auch ich mich überfordert.

Wer von den Männern ist nun Johan Meinhard? Etwa die Hälfte der anwesenden Models ist weiblich. Es werden also Männer und Frauen die neue Collection vorstellen. Das erleichtert mir meine Suche nur unwesentlich. Ich hätte mir eine Personenbeschreibung von Conrad geben lassen sollen. Da ich nicht mitgedacht habe, werde ich mich wohl durchfragen müssen.

„Entschuldige", halte ich einen Mann auf, der nicht wie ein Model aussieht und offenbar zu den Assistenten gehört. Zumindest trägt er das gleiche schwarze T-Shirt wie die Make-up Artists. „Ich suche Johan Meinhard. Hast du ihn zufällig gesehen?"

Ein Nicken. „Jo." Mein Gegenüber tippt dem Mann auf dem ersten Stuhl auf die Schulter und wartet, bis er sich umdreht. „Du hast Besuch." Er deutet auf mich und verschwindet.

Der Grund meines Besuchs sitzt keine zwei Meter von mir entfernt und strahlt mich an. Das ihm in diesem Moment eine Tonne Haarlack auf die Haare gesprüht wird, lässt ihn nicht mal mit der Wimper zucken.

Die Luft um mich herum wird klebrig und ich unterdrücke ein Husten. „Hey, ich bin Tilda, eine Freundin von Conrad." Eigentlich bin ich keine wirkliche Freundin, aber ich habe das Gefühl, meine Anwesenheit mit dieser Notlüge erklären zu müssen.

Bevor Johan etwas sagen kann, rede ich weiter. „In meinem Besitz befindet sich etwas, das womöglich dir gehört. Ich bin gekommen, um es dir zurückzubringen.“ Mit beiden Händen reiche ich ihm die Bibel, die verdammt schwer ist.

„Du bist gekommen, um mir ein altes Buch zu bringen?“ Seine Verwunderung darüber ist nicht zu übersehen.

Kurz bringen mich seine tiefblauen Augen aus dem Konzept. Sind das Kontaktlinsen? Kann jemand so blaue Iriden haben?

*Konzentration, Tilda.*

„Äh, ja … es ist eine wertvolle Bibel aus dem letzten Jahrhundert. Außerdem liegen ein paar wichtige Dokumente zwischen den Seiten.“ Im Stillen verfluche ich Conrad, der den Brief vom Notar ohne Erlaubnis aufgerissen hat. Hoffentlich denkt Johan jetzt nicht, dass ich eine Schnüfflerin bin.

„Interessant.“ Der Mann mit den blauen Augen stößt ein Lachen aus, welches mir sofort sympathisch ist. „Ich wusste gar nicht, dass ich eine Bibel besitze.“ Mit wenig Vorsicht schlägt er das Buch auf. Inständig hoffe ich, dass jetzt nicht die nächste Ladung klebriger Haarlack versprüht wird. Nicht auszudenken, wenn die Seiten eines so alten Buches wegen einer Unaufmerksamkeit zu Schaden kommen würden. Am liebsten würde ich das wertvolle Stück wieder an mich reißen und mir gegen die Brust drücken, wo es sicher ist.

„Sie lag in einem deiner Umzugskartons. Conrad hat sie gefunden.“ Warum erwähne ich Conrad? Habe ich das Gefühl, Schuld abwälzen zu müssen?

„Wenn mein Nachmieter sie gefunden hat, wieso bist du dann heute hier?" Ein anzügliches Lächeln huscht über das Gesicht des Models. Sein Blick wandert über meinen Körper und bleibt anschließend in meinem Gesicht hängen. „Interessante Klamotten. Der Mantel gefällt mir. Bist du auch Model? Läufst du heute?"

Sofort fühle ich mich geschmeichelt und spüre, wie mir Hitze den Hals raufkriecht. Dass ein erfahrenes Model mich für eine Kollegin hält, ist schmeichelhaft. Vor allem, weil ich an den Hüften ein paar Rundungen zu viel habe.

„Nein." Heftig schüttele ich den Kopf, was meine Gesichtsfarbe noch peinlicher wirken lässt. „Ich bin kein Fashionmodel, oder irgendein anderes Model. Mir gehört das Geschäft *Der kleine Laden* auf der Odenberger Straße, gegenüber deiner alten Wohnung. Deine Bibel ist mit einem vergessenen Umzugskarton bei mir gelandet." Lässig winke ich ab. „Lange Geschichte. Können wir irgendwo ungestört reden? Gerne würde ich dich etwas zu einem Foto fragen, das ich zwischen den Seiten gefunden habe."

„Fertig", unterbricht uns der Make-up Artist. „Der Nächste, bitte." Er entfernt den Umhang und tritt zur Seite, um Platz zu machen.

Ehe ich mich versehe, steht Johan Meinhard vor mir. Groß, schlank und nach einer Menge Chemie riechend. Ich muss den Kopf heben, um ihm in die Augen sehen zu können. Er ist noch größer als Conrad und er ist … nackt. Also nicht richtig und vollkommen nackt, aber am Oberkörper trägt er nichts außer einem Brustwarzenpiercing und gebräunter Haut, die aussieht, als käme sie aus der Sprühdose. Untenrum schmückt ihn eine dunkelblaue Hose, an der ein paar Hosenträger aus Leder baumeln.

Vielleicht ist die Bräune nicht echt, aber die definierten Muskeln sind es allemal. Nicht zu protzig und aufgeblasen, sondern wohl definiert. Genau mein Geschmack.

Mein Mund wird trocken. Die Sprache hat es mir ebenfalls verschlagen.

*Jetzt nur nicht schlucken oder über die Lippen lecken. Nur ein- und ausatmen.*

„Du hast dir einen denkbar schlechten Zeitpunkt ausgesucht. Momentan habe ich keine Zeit für ein Gespräch." Er reicht mir die Heilige Schrift. „Aber nach der Show können wir was trinken gehen, solltest du dann noch Interesse an mir haben."

Ich klammere mich an Gott und die Bibel und bringe ein zaghaftes Nicken zustande. „Okay." Mit dem Angebot kann ich mich zufriedengeben. Es ist nett. Mehr als nett.

„Pass gut auf mein Buch auf, während ich weg bin, hübsche Tilda." Ein letztes aufreizendes Zwinkern und dann stehe ich da und schaue auf eine Kehrseite, die genauso attraktiv ist wie die Vorderseite. Die Schultern sind breit und verlaufen nach unten zu einem V. Nicht nötig zu erwähnen, dass die Hose sich wie maßgeschneidert an seinen Körper schmiegt.

„Johan hat die besten Pobacken von allen", wird meine heimliche Beschau unterbrochen.

„Was ...?" Ertappt drehe ich mich der Stimme zu und sehe Imogene, die mit ihrem Klemmbrett eine ähnliche Haltung wie ich eingenommen hat.

Die Fashion-Show-Assistentin lacht. „Ich habe über stramme Pobacken gesprochen." Sie deutet in die Richtung, in die Johan verschwunden ist. „Keine Sorge, unser lieber Jo ist cool, er lässt sich gerne betrachten. Es freut ihn sogar, wenn wir Frauen ihn anschmachten. Sein Ego braucht viel Pflege, musst du wissen."

„Ich habe nicht geguckt", lüge ich und hoffe, das Karma schlägt nicht im nächsten Augenblick zu.

„Natürlich nicht, Süße."

„Zumindest habe ich nicht auf seinen Po gestarrt." Kaum ausgesprochen, spüre ich die Hitze auf meinen Wangen. Warum ist es hier plötzlich so warm?

„Alles gut, Schätzchen. Jeder hat Vorlieben." Imogene hebt die Schultern und wirft einen Blick auf ihre Unterlagen. „Wenn du möchtest, kann ich dir einen Platz in einer der hinteren Reihen freihalten. Von dort aus kannst du dir die Show ansehen. In dreißig Minuten geht's los."

***

Wie aufregend. Auf einer echten Modenschau war ich noch nie. Gleich werde ich Conrad sehen – und Johan. Werde ich die beiden überhaupt ausmachen können? Sicher sehen sie in den Designerklamotten völlig verändert aus. Auf Conrad freue ich mich am meisten. Sein erhabenes Auftreten ist schon außerhalb des Laufstegs zu spüren. Wie wird seine Aura erst anschwellen, wenn er auf der Bühne performt? Ich erwarte Großes, ohne zu wissen warum.

Der Boden vibriert sanft, als das Licht ausgeht und der Catwalk in völlige Dunkelheit gehüllt wird. Alles ist still, die Luft scheint aufgeladen und ein Kribbeln setzt ein.

Es geht los.

Ungeduldig wackele ich auf meinen vier Buchstaben und recke das Kinn, um über die Köpfe hinweg besser sehen zu können.

Leise Musik spielt und ein Spot wird auf einen etwa halben Meter breiten Schlitz in der Wand gerichtet. Unbewusst halte ich die Luft an. Mit einer dramatischen Atmosphäre wie dieser hätte ich nicht gerechnet. Obwohl noch nichts passiert ist, bekomme ich bereits eine Gänsehaut. Die Veranstalter wissen eindeutig, wie sie beim Zuschauer Spannung aufbauen.

Gut, dass Security ein sicheres Plätzchen gefunden hat und ich mir keine Sorgen machen muss. Imogene hat mir versichert, dass Conrad für alles gesorgt hat. *Meinem Hund geht es ausgezeichnet,* wiederhole ich die Worte sicherheitshalber. Ein wenig misstrauisch bin ich schon, schließlich kenne ich Conrad kaum. Aber wenn die allwissende Fashion-Show-Assistentin mir versichert, dass es okay ist, werde ich ihr glauben müssen. Mir bleibt auch nichts anderes übrig. Ich wurde vor die Wahl gestellt, mich zu den Besuchern zu setzen oder den Backstagebereich zu verlassen. Anscheinend sind Gäste nur bis zum Beginn der Show erlaubt.

*Hoffentlich schläft Security in seiner Tasche den Schlaf der Gerechten.*

Der Gedanke hat sich kaum in meinem Kopf geformt, da heben die Bässe an und das erste Model betritt den Laufsteg. Es ist ein Mann, ... uh ... es ist Conrad. Conrad eröffnet die Show. Wie cool ist das denn? Obwohl ich noch nie eine Modenschau live gesehen habe, weiß ich, dass das eine besondere Ehre ist.

Fasziniert von dem, was vor mir passiert, versuche ich, so viel wie möglich aufzusaugen. Die Atmosphäre, die punktgenaue Beleuchtung und das Raunen der Zuschauer, als Conrad den ersten Schritt macht. Sein Gang hat etwas lässig Arrogantes, was seine komplette Haltung verändert. In dem Outfit, bestehend aus schwarzer Hose und weißem Oberteil mit weißer Weste, sieht er, wie von mir vermutet, völlig anders aus. Was ist das für eine merkwürdig flauschige Handtasche, die er sich unter den Arm geklemmt hat? Eindeutig nicht mein Geschmack.

Hässliche, unförmige Männerhandtaschen haben mir noch nie gefallen. Unisex hin oder her. Handtaschen haben in meinen Augen immer etwas Weibliches und wirken bei Männern deplatziert. Zumindest ist das meine Meinung.

Das nächste Model, diesmal eine Frau, tritt ins Licht. Auch sie trägt ausschließlich schwarze und weiße Kleidung und läuft etwa fünf Meter hinter Conrad. Sehr elegant. Den Schal um ihren Hals würde ich auch tragen. Er sieht weich und meterlang aus, genau mein Stil.

Mein Blick wandert wieder zu Conrad, der am Ende des Weges angekommen ist und nun wendet. Er stellt die Tasche auf den Boden und zieht an einem versteckten Riemen, der länger ist, als ich vermutet habe.

Meine Aufmerksamkeit ist geweckt, mein Blick fixiert.

Mit einer Vorahnung kneife ich die Augen zusammen und verfluche meinen weit entfernten Platz. Kann mir bitte jemand ein Fernglas reichen?

Einen Moment später gibt die muffähnliche Tasche ein kurzes, aber kräftiges Bellen von sich und trabt anschließend schnellen Schrittes neben Conrad her.

O Gott! Mein Puls stolpert und rast los. Träume ich? Das kann nicht wahr sein.

*Mein Hund – Security!*

Das Bellen erkenne ich, dafür brauche ich kein Fernglas. Ein kollektives Aufseufzen geht durch die Menschen um mich herum. Alle Blicke sind auf den Mann mit dem kleinen Hund gerichtet.

Verrückte Welt! Mein Hund geht neben einem Supermodel bei Fuß, als wäre er ein ausgebildeter Begleithund, der sich von nichts aus der Ruhe bringen lässt. Sogar die Nase trägt er höher als ich es sonst bei ihm sehe.

Stolz schwellt meine Brust. Security ist ein Naturtalent. Er rennt nicht, zieht nicht an der Leine und bis auf das kurze Bellen an der Spitze des Catwalks ist er still und folgsam. *Braver Hund.*

Und Conrad ... seine Ausstrahlung ist unanständig fesselnd. Auch ohne den Welpen an seiner Seite wäre er ein wahrer Augenschmaus. Aber mit dem vierbeinigen Begleiter, bekommt sein Auftritt etwas Nahbares, fast schon Niedliches. Bestimmt durfte Security nur dabei sein, weil sein Fell wollig und weiß ist und unglaublich gut zu Conrads Jacke passt. Irgendjemand scheint ihn gebürstet und dem Fell mehr Volumen gegeben zu haben. Die beiden sind ein überwältigendes Paar und haben mich mit dem Auftritt völlig in ihren Bann gezogen.

Freude erfüllt mich. Ein Hoch auf die Promenadenmischung. Und den Designer, der bereit war, ein Risiko einzugehen.

Obwohl die letzten Meter bis zum Loch in der Wand nach Plan verlaufen, überkommt mich Erleichterung, als Conrad und Security zurück in den Backstagebereich verschwinden. Hoffentlich bleibt das Securitys einziger Auftritt. Sein Glück sollte man nicht überstrapazieren.

# 8

## Conrad

„Hier ist deine Wickeltasche, Papa", zieht Ernesto mich schmunzelnd auf.

„Sehr witzig. Das ist keine Wickeltasche", beschwere ich mich und greife nach dem kostbaren Gut. „Ist der Welpe drin?" Bei dem dunklen Licht lässt sich nur schwer durch die Luftlöcher schauen.

„Jep. Dein kleiner Freund schläft."

„Hat er Ärger gemacht?" Da ich nach der Eröffnung der Show noch zwei weitere Male – ohne Hund – raus musste, bin ich nicht im Bilde. „Zumindest habe ich ihn nicht bellen gehört."

Ernesto, der zum Fitting-Team gehört, winkt ab. „Die Mädels vom Einkaufszentrum haben sich um deinen Hund gekümmert. Sie haben ihn beschäftigt und auch mit frischem Wasser versorgt. Es geht ihm prächtig."

„Gut, danke. Aber er ist nicht mein Hund. Ich würde mir niemals ein Haustier, geschweige denn einen Hund, zulegen." Beim nächsten Mal überlege ich mir zweimal, ob ich die Verantwortung für eine tickende Zeitbombe übernehmen möchte. Hoffentlich hat Tilda mit Jo über die Bibel und das Foto sprechen können, sodass die verursachten Unannehmlichkeiten nicht umsonst waren. Die Idee, sie heute mit hierher zu bringen, war nicht meine beste.

Verschwitzt und gestresst, wie immer nach der Arbeit, trete ich durch die Tür, die mich in den Gang zum Einkaufszentrum führt. Ich hätte mit Tilda einen Treffpunkt ausmachen sollen. Wie konnte ich das vergessen? Dummer Fehler. Wenn ich Glück habe, ist sie so schlau und wartet am Ende des Ganges auf mich.

Kaum gedacht, entdecke ich Tilda und Johan, die in ein Gespräch vertieft sind. Sie stehen da, wo ich sie vermutet habe. Tilda hält sich an der Bibel fest und himmelt Jo an, der ein gutes Stück größer ist als sie. Meine Nachbarin nimmt nichts um sich herum wahr und klebt an seinen Lippen. Offensichtlich hat Jo bereits seinen vollen Charme spielen lassen.

Ich mag den Kerl nicht. Er ist zu sehr von sich überzeugt, außerdem redet er zu viel.

*Gib den Hund ab und überlass die beiden sich selbst. Hagen wartet mit einem kühlen Bier in der Sportsbar auf dich. Du bist sowieso schon spät dran.*

„Hey", begrüße ich die beiden und geselle mich zu ihnen. Wir stehen abseits vom Trubel, der sich bereits aufzulösen beginnt.

„Auch schon da?" Jo sieht auf sein Handgelenk, obwohl er gar keine Uhr trägt. „Hat unser Goldjunge etwas länger zum Abschminken gebraucht?"

*Kinderkram.*

Auf die Stichelei gehe ich nicht ein. Johan möchte mich provozieren. Es hat ihm missfallen, dass ich die

Show eröffnet habe, obwohl er mit dem Designer befreundet ist. Anscheinend möchte er wie immer seinen Unmut an mir auslassen. Diese Eifersüchtelei ist nicht neu und wenig professionell. Aber so ist Johan Meinhard eben.

Anders als mein Model-Kollege hält Tilda mit ihrer Freude nicht hinterm Berg. Sie hat Lachfältchen um die Augen herum und strahlt mich an, als wäre ich eine Erscheinung und in den letzten Stunden in ihrem Ansehen um zweihundert Prozent gestiegen.

„Ihr wart unglaublich. Alle beide. Ich war völlig von den Socken und hatte eine Gänsehaut, als du mit Security gelaufen bist. Wahnsinn.“

Ihre Begeisterung schmeichelt mir. Es fehlt nur noch, dass sie anfängt zu applaudieren. „Danke.“ Mir entgeht nicht, dass Jo uns nicht aus den Augen lässt.

„Geht es Security gut? Ist er in der Tasche? Schläft er wieder?“

„Dreimal ja“, antworte ich und grinse breit.

Obwohl Tilda eine Hand nach der Tasche ausstreckt, mache ich keine Anstalten ihr den schlafenden Hund zurückzugeben. Sie hält schließlich schon die schwere Bibel in den Händen. Ich trage den Hund.

„Ein Segen.“ Tilda stößt ein erleichtertes Seufzen aus und lässt die Hand sinken.

„Hast du Johan seinen Brief gegeben?“ Mein Blick wandert von Tilda zu Jo. „Können wir verschwinden? Mein Freund Hagen wartet auf mich.“

„Nope“, mischt Jo sich ein und legt Tilda sogar einen Arm um die Schultern. „Deine Freundin geht mit mir etwas trinken.“ Er zieht Tilda näher und sie lässt es mit sich machen, als wären sie in den letzten Minuten ein

Paar geworden. „Wir haben Wichtiges zu besprechen. Nicht wahr, meine Hübsche?"

Tilda, die mich gerade stark an einen Groupie erinnert, nickt fast schon unmerklich. Sogar ihre Wangen fangen an sich leicht rot zu färben. Offenbar hat es ihr die Sprache verschlagen.

Was soll das? Hat Jo ihr in den letzten zehn Minuten eine Gehirnwäsche verpasst? Oder ist Tilda die alte Schwarz-Weiß-Fotografie so wichtig, dass sie sich dafür an diesen Schleimer verkauft? Sie kann diesen Wichtigtuer doch unmöglich sympathisch finden. Nicht mal, wenn sie eine besondere Vorliebe für gutaussehende Typen hat.

Fassungslos starre ich Tilda an, die umgehend ihren Blick senkt. Ihr Körper wirkt angespannt, irgendwie gehemmt. Außerdem tritt sie auf der Stelle, als wäre sie nervös.

Verstanden. Ein deutliches Zeichen. Einer ist hier überflüssig. Soll sie machen, was sie für richtig hält. Ihr Handeln kann mir egal sein. An der Stelle bin ich raus und verabschiede mich. Wir sind schließlich kein Paar oder so.

Gerade will ich die Tasche von der Schulter nehmen, um sie ihr zu geben, da hält Jo mich auf.

„Kannst du noch ein paar Stunden auf das niedliche Hundevieh aufpassen? Ein lauter und überfüllter Pub ist kein guter Platz für ein Tier. Unser Gespräch wird sicher länger dauern."

In der Bewegung innehaltend sehe ich Tilda an. Sie schweigt, aber ihr Blick hat etwas Flehendes, sogar ihre Finger verkrampfen sich um die Bibel.

Vielleicht ist es Wunschdenken, aber unter Umständen findet sie Johan genauso arrogant und schleimig wie ich und möchte das Gespräch nur schnell hinter sich bringen. Denkbar ist alles. Wenn sie ihm jetzt absagt, weil sie auf ihren Hund aufpassen muss, wird sie sich ein weiteres Mal mit ihm treffen müssen. Gut möglich, dass sie das vermeiden will.

*Teufel auch!*

Obwohl ich ihr schon mehr Gefallen getan habe, als ich geplant hatte, nicke ich und rücke den Riemen der Tasche zurecht. Security wird von Minute zu Minute schwerer. Sicher wacht er bald auf und fängt an, sich bemerkbar zu machen, weil er aus der Tasche möchte. Ich stehe schon viel zu lange hier und vertrödele meine Zeit.

„Wenn es dir nicht passt, können wir die Unterhaltung auch verschieben und uns ein anderes Mal treffen", unterbricht Tilda mein Schweigen und wendet sich Jo zu. Ihre Enttäuschung ist nicht zu übersehen. „Conrad trifft sich mit seinem Freund. Er hat keine Zeit zum Hundesitten – außerdem ist es bereits spät", erklärt sie ihm, obwohl Johan bei uns steht und alles mitangehört hat.

Verdammt! Warum klingt ihre Stimme traurig und niedergeschlagen? Nebenbei bemerkt ist es für einen Samstagabend noch reichlich früh.

„Lass mal." Der Einspruch kommt mir schnell über die Lippen. Was bin ich für ein Weichei. „Ich kann Hagen absagen", fahre ich langsamer fort. „Oder wir bleiben Zuhause und trinken das Bier vor der Glotze. Irgendwo ist sicher eine Sportübertragung, mit der ich ihn zum Bleiben überreden kann."

„Echt?" Tilda beginnt zu strahlen, ihre Augen leuchten. Sogar ihre Mundwinkel heben sich und es entsteht ein winziges Grübchen auf der linken Wange. „Das würdest du für mich tun?"

Die Worte fühlen sich wie eine Belohnung an. So leicht ist sie glücklich zu machen?

„Damit hast du alle Gefälligkeiten als nervige Nachbarin aufgebraucht." Mein Blick wird eindringlich und verdeckt die Tatsache, dass es mir gefällt, sie glücklich zu sehen. „Wehe du lässt mich die Nacht über mit dem Kläffer allein", fühle ich mich genötigt zu sagen, obwohl ich merke, dass ich meinen zu anfangs gehegten Groll, auf Tilda längst abgelegt habe. Sie ist amüsant, authentisch, ehrlich und ganz anders als meine Ex Juliane oder meine Modelkolleginnen.

„Auf keinen Fall. Spätestens in einer Stunde hole ich ihn bei dir ab. Versprochen." Sie hebt die Hand zum Schwur und Johan stößt ein Lachen aus.

„Sind wir jetzt bei den Pfadfindern?"

*Lackaffe!*

Tilda ignoriert den blöden Spruch und tritt vor. Im nächsten Moment umarmt sie mich und drückt mir sogar einen zaghaften Kuss auf die Wange. „Danke." Ihre Stimme ist ein Flüstern, unverständlich für Jo. „Du bist der Beste. Ich werde pünktlich zurück sein. Fest versprochen."

***

Mehr als drei Stunden später klingelt es an der Tür, es ist lange nach Mitternacht. Hagen wollte natürlich nicht bleiben. Den Samstagabend verbringt er niemals auf der Couch, so seine Worte. In der letzten halben Stunde hat Security dreimal auf den Teppich gepinkelt, was meine Gemütsverfassung nicht gerade verbessert hat. Ekelhaft. Hundepisse stinkt bestialisch. Der Läufer ist nicht mehr zu retten und taugt nur noch für den Sperrmüll. Es verschafft mir allerdings Befriedigung, dass der Teppich zu den Sachen gehört, die ich von Johan übernommen habe. Security hat also indirekt auf Johan gepinkelt. An den wunderbaren Gedanken habe ich mich in den letzten Stunden geklammert, um bei Laune zu bleiben.

Mit einem tiefen Gefühl der Erleichterung öffne ich die Tür. Endlich ist Tilda da, und befreit mich von dem *Welpen des Grauens*. Zu unser aller Glück war er bei der Modenschau nicht so lebhaft wie in den letzten Stunden. Security scheint zu den nachtaktiven Hunden zu gehören. Tilda wird ihren Spaß mit ihm haben.

„Entschuldige." Luftschnappen. „Entschuldige." Luftschnappen. „Entschuldige ... vielmals. So spät sollte es gar nicht werden." Sie kommt am Treppenabsatz zum Stehen und saugt den Sauerstoff ein, als müsste sie einen Kollaps verhindern. Sogar ihre Hand hat sie sich aufs Herz gelegt. Sie japst und stöhnt nach Luft und wirkt dabei erhitzt, als stände sie kurz vorm Höhepunkt.

Stopp!

*Was sind das plötzlich für Gedanken? Ich sollte wirklich bald mal wieder ausgehen, das Singledasein steigt mir zu Kopf.*

Bevor ich etwas völlig Unpassendes sagen kann, flitzt Security an mir vorbei und begrüßt Tilda, als wäre sie lange vermisst gewesen und nun endlich wieder zurück. Sein Schwanz steht keine Sekunde still und er stößt Laute aus, die an ein Gurren von Tauben erinnern.

„Komm rein", ihr weckt noch das ganze Haus auf. Gurren ist besser als Bellen, aber immer noch laut.

Vorgehend führe ich Tilda ins Wohnzimmer, wo sie sich mit einem langen und tiefen Seufzer auf die Couch fallen lässt. Ich kann nicht drum hin sie zu betrachten. Ihr Anblick zieht mich an und lässt mich an meinem rationellen Denken zweifeln. Warum bin ich von jetzt auf gleich verschossen in die Frau? Woran liegt es? Ist es ihrem interessanten, sehr bunten, Äußeren geschuldet, oder liegt es an ihrem Charakter, der mich mehr fasziniert als es jemanden der auf lockere Beziehungen steht faszinieren sollte.

Der Welpe springt an ihr hoch, bis Tilda sich erbarmt und ihn auf den Schoß nimmt.

„Du siehst erledigt aus." Mit den Händen in den Hosentaschen lehne ich mich gegen die Wand neben dem Fernseher. Was würde ich darum geben, ihre Gedanken lesen zu können. Hat sie sich mit Johan amüsiert? Ist sie deshalb so erledigt?

„Bin ich auch." Sie schließt für einen Moment die Augen. Security rollt sich auf ihren Oberschenkeln zusammen und macht es ihr nach.

Einen Moment habe ich Mitleid mit dem vom Tag gestressten Duo. Der Anblick der beiden hat etwas in sich Ruhendes, als würde die Welt kurz anhalten und sich eine Auszeit nehmen. Wie ist dieses Gespann mitten in der Nacht in meiner Wohnung gelandet? Und wohin hat sich mein Vorsatz, die nervige Besitzerin des

Ramschladens nie wiedersehen zu wollen, verflüchtigt? Und noch viel wichtiger ... warum verspüre ich den Drang, das Bild vor mir abzuspeichern? Die Faszination erklärt sich mir nicht. Meine Verwirrung ist sicher dem anstrengenden Tag geschuldet. Daran muss es liegen.

„War Johan so schlimm zu ertragen?" Besser ich stelle ein paar Fragen, bevor Tilda sitzenden Fußes einschläft. Für Security scheint es bereits zu spät zu sein. Schwer zu glauben, dass dieser Satansbraten noch vor ein paar Minuten mit den Teppichfransen gespielt und voller Hingabe darauf herumgekaut hat.

„Frag lieber nicht! Dein Freund kann ziemlich viel reden, ohne etwas preiszugeben", spricht Tilda, ohne mich anzusehen.

„Johan Meinhard ist nicht mein Freund. Er ist allenfalls ein Model-Kollege. Wir kennen uns kaum. Hagen hat ein halbes Jahr mit ihm zusammengewohnt, nicht ich."

„Stimmt, das hast du mir erzählt." Tilda setzt sich auf und öffnet die Augen. „Du hast nur seine Möbel und den Umzugskarton übernommen." Ihr Grinsen ist breit und frech – und sehr sexy.

„Die Matratze nicht."

Mein Mundwinkel zuckt. Interessant, dass sie ausgerechnet die Information behalten hat.

„Was ist nun mit der Bibel und dem Foto?" Ein bisschen neugierig bin ich schon. Mit irgendetwas muss mein stundenlanges Hundesitten schließlich belohnt werden. Antworten zu bekommen, ist das Mindeste, was mir zusteht. Um nicht abweisend zu wirken, setze ich mich zu ihr auf die Couch. Sie soll nicht denken, dass ich sie verhören möchte.

Tilda berichtet nicht sofort. Sie streichelt Security, der sich daraufhin gegen ihre Hand drückt und ein weiteres Gurren ausstößt. Dem Kerlchen geht es eindeutig gut.

„Johan wollte nicht recht mit der Sprache herausrücken", durchbricht sie das Schweigen.

„Verständlich. Er wusste, dass du sofort zu mir und deinem Hund kommen würdest, wenn du deine Informationen erhalten hast. Der Egoist wollte dich nicht frühzeitig gehen lassen."

Tilda blickt mich skeptisch an. „Glaubst du das wirklich? Wenn ich es nicht besser wüsste, würde ich denken, du bist eifersüchtig."

Es fühlt sich an, als würde sich ihr Blick tief zwischen meine Augenbrauen bohren. „O Gott! Ganz sicher nicht." Ich stoße ein Lachen aus, muss aber zugeben, dass Tilda irgendwie recht hat. Dabei bin ich nie eifersüchtig. Und schon gar nicht auf den extravaganten Johan Meinhard, der mir nicht das Wasser reichen kann.

„Irgendwie ist es schwer zu glauben, dass Jo während unserer Unterhaltung an dich gedacht hat." Tilda krault Security den Rücken und ich werde ein wenig neidisch. Diese sanfte Massage fühlt sich sicher ausgesprochen gut an. „Und trotzdem, obwohl es wenig Sinn ergibt, war er verschlossen wie eine Auster."

„Warum ziert er sich?" Der Grund erschließt sich mir nicht. „Hat er abgestritten, dass die Bibel ihm gehört? Ich bin mir hundertprozentig sicher, dass es seine ist. Wie soll sie sonst in den Umzugskarton gekommen sein? Außerdem lag sein Brief darin."

Tilda schüttelt den Kopf.

„Die Bibel ist seine. Das hat er bestätigt. Die Tatsache kann er nicht abstreiten, es gibt schließlich den handgeschriebenen Stammbaum mit seinen Familiennamen auf den ersten Seiten. Aber mit dem Foto konnte er nichts anfangen. Er hat keine Ahnung, wer die Frau darauf ist.“

„Gut möglich, dass das Foto schon seit Jahren unentdeckt in dem Buch liegt. Wenn die Bibel ein uraltes Familienerbstück ist, ist der Gedanke nicht so weit hergeholt.“ Einen Moment denke ich nach. „Oder er lügt und möchte dir nicht erzählen, wer auf dem Bild ist.“

„Beides ist möglich.“ Tilda lehnt sich zurück und stößt einen Laut aus, der dem Gurren von Security ähnlich ist. „Merkwürdig ist, dass er mir die Bibel geschenkt hat, das Foto aber unbedingt behalten wollte.“

„Wie bitte? Er wollte das Foto aufbewahren? Er kennt die Frau, die dir zum Verwechseln ähnlich sieht, nicht, möchte ihr Bild aber behalten? Wie merkwürdig ist das denn, bitte?“ Dieser Typ war mir schon immer suspekt. Keine Ahnung, wie Hagen es ausgehalten hat, mit ihm unter einem Dach zu wohnen. Johan scheint seine Eigenartigkeit mal wieder unter Beweis zu stellen. Hagens Erzählungen zufolge, hat sein ehemaliger Mitbewohner mehr Geheimnisse, als es Graffitis in Berlin gibt.

„Jep, alles ziemlich merkwürdig. Dafür ist mein kleiner Laden ab heute um ein wertvolles Buch reicher.“ Sie klopft auf ihre Umhängetasche, in der sich höchstwahrscheinlich die Bibel befindet und die neben ihr auf der Couch liegt. „Eine hundert Jahre alte Bibel hat ihn kein bisschen interessiert, nur der Brief vom Notar und das Foto." Tilda runzelt die Stirn und wirkt nachdenklich. „Keine Ahnung, was das bedeuten soll. Ich bin hundemüde und muss ins Bett." Ihr aufsteigendes Gähnen hat etwas Niedliches an sich. „Vielleicht finde ich morgen eine Erklärung für dieses seltsame Verhalten." Sie macht Anstalten, sich mit dem Hund auf dem Arm und der Tasche über der Schulter zu erheben.

„Ich bringe dich nach Hause", biete ich mich an.

„Echt? Dass musst du nicht. Meine Wohnung liegt auf der anderen Straßenseite, über meinem Geschäft. Es sind nur ein paar Schritte allein durch die Dunkelheit."

„Ist egal." Damit Tilda mir meine plötzliche Unsicherheit nicht am Gesicht ablesen kann, bücke ich mich und suche Securitys Sachen zusammen. Wie viel Spielzeug war eigentlich in der verdammten Hundetasche? „Mit dem Welpen im Gepäck kannst du dich nicht verteidigen, solltest du widererwarten überfallen oder angegriffen werden." Die Erklärung hört sich sogar in meinen Ohren lächerlich an. Warum widerstrebt es mir, Tilda allein nach Hause gehen zu lassen? Wo kommt das Bedürfnis her sie beschützen zu wollen? Ich sollte froh sein, endlich meine Ruhe zu haben.

Unbeabsichtigt und überrascht von mir selbst komme ich ins Grübeln über mein komisches Verhalten.

An der mir vertrauten Verliebtheit, die ich hin und wieder für meine Ex-Freundinnen empfunden habe, kann es nicht liegen, dafür kennen wir uns zu kurz. Außerdem fühlt sich das zwischen Tilda und mir anders an. Vertrauter, irgendwie verbindlicher.

Wenn ich meine noch unerforschten Empfindungen richtig deute, lohnt es sich zu ergründen, warum ich für sie den Gentleman spielen möchte.

Verblüfft stelle ich fest, dass ich Tilda nicht mehr so nervig finde wie noch ein paar Tage zuvor, im Gegenteil, irgendwas an ihr wirkt äußerst anziehend auf mich.

„Wer sollte mich denn überfallen?", reißt die Frau, die mich mehr interessiert als ich mir eingestehen will, aus meinen Überlegungen. Sie klingt belustigt.

„Was weiß ich!", sage ich und versuche das Gefühlschaos in mir drin zu überspielen. „Berlin ist eine Großstadt, da kann viel passieren. Werden hier nicht ständig Leute ausgeraubt? Nachts und tagsüber?" Meine Nerven spannen sich an und ich unterdrücke den Drang mir über die Stirn zu reiben. Für eine Diskussion, die auf wackeligen Beinen steht, ist es eindeutig zu spät. „Bitte lass mich dir tragen helfen und dich nach Hause bringen." Provozierend und nicht bereit, klein beizugeben hebe ich den Blick und funkele sie an. „Vor deiner Haustür endet unsere Beziehung", sage ich, obwohl ich mir da nicht hundertprozentig sicher bin. „Versprochen."

# 9

## Tilda



***Montag***

Mit einer Tasse Kaffee sitze ich beim Frühstück und blättere in der Bibel, die Johan mir am Samstag geschenkt hat. Strenggenommen gehört das gute Stück zu den Sachen, die Conrad bei der Wohnungsübernahme für einen Euro gekauft hat. Ob ihm diese nicht ganz unwichtige Kleinigkeit bewusst ist?

*Vor deiner Haustür endet unsere Beziehung. Versprochen.* Die Worte hat Conrad gestern zu mir gesagt. Bestimmt hat er sie ohne nachzudenken ausgesprochen. Schließlich haben wir keine Beziehung. Wir haben uns letzte Woche erst kennengelernt. O Gott – und wir haben uns auf Anhieb *nicht* verstanden. Conrads Art war einfach nur überheblich und nervig. Doch das war, bevor er mit Security an der Seite über den Laufsteg promeniert ist und sich anschließend liebevoll um ihn gekümmert hat. Teufel, er hat mich sogar über die Straße nach Hause begleitet und die Hundetasche getragen. Wenn er so weitermacht, verliebe ich mich noch in ihn.

*Sei nicht albern, Tilda. Conrad wirkt nicht, als wäre er auf der Suche. Außerdem ist er ein gefragtes Model und trifft jede Menge schöne Frauen. An Auswahl fehlt es ihm sicher nicht.*

Ein Bellen ertönt aus dem Nebenzimmer und ich klappe die Bibel zu. Dieser Hund kläfft eindeutig zu viel und zu hoch. Der Ton brennt sich ins Gehirn, wenn man ihn häufiger hört. Es ist ein Wunder, dass sich noch kein Nachbar beschwert hat.

Sehnsüchtig werfe ich einen Blick auf meinen unberührten, viel zu heißen Kaffee und gehe ins Wohnzimmer. „Was ist dein Problem, Security?", frage ich mit strenger Stimme. „Wieso bellst du? Du bist unerzogen und frech."

Der Welpe antwortet, indem er sich auf seine vier Buchstaben setzt, den Kopf schieflegt und anfängt, mit der Schwanzspitze zu wedeln.

*Bleib hart Tilda, mit dem Blick möchte er dich weichkochen.*

„Heute werden wir nach deinem Herrchen oder Frauchen suchen", sage ich bestimmend und hebe den Finger. Dabei lasse ich ihn nicht aus den Augen. „Vielleicht wurdest du gar nicht ausgesetzt, sondern nur aus Versehen an meiner Türklinke angebunden." Mit morgendlicher Schwerfälligkeit bücke ich mich und hebe den Schuh auf, auf dem der Welpe gekaut hat. „Die Wahrscheinlichkeit ist zwar gering, aber ... wer weiß. Im Tierheim werden wir auch nachfragen. Gut möglich, dass dort bereits jemand nach dir gesucht hat."

Security springt auf und möchte den Schuh schnappen. Dabei rutscht ihm das lockige Fell auf seinem Kopf in die Augen. Es ist ein alter Sneaker, den ich ihm gestern zum Spielen überlassen habe.

Der kleine Kerl ist unglaublich niedlich, vor allem, wenn er durch die weiße Wolle kaum etwas sehen kann. Mein Herz geht auf, weil sein Hinterteil sich so schnell bewegt. Nicht nur der Schwanz wackelt, sondern der ganze Hund. So sehr freut er sich darüber, dass ich beschlossen habe, mein Frühstück für ihn zu unterbrechen. „Also gut. Zwei Minuten können wir uns zum Spielen nehmen." Ich verstecke den Sneaker hinter meinem Rücken und gehe in die Hocke, sodass er um mich herumlaufen und danach suchen kann. Security ist schlau, das habe ich schon am ersten Tag bemerkt.

„In der Mittagspause werden wir Zettel ausdrucken, mit deinem Foto und meiner Telefonnummer", erkläre ich ihm und beschließe, ihm später einen Pony zu schneiden. Durch die langen Zotteln kann er kaum etwas sehen. „Wir können die Suchanzeigen überall aufhängen, wenn wir im Park spazieren gehen." Meine Stimme wird emotional, sie bricht sogar am Ende des Satzes. „Ich kann dich nicht behalten, mein Kleiner. So gerne ich es möchte." Plötzlich niedergeschlagen gebe ich ihm den Schuh und beende das Suchspiel. „Als selbstständige Unternehmerin habe ich ein Geschäft zu führen. So sehr ich es zu schätzen weiß, dass du mein Heiligtum durch lautes Gebell verteidigst ... es geht nicht ... ich kann keinen Hund halten. Nicht mal einen so niedlichen wie du einer bist. Meine Zeit ist knapp bemessen und reicht dafür nicht aus." Mit der Erklärung, die Security kein Stück zu interessieren scheint, wende ich mich ab und gehe zu meinem jetzt abgekühlten Kaffee in die Küche zurück. Besser ich gewöhne mich nicht noch mehr an ihn.

***

Noch bevor ich überhaupt an eine Mittagspause denken kann, stelle ich fest, dass ein Geschäft wie meines nicht welpentauglich ist. Wahrscheinlich ist das kein Geschäft der Welt, aber in meinem steht eindeutig zu viel Kram herum. Kram, der klein ist und den Security verschlucken könnte, wenn ich nicht aufpasse und er selbstständig zwischen den Regalen auf Entdeckungsreise geht.

Obwohl ich es äußerst ungern getan habe, musste ich den kleinen Kerl in der Toilette einsperren. Leider. Mit ausreichend Wasser und mehr Spielzeug als er jemals brauchen wird, aber trotzdem ... Schon lange ist mir nichts mehr so schwergefallen. Mein Gewissen hat sich umgehend gemeldet und mich als schlechte Hundemama abgestempelt.

Glücklicherweise nimmt Security mir mein Handeln nicht übel. Den Geräuschen hinter der Tür nach zu urteilen hat er sich seinem Schicksal ergeben. Oder er schläft und wird sich erst später über den Mangel an Aufmerksamkeit beschweren.

Ich beschließe, die hundefreie Zeit sinnvoll zu nutzen und eine der Glasvitrinen mit neuen Waren zu bestücken. Manchmal sortiere ich die Schmuckstücke und Edelsteinkollektionen um, oder kombiniere sie mit neuen Sachen, die ich angekauft habe. Letzte Woche habe ich einen silbernen Amethyst-Kettenanhänger mit einem Halstuch in Grau und Violett kombiniert und beide Stücke noch am selben Tag verkauft. Volltreffer würde ich sagen.

Gewissenhaft, wie Tante Hildegard nicht war, sorge ich dafür, dass meine Ausstellungsvitrinen in regelmäßigen Abständen einen neuen trendigen Look bekommen. So hat auch die Stammkundschaft stets das Gefühl, Neues und Ausgefallenes bei mir entdecken zu können. Ein wechselndes Sortiment ist unglaublich wichtig, denn Ladenhüter bringen kein Geld ein.

So wenig Lärm wie möglich machend, stecke ich den Schlüssel in das Vitrinenschloss und öffne die Glastür. Die angerosteten Scharniere geben ein Quietschen von sich, das mich umgehend innehalten lässt. Verdammt! Zu laut, viel zu laut. Hoffentlich hat Security das Geräusch nicht aufgeweckt.

Angestrengt und ohne den Schlüssel loszulassen, lausche ich in Richtung Toilette.

*Nein. Nichts. Mein Baby schläft.*

Glück gehabt. Ich nehme mir fest vor, eine ordentliche Portion Schmieröl auf die rostigen Stellen zu verteilen, bevor ich die Tür wieder zuschließe.

Leise und mit Bedacht angele ich ein Schmuckstück nach dem anderen heraus und lege sie auf das kleine Beistelltischchen, das ich mir immer zum Umdekorieren heranziehe. Wie ich es schon unzählige Male gemacht habe, räume ich die Vitrine komplett aus. Für neue Ideen braucht es eine weiße Leinwand – oder eine leere Vitrine.

Mit den Gedanken schon beim Neugestalten, fällt mir eine Damenbrosche auf. Das verschnörkelte und angelaufene Stück aus Silber habe ich als letztes herausgenommen. Seltsamerweise erscheint mir die Brosche vertrauter als sonst. Warum?

Habe ich sie in den letzten Tagen außerhalb meines Verkaufsraumes gesehen? In einem alten Ausstellungskatalog oder einer Zeitschrift? Vielleicht gehörte sie vormals einer prominenten Persönlichkeit und ich habe sie auf einem Foto in der Klatschpresse wahrgenommen? Das würde ihren Wert erheblich steigern. Auf mein Unterbewusstsein ist in der Regel Verlass. Kleinigkeiten wie diese zu entdecken ist meine Spezialität. Außerdem sorgt meine Vorliebe für ausgefallene Klamotten dafür, dass ich stets die Augen offenhalte. Inspiration gibt es schließlich überall.

*Alles Wunschdenken, Tilda. Es wäre eine Sensation, wenn du ein außergewöhnliches Fundstück in den Händen halten würdest. Leider sieht die Realität meist anders aus.*

Selbstverständlich fühlt sich die verschnörkelte Silberbrosche vertraut an, schließlich räume ich sie nicht zum ersten Mal aus und wieder ein. Sie gehört zu den Schmuckstücken, die durch ihre Ausgefallenheit nur spezielle Käufer anziehen. Hätte ich nicht selbst ein Faible für Vintage-Sachen, hätte ich sie wohl nie angekauft.

Ich erinnere mich; sie wurde mir vor ein paar Monaten mit verschiedenen Ketten und Ohrringen, die allesamt von diversen Haushaltsauflösungen stammen, angeboten. Das Schmuckstück ist nicht übermäßig wertvoll und besitzt auch keine Edel- oder Halbedelsteine. Es ist lediglich hübsch anzusehen. Nur deshalb habe ich es gekauft.

*Genug getrödelt, Tilda. Du hast nicht den ganzen Tag Zeit.*

Bevor ich es zurücklege, muss ich das Silber polieren. Angelaufenes verkauft sich schlechter.

Erneut blitzt in meinem Kopf etwas auf. Erkennen ... aber wo? Wo habe ich das verdammte Ding schon mal gesehen? Es kann nicht lange her sein.

Nachdenklich nehme ich das Objekt, welches mich von der Arbeit abhält, in die Hand. Wo ...? Verflixt! Ich komme nicht drauf. Das Gefühl des Wiedererkennens ist verschwunden, nicht greifbar. Mein Kopf ist leer.

*Mist!*

Schnaufend und mich über mich selbst ärgernd, lege ich die Brosche zurück auf den Beistelltisch. Unter Umständen täusche ich mich. Es gibt tausende Vintage-Broschen, die aussehen wie diese.

*Schnapp dir den Staublappen und mach dich an die Arbeit, Tilda. Und vergiss den Glasreiniger am Ende nicht. Schmierige Fingerabdrücke sind hässlich und schrecken die Käufer ab.*

In der Hoffnung, dass mich beim Arbeiten ein erneuter Gedankenblitz überkommt, mache ich mich ans Werk und dekoriere. Aber wie es immer ist, wenn man etwas provozieren möchte, passiert nichts. Gedankenblitze sind gerade aus.

Auch gut. Dann eben nicht. Ich habe andere Sorgen als einen Ladenhüter, der mein Erinnerungsvermögen auf die Probe stellen möchte.

Eine viel wichtigere Sache fordert schnellstmöglich eine Entscheidung. Was mache ich mit Security, der wirbelnden und alles aufsaugenden Geräuschkanone? Soll ich ihn ins Tierheim bringen? Ist das eine Lösung?

Möglicherweise ist er ausgebüxt und wird von seinem Besitzer gesucht. In dem Fall würden sie sich zuerst in den umliegenden Tierheimen erkundigen.

Warum fällt es mir so verdammt schwer, den kleinen Hund abzugeben? Wir kennen uns erst wenige Tage. Allein die Vorstellung sein Gesichtchen hinter Gitterstäben ... eingesperrt ... und isoliert.

Natürlich dramatisiere ich gerade – aber trotzdem. Nein! Es geht nicht.

Zettel mit Foto und Telefonnummer müssen her. Es muss eine Möglichkeit geben. Das Tierheim sollte der letzte Ausweg sein. Trotzdem werde ich eine E-Mail an jedes Tierheim im näheren Umkreis schicken. Die Idee ist gut. Sicher haben die ein schwarzes Brett, wo sie die Suchanzeige aufhängen können. Ich werde Securitys Familie finden. Sollte er in voller Absicht an meine Ladentür gebunden worden sein, wird es schon schwieriger. In dem Fall habe ich ein größeres Problem.

*Eins nach dem anderen. Du wirst schon eine Lösung finden. Das tust du immer.*

Im Mich-selbst-Aufmuntern bin ich spitze. Hoffentlich enttäusche ich mich diesmal nicht.

# 10

## Conrad

Hagen sitzt mir gegenüber am Küchentisch. Er klammert sich an seiner Kaffeetasse fest und sieht übel aus. Auch ohne die blasse Gesichtsfarbe und die Packung Aspirin auf dem Tisch, wäre offensichtlich, dass mein Freund und WG-Kumpel einen fetten Kater hat. Zwei Tage in Folge feiern, geht auch an einem abgehärteten Kerl wie Hagen nicht spurlos vorbei.

Da wir am Samstag nicht zusammen um die Häuser touren konnten, sind wir gestern Abend losgezogen. Keiner von uns muss montagmorgens pünktlich irgendwohin, weshalb wir uns solche Eskapaden leisten können. Unsere Arbeitszeiten verschieben sich oft genug vom Abend in die Nacht und enden mit Überstunden.

Im Modelbusiness muss man flexibel sein. Eine geregelte Arbeitszeit habe ich selten. Und Hagen ... mein Freund steht nirgendwo unter Vertrag. Er arbeitet zwar hin und wieder vor der Kamera, aber sein rechtmäßiger Platz ist dahinter.

So haben wir uns überhaupt erst kennengelernt. Vor einem Jahr habe ich noch in Frankfurt gelebt und gearbeitet. Hagen war der Fotograf bei einem Katalogshooting, für das ich gebucht war. Wir haben uns auf Anhieb verstanden. Da er sich noch keinen Namen gemacht hatte und stets knapp bei Kasse war, habe ich den Kontakt zu meiner Agentur geknüpft. Die hat Hagen dann den ein oder anderen Job vor der Kamera vermittelt. Mein Freund hat nämlich versteckte Modelqualitäten.

Ein fetter Auftrag als Fotograf hat ihn wenig später von Frankfurt nach Berlin gelockt. Vor acht Wochen, als für mich feststand, dass ich für meine Karriere nach Berlin umziehen muss, habe ich Kontakt zu Hagen aufgenommen. Wir haben uns im letzten Jahr nie aus den Augen verloren, den sozialen Netzwerken sei Dank.

Dass wir uns nun eine Wohnung teilen, gefällt uns beiden ausgesprochen gut. Ob Johan Meinhard freiwillig das Feld geräumt oder Hagen ihn meinetwegen hinauskomplimentiert hat, kann ich nicht sagen. Wie ich Hagen und sein Bedürfnis, sich zu revanchieren einschätze, ist Letzteres wahrscheinlicher.

„Du wirst alt", ziehe ich meinen Mitbewohner mit den übermüdeten Augen auf. „Zwei Tage feiern, fordert einen Tag Erholung."

Hagen grummelt Unverständliches, sieht mich aber nicht an. Er starrt in das schwarze Gebräu seiner Tasse, als stände darin die Lösung für sein Unwohlsein.

„Letztes Jahr hättest du zwei rohe Eier geschlürft und wärst zur Tagesordnung übergegangen", setze ich noch einen drauf. Beste Kumpel dürfen das.

Kaum erwähne ich die rohen Eier, zieht Hagen die Augenbrauen nach unten und unterdrückt ein Würgegeräusch. „Erinnere mich nicht daran. Der Gesundheitstrip, auf dem ich damals gepilgert bin, war ein großer Fehler." Mit einem Seufzen stellt er die Tasse ab und beginnt, sich die Schläfen zu massieren. „Kannst du bitte leiser sprechen." Er schließt die Augen. „Oder besser ... überhaupt nicht sprechen. Zumindest bis die Tabletten wirken."

Verstanden. Wie von mir gewünscht, schweige ich. Aber nicht ohne in mich hineinzulächeln. Heute Morgen ist mein Freund wahrlich ein mitleiderregender Anblick. Meinem guten Stoffwechsel sei Dank, kann ich mich betrinken und habe am darauffolgenden Tag kein Brummen unter der Schädeldecke.

Um mich zu beschäftigen, nehme ich mein Handy und suche nach antiken Bibeln aus dem 18. Jahrhundert. Tilda glaubt fest daran, dass Jo ihr eine Kostbarkeit geschenkt hat. Meine Zweifel dahingehend sind groß. Die Heilige Schrift ist nicht gerade ein Buch, welches in kleiner Stückzahl aufgelegt wurde. Nahezu jeder Haushalt besitzt eine.

Unter Umständen wollte Johan mit seiner Geste großherzig erscheinen. Bei hübschen Frauen, die er ins Bett bekommen möchte, versucht er es mit allen Mitteln. Das ist mit ein Grund, warum ich den Schnösel nicht ausstehen kann.

Mit einem Doppelklick öffne ich die Kleinanzeige, die oben in meiner Suchanfrage angezeigt wird. Gleich die erste Bibel wird mir für achtzig Euro Sofortkauf angeboten. Sie ist in besserem Zustand als Tildas und dazu noch ein halbes Jahrhundert älter.

Eindeutig ein Reinfall. Die folgenden Angebote sind nicht besser.

Arme Tilda. So wie ich das sehe, bekommt sie einhundert Euro für die Meinhard Bibel – wenn sie Glück hat. Mehr ist trotz eines handgeschriebenen Familienstammbaums im Innenteil nicht drin.

Weiter unten gibt es einige wenige Anzeigen im Tausend Euro-Bereich. Aber diese Bücher haben berühmten Persönlichkeiten gehört und besitzen nicht selten eine Signatur des Besitzers. Jede einzelne davon wird mit einem Echtheitszertifikat angeboten.

Ob Johan um den Wert der Bibel weiß? Bestimmt hat er sie deshalb im Umzugskarton liegen gelassen. Sie ist keine Arbeit wert.

„Was machst du? Wonach suchst du?" Hagen legt die Hände um die Kaffeetasse und versucht, auf mein Display zu starren. „Du hast jetzt dreimal hintereinander diesen Grunzlaut ausgestoßen. Was ärgert dich? Gibt es neue Beiträge unter dem Hashtag Montagsküsser? Hat Juliane neues Pulver verschossen?" Bei den letzten Worten lächelt er und verzieht gleich darauf das Gesicht. Lächeln tut ihm offensichtlich zwischen den Augen weh.

„Mit Juliane bin ich fertig. Um sie geht es nicht. Meine Ex ist Geschichte." Am Wochenende hatte ich des Öfteren den Verdacht, dass Hagen versucht, sich auf seine Art und Weise bei mir zu entschuldigen. Mehr als einmal hat er mir versichert, dass ich selbstlos und großherzig, und kein bisschen arrogant bin. Mit jedem Bier kamen dem verrückten Kerl die Worte leichter über die Lippen.

„Worum geht es dann?" Erneut beginnt Hagen, sich die Stirn zu reiben. „Hast du bereits Ersatz für Juliane gefunden? Oder bist du bei deiner Traumfrau abgeblitzt und schmollst deshalb?"

Mit einem weiteren abfälligen Grunzen schließe ich die App und lege das Handy mit dem Display nach unten auf den Tisch. „Es geht nicht um eine Frau. Jedenfalls nicht direkt." Einen Augenblick zögere ich. „Du kennst Johan besser als ich, schließlich habt ihr euch ein paar Monate lang diese Wohnung geteilt. Ist er so abgezockt und hinterlistig, wie ich vermute?"

Hagen lässt die Hände sinken und blickt mich mit faltenverzogener Stirn an. Über seinem Kopf steht ein Fragezeichen.

„Warum interessierst du dich für Jo? Gab es am Samstag Zoff? Mir ist zu Ohren gekommen, dass ihr beide auf der Modenschau im *Fashion Center* gelaufen seid. Du durftes die Show eröffnen, obwohl Meinhard mit der Ehre gerechnet hat."

Nachdenklich spiele ich mit dem Rand meines Handys. Wie viel erzähle ich Hagen? Auf keinen Fall soll er erfahren, dass ich nach seiner Du-sitzt-auf-einem-zu-hohen-Ross-Predigt mit einer Kiste Designerklamotten im Laden gegenüber aufgetaucht bin. Das würde ihm nur signalisieren, dass ein Funken Wahrheit in seinem Vorwurf steckt. Außerdem bin ich noch nicht bereit, Tilda zu teilen. Es reicht völlig, dass Jo seine Fühler nach ihr ausgestreckt hat, obwohl er nicht der Typ für Beziehungen ist. Einen weiteren Konkurrenten brauche ich nicht. Sollte Tilda Hilfe benötigen, möchte ich sie ihr geben.

„Es gab keinen Krach. Ich frage mich nur, warum er versucht, sich an eine bestimmte Frau ranzumachen. Unter Umständen hat er unschöne Hintergedanken.“

„Interessant. Und das ärgert dich, weil du ebenfalls an besagter Frau interessiert bist?“

Warum läuft das Gespräch in diese Richtung? Und warum wirkt mein alkoholgeplagter Freund gerade viel weniger alkoholgeplagt als noch vor 2 Minuten? „Es geht nicht um die Frau. Es geht um Johans Absichten die Frau betreffend. Das ist ein Unterschied.“

Hagen seufzt. „Entschuldige, ich verstehe nur Bahnhof. Was hat Jo deiner Meinung nach Schlimmes angestellt?“

„Er hat eine antike Bibel verschenkt, die weniger wert ist als besagte Frau denkt.“

„Hat besagte Frau einen Namen?“

„Lenk nicht vom Thema ab.“

„Also schön. Dann bleiben wir eben bei besagter Frau. Namen werden eh überbewertet.“ Ein Lächeln zupft an seinen Mundwinkeln. „Höchstwahrscheinlich möchte Meinhard etwas von besagter Frau. Wenn ich raten müsste, würde ich auf Sex tippen. Aber ich weiß nicht, wie besagte Frau aussieht oder wie alt sie ist, deshalb kann ich auch falsch liegen. Dein geschätzter Kollege bevorzugt Frauen in seinem Alter.“

„Du glaubst also, er möchte sich mit dem Geschenk einschmeicheln?“ Damit bestätigt Hagen meine Vermutung.

„Höchstwahrscheinlich.“ Hagen zuckt mit den Schultern und tut gelassen.

„Sein Risiko ist jedenfalls gering", rede ich mehr mit mir selbst als mit Hagen. „Sollte die Frau ihn nach einem zweiten Treffen abblitzen lassen, hätte er nur ein wenig wertvolles Buch, an dem er sowieso kein Interesse hat, verloren."

Es stört mich maßlos, wie Tilda Jo nach der Show angesehen hat. Er ist ihr nur sympathisch, weil der Angeber ihr die Bibel geschenkt hat. Vermutlich steckt ein gerissener Plan hinter der Absicht, das Foto zu behalten. Selbstverständlich ahnt er, wie neugierig Tilda ist. Über die Ähnlichkeit mit der Frau lockt er sie zu sich.

*Du übertreibst. Komm runter! Das ist kein Film. Und erst recht kein Thriller.*

„Hallo ... Erde an Conrad? Ich biete einen frischen Kaffee für deine Gedanken." Hagen deutet auf meine Tasse, die längst leer ist.

Verwirrt starre ich mein Gegenüber über den Tisch hinweg an. So leicht lasse ich mich nicht weichklopfen. Tilda bleibt vorerst mein Geheimnis. „Nein, danke." Meine Stimme ist die Ruhe selbst. „Von hier an komme ich allein klar. Ich wollte nur deine Einschätzung zu Johan Meinhard hören. Sonst nichts."

Hagen lehnt sich zurück und akzeptiert meine Zurückhaltung in der Sache. „Mein Rat. Komm ihm nicht ins Gehege, dann hast du auch keine Probleme mit ihm. Für gewöhnlich ist Jo ein umgänglicher Typ mit dem es sich gechillt zusammenleben lässt." Er zuckt erneut mit den Schultern und erhebt sich. „Aber wir haben uns auch noch nie um eine Frau gestritten."

***

*Dienstag*

Da ich an diesem Vormittag nichts Besseres vorhabe, besuche ich Tilda im kleinen Laden. Mein Plan, mich vorerst zurückzuhalten, ist damit gescheitert. Dummerweise ist der Drang, ihr von meinen Nachforschungen über die Bibel zu erzählen, zu groß, um mich fernzuhalten. Widerstand zwecklos. Natürlich bin ich mir bewusst, dass sie höchstwahrscheinlich schon selbst herausgefunden hat, wie wenig wertvoll Johans Geschenk ist. Sie führt schließlich ein Geschäft und kennt sich aus. Aber vielleicht braucht sie meine Hilfe mit dem Welpen. Oder sie hat bereits seinen Besitzer gefunden. Beides würde mich brennend interessieren.

Obwohl ich sie bei unserer ersten Begegnung so gut leiden konnte wie einen tiefsitzenden Splitter im Finger, muss ich mir wohl oder übel eingestehen, dass der erste Eindruck mich aufs Glatteis geführt hat. Tilda ist eine bemerkenswerte Frau. Ich habe noch nicht im Einzelnen analysiert, was genau mich zu der smarten Geschäftsfrau, die ein zu großes Herz hat, zieht, aber ich werde der Sache auf den Grund gehen. Womöglich sollte ich aufhören, mir weißmachen zu wollen, dass ich nur wegen dem Welpen meine Wohnung verlassen habe.

Beim Betreten des Ladens bimmelt es über der Tür. Ungewollt fange ich an zu schmunzeln. Die Türangeln quietschen derart laut, dass Tilda sich die Glocke durchaus hätte sparen können.

„Moment, bitte", höre ich ihre Stimme aus dem Off. „Bin gleich da."

Wie amüsant. Mein Schmunzeln setzt sich fest.

Beim letzten Mal kam Tilda auch aus dem Nebenraum gestürmt. Ihre Stimme klingt wie damals. Es fühlt sich fast wie ein Déjà-vu an. Ist unsere Begegnung wirklich erst eine knappe Woche her? Es kommt mir deutlich länger vor.

„Hey, Conrad", begrüßt sie mich freundlich und schnauft kurz durch. „Was treibt dich her?" Irgendwie ist sie ständig außer Atem, wenn wir uns sehen.

Um Gleichgültigkeit bemüht, hebe ich die Schultern und entkrampfe meine Mundwinkel. „Ich habe heute frei und dachte ich schau mal, was Security macht. Hast du seinen Eigentümer mittlerweile gefunden?"

Tilda erstrahlt.

Ihre Augen fangen an zu leuchten und es hat den Anschein, als wollte sie mir im nächsten Moment vor lauter Glück um den Hals fallen.

„Conrad! Was redest du denn da? Dich schickt der Himmel. Danke. Danke." Sie kommt mit zwei großen Schritten um die Theke herum. „Mein Flehen ist erhört worden, dabei habe ich erst vor einer Minute damit angefangen. Wahnsinn. Bei derart schnellen Erfolgen sollte ich es öfter mit der Stoßgebet-Variante versuchen." Glucksend greift sie nach meiner Hand und zieht mich mit sich. „Komm."

Wie darf ich diese Reaktion verstehen?

„Du hast den lieben Gott um einen gutaussehenden Mann mit einem freien Tag gebeten?", frage ich, während sie mich in den angrenzenden Nebenraum führt. Ihre Hand in meiner fühlt sich gut an. „Wofür brauchst du mich?" Mein Kopfkino hat sich eingeschaltet und einen Liebesfilm ausgewählt.

„Ich habe nicht explizit um einen Mann gebeten, eher um einen lieben Menschen. Eine Person, die Zeit hat, mit Security Gassi zu gehen."

Sofort erleidet mein *Kopfkino auf Autopilot* einen Filmriss. Schade. Das Licht ist aus. Jede Schlafzimmerromantik verschwunden. Lediglich die Sicherung ist rausgeflogen.

„Verstehe" Ich schlucke meine Enttäuschung hinunter und nicke. „Ich soll mich um den Welpen des Grauens kümmern und sein Kacka aufsammeln."

Plötzlich unsicher bleibt Tilda stehen. „Irgendwie schon. Mangels Möglichkeiten musste ich den armen Kerl in die Toilette sperren, weil ich keine andere Lösung hatte. Heute war nicht nur meine liebe Stammkundin da, auch einige andere Vintage-Interessierte haben meinen Laden bevölkert und die Kasse klingeln lassen. Der arme Security muss raus, sich bewegen, mit anderen Hunden spielen und sein Geschäft verrichten. Es ist höchste Zeit. Leider kann ich frühestens in zwei Stunden in die Mittagspause gehen." Sie legt den Kopf schief und versucht sich an einem Dackelblick. „Würdest du ..."

„... mit dem kleinen Scheißer in den Park gehen?", vollende ich den Satz und lasse ihre Hand los.

*Wenn du flüchten willst, Conrad, ... dann jetzt.*

„Genau." Sie fällt mir um den Hals und drückt mir einen Schmatz auf die Wange. Der Kuss ist freundschaftlich und verspricht nicht mehr. „In den Park gehen wäre super. Danke. Dafür schulde ich dir etwas."

Fünf Minuten später befinde ich mich, mit einem an der Leine ziehenden Welpen auf dem Weg zur Hundewiese. So habe ich mir meinen freien Tag nicht vorgestellt.

# 11

# Tilda

Versteckt hinter dem Fenster stehend sehe ich Conrad und Security nach. Sogar wenn Conrad nicht auf dem Catwalk läuft, hat sein Gang etwas Erhabenes. Es ist eine Mischung aus Schlendern und Stolzieren. Anders kann ich es nicht beschreiben. Und seine Kehrseite ... wahrhaft ein Träumchen. Breite Schultern, schmale Hüften und ein Po, der in einer Skinny Jeans sicher noch besser zur Geltung kommen würde. Wobei ... dieser lässig sportliche Look seiner Boyfriend-Jeans hat auch etwas Anziehendes. Kombiniert mit den Sneakers und dem grauen Hoodie ...

Mir entweicht ein seliges Seufzen. Der vor Freude hüpfende Hund, den Conrad an der Leine führt, komplettiert das Bild, rundet es in seiner Vollkommenheit ab.

*Du solltest ein Foto machen. Für später. Die beiden sind unglaublich süß zusammen. Wahrlich ein Meisterwerk.*

Zu spät.

Leider vorbei.

Conrad ist in diesem Moment um die Ecke gebogen und aus meinem Sichtfeld verschwunden. Die Chance, das Handy zu zücken ist vertan.

Schade aber auch. Das passiert mir kein zweites Mal. Sollte sich wieder eine Gelegenheit wie diese ergeben, bin ich schneller bei der Sache.

Mit einem Blick auf die Uhr wende ich mich dem Tresen zu. Dort steht eine kürzlich eingetroffene Lieferung Duftkerzen, verpackt in Kartons. Sie wartet darauf, dass ich sie in die Regale räume. Für gewöhnlich übernimmt, Maik, meine Aushilfe, die schweren Arbeiten und das Zerkleinern von Altpapier. Aber heute ist es an mir, den Job zu erledigen. Meine einzige Aushilfe, die ich auf Minijob-Basis beschäftige, kommt erst in zwei Wochen aus dem Urlaub zurück.

„Dann los, Tilda", spreche ich mit mir selbst. „Sieh zu, dass du was geschafft bekommst, bevor Security zurück ist."

Die Hände aneinanderreibend öffne ich den obersten Karton und hole die ersten zwei Kerzen heraus. Jede einzelne muss ausgezeichnet werden, bevor ich sie wegräumen kann.

Gerade als ich nach dem Etikettiergerät greifen möchte, fällt mein Blick auf einen Stapel Papiere, der neben der Registrierkasse liegt. Eine Kopie des Fotos von Elfriede Bruns liegt obenauf. Ich habe es ohne Erlaubnis vor dem Treffen mit Johan gemacht.

Der Wunsch, dieses Foto zu besitzen, um weitere Nachforschungen anstellen zu können, war zu groß. Und da ich damit gerechnet habe, dass Jo sein Bild zurückfordert, habe ich es kopiert.

Und jetzt ...?

Mit zurückhaltender Begeisterung greife ich nach der Kopie und kneife die Augen zusammen, um besser sehen zu können. Was ist das für ein Schmuckstück an Elfriedes Bluse?

Kann es sein ...?

Im nächsten Augenblick fühle ich mich wie vom Blitz getroffen.

Die Duftkerzen sind augenblicklich vergessen.

Totale Verblüffung macht sich breit. Wie kann das sein? Mein Kopiergerät ist längst in die Jahre gekommen. Es stammt von Tante Hildegard, deshalb möchte ich mich nicht zu früh freuen – oder wundern. Die Auflösung ist grottenschlecht, ich könnte mich täuschen.

Vor Anspannung halte ich die Luft an und starre fassungslos auf das Papier. Verblüffend.

Die Abbildung ist körnig, deshalb gehe ich zum Licht, um besser sehen zu können. Ungeduldig ziehe ich die Unterlippe zwischen die Zähne. Das Schmuckstück auf dem Foto ähnelt tatsächlich der angelaufenen Silberbrosche, die ich am Vormittag aus der Vitrine geholt habe. Wie kommt Elfriede Bruns zu meiner Brosche? Oder besser ... wie kommt die Brosche von Elfriede in meinen Laden?

Der Mann, der sie mir verkauft hat, bringt mir in regelmäßigen Abständen Waren, meist sind es Schmucksachen von geringerem Wert. Ich könnte nachfragen, ob er weiß, woher die Brosche stammt.

Schade, dass der Ankauf bereits Monate her ist und dass der Verkäufer alles andere als zuverlässig ist. Ich bin mir ziemlich sicher, dass er kein Buch über die verschiedenen Haushaltsauflösungen führt, mit denen er sich seinen Lebensunterhalt verdient. Meist interessiert er sich nur für den Wert der Edelmetalle. Alles, was ich ihm nicht abkaufe, lässt er einschmelzen.

Lange ausatmend versuche ich meine Gedanken zu sortieren. Bin ich in einem Film oder ist das die Realität?

Mich am Kopf kratzend studiere ich die Fotokopie genauer. Es besteht im Grunde kein Zweifel, trotzdem hole ich die Brosche, welche ich zum Polieren beiseitegelegt habe, und gleiche sie ab.

Kopie und Brosche sind identisch. Wie kann das sein?

Ich bin völlig durch den Wind. Ist die Brosche ein Einzelstück oder wurden davon zahlreiche produziert? Und wenn es tausende davon gäbe, würde es für mich etwas ändern?

Mehr Fragen als Antworten beschäftigen mich.

Verdammt!

Frustriert lege ich Brosche und Fotokopie beiseite und schnappe mir die Etikettiermaschine. Beim Arbeiten konnte ich schon immer am besten denken. Eine monotone stupide Tätigkeit wie Preisschildchen aufkleben fördert meine Gehirnaktivität und lässt mich sinnreiche Schlussfolgerungen ziehen. Das mache ich mir jedenfalls weiß. Mal schauen, ob ich davon noch überzeugt bin, wenn ich mit den tausend Duftkerzen fertig bin.

***

Eine Stunde später kommt Conrad mit Security zurück. Mein Hund wirkt völlig erledigt, glücklich und zufrieden. Seine Zunge hängt ihm seitlich aus dem Maul und der Blick ist aufgeweckt. Mal sehen, wie lange er noch wach bleibt, wenn er zur Ruhe gekommen ist. Welpen sind wie kleine Kinder. Sie haben viel Energie, benötigen aber auch eine Menge Schlaf.

„Security ist schlau", erklärt Conrad mir und übergibt mir die Leine. „Er kann schon die Befehle *Sitz* und *Platz* befolgen."

„Das ist mir auch schon aufgefallen." Übermäßiger Stolz ist aus meiner Stimme herauszuhören. Hat Conrad recht? Habe ich bereits Muttergefühle entwickelt? Woher kommt mein Stolz? Für seine bisherige Ausbildung bin ich schließlich nicht verantwortlich.

„Hast du kurz Zeit? Können wir reden?" Conrad sieht mit hochgezogener Stirn auf das Chaos, welches ich angerichtet habe. Die Umverpackungen der Kerzen sind fest und lassen sich nur schwer zerreißen, weshalb ich sie wie eine Kartonburg um mich herum gestapelt habe. Dummerweise ist mein Laden klein und wenig geräumig. Lange kann es nicht mehr dauern, bis ein Karton ins Wanken gerät und alles zusammenbricht. Hoffentlich lässt der nächste Kunde noch einen Moment auf sich warten. Gerade hätte er kaum Platz sich umzusehen, geschweige denn mehr als einen Fuß in meinen Verkaufsraum zu setzen.

„Klar. Lass mich Security nur eben frisches Wasser geben." Ich ziehe an der Leine. „Am besten ich sperre ihn vorläufig zurück in die Toilette. Dort kann er schlafen und stellt nichts an, während wir reden. Bin gleich wieder da."

Zwei Minuten später komme ich zurück.

„Die Bibel ist nichts wert", sagt Conrad, ehe ich mich für seine Mühe beim Hundesitten bedanken kann.

„Welche Bibel meinst du? Die von Johan?"

„Ja. Sie stammt zwar aus dem 18. Jahrhundert, ist aber keine einhundert Euro wert – wenn es hochkommt", fügt er verspätet hinzu. Mein Besuch steckt die Hände in die Bauchtasche seines Hoodies und wirkt merkwürdig verlegen.

„Hier." Ich reiche ihm einen leeren Karton und ignoriere seine Bemerkung. „Kannst du den zerreißen und die Pappe neben dem Eingang stapeln?"

Conrad befreit seine Hände und macht sich ans Werk. Bei ihm sieht jeder Handgriff leicht aus.

„Ich betreibe mein Geschäft schon seit fünf Jahren und kenne den ungefähren Wert einer antiken Bibel aus dem 18. Jahrhundert", kläre ich ihn auf und reiche ihm den nächsten Karton. „Vielleicht sind hundert Euro für dich nichts, aber für mich ist die Summe ganz ordentlich. Ich habe mich über die unverhoffte Aufmerksamkeit sehr gefreut." Geschenke von anderen mies zu machen, ist in meinen Augen schlechter Stil.

Mit einem kräftigen Ruck ist der Karton in Conrads Händen Geschichte. Wie überaus kraftvoll! Er wirkt plötzlich aufgeladen, als würde er zu gerne ein bisschen auf der Pappe herumtrampeln. Haben meine ehrlichen Worte bei ihm einen wunden Punkt erwischt? Es scheint fast so. Der zynische Zug um seinen Mund ist jedenfalls nicht zu übersehen.

„Die Bibel ist gerade nicht wichtig. Ich muss dir etwas zeigen." Schnell reiche ich ihm Karton Nummer drei. Sollte er mehr Frust abbauen wollen, möchte ich das für meine Zwecke ausnutzen.

Conrad zerreißt schweigend die Pappe und stellt sich anschließend neben mich. Ich deute auf die Fotokopie und die Brosche, die auf dem Tresen liegen. „Sieh dir das mal an. Die Silberbrosche habe ich eben in einer meiner Glasvitrinen gefunden."

Er greift nach dem Schmuckstück und besieht es sich genauer. „Wieso findest du Schmuck in deinen Glasvitrinen?"

Meine Augen verdrehen sich. Möchte er mich ärgern? „Sei nicht albern. Natürlich habe ich die Damenbrosche nicht wirklich gefunden. Ich habe sie vor geraumer Zeit angekauft und ausgestellt, und als ich heute die Auslage neu sortieren wollte, ist mir die Gleichartigkeit aufgefallen. Für mich ist das die Brosche von dem Foto."

So wie ich es auch getan habe, kneift Conrad die Augen zusammen, um besser scharf stellen zu können. Dabei hält er die Fotokopie nah ans Gesicht. „Hast du eine Lupe?", fragt er, mit der Brosche in der linken Hand, der Fotokopie in der rechten.

*Habe ich eine Lupe?* „Nein, ich glaube nicht. Aber bestimmt finden wir eine App."

„Hm." Conrad legt beides zurück auf den Tresen. „Es könnte sein, dass du die gleiche Brosche besitzt, die auf dem Foto abgebildet ist." Sein Blick ist fragend. „Aber ist es auch dieselbe?"

Mein Nicken setzt umgehend ein. „Das waren auch meine ersten Gedanken."

„Wirst du Johan danach fragen? Hat er dir seine Handynummer gegeben? In dem Fall könntest du ihn anrufen und gezielte Nachforschungen anstellen."

„Ja, das hat er tatsächlich." Ich lasse Conrad nicht aus den Augen, studiere seine Miene. Ist es ihm nicht recht, wenn ich Johan ein zweites Mal treffe? „Er wollte mich unbedingt zu einer Stadtrundfahrt in seinem Porsche Cabrio überreden", berichte ich. „Und da ich dankend abgelehnt habe, hat er mir seine Handynummer aufgedrängt." Hoffentlich finde ich die Serviette wieder, auf der Jo seine Nummer gekritzelt hat. Wenn ich mich recht entsinne, müsste sie in der Innentasche meines Zebramantels stecken.

„Lass mich raten … du hast seine Nummer bekommen, damit du ihn anrufen kannst, solltest du es dir anders überlegen." Conrad verdreht beim Sprechen die Augen. „Ein wahrer Charmeur, unser Jo."

„Genau." Das nächste Grinsen kann ich mir nicht verkneifen. Warum wirkt der Mann neben mir, als wäre er eifersüchtig? „Johan ahnt nicht, dass ich sein Foto kopiert habe. Hoffentlich nimmt er mir meine eigenmächtige Tat nicht übel."

„Wird er nicht."

„Woher willst du das wissen? Du kennst ihn nicht. Ich denke, ihr seid keine Freunde."

„Sind wir auch nicht. Aber … es ist … nur ein Gefühl. Jo wird hocherfreut sein, sobald du ihn anrufst und er deine *unbekannte* Nummer auf seinem Handy entdeckt." Der Mann vor mir zuckt mit den Achseln und steckt seine Hände zurück in die Bauchtasche des Hoodies. „Außerdem musst du ihm ja nicht unter die Nase reiben, dass du eine Fotokopie von dieser Elfriede gemacht hast. Lass dir einfach eine Ausrede einfallen."

Gute Idee. Am besten ich überlege mir im Vorfeld, wie ich an die Sache herangehe. „Ich könnte Jo erzählen, dass ich eine besondere Entdeckung gemacht habe und ihn bitten, mir das Foto ein weiteres Mal zu zeigen. Gewissermaßen um meinen Verdacht zu bestätigen. Zu dem erneuten Treffen würde ich die Brosche dann mitnehmen“, denke ich laut.

„Auf die Weise könntest du es versuchen.“ Conrad tritt auf der Stelle. „Klappt sicher.“

*Perfekt, Tilda. Dein Plan steht.*

„Frierst du? Hast du kalte Hände?“ Belustigt deute ich auf seinen verbeulten Hoodie, indem er seine Fäuste vergraben hat. „Da wären noch ein paar Kartons, die kleingerissen werden müssten.“

# 12

## Tilda

**Am nächsten Sonntag**

Weil der liebe Gott es gut mit mir meint, stehe ich am Nachmittag vor meinem Laden und warte auf Johan Meinhard. In weiser Voraussicht habe ich mir meinen dicken Mantel angezogen und die Haare zu einem Pferdeschwanz gebunden. Es ist nämlich viel zu kalt für eine Fahrt im Cabrio mit offenem Verdeck. Zumindest ist das meine Meinung.

Falls es stimmt, was Jo mir prophezeit hat, dann ist eine Spritztour durch Berlin um ein Vielfaches schöner, solange einem der Wind um die Nase weht. Teufel. Wäre ich nicht so neugierig, würde ich mich darauf nicht einlassen. Es ist schließlich Herbst und gerade mal elf Grad. Aber was tut eine Frau nicht alles, um an Informationen zu gelangen. Hoffentlich redet mein Date nicht ununterbrochen über seinen supertollen Porsche mit den fünftausend PS.

Technische Details haben mich noch nie interessiert.

Da ich an die Umwelt denke und möglichst bewusst lebe, habe ich weder ein Auto noch einen Führerschein und kann diese spezielle Liebe zu einem Haufen Blech und Stahl nicht nachvollziehen. In Berlin gibt es ein gut ausgebautes U-Bahn-Netz. Keiner braucht hier ein Auto.

Obwohl ich im Zentrum aufgewachsen bin, sehe ich mir die Stadt und ihre touristischen Sehenswürdigkeiten hin und wieder sehr gerne an. Heute ist es zwar kalt und windig, aber der Himmel ist frei von Wolken. Außerdem hat sich das Laub bereits gefärbt und sorgt für eine herbstliche Stimmung. Ein paar zaghafte Sonnenstrahlen fürs Gemüt gibt es obendrauf.

*Vielleicht wird der Nachmittag wider Erwarten nett, Tilda. Warte ab.*

Meinen Blick auf die Straße gerichtet spiele ich mit der Brosche in meiner Manteltasche. Ich habe sie besonders gründlich poliert und in ein Spitzentaschentuch von Tante Hildegard gewickelt.

Was Jo wohl sagen wird? Ob ihm die Ähnlichkeit auffällt?

Im Grunde habe ich ihm bei unserem Telefongespräch kaum etwas verraten. Nur, dass ich ihn gerne wiedersehen würde und noch ein paar Fragen zu dem Foto in der Bibel habe. Wie Conrad es prophezeit hat, hat Johan sofort angebissen. Offensichtlich fährt der Womanizer überaus gerne Frauen in seinem Cabrio spazieren.

Noch bevor ich auf meinem Handy nachsehen kann, wie spät es ist, biegt meine Verabredung mit seinem knallroten Luxusschlitten um die Kurve. So gut wie pünktlich würde ich sagen.

Schlagartig aufgeregt ziehe ich die Hände aus den Manteltaschen und trete an die Bordsteinkante. Noch mal tief durchatmen. Projekt *Ist das die Brosche von Elfriede Bruns?* Kann starten.

***

Johan ist ein erfahrener Autofahrer. Ich fühle mich gut aufgehoben auf dem äußerst bequemen Beifahrersitz, der, wie ich jetzt weiß, ein ergonomisch geformter Sportsitz ist. Sogar der Fahrtwind ist weniger unangenehm als ich dachte.

Schade ist nur, dass wir uns aufgrund der Außengeräusche, die in der Innenstadt nicht unerheblich sind, kaum unterhalten können.

Wie soll ich Johan so nach dem Foto fragen? Die Umstände, die eine Fahrt im Cabrio mit sich bringen, habe ich nicht bedacht. Ich hatte nicht mal Zeit, ihm die Brosche, die mir gerade ein Loch in die Tasche brennt, zu zeigen. Er ist nach einem kurzen Hallo sofort losgedüst, kaum dass ich die Tür geschlossen hatte. Quietschende Reifen inklusive.

„Können wir da vorn anhalten?", rufe ich und deute auf den Wegweiser zum Brandenburger Tor. „Und uns die Beine vertreten?"

Johan nickt und beginnt mit der leidlichen Parkplatzsuche. Gefühlt fährt er mindestens dreimal eine Schlaufe, bis er eine Stelle findet, wo er den Wagen vorschriftsmäßig abstellen kann. Endlich.

„Sobald ich das Verdeck geschlossen habe, können wir aussteigen und die letzten Meter zu Fuß gehen", klärt er mich auf. „Es würde mir körperlich wehtun,

115

sollte die Sonne die teuren Nappa-Leder-Bezüge aus-
bleichen."

Mein Nicken kommt automatisch. Das Seufzen auch.

*Gedulde dich, Tilda. Dieses Auto braucht mehr Auf-
merksamkeit als andere. Es ist schließlich ein Porsche
Cabrio.*

Fünf Minuten später ist das Verdeck geschlossen und
wir können Johans Schatz für einen Moment sich
selbst überlassen. Die Anspannung, die mich auf der
Stelle treten lässt, ist meinem Begleiter nicht entgangen, denn er mustert mich verstohlen von der Seite, bevor wir uns in Bewegung setzen.

Anders als erwartet, hat er sich für unser Treffen
nicht übermäßig in Schale geworfen. Er trägt zwar einen teuer aussehenden Mantel, aber darunter sehe ich
gewöhnliche Jeans und Sneaker.

Kaum sind wir die ersten Schritte gegangen, stürze
ich mich kopfüber ins kalte Wasser. „Äh … entschuldige
mein Desinteresse an der Fahrt und deinem Auto.
Sportwagen sind nicht so mein Ding. Ich habe nicht
mal einen Führerschein", platzt es aus mir heraus. Das
Bedürfnis, mich für meine Ungeduld zu rechtfertigen,
ist größer als gedacht.

Johan bleibt stehen und runzelt die Stirn. Sein Blick
ist durch und durch fragend. Offenbar hat es ihm die
Sprache verschlagen.

„Du hast dich nicht verhört", sage ich und lache, weil
seine entsetzte Miene zu komisch ist. Bestimmt kennt
er nur wenige Menschen ohne Führerschein. „Ich
wollte mit dir reden, dir etwas zeigen, deshalb habe ich
dich um dieses Treffen gebeten. An Luxusautos und
Spritztouren bin ich nicht interessiert. Nicht mal an

Cabrios.“ Meine Unterlippe schiebt sich vor die Oberlippe. „Tut mir leid.“ Entschuldigend lege ich den Kopf schief.

Johan hebt die Hand auf sein Herz und schüttelt den Kopf. „Aua, tut das weh.“ Er kneift die Augen zusammen und krümmt sich. „Auf keinen Fall. Es geht nicht ... ich denke, wir können nach dieser Offenbarung keine Freunde mehr werden.“ Seine Stimme klingt zum Glück spaßig, nicht beleidigt oder nachtragend.

Den Kopf aufgerichtet, setze ich eine gespielt traurige Miene auf. „Schmeichelt es dir nicht, dass ich an dir interessiert bin und nicht an deinem Auto?“ Strenggenommen ist das eine Lüge, denn ich bin nur wegen der Hintergrundinformationen zur Damenbrosche gekommen – wegen nichts anderem. Das ist der alleinige Grund für das heutige Treffen. Hoffentlich drückt mein Karmawächter ein Auge zu.

Johan lässt die Hand sinken und richtet sich auf. Sein Blick ist wohlwollend. „In dem Fall ... kann ich dir deine Abneigung womöglich nachsehen“, sagt er und zwinkert mir zu.

Perfekt. Meine Gelegenheit ist da.

*Jetzt oder nie, Tilda!*

„Hervorragend, ich muss dir nämlich etwas zeigen.“ Mit einem Räuspern ziehe ich die eingewickelte Brosche aus meiner Manteltasche und reiche sie ihm. „Dieses Stück ist aus meinem Vintage-Laden. Findest du nicht, dass es dem Schmuckstück von Elfriede Bruns auf der Schwarz-Weiß-Fotografie aus der Bibel ähnelt? Hast du das Foto mitgebracht? Ich hatte dich extra darum gebeten. Zu gerne würde ich die Brosche mit dem Foto abgleichen.“

Mein Körper beginnt zu kribbeln. Sogar mein Herzschlag beschleunigt sich. Sollte Johan das Foto vergessen haben, ist das Gespräch frühzeitig beendet. Und unser Date höchstwahrscheinlich auch.

Schweigend treten wir zur Seite und machen ein paar Touristen um uns herum Platz. Bevor Jo Hildegards Spitzentaschentuch zur Seite schlägt, stößt er ein Seufzen aus.

Es wirkt fast, als hätte er keine Lust, sich irgendetwas anzusehen. Kein gutes Zeichen. Hoffentlich lässt er mich nicht hängen.

„Hast du das Foto dabei?“ Wartend trete ich auf der Stelle.

Diesmal unterdrückt Jo den Seufzer. „Ja.“ Er fasst in seine Innentasche und zieht es heraus.

Endlich. Jetzt bekomme ich das detailgetreuere Original erneut zu Gesicht. Besser ich halte mein ungeduldiges Ich im Zaum, sonst wirke ich noch leicht durchgeknallt.

*Lass dir bloß nicht anmerken, dass du die Brosche auf dem Bild längst mit deinem Fund abgeglichen hast. Tu überrascht!*

Einen Moment betrachte ich die Fotografie, drehe sie sogar in den Händen. „Die Broschen sind identisch, würde ich sagen.“

Jo wirft einen Blick auf das Bild, dann auf das Schmuckstück in seiner Hand. „Sieht ganz so aus.“ Er packt die Brosche wieder in das Spitzentaschentuch ein und reicht sie mir. Danach nimmt er mir das Foto von Elfriede Bruns aus den Händen und steckt es zurück in seine Innentasche. „Sollen wir weitergehen? Bis zum Brandenburger Tor ist es noch ein Stück.“

Bitte?

Mehr möchte er nicht dazu sagen? Damit sammelt er keine Sympathiepunkte bei mir.

Verwundert von so viel Gleichgültigkeit setze ich mich neben Johan in Bewegung. Die Brosche behalte ich in der Hand. „Findest du diese Ähnlichkeit nicht sonderbar?“, hake ich nach und lasse ihn nicht aus den Augen. Verbirgt er etwas vor mir? Warum muss ich ihm alles aus der Nase ziehen? Schon bei unserem letzten Treffen wollte er mir nichts über das Bild verraten.

„Vielleicht ist die Ähnlichkeit sonderbar, vielleicht auch nicht.“ Der Mann an meiner Seite zuckt mit den Schultern. „Ich bin kein Schmuckexperte, aber bestimmt ist dein Exemplar keine Seltenheit. Es sieht nicht wertvoll aus.“ Seine Gelassenheit lässt Ärger in mir hochkochen. So leicht kommt er mir nicht davon. Was ist das für eine lahme Erklärung? *Das ist sehr uncool, Jo.*

„Weil die Brosche nur aus Silber ist, glaubst du sie wurde in hoher Stückzahl produziert?“ Dass ich einen ähnlichen Gedanken hatte, verschweige ich.

„Gut möglich“, antwortet mein Begleiter leicht angefressen. Offensichtlich hat er sich den Tag mit mir anders vorgestellt. „Du solltest in einem Antiquitätengeschäft nachfragen. Die kennen sich mit Sammlerstücken aus.“ Mit seinem nächsten Zwinkern versucht er mich für sich zu gewinnen. „Ich bin Model.“

Meine Aufgebrachtheit überspielend stopfe ich die Brosche in die Manteltasche. „Ich frage aber dich.“ Mit der Schulter rempele ich kumpelhaft gegen seine. „Warum ist dir die Fotografie wichtig, die Bibel aber nicht?“ Diese Frage hat nichts mit der Brosche zu tun. Darauf muss er antworten. Wenn er möchte, dass ich bleibe, erwarte ich eine Erklärung.

Johan stoppt abrupt, schiebt mich aus dem Weg und ist mir plötzlich ganz nah. Sein Gesicht ist direkt über meinem. Vor Überraschung bleibt mir die Luft weg. Huch. Den Angriff habe ich nicht kommen sehen.

„Du bist ziemlich neugierig, Tilda ohne Führerschein." Sein Körper berührt meinen ... fast. Seine Wärme ist deutlich spürbar und lässt mich schlucken. „Was bekomme ich, wenn ich dir sage, was es mit dem Foto auf sich hat?"

Grundgütiger.

Ist das eine Anmache? Was antworte ich darauf? Und warum kribbelt es plötzlich unter der Haut? „Keine Ahnung." Meine Worte klingen leicht atemlos. Wieso fühle ich mich wie auf verlorenem Posten?

„Liebste Tilda, sollte ich dich in meine Geheimnisse einweihen, muss mehr für mich rausspringen als eine Fahrt im Cabrio, die du frühzeitig abbrichst." Johan schirmt mich mit seinem Körper vor unliebsamen Blicken ab. Der Duft seines Aftershave steigt mir in die Nase. Es riecht ausgesprochen gut und vernebelt mir zusätzlich die Sinne.

Hört er sich selbst zu? „Für dich muss etwas rausspringen? Wie überaus nett klingt das denn, bitte schön?" Ein Schnaufen muss ich an der Stelle einfach einbauen. Mit der Anmache überzeugt er sicher keine Frauen. „Also schön. Was möchtest du?" Auf der Hut weiche ich nach hinten aus, um Abstand zwischen uns zu bringen. Besser ich gewinne unverzüglich die Oberhand zurück und lasse mich nicht einlullen. Leider kann ich mich nicht umdrehen und verschwinden. Die Informationen sind mir zu wichtig.

Als hätte ich einen Freifahrtschein verteilt, fängt der Mann vor mir an zu grinsen. „Du und ich, einen Tag Wellness, in der Sauna – nur ein Handtuch zwischen uns."

*Bitte?*

Entsetzen lässt mich erstarren. Ist das ernst gemeint? Wo kommt dieser unsinnige Vorschlag her? Was geht in Johans Kopf vor?

Der Gedanke, diesen Astralkörper vor mir in all seiner Pracht bewundern zu dürfen, treibt mir, obwohl ich es gerne vermeiden möchte, die Röte ins Gesicht. Teufel! Ich war noch nie in der Sauna. Mein Bedürfnis, mich vor Fremden auszuziehen, um zu schwitzen geht gegen Null.

„Vergiss es! Ich transpiriere nicht, weder beim Sport noch in einem Brutkasten aus Holz. Möchte ich schwitzen, lege ich mich an den Strand in die Sonne." Um meine Einstellung zu verdeutlichen, drehe ich mich um und marschiere davon.

Das war's. Irgendwo ist immer eine Grenze. Dann muss ich halt irgendwie anders an die Informationen kommen.

*Bye bye, Johan.*

Die nächste U-Bahn-Station ist nicht weit. Soll der selbsternannte Casanova doch allein zurückfahren. Eine solche Gesellschaft brauche ich nicht. Plumpe Anmachen waren noch nie mein Ding. Egal, wie hübsch der Mann anzusehen war.

„Warte! Bitte ..." Eine Hand schlingt sich um meinen Oberarm und zwingt mich zum Stehenbleiben. „Es tut mir leid. Selbstverständlich habe ich mir nur einen Spaß erlaubt. Sauna ist auch nicht mein Ding. Mich hat nur deine Reaktion darauf interessiert." Er zieht mich näher und zwingt mich ihn anzusehen. „Du bekommst eine steile Falte zwischen den Augenbrauen, sobald du dich aufregst. Das ist niedlich." Obwohl er sich die Freiheit nicht rausnehmen sollte, reibt er mit dem Daumen über besagte Falte.

„Bitte fass mich nicht an." Mein Blick bohrt sich zwischen seine Augen, während ich zurückweiche. „Ich lasse mich nicht gerne an der Nase herumführen – und mit Süßholzraspeln kommst du bei mir auch nicht weit. Derart wichtig ist mir das Foto nicht", lüge ich. „Überleg dir was Besseres oder behalte deine Informationen. Oder ... verrate mir einfach ohne Gegenleistung, was Sache ist."

Klare Worte, die klare Antworten fordern.

Einen Moment schweigen wir beide, stehen nur da.

Johan löst sich kurz darauf mit einem Seufzen von mir, schiebt die Hände in die Taschen seines Mantels und sieht zu Boden. „Du hast gewonnen", sagt er und hebt den Blick. „Obwohl ich nicht verstehen kann, warum du so einen Wirbel machst, gebe ich nach und erzähle dir, was du wissen möchtest. Das Foto hat mir ein Bekannter überlassen. Ich habe versprochen, es für ihn zu rahmen. Der Mann geht auf die achtzig zu, ist gebrechlich und chronisch krank. Außerdem kann er das Haus nicht mehr ohne Hilfe verlassen." Er zuckt mit den Schultern. „Es ist nur eine kleine Gefälligkeit für einen Freund. Keine große Sache."

*Heiliger Samariter!*

*Was für eine Überraschung.*

Johan Meinhard hat einen guten Kern. In ihm steckt mehr als ein Sprüche klopfender Playboy.

„Ich verstehe."

„Aus dem Grund kann ich dir die Bibel schenken, aber das Foto nicht. Ich hatte völlig vergessen, dass ich es zur Aufbewahrung und damit es keine Knicke bekommt dort reingelegt habe. Während meines Umzuges sind einige Unterlagen durcheinandergeraten." Jo schenkt mir ein zaghaftes fast schon entschuldigendes Lächeln. „Wie gut, dass du es gefunden hast. Karl hätte mich sicher bald danach gefragt."

Für Chaos habe ich Verständnis. Müsste ich umziehen, würde es mir höchstwahrscheinlich ähnlich ergehen. Ordnung wurde bei mir noch nie großgeschrieben.

„Wo möchtest du das Foto rahmen lassen?" Jeglicher Unmut auf ihn und über die Situation ist verpufft. Johan hat mir gekonnt den Wind aus den Segeln genommen.

„Bisher habe ich das noch nicht entschieden." Mit dem Handrücken reibt er sich über die Stirn. Die Geste ist mir beim letzten Mal schon aufgefallen. Johan macht das anscheinend in Momenten, wo andere Leute sich durch die Haare fahren. Bestimmt ist das antrainiert. Als Model kann er sich schließlich nicht die Frisur ruinieren. „Mein Versprechen, mich um das Bild zu kümmern, habe ich Karl gegeben, bevor ich die Einzelheiten durchdacht und ein geeignetes Geschäft ausgewählt habe."

„Gib mir das Foto." Ich strecke die Hand aus. „In meinem Laden habe ich einige antike Rahmen aus Silber, die gut zu einer alten Schwarz-Weiß-Fotografie passen würden."

„Du machst Rahmungen? Mit hochwertigen Passepartouts und allem Drum und Dran?" Johan wirkt beeindruckt.

„Hin und wieder, sobald ein Kunde dafür zahlt oder den Bilderrahmen bei mir kauft, tue ich es sehr gerne."

Meine Worte scheinen ihn zu überzeugen, denn er holt das Bild hervor und reicht es mir.

Wahnsinn, wenn ich gewusst hätte, wie einfach ich an das Foto komme, hätte ich ihm das Angebot schon früher unterbreitet.

„Danke." Johan nickt und vergräbt die Hände in den Taschen.

„Kein Problem", sage ich und wage den nächsten Schritt. „Und im Gegenzug, für meine Mühe, fragst du diesen Karl nach der Brosche und meiner Ähnlichkeit zu seiner Frau."

„Mache ich das?" Sein Mundwinkel beginnt zu zucken.

Meine Aufregung überspielend hebe ich die Schultern. Das Ziel ist greifbar. „Ich denke, du solltest es tun. Das bist du mir schuldig." Mit einem Zwinkern lege ich mich weiter ins Zeug. „Ein Passepartout zuzuschneiden und ein Foto zu Rahmen ist viel Arbeit. Meine Anstrengung muss entlohnt werden."

Johan bricht in Gelächter aus. „Warum habe ich gerade das unbestimmte Gefühl dir blind ins Netz gegangen zu sein?"

# 13

# Conrad

„Warum hat Tilda die Zettel nicht längst aufgehängt?", frage ich Security und befestige die Anzeige *„Hund gefunden"* mit seinem Foto und Tildas Handynummer an einem Baum im Park, der in der Nähe ihres Ladens liegt. „Du könntest längst zurück bei deinem Besitzer sein."

Security spielt zu meinen Füßen mit einem trockenen Blatt, das zwischen seinen Pfoten zerfällt und hört mir nicht zu. Der Kleine wirkt immer glücklich und zufrieden, sobald er etwas zerfleddern kann.

„Du hast ziemlich große Pfoten. Hat dir das schon mal jemand gesagt?" Wir gehen zum nächsten Baum. „Für mich ist das ein eindeutiges Zeichen dafür, dass du kein Schoßhund bist."

Security kommentiert meine Bemerkung mit einem auffordernden Bellen. Unser Wir-gehen-von-Baum-zu-Baum-Spiel gefällt ihm nicht. Zu wenig Aktion.

„Glaubst du Tilda hat Spaß an dieser lächerlichen Stadtrundfahrt? Du kennst sie besser als ich. Lässt sie sich von einem teuren Cabrio beeindrucken?"

Der Welpe blickt mich erwartungsvoll an und wartet auf Kommandos. Kommandos, die er versteht. Mein für ihn unverständliches Gelabere langweilt ihn genauso wie das Zettelaufhängen.

„Vergraulst du wirklich alle Kunden? Ich habe noch nie einen Welpen so viel bellen gehört wie dich." Weil ich das Gefühl habe, meine Laune an ihm auszulassen, kraule ich ihn als Wiedergutmachung hinter den Ohren. Er ist ein Baby und kann nichts für sein Verhalten. Außerdem habe ich keine Ahnung von Hunden oder Welpen im Allgemeinen. Vermutlich kläffen die immer so viel.

Seit wann bin ich so ein Jammerlappen? Und warum stört es mich, dass Tilda sich mit Johan trifft?

*Du spielst nicht gern die zweite Geige. Außerdem missfällt es dir, auf den Hund aufzupassen, während Tilda ihrem Vergnügen nachgeht.*

Es fühlt sich tatsächlich ein wenig so an, als würde Tilda mich nur zum Babysitten brauchen. Hundesitten trifft es wohl eher.

Letzte Woche noch hätte ich den Welpen dazu benutzt schöne Frauen aufzureißen. Kleine Kinder und Welpen wirken magnetisch auf die Frauenwelt. Und heute? Heute jammere ich, weil meine Nicht-Freundin mit einem anderen Mann Porsche fährt. Was ist nur los mit mir? Ein solches Verhalten ist völlig untypisch für mich.

Schluss mit dieser Trostlosigkeit. Der Tag ist viel zu schön, um ihn zu vergeuden.

Mit neuem Elan richte ich mich auf und stopfe die übrigen Zettel in die Tasche. Soll Tilda sie doch selbst aufhängen. Schließlich bin ich nicht ihr Laufbursche.

„Bist du bereit, mein Freund?" Absichtlich lasse ich meine Stimme am Ende des Satzes nach oben schnellen. Sobald der Kleine die Ohren spitzt und erkennt, dass der langweilige Teil unseres Spaziergangs vorbei ist, ziehe ich seinen Lieblingsball aus der Jackentasche. Hochhaltend und breit grinsend zeige ich ihn Security.

Unverzüglich werde ich mit einem wilden Schwanzwedeln und einem leuchtenden Blick belohnt.

Ungewollt muss ich schmunzeln. Diese Hingabe und Begeisterung sind ansteckend und lassen die Reste meiner schlechten Laune umgehend verschwinden. Warum wollte ich als Kind eigentlich nie einen Hund haben? Der Anblick eines spielenden Welpen hat etwas Faszinierendes. Wenn Security sich austobt, könnte ich stundenlang zuschauen. Besser als Fernsehen. Hoffentlich findet Tilda bald eine Lösung, sonst wird der Abschied von unserem neuen Freund äußerst schmerzhaft.

Plötzlich kommt mir eine Idee.

Rasch zücke ich mein Handy und schreibe Hagen eine Nachricht. Möglicherweise ist er Zuhause und hat Zeit für mich. Mein Freund ist ein ausgesprochen guter Fotograf. Wäre es nicht schön, ein paar professionelle Fotos von Security zu haben, bevor Tilda sich von ihm trennen muss? So hat sie wenigstens eine Erinnerung an die letzten Tage.

Meine Idee gefällt mir von Sekunde zu Sekunde besser. Sicher kann Hagen ein paar besonders schöne Augenblicke von Security beim Toben einfangen. Seine Fotos sind grandios. Hin und wieder zeigt Hagen mir seine künstlerischen Arbeiten, die er für sein ständig wachsendes Portfolio macht. Mit der Aussicht auf ausgefallene Motive, kann ich meinen Freund sicher in den Park locken.

*Gib es zu, du möchtest mit den Aufnahmen bei Tilda punkten. Heute noch. Sie ist dir wichtig geworden. Johan dazwischenzufunken wäre das Sahnehäubchen auf deinem Plan.*

*Zudem wäre das Foto ein guter Vorwand, sie wiederzutreffen und herauszufinden, warum Tilda so anziehend auf mich wirkt.*

Der Gedanke, dass Johan allein dafür sorgt, dass Tilda heute einen schönen Tag hat, gefällt mir kein bisschen. Ich möchte ihr ebenfalls eine Freude bereiten. Am liebsten direkt vom Park aus …

Natürlich könnte ich mit dem Handy Fotos machen und sie Tilda schicken. Leider sind meine bisherigen Versuche nicht mit dem zu vergleichen, was Hagen schießen könnte. Außerdem ist es schwierig, den Ball zu werfen und gleichzeitig geniale Bilder zu machen. Dafür bräuchte ich mindestens einen Arm mehr.

Hagens Antwort lässt nicht lange auf sich warten.

Da Sonntag ist und er zu den neugierigen Menschen gehört, ist er bereit, mit seiner Ausrüstung zu mir zu kommen. Die Aussicht, mehr über den Menschen zu erfahren, der mich in den letzten Tagen auf Trab gehalten hat, ist sicher ein Anreiz für ihn. Es fuchst Hagen, dass ich mich für eine Frau interessiere und nicht bereit bin, ihm ihren Namen zu verraten.

Gleich werde ich ihm wohl oder übel Rede und Antwort stehen müssen, sonst wird er mir keins seiner genialen Fotos aushändigen. Egal, Hauptsache ich bekomme, was mir vorschwebt.

Auf der Parkbank sitzend mit einem Hund auf dem Schoß, der kein Schoßhund ist, warte ich. Hagen hat mir vor vierzig Minuten geantwortet und einen Standort verlangt. Wie lange kann es dauern, einen Fotoapparat samt Objektiv und Stativ zu suchen? Für den Weg hierher braucht er maximal zehn Minuten. Wo steckt der Kerl?

Mich in Geduld übend streichele ich Security über den Rücken, gebe ihm eine Massage und begutachte seine schlammigen Füße, die mir die Jeans versauen.

„Du bist dreckig", sage ich ihm und kraule ihn hinter dem Ohr. Er reckt sich, damit ich einen besseren Zugang habe. „Hätte ich dich für dieses spontane Shooting säubern müssen?" Ein Sabberfaden tropft aus seinem offenen Mund und fällt auf meinen schmutzigen Oberschenkel. Wie bezaubernd. Gleich sehen wir beide aus, als hätten wir uns im Dreck gewälzt. Ob ein schmutziger Hund bei Tilda ankommt? Ist das niedlich? Plötzlich bin ich unsicher, ob meine Idee so grandios war, wie ich anfangs vermutet habe.

„Falls Hagen nicht innerhalb der nächsten fünf Minuten auftaucht, gehen wir nach Hause", erkläre ich dem Hund und streichele ihm über den Kopf.

Zum Dank bekomme ich eine nasse Zunge, die mir über die Wange fährt. „Igitt. Mundgeruch." Stöhnend verziehe ich das Gesicht, was Security nur dazu animiert weiterzumachen. Anscheinend möchte er mir das komplette Gesicht waschen.

„Du bist ..." Ergeben lasse ich die Schultern sacken. „Warum nicht!" Kapitulierend stöhne ich ein weiteres Mal. „Ich sehe eh schon aus wie ein Schwein, da kannst du mir auch noch den Rest geben, mein Kleiner."

Kaum spürt Security, dass ich seine nassen Liebkosungen akzeptiere, da fängt er an heftig mit dem Schwanz zu wedeln. Die Augen fest geschlossen strecke ich mein Kinn vor. Wenn es ihm solche Freude bereitet, mich abzuschlecken … dann bitte.

Irgendwann reicht es.

„Stopp." Entschlossen drücke ich Securitys Hinterteil auf meinen Schoß und setze ihn anschließend auf den Boden. „Feierabend. Für heute ist es genug." Naserümpfend reibe ich mir mit dem Jackenärmel übers Gesicht und mache mir eine gedankliche Notiz, meine Sachen umgehend in die Waschmaschine zu stecken, sobald wir zurück sind. „Wir gehen nach Hause. Der unpünktliche Hagen kann seine Fotos behalten. Die Idee war eh nicht sonderlich gut", erkläre ich dem Hund, dem mein Gerede völlig egal ist. Security wirkt plötzlich müde. Seine Energie ist mal wieder von jetzt auf gleich verpufft.

Wir sind vielleicht zehn Meter gelaufen, da höre ich eine Person hinter mir japsen. „Stopp! Jetzt bin ich da. Entschuldige, ich wurde aufgehalten." Hagen trägt seine Fototasche über der Schulter und einen Apparat mit einem Teleobjektiv in der Hand.

„Du bist spät." Ohne anzuhalten, drehe ich mich zu ihm um. „Wir sind bereits auf dem Rückweg."

„Das sehe ich." Hagen geht neben mir. „Soll ich noch ein paar Fotos von dem Hund machen? Woher hast du den Köter überhaupt? Ist das der von Samstag?" Er wirkt euphorisch und voller Tatendrang. So ist er für gewöhnlich nur drauf, wenn er tief in die Arbeit versunken ist. Habe ich ihn von einem Set weggelockt? In seiner Nachricht hat er nicht geschrieben, dass er wo ist. Ich habe lediglich angenommen, dass er sich an seinem freien Tag Zuhause aufhält.

„Nein. Lass gut sein. Security ist müde vom Spielen und muss nach Hause." Etwas zu feste trete ich ein Steinchen aus dem Weg. „Und nenn ihn nicht Köter."

„Mensch Conrad, bist du seine neue Mama?" Hagen lacht.

Ich höre mich tatsächlich so an, stelle ich fest. Verdammt. Am besten ich schweige für einen Moment. Meine Laune ist wieder da, wo sie war, als ich mich von Tilda verabschiedet habe.

„Die Gelegenheit ist günstig. Ich könnte ein paar spontane Fotos von euch beiden machen." Hagen klingt, als wollte er sich für sein spätes Eintreffen entschuldigen. „Immerhin habe ich den Auftritt von Conrad Faterhaar mit Hund auf dem Catwalk verpasst. Wir könnten deine Darbietung vom letzten Samstag wiederholen. Ein Vögelchen hat mir gezwitschert, dass du umwerfend warst."

Genervt bleibe ich stehen und wende mich meinem Freund zu. „Sehen wir beide aus, als könnten wir irgendwas wiederholen?" In einer offenen Geste hebe ich die Hände und lasse ihn unseren Schmutz betrachten.

Hagen mustert erst mich und anschließend den Hund zu meinen Füßen. „Ihr seid dreckig."

„Gut erkannt." Ich setze mich in Bewegung. „Lass uns verschwinden, ich brauche eine Dusche."

„Der Hund auch", kommentiert Hagen.

„Der Hund auch", wiederhole ich seine Worte mit einer Bestätigung in der Stimme. „Hoffentlich versaut der Kleine uns nicht das Badezimmer."

Einen Moment gehen wir schweigend.

„Es ist sicher nicht das, was dir vorgeschwebt hat, …
aber ein Foto habe ich trotz meiner Verspätung gemacht“, durchbricht Hagen die Stille.

Sofort bleibe ich stehen.

„Du hast uns fotografiert? Mich und den Hund? Gerade eben?“ Durch zusammengekniffene Augen blicke
ich Hagen an.

„Jep. Euch beide. Seite an Seite. Von hinten. Beim
Weggehen.“ Hagen zuckt mit den Schultern. „Es ist ein
gutes Bild. Ich muss es noch mit dem Grafikprogramm
bearbeiten und ihm den letzten Schliff geben, aber danach schicke ich es dir.“

Vor Überraschung klappt mir der Mund ein Stück
auf.

„Hast du gerade gesagt, dass es ein gutes Bild ist?“ Da
muss ich nachfragen. Hagen gehört zu den kritischsten
Menschen, die ich kenne. Er lobt seine Arbeit nur äußerst selten. Im Grunde nie.

„Ja. Es ist gut.“ Eine Erklärung, warum er so felsenfest
davon überzeugt ist, bekomme ich nicht.

„In dem Fall bin ich gespannt.“ Mich erwartet eindeutig Großartiges. Sogleich hebt sich meine Stimmung.

Hagen legt einen Arm um meine Schultern und will
mich kumpelhaft an sich ziehen, da bricht die Hölle los.
Security, der bisher wenig Interesse an unserem Begleiter gezeigt hat, stürzt sich auf Hagen. Er fällt ihn nicht
an, oder beißt zu, aber er versucht, ihn mit lautem Gebell in die Flucht zu schlagen.

„Hölle!“ Mit Entsetzen zieht Hagen den Arm weg und
springt zur Seite, außerhalb von Securitys Reichweite.
„Was für einen Teufelsbraten führst du an der Leine?“

Mein kleiner Freund mit den spitzen Milchzähnen verstummt, sobald Hagen keine Gefahr mehr für mich darstellt. „Nimm dich in Acht! Wie es aussieht", mein Grinsen ist übertrieben und zeigt beide Zahnreihen, „habe ich einen neuen Leibwächter."

# 14

# Conrad

Was für ein gottverdammter Mist! Hagen kann sich auf was gefasst machen. Dieser Verräter hat mich ohne mein Wissen fotografiert! Mich und Security. Er hat uns in voller Pracht abgelichtet und ... das Ergebnis ohne nachzufragen ins Netz gestellt. Dieser Bro-Kodex verletzende Dreckskerl!

Fassungslos starre ich auf mein Handy, das seit einer halben Stunde nicht mehr stillsteht. Es vibriert in einer Tour und kündigt mir einen Kommentar nach dem anderen an. Wenn ich die Benachrichtigungen nicht ausschalte, wird sich daran auch heute nichts ändern. Mist verdammter!

Hagen, der Armleuchter, hat mich auf seinem Foto markiert. Für gewöhnlich habe ich nichts dagegen, wenn Freunde und Blogger mich in den sozialen Netzwerken markieren. Das gehört zum Job und ist in der Regel erwünscht. Ein großes Medieninteresse kann schließlich zukünftige Aufträge sichern.

*Aber das ...*

Hagen, der Verschlagene, hat kein romantisches Foto von Security und mir gepostet, wie wir den Park verlassen. Nein. Mein hinterhältiger Mitbewohner ohne Gewissen hat mich belogen und im Park mehr als ein Foto geschossen. Der Armleuchter, Mistkerl und neue Paparazzi hat auf der Lauer gelegen und seinem Beruf als Fotograf alle Ehre gemacht. Wie viele Bilder bei dem heimlichen Shooting wohl entstanden sind? Wahrscheinlich unzählige.

Für seine Follower hat Hagen das Foto ausgewählt, bei dem Security mir das Gesicht ableckt. Unter Anwendung seines Könnens, hat er den Moment eingefangen, wo die Zunge des Welpen meine Lippen trifft. Wäre der Hund nicht so niedlich, wäre es ein ziemlich ekelhaftes Bild. Warum habe ich mein Kinn vorgestreckt? Und warum ist da ein Sabberfaden an Securitys Mundwinkel? Und warum, zum Geier, sieht es aus, als würde ich die nasse Liebkosung erwidern?

Verdammt, Hagen! Das sind viele Warums.

*Mach dich auf was gefasst. Meine Rache wird grenzenlos sein.*

Unser Bild, welches im Grunde ziemlich niedlich ist, wäre nur halb so dramatisch und aufsehenerregend, wenn es den bescheuerten Untertitel nicht gäbe.

*Der #montagsküsser bekommt Nachhilfe im Küssen. #küsseleidenschaftlich*

Wo ist Hagens Solidarität? Er fällt mir in den Rücken, mit voller Absicht. Für meine Model-Kollegen und den Freundeskreis meiner Ex-Freundin ist dieses Bild ein gefundenes Fressen. Sicher lacht Juliane sich bereits ins Fäustchen.

Wütend, weil ich dachte, der Hashtag Montagsküsser sei dabei, in Vergessenheit zu geraten, scrolle ich durch die unzähligen Kommentare, die das Bild bereits gesammelt hat.

Gefühlt gibt jeder, der mich irgendwann mal gesehen hat, einen Kommentar ab. Security und ich sind erst seit zweiundvierzig Minuten online und haben schon über zehntausend Likes.

Verrückte Welt. Hat die Menschheit nichts Besseres zu tun, als Herzchen zu verteilen und Kommentare zu schreiben?

*Mangels Freundin küsst @conrad_faterhaar jetzt Hundewelpen. Hat er den Nachhilfekurs im Tierheim belegt?*

*Lange Zunge, neue Liebe! #eskommtdochaufdielängean*

*#montagsküsser nicht mehr Single. Feucht fröhlich … und verliebt.*

Mehr muss ich mir nicht antun. Kopfschüttelnd schließe ich die App und stelle den Vibrationsalarm aus. Die Kommentare zu lesen, treibt meinen Blutdruck unnötig in die Höhe. Besser ich mache die Schotten dicht und konzentriere mich auf meine Rache an Hagen.

Natürlich könnte ich die Markierung aus dem Bild entfernen, aber das würde wenig Sinn machen. Mein

Paparazzi-Freund hat doppelt so viele Follower wie ich. Der Schnappschuss würde viral gehen. Die Leute würden mich trotzdem erkennen und später in den Kommentaren erwähnen. Besser ich spare mir die Mühe und hoffe auf eine positive Wendung der Dinge.

Gerade will ich Hagen die erste gepfefferte Nachricht schreiben, da kommt mein Freund und Mittbewohner mir zuvor. Sein Text ploppt auf, bevor ich ein Wort verfasst habe.

Ist das besagte Frau ohne Namen?

Der Nachricht ist ein Foto beigefügt, welches Tilda und Johan eng umschlungen am Brandenburger Tor zeigt. Tilda passt mit dem Mantel von Versace, den ich auf ihrer Kleiderstange bei unserem ersten Aufeinandertreffen gesehen habe, perfekt an Johans Seite. Das Bild ist offensichtlich ein Screenshot aus dem Internet, von Meinhards Social Media-Profil.

Grundgütiger. Die Überlegung, mein Handy im Klo zu versenken, war noch nie so verlockend. Muss sich heute jeder über das Internet zu Wort melden? Mein Frust erreicht eine neue Höchstmarke. Johan Meinhard gehört zu meinem Leidwesen zu den aktiveren Influencern.

Begierig etwas zu entdecken, über das ich mich noch mehr aufregen kann, besehe ich mir das Bild genauer, vergrößere es sogar. Tildas Lächeln wirkt auf dem Foto aufgesetzt und nicht natürlich. Johan ist dagegen ganz gefragtes Model. Er präsentiert sich im Profil und lässt sogar eins seiner Grübchen aufblitzen. Arroganter Fatzke.

Bevor ich mich erneut über seine provokante Art zu posten aufrege, antworte ich Hagen.

Mit dir rede ich nicht. Such dir einen neuen Freund. Bye.

Höchste Zeit, das Handy wegzulegen. Selbstverständlich kündige ich Hagen nicht die Freundschaft. Der Blödmann wird immer mein bester Kumpel bleiben. Trotzdem möchte ich ihm klarmachen, dass die heutige Aktion nicht in Ordnung war. Den Montagsküsser hätte er nicht benutzen dürfen. Der Hashtag war ein unfaires Mittel zum Zweck. Dafür hat er meinen Zorn verdient.

Mal sehen, wie ich mich dafür revanchieren werde. Mir wird schon etwas Angemessenes einfallen.

Kaum habe ich einmal tief durchgeatmet, klingelt es sturm.

Security springt von seinem Platz auf der Couch auf und sprintet zur Tür. Dabei bellt er laut und hoch, und überschreitet meine Unbehaglichkeitsschwelle.

Reflexartig halte ich mir die Ohren zu. Dieser Hund wechselt von Tiefschlaf zu Angriff in Bruchteilen von Sekunden. Er macht seinem Namen alle Ehre. Einbrecher würden mit einem bleibenden Hörschaden die Flucht ergreifen.

„Bestimmt ist das Tilda", erkläre ich Security, der mich daraufhin verständnisvoll ansieht und sein Gekläffe ein paar Dezibel runterschraubt. „Danke Kumpel, meine Schmerzgrenze müssen wir wirklich nicht weiter austesten."

Meine Nachbarin von gegenüber ist spät dran. Was wohl der Grund dafür ist? War ihr Date mit Johan besser als erwartet? Hat sie den Porschefahrer geküsst, während Security mich geküsst hat? Eine Vorstellung, der ich rein gar nichts abgewinnen kann. Ihr gemeinsames Bild lässt leider Gottes darauf schließen, dass die beiden heute eine Menge Spaß zusammen hatten.

*Stopp!*

Verflucht! Der Gedanke an Tilda, die von Johan zum Lachen gebracht wird, stört mich mehr als er sollte. Warum nur? Ich suche nicht nach einer neuen Freundin. Wen Tilda küsst, sollte mir egal sein. Schnurzpiepegal.

„Dieser Hund ist eine Plage", sage ich zur Begrüßung und nehme den aufgeregten Security auf den Arm, damit Tilda ohne zu stolpern hereinkommen kann. Heute ist sie vom Treppensteigen weniger aus der Puste als beim letzten Mal.

„Hey, Securityyyy", sagt Tilda und hebt am Ende des Wortes die Stimme.

Hat der Hund auf meinem Arm eben noch gebellt, stößt er nun niedliche Gurrlaute aus. Natürlich zappelt er wie verrückt und möchte heruntergelassen werden.

„Verdammter Hund! Moment!" Beinahe wäre er mir vor Freude vom Arm gesprungen. Sein Schwanz ist kaum unter Kontrolle zu halten.

„Wie süß ist das denn? Zur Begrüßung gurrt er wie eine Taube." Tilda krault den Hund, der wie wild um ihre Beine tänzelt, hinter den Ohren und redet *Hundchen hier, Hundchen da* auf ihn ein.

„Jep, ist deutlich zu hören." Mein Tonfall klingt angefressen. Obwohl der Anblick der beiden ungemein liebenswert ist, fühle ich mich keinen Deut besser.

Bisher hat Tilda nur Security begrüßt, mich hat sie übersehen. Der Tag ist wahrlich nicht mein bester. So viel Tiefschläge hat mein Ego schon lange nicht mehr einstecken müssen. Ein kleines Dankeschön und ein *Guten Tag Conrad* sollten mir für meinen Einsatz als Hundesitter doch wohl zustehen. Das ist nicht zu viel verlangt.

„Hast du Conrad geküsst? Hattet ihr Spaß?", fragt sie Security und geht in die Hocke, um sich das Gesicht abschlecken zu lassen. „Du hast Conrad geküsst", stellt sie mit einem Grinsen in der Stimme fest.

Gerade wollte ich von dannen ziehen und die beiden sich selbst überlassen – jetzt erstarre ich in der Bewegung. Woher weiß Tilda das?

Mit einem Räuspern drehe ich mich um und verschränke die Arme. Keine Zeit für Selbstmitleid. Argwöhnisch sehe ich zu den beiden runter. Mir schwant Übles.

„Magst du Conrad?" Securitys aufgeregtes Schwanzwedeln ist mit einem Schneebesen auf Stufe zehn vergleichbar. Er wird immer schneller. „Conrad gehört zu den Guten", flötet Tilda und hält ihrem Hund die andere Wange hin. „Er ist ein Schatz."

*Da hat sie verdammt recht.*

Ihr Gerede fühlt sich wie warmer Regen auf der Haut an und löst ein wohliges Kribbeln aus.

„Zu den Besten. Ich gehöre zu den Besten", korrigiere ich sie, starre sie aber weiterhin finster an. Besser ich behalte meine Miene noch einen Moment bei.

„Also schön – zu den Besten." Ihr Blick hebt sich. „Du gehörst zu den Besten. Zufrieden?" Sie richtet sich auf und stellt sich direkt vor mich, ein überhebliches Grinsen im Gesicht.

„Zumindest geht dein Lob in die richtige Richtung." Ich löse die Arme und lasse sie meine Freude sehen. „Du hast Hagens Foto gesehen, stimmt's?"

„Johan hat es durch Zufall im Netz gefunden und mir gezeigt", antwortet Tilda mit einem Schulterzucken, als würde etwas Derartiges ständig passieren.

„Der Typ scrollt durch seinen Feed, während er auf einem Date ist?" Mein Tonfall spricht Bände, ein Kopfschütteln kann ich mir sparen.

„Wir waren nicht auf einem Date", beschwert sich die Frau vor mir und rollt mit den Augen. „Es war eher ein ... Informationsaustausch."

„Haarspalterei." Da ich keine Lust habe, das im Detail zu diskutieren, gehe ich ins Wohnzimmer und erwarte, dass Tilda mir folgt. Security überholt mich auf halbem Weg und springt auf die Couch. Offensichtlich befürchtet der Kleine, wir könnten uns auf seinen Platz setzen.

„Security fühlt sich bei dir ja schon wie zu Hause." Tilda setzt sich neben den Hund, der sich bereits für sein nächstes Schläfchen eingerollt hat und beginnt, ihm über den Rücken zu streicheln.

„Jep." Ohne sie aus den Augen zu lassen, nehme ich ihr gegenüber auf dem Sessel Platz. „Du bist spät dran. Wir haben dich früher zurückerwartet."

Tilda nickt. „Entschuldige. Die Straßen waren verstopft wie immer an einem Sonntag, wenn alle die touristischen Herzstücke in Berlin aufsuchen."

Ihr Gesicht musternd lehne ich den Kopf zurück „Wieso eigentlich diese Stadtrundfahrt? Bist du unkundig? Kommst du nicht von hier?"

„Geboren bin ich in Potsdam. Aber mein Geschäft an der Odenberger Straße führe ich schon seit fünf Jahren." Stolz ist rauszuhören. „Die Sightseeingtour hat Jo vorgeschlagen, sie war nicht auf meinen Mist gewachsen. Vom Cabrio aus ist es ein unbeschreibliches Erlebnis." Ihre Stimme trieft vor Sarkasmus.

„Logisch. Der gute Jo wollte dich so lange wie möglich für sich behalten", stelle ich fest. „Eingesperrt und angeschnallt in seinem Auto."

Ein Lächeln zupft an Tildas Mundwinkeln. „Vielleicht. Ich glaube, er mag mich."

„Johan Meinhard mag alle hübschen Frauen." Eine Feststellung.

„Danke."

„Wofür?"

„Du hast mich hübsch genannt." Kaum ausgesprochen färben sich Tildas Wangen leicht rötlich.

„Du *bist* hübsch." Zweifelt sie etwa daran? „Dein Klamottenstil ist ausgefallen. Etwas paradiesvogelartig und sicher nicht jedermanns Sache...", ziehe ich sie auf, „... aber du bist durch und durch du und authentisch und besitzt Ausstrahlung, das zieht die Männer an. Glaub mir ... ich bin ein Mann, ich kann das einschätzen."

„Danke", sagt Tilda zum zweiten Mal.

„Es ist, wie es ist."

Einen Moment schweigen wir. Nichts ist zu hören, außer das leise Gluckern der Heizung und ein leises Hundeschnarchen.

„Hat mein geschätzter Model-Kollege dir wenigstens weiterhelfen können? Mit dem Foto, meine ich?" Die Frage stelle ich, bevor unser Schweigen peinlich wird.

„Ja, durchaus. Er hat mir erzählt, dass er das Foto von einem Karl Bruns bekommen hat. Anscheinend ein Bekannter, den er von einem seiner vielen Porschetreffen kennt und dem er versprochen hat, das Bild hochwertig und professionell rahmen zu lassen. Elfriede Bruns ist seine verstorbene Frau.“

Nachdenklich fange ich an zu nicken. „Und die Brosche?“

„Ihm ist die Ähnlichkeit ebenfalls aufgefallen, aber er hat keine Erklärung dafür.“ Tilda seufzt und wirkt plötzlich erschöpft. „Ich habe Jo versprochen, das Foto für ihn zu rahmen. Im Gegenzug erzählt er Karl von der Brosche und meiner Ähnlichkeit zu seiner verstorbenen Frau.“ Sie zuckt wieder mit den Schultern. „Mal sehen was sich ergibt. Alles in allem war der Tag enttäuschend. Zumindest bis ich euer Foto gesehen habe.“ Tildas Grinsen ist wieder da. Breiter und mit mehr Zähnen als zuvor.

„Lass mich raten ...“ Ihre vergnügte Miene beflügelt mich. „... du wärst lieber mit mir und deinem Hund im Park gewesen als mit Johan Meinhard im Cabrio.“

*Sag ja.*

„Auf jeden Fall.“ Die Antwort kommt ohne Zögern. Sie hört auf, Security zu streicheln und intensiviert ihren Blick auf mich. Sofort wird mir warm. „Zu gerne hätte ich deinen Freund heute im Park kennengelernt. Er macht spitzenmäßige Fotos.“

„Hagen ist Fotograf, außerdem teilt er sich diese Wohnung mit mir. Die heutigen Bilder hat er ohne mein Wissen geschossen“, rechtfertige ich mich. „Er ...“

„Sie sind unglaublich toll“, fährt Tilda dazwischen, bevor ich mehr sagen oder mich aufregen kann. „Ich wünschte, ich hätte solche Bilder von mir und Security." Sie fängt wieder an, den Welpen zu verwöhnen. Eifersucht auf die Streicheleinheiten, die der Hund bekommt, steigen in mir auf. „Eine Erinnerung wie diese wäre schön. Irgendwann muss Security schließlich wieder gehen. Es ist nur noch eine Frage der Zeit, wann es so weit ist." Ihre Traurigkeit ist deutlich herauszuhören. Mitgefühl ergreift Besitz von mir. Auch ich werde den kleinen Scheißer vermissen.

„Hagen kann sicher ein Shooting für euch organisieren. Im Park ... wenn du möchtest." Meine Mundwinkel ziehen sich nach unten. „Nach der hinterhältigen Nummer von heute schuldet er mir was."

Tildas Augen beginnen zu leuchten. „Ginge das? Ein Shooting wäre erstklassige spitze. Ich hatte noch nie ein echtes Shooting."

Tildas Aufregung ist niedlich.

„Kein Problem." Ich zucke mit den Achseln. Fotoshootings sind für mich Tagesgeschäft. „Verzichte ich eben auf meine Rache und lasse Hagen auf die Art für seine Sünden bezahlen."

„Du wolltest dich an deinem Freund rächen? Warum? Das Foto ist süß", sie legt den Kopf schief und beginnt zu verstehen. „Das Foto ist es nicht. Der Montagsküsser stört dich."

Sofort presse ich die Lippen aufeinander. „Natürlich hast du nicht nur das Foto gesehen, sondern auch den Untertitel." Im Feststellen bin ich heute große Klasse.

„Selbstverständlich. Was bedeutet Montagsküsser? Das Wort habe ich noch nie gehört." Sie erhebt sich von der Couch und greift nach der Hundeleine, die ich auf den Wohnzimmertisch gelegt habe. Mit flinken Fingern hat sie die Schlafmütze neben sich angeleint.

„Es ist kein Kompliment und steht auch sicher nicht im Duden", erkläre ich, wenig glücklich. „Kennst du den Begriff Montagsauto?"

Tilda überspielt ihr Lächeln mit einem Husten. „Äh! Ja. Verstehe. Jetzt ist alles klar."

Mein Kopfschütteln wird von einem gequälten Laut begleitet. „Dieser vermaledeite Hashtag wird mich hoffentlich nicht bis in alle Ewigkeit verfolgen."

„Bestimmt nicht." Tildas Grinsen verschwindet. Sie erhebt sich und weckt Security, der sofort von der Couch springt. Er sieht nicht erfreut aus, noch mal in die Kälte zu müssen

„Du könntest ...", bricht sie den Satz ab.

Bevor sie ohne mich zur Tür geht, stehe ich auf und begleite sie. „Was? Was könnte ich?"

„Na ja ..." Tilda senkt den Blick und schaut beim Gehen auf ihre Schuhe.

Teufel. Wie darf ich die zweideutige Körpersprache und den unvollständigen Satz verstehen?

Aufregung schießt mir durch die Adern und mein Puls beschleunigt sich. Sendet sie Signale aus? Warum sieht sie gerade wie eine Frau aus, die geküsst werden möchte?

An der Wohnungstür angekommen blockiere ich mit meinem Körper den Ausgang und suche in Tildas Miene nach weiteren Anzeichen für meine Vermutung. Ihre Wangen sind immer noch gerötet und sie wirkt verlegen wie nie. Ihre Finger, die die Leine umschließen, bewegen sich unaufhörlich. Außerdem kaut sie auf ihrer Unterlippe.

*Diese Lippen ...*

„Tilda ... wenn ich es nicht besser wüsste, würde ich in diesem Augenblick vermuten, dass du einen Kuss von mir möchtest", spreche ich aus, was ich denke.

Meine offenen Worte scheinen sie zu überraschen. Ihre Augen weiten sich und sie wirkt noch nervöser. Sie zappelt förmlich vor mir auf der Stelle.

„Äh ..."

Verdammt, ist das liebenswert. Ein paar Herzschläge lang stehe ich da und bin von ihrem Anblick eingenommen. Wenigstens weiß ich jetzt, dass ich mehr von meiner nervigen Nachbarin möchte ... leider kann ich ihr den romantischen Kuss, den sie sich wünscht, nicht geben.

Und dann beuge ich mich mit einem Schmunzeln auf den Lippen vor und gebe ihr ein Küsschen auf die Nasenspitze. „Glaub mir, liebste Tilda, ich würde dich zu gerne in den Himmel küssen, dir beweisen, dass ich ein hervorragender Küsser bin, aber du hast dir von deinem Hund das Gesicht ablecken lassen." Äußerst ungern gebe ich den Weg frei. „Und Hundesabber hatte ich heute bereits zur Genüge." Den Satz kröne ich mit einem Zwinkern.

# 15

## Tilda

O Gott, ich bin zum Davonlaufen. Mein Verhalten schreit zum Himmel. Warum schreibe ich mir nicht mit schwarzem Filzstift *Küss mich! Küss mich!* auf die Stirn? *Ich will es. Nun küss mich endlich!*

Schnellen Schrittes überquere ich die Straße und ziehe den armen Security wenig einfühlsam hinter mir her. Es wäre wohl am besten, ich kuschele mich in eine Decke auf die Couch und starte einen Serienmarathon. Es ist schließlich Sonntagabend. Nur nicht mehr an Conrad und den Abschiedskuss denken, den ich *nicht* bekommen habe.

Schade aber auch.

Frustriert lecke ich mir über die Unterlippe und trauere der verpassten Chance, ein Model zu küssen hinterher. *Bye bye Montagsküsser.* Wie peinlich ... es war mehr als offensichtlich, was mein Zögern und Stammeln vor seiner Wohnungstür bedeuten sollten. Verdammt. Den Korb, den ich einstecken musste, werde ich so schnell nicht vergessen. Dass er meine Nasenspitze geküsst hat, ist nur ein schwacher Trost.

Am liebsten würde ich mir nachträglich ein Loch graben und mich darin verkriechen. Was denkt Conrad wohl nach der Nummer von mir? Hält er mich für versessen und unersättlich? Oder hat er sich lediglich von mir und meinem kindischen Gedruckse unterhalten gefühlt?

Ein Gedanke ist schrecklicher als der andere.

Meine Nasenspitze juckt. Dort, wo seine Lippen meine Haut berührt haben. Und das Zwinkern ... wie soll ich das verstehen? War es ein flirtendes Zwinkern? Bedeutet es, dass er mich beim nächsten Mal küssen wird, wenn ich nicht voller Hundesabber bin?

Das wäre etwas, worauf ich mich freuen könnte, würde ich nicht das Bedürfnis verspüren, in meinem selbstgegrabenen Loch versauern zu wollen.

*Tilda! Denk an was anderes!*

Ernüchtert über die Hirngespinste, die zu nichts führen, reibe ich mir über die Nase und ziehe sie hoch.

*Du musst dir das Gesicht waschen, sobald du Zuhause bist. Conrad hat recht. Sabber im Gesicht ist ekelig.*

***

### *Montag*

Gerade habe ich in meinem Bestand nach einem passenden Rahmen für das Foto von Elfriede Bruns gesucht, da geht die Ladentür auf und ein Mädchen von vielleicht sechzehn oder siebzehn Jahren kommt zur Tür herein.

Sichtlich nervös, als plane sie, meine Kasse auszurauben, sieht sie sich in meinem vollgestellten Verkaufsraum um. Die Duftkerzen nehmen eindeutig zu viel Platz ein. Hoffentlich verkaufe ich bald ein paar davon. Das Mädchen hält etwas an ihre Brust gedrückt und kann sich offensichtlich nicht entscheiden, wo sie zuerst hinsehen möchte. Gut, dass ich Security mit einem Kauknochen ins Klo gesperrt habe. Dieses schüchterne Pflänzchen wäre ein gefundenes Fressen für meinen selbsternannten Wachhund. Sie hätte keine Chance.

„Kann ich dir helfen? Suchst du etwas Bestimmtes oder möchtest du dich nur umsehen?“, frage ich und lasse von dem Silberrahmen ab, den ich gerade in die Hand genommen habe. Kundschaft geht vor.

„Äh …“, sie löst die Hände von der Brust und kommt auf mich zu. „Ich bin Emma von @e*mmas_buecherparadies222.* Könnte ich Ihnen vielleicht ein paar von meinen Flyern dalassen?“ Sie reicht mir einen Stapel Faltzettel von etwa hundert Stück. „Ich führe einen Buchblog und suche nach Kooperationspartnern.“ Ihre Wangen färben sich rot und sie tritt auf der Stelle. „Mir ist aufgefallen, dass Sie Bücher von Amanda Rose King mit persönlicher Widmung anbieten.“ Nickend stimmt sie sich selbst zu. Ihre Nervosität scheint mit jedem Wort ein bisschen mehr zu verfliegen. „Den Roman *Zuckerkuss* habe ich bereits zwei Mal gelesen.“ Ein verträumtes Seufzen kommt aus ihrem Mund. „Letzten Monat gab es auf meinem Blog ein Live-Interview mit Amanda Rose King. Die Autorin ist so unglaublich nett“, beginnt sie zu schwärmen und sieht nach oben.

*Keine Ahnung, worauf die Buchbloggerin hinauswill, aber das Eis, auf dem du stehst, liebste Tilda, ist gerade ziemlich dünn geworden. Da ist Gefahr im Verzug.*

Meine Hände werden augenblicklich feucht. Außerdem habe ich einen trockenen Mund. Schlägt das Karma zurück? Bekomme ich die Quittung serviert?

„Leider verstehe ich nicht ganz, worauf du hinausmöchtest." Meine Stimme klingt gar nicht wie meine. Vielleicht sollte ich mich räuspern. „Du kannst mich übrigens ruhig duzen."

„Danke", sagt sie und nickt wieder. „Entschuldige, ich wollte dich bitten, meine Flyer mit Amandas *Zuckerkuss* auszugeben. Also ... wenn jemand ein Buch kauft, meine ich. Auf meinem Blog gibt es in regelmäßigen Abständen neue Infos zu Amanda Roses Projekten und ihrem Leben als Autorin. Der Content dürfte deine Buchkäufer interessieren."

*Okay, das kannst du machen.*

„Klar." Mit einem stillen und sehr langen Ausatmen lege ich die Flyer auf meinen Tresen. „Kein Problem, mache ich gerne." Meine Stimme klingt wieder wie meine. Ein Glück.

„Danke. Echt supernett von dir. Danke. Danke." Die Buchbloggerin tänzelt erfreut auf der Stelle, als hätte ich ihr tausend neue Follower versprochen. „Selbstverständlich verlinke ich dein Geschäft auf meinem nächsten Beitrag und werde alle informieren, dass Amanda Rose King die Bücher, die es bei dir zu kaufen gibt, persönlich signiert hat. Du wirst sehen ... das wird mega."

Wie es scheint, hat eine Abrissbirne gerade meinen Kopf getroffen – mit voller Wucht. *Das wird kein bisschen mega.*

„Wart's ab. Die Leute werden dein Postfach zum Platzen bringen."

Nein, bitte nicht!

Mir ist schlecht, ich bin geliefert. Das darf nicht passieren. Was soll ich tun? Wo ist eine schnelle rettende Eingebung, wenn eine Frau sie braucht?

Verdammt! In meinen Hirnwindungen überschlagen sich die Möglichkeiten. Wie habe ich mich nur in dieses Chaos manövriert? Und viel wichtiger ... wie komme ich aus der Nummer wieder heraus?

Der Schock und die Erstarrung haben mich fest im Griff. Sollte Amanda Rose King jemals Wind von meinem Treiben bekommen, bin ich geliefert. Die Bestsellerautorin darf nicht wissen, dass ich ihre Unterschrift fälsche, um mit ihren Büchern Kasse zu machen.

„Du sagst ja gar nichts." Emma weicht ein Stück zurück. Ist mein panischer Gesichtsausdruck so abschreckend? Steht mir der Mund auf?

*Denk nach, denk nach. Noch kannst du das Ruder herumreißen.*

Mit einem Räuspern verschaffe ich mir Zeit und versuche, meinen schnellerwerdenden Herzschlag zu beruhigen. Zuerst muss ich die Schockstarre abschütteln. „Entschuldige." Ein zweites Räuspern kommt mir über die Lippen. „Deine Idee ist spitze, ehrlich ... aber ...", zum Teufel! Wieso hat *Der kleine Laden* überhaupt ein Profil in den sozialen Netzwerken? Ich hätte es bei meinem privaten Account belassen sollen. „... es wäre besser, du würdest mein Geschäft nicht in deinem Beitrag markieren.“

„Warum?“ Es ist ein beleidigter Unterton herauszuhören. „Glaubst du, weil ich noch nicht volljährig bin, könnte ich nicht für genügend Traffic auf deiner Seite sorgen? Täusche dich nicht, ich habe mehr als fünfzehntausend Follower.“

*Abbruch.*

*Abbruch.*

Eine neue Welle der Übelkeit erhebt sich und kämpft sich nach oben. Kann es noch schlimmer kommen?

Bitte kein Traffic mit Amanda Rose King. Wenn herauskommt, was ich getan habe – was ich immer noch tue – kriege ich Besuch von der Polizei. Ich werde angezeigt. Kommt man für Unterschriftenfälschung ins Gefängnis?

*Bestimmt nicht! Du hast den Namen doch nur in ein Buch geschrieben. Das ist keine richtige Fälschung. Hier geht es schließlich nicht um wichtige Dokumente. Du schadest niemandem. Oder?*

Am liebsten würde ich für einen Moment die Augen schließen und innehalten. Mit einem Schlucken halte ich das Übelkeitsgefühl in Schach.

Sobald diese Emma meinen Laden verlassen hat, werde ich das Internet dahingehend befragen. Aber erst muss ich verhindern, dass das Mädchen mich ruiniert und mein Geschäft und Amanda Rose King in einem Beitrag zusammen verlinkt. Womöglich noch mit einem Foto von den Büchern in meinem Schaufenster. Mit meinem perfekt kalligraphierten Schild.

Die Vorstellung ist ein Albtraum.

„Es geht nicht um dich oder deinen Blog", versuche ich das Unglück abzuwenden. „Es tut mir leid, Emma, wenn ich dich mit meiner Reaktion verwirrt habe." Ein bemüht entschuldigendes Lächeln kommt über meine Lippen. „Von fünfzehntausend Followern kann ich nur träumen. Aber es wäre nicht richtig, für Bücher Werbung zu machen, die längst verkauft sind."

*Gute Idee.*

*Zwar ein Schnellschuss, aber brauchbar.*

„Verkauft?"

„Ja, alle Bücher, die du im Schaufenster siehst, sind bereits vorbestellt. Sie warten nur darauf, abgeholt oder verschickt zu werden." Hoffentlich sieht man mir meine Lüge nicht an. Eine gute Schauspielerin war ich noch nie.

Emma blickt vom Fenster zu mir und zurück. „Du könntest neue einkaufen. Ich kann mit meinem Beitrag warten." So leicht gibt sie sich anscheinend nicht geschlagen.

„Geht nicht. Tut mir leid, die aktuelle Auflage ist ausverkauft. Wann die Neuauflage erscheint, ist noch unklar. Gerade herrscht ein starker Papiermangel."

*Tilda, du reitest dich immer tiefer in den Schlamassel. Für die unzähligen Lügen kommst du in die Hölle.*

„Oh! Das wusste ich nicht."

„Das kannst du auch nicht wissen", sage ich und versuche, Gelassenheit auszustrahlen. „Die Nachricht kam heute Morgen von meinem Distributor. Es wird in den nächsten Wochen bei vielen Neuerscheinungen zu Lieferengpässen kommen. Nachschub von *Zuckerkuss* gibt es frühestens in ein paar Monaten."

*Hörst du die Hölle rufen?*

„Wie unendlich schade." Die Bloggerin lässt die Arme sinken. Sogar ihre Schultern fallen nach vorn. Ihre grenzenlose Enttäuschung ist nicht zu übersehen. Sie tut mir fast ein bisschen leid.

„Jep. Sehr schade, aber leider nicht zu ändern." Hoffentlich kommt dieses Mädchen nicht auf neue grandiose Ideen. Besser ich sorge für Ablenkung. „Darf ich dir eine Duftkerze schenken?" Schnell greife ich nach der kleinsten, die im Regal links neben mir steht. Für ihre Mühe, mir helfen zu wollen, hat sie die verdient. „Vielleicht magst du den entspannenden Geruch von Lavendel." Emma hebt den Kopf, sogar ihre Lippen verziehen sich zu einem kleinen Lächeln. „Für meine, neu ins Programm aufgenommenen, Aromatherapie-Kerzen darfst du auf deinem Blog gerne Werbung machen. Davon habe ich jede Menge in meinem Laden."

Unter Umständen sollte ich mir selbst eine Lavendelkerze anzünden. Der wohltuende Duft, während ich die Bücher und mein Schild aus dem Fenster nehme, würde mir sicher guttun.

# 16

## Tilda

Den Rest der Woche höre ich weder von Johan noch von Conrad etwas. Das gerahmte Foto von Elfriede Bruns liegt unter meinem Tresen, bereit zur Abholung. Offensichtlich hat Johan es nicht eilig, seinem Bekannten das Bild zurückzugeben. Und Conrad? ... keine Ahnung. Womöglich höre ich nie wieder von ihm. Mein Zum-im-Boden-versinkendes-Verhalten von letztem Sonntag ist mir immer noch peinlich. Ich habe mich wie eine unreife Jugendliche benommen, nicht wie eine Geschäftsfrau, die nächstes Jahr dreißig wird.

Es wäre unendlich traurig, wenn ich Conrad verschreckt hätte. Obwohl ich es vor drei Wochen nicht für möglich gehalten hätte, mag ich ihn sehr. Zudem ist er fürsorglich und liebt Security so sehr wie ich. Ein zusätzlicher Pluspunkt.

Security – der Welpe hat sich in den letzten Tagen mit seinem untergeordneten Platz in meinem Laden abgefunden. Es ist nicht einfach, schließlich ist er noch nicht stubenrein, aber wir bekommen es tagtäglich besser hin. Vor allem, weil ich jemanden gefunden habe, der vormittags, wenn sein Spieltrieb am größten ist, mit ihm in den Park geht. Frau Seinkamp, die im Erdgeschoß neben meinem Laden wohnt, hat einen Beagle und geht täglich in den Park, bevor ihre Kinder aus der Schule kommen. Nach einer kurzen Absprache habe ich sie überzeugen können, Security mit auf die Gassirunde zu nehmen. Ihr Hund Gustav ist ebenfalls jung und verspielt, sodass die Kombination der beiden Hunde ausgesprochen gut funktioniert.

Mein Festnetztelefon klingelt und lenkt mich von meinen Gedanken ab. Immer öfter überlege ich, Security zu behalten und ihn nicht ins Tierheim zu bringen. Bisher hat sich niemand auf die Suchanzeigen, die ich im Umkreis von Berlin geschaltet habe, gemeldet. Zu gerne möchte ich die Tatsache als Zeichen des Schicksals sehen.

*„Der kleine Laden*, Tilda Kleine am Apparat“, melde ich mich und erwarte ein geschäftliches Gespräch.

„Hey Liebes“, werde ich vertraut begrüßt.

Meine Mutter! An einem Freitag kurz vor Ladenschluss. Wahrscheinlich ist sie die einzige Mutter auf dem Planeten, die ihre Tochter nie auf dem Handy anruft. Edit Kleine meldet sich stets zu den Öffnungszeiten und immer auf dem Festnetz. Unnötig zu erwähnen, dass wir ein eher unterkühltes Verhältnis zueinander haben.

„Hallo Mama.“ Mehr sage ich nicht. Sie erwartet auch nicht mehr.

„Geht es dir gut?“

„Jep, alles bestens. Das Geschäft läuft super“, beantworte ich ihre Frage, bevor sie sie stellen kann. Security erwähne ich nicht. Sie würde mich nur beknien, den

Hund unverzüglich ins Tierheim zu bringen. Meine Mutter und Haustiere jeglicher Art sind keine gute Kombination. Als Kind durfte ich nicht mal ein Einmachglas mit Insekten auf der Fensterbank haben.

„Ich würde gerne mit dir essen gehen. Mittwoch habe ich Geburtstag. Wir könnten zu *Luigi* fahren. Du liebst doch die hausgemachte Pasta dort."

Früher, als meine Mutter noch im Golfclub gearbeitet hat, hat der italienische Koch des hauseigenen Restaurants stets für mich Makkaroni mit Käse gemacht. Viele Stunden meiner Kindheit habe ich in der Restaurantküche des Golfclubs verbracht. An die Zeit erinnere ich mich gerne zurück.

„Klar, das *Luigi* klingt toll. Bestell einen Tisch und wir treffen uns vor Ort. Nach Ladenschluss kann ich dort sein." Ehe ich es wieder vergesse, mache ich mir eine gedankliche Notiz, meiner Mutter ein paar Aromatherapie-Kerzen einzupacken. Sie verkaufen sich schlechter als gedacht und nehmen im Laden unnötig Platz weg. Platz, den ich für andere Dinge gebrauchen könnte. Und da meine Mutter auf Deko-Kram aller Art abfährt, wird sie sich bestimmt darüber freuen.

„Passt dir zwanzig Uhr, Liebes?"

Noch bevor ich antworten kann, habe ich eine Eingebung.

*Gütiger Himmel!*

*Ja.*

Die Erwähnung des Golfclubs hat den Geistesblitz ausgelöst. Er hat mich getroffen und ist dabei, mich vollständig zu elektrisieren. „Äh ...ja." Mein ganzer Körper kribbelt, als wäre er statisch aufgeladen. Wie komme ich am besten an die Information? Wie gehe ich am geschicktesten vor? Meine Mutter beantwortet Fragen zu meinem Vater und seiner Karriere oft nur ausweichend. An schlechten Tagen blockt sie sogar alles ab.

Leider weiß ich kaum etwas über den Mann, der mich gezeugt hat. Nur, dass er ein angehender Golfprofi war und sich nach der lockeren Affäre mit meiner Mutter in die USA abgesetzt hat. Dunkel erinnere ich mich, dass er zu meiner Grundschulzeit auf dem ein oder anderen Kindergeburtstag von mir war. Auch Weihnachtskarten habe ich bis zu meinem zwölften Lebensjahr hin und wieder bekommen. In den letzten fünfzehn Jahren hat er sich nicht mehr gemeldet, den Kontakt zu mir und meiner Mutter vollständig abgebrochen. Seine Golfkarriere scheint nach dem Umzug in die USA wenig erfolgreich verlaufen zu sein. Eine umfassende Suche im Internet vor ein paar Jahren hat jedenfalls keine Erfolge oder Preise zutage befördert. Es findet sich nichts Erwähnenswertes über Paul Renner im Netz.

Irgendwann habe ich aufgegeben und auch meine Mutter nicht mehr nach Einzelheiten gefragt. Aber jetzt … meine Ähnlichkeit mit Elfriede Bruns kann kein Zufall sein. Dafür muss es eine Erklärung geben. Wahrscheinlich hat jeder irgendwo auf der Welt einen Doppelgänger. Aber der Gedanke, dass ich entfernt mit Elfriede Bruns verwandt bin, erscheint mir naheliegender. Mein Vater könnte der Schlüssel sein.

„Tilda? Bist du noch dran? Möchtest du noch etwas sagen? Wir können uns auch später treffen, wenn dir zwanzig Uhr zu früh ist."

„Entschuldige Mama, zwanzig Uhr passt super. Aber mir ist gerade etwas durch den Kopf gegangen. Etwas Wichtiges." Mein Mund ist trocken, also schlucke ich. „Sagt dir der Name Elfriede Bruns etwas?", falle ich mit der Tür ins Haus. „Ich bin zu einem Foto von ihr gekommen und wundere mich über die Ähnlichkeit zu mir." Warum kann ich die Frage nicht geschickter stellen? Bei Gesprächen mit meiner Mutter fehlt es mir oft an Feingefühl. Die Eigenschaft habe ich eindeutig von ihr geerbt. „Ist diese Elfriede mit mir verwandt? Hat Papa damals irgendwas erwähnt?", wage ich mich weiter vor.

Stille.

Nur leise Atemgeräusche dringen mir ans Ohr. Meine direkte Frage hat wohl wie eine Bombe eingeschlagen.

Ein Gefühl, das ich nicht recht deuten kann, hallt in mir nach. Gut möglich, dass ich gleich etwas über meine Vergangenheit erfahre. Warum habe ich mich nicht eher getraut, und meine Mutter auf diese Elfriede angesprochen? Mit mehr Entschlossenheit und Selbstbewusstsein hätte ich einiges schon viel früher erfahren können.

„Mama?"

„Entschuldige." Ein Ausatmen ist zu hören. „Woher hast du das Foto?"

Was antworte ich darauf? „Ein Kunde hat es bei mir zum Rahmen abgegeben." Es ist nur die halbe Wahrheit, aber hier und jetzt muss das erst mal ausreichen.

„Das Thema ist schwierig für mich."

Mit einem Seufzen verdrehe ich die Augen. „Mama, wir leben im einundzwanzigsten Jahrhundert. Ich mache dir keinen Vorwurf, dass du dem Charme eines attraktiven Golfspielers verfallen bist und eine Affäre hattest. Vor dreißig Jahren war das möglicherweise unmoralisch, heute nicht."

Jetzt ist es meine Mutter, die seufzt. „Leider weiß ich wenig über die Familienverhältnisse deines Vaters. Nur so viel … seine Mutter war bereits mit ihm schwanger, als sie einen anderen geheiratet hat. Der Umstand und die Tatsache, dass der Vater deines Vaters bereits gestorben war, hat nach der Geburt zu Spannungen in der neuen Ehe geführt. Genaueres, oder wie dein Großvater von uns ging, weiß ich nicht. Dein Vater war bei dem Thema Familie stets verschlossen. Seine Kindheit war nicht leicht. Er wurde wegen Schwierigkeiten in der Familie schon früh ins Internat im Ausland geschickt. Dort hat er übrigens das Golfspielen für sich entdeckt."

„Später, nach der Schule, ist er nach Deutschland zurückgekommen?", frage ich, obwohl mir das klar ist. Meine Angst, dass meine Mutter beschließt, die Unterhaltung abzubrechen, ist groß. Schon mehr als einmal hat sie das gemacht.

„Ja, nach dem College hat er Zuhause bei seiner Mutter und dem neuen Ehemann gewohnt und eine Zeitlang hier im Golfclub trainiert."

„Da habt ihr euch kennengelernt?" Ich werde nicht lockerlassen, bis ich so viel wie möglich erfahren habe.

„Ja." Ein Schlucken ist zu hören. „Wir hatten keine Affäre, wie du es nennst, aber eine lockere Beziehung. Kaum habe ich deinen Vater gesehen und sein Golfspiel bewundert, musste ich mich auf ihn einlassen. Es war nie unsere Absicht, eine Familie zu gründen. Wir waren jung und wollten Spaß haben. Und obwohl du nicht geplant warst, bist du ein Geschenk, das ich nicht mehr hergeben würde. Nie habe ich es bereut, deinem Vater über den Weg gelaufen zu sein."

Alle Achtung!

Derart emotional ist meine Mutter nur selten. Ich höre das Beben in ihrer Stimme und weiß, dass ihre Hände zittern. Vielleicht stehen ihr sogar Tränen in den Augen. Gespräche über meinen Vater führt sie äußerst ungerne. Womöglich trauert sie ihm immer noch hinterher. Für meine Mutter hat es nach der gescheiterten *lockeren* Beziehung mit meinem Vater nie einen anderen gegeben.

„Sagt dir der Name Bruns etwas?", komme ich zum eigentlichen Thema zurück.

Ein erneutes Seufzen. „Nein. Dein Vater hat nie einen Namen erwähnt, wenn er über seine Mutter gesprochen hat. Ob er den Namen seines leiblichen Vaters kennt, weiß ich nicht. Mit seinem Stiefvater ist er jedenfalls nicht sonderlich gut klargekommen. Sollte er etwas erwähnt haben, habe ich es längst vergessen. Das ist alles Jahre her.

Schade. Die Informationen helfen mir nur wenig bis gar nicht. Ich stecke in einer Sackkasse und werde heute nicht erfahren, ob Elfriede Bruns meine Großmutter war.

„Wir waren jung und haben das Leben in vollen Zügen genossen", fährt meine Mutter mit Reue in der Stimme fort. „Später als du auf der Welt warst, hat Paul mich finanziell unterstützt. Natürlich kam mir zu dem

Zeitpunkt der Gedanke, ihn nach seiner Mutter und seinem Stiefvater zu fragen. Sie waren schließlich deine Großeltern und sollten über dich Bescheid wissen. Aber Paul hat jede Unterhaltung, die ich in die Richtung gelenkt habe, abgeblockt. Manchmal wurde er sogar richtig sauer und ist türknallend abgehauen. Ich befürchte, seine Mutter hat nie erfahren, dass sie Oma geworden ist."

„Hm." Und jetzt?

„Mit der Zeit habe ich aufgegeben nachzufragen. Die Vermutung, dass wir beide das schmutzige Geheimnis von Paul Renner sein könnten, wollte ich nicht bestätigt bekommen. In dem Fall wollte ich lieber unwissend bleiben. So gerne ich es anders gehabt hätte, das Golfspiel und seine Karriere waren deinem Vater immer wichtiger als die Familie."

Die Wahrheit tut weh.

„Er hat uns für seine Karriere verlassen." Es ist eine Feststellung, keine Frage. Der Mann, der mich gezeugt hat, scheint nicht viel mit mir gemein zu haben. Je mehr ich über ihn erfahre, desto weniger mag ich ihn.

„Dein Vater ist von jeher ein ruheloser Mensch gewesen. Ich mache ihm keinen Vorwurf, dass er gegangen ist. Er ist ohne familiären Halt im Internat aufgewachsen. Er hat nie erfahren, wie wichtig Familie sein kann." Es raschelt in der Leitung. „Aber Tilda, das alles sollte heute nicht wichtig sein. Vergiss das Foto dieser Elfriede Bruns. Wir haben uns doch immer ausgereicht. Daran wird kein neugefundenes Foto etwas ändern."

*Du würdest mich verstehen, wenn du das Bild sehen könntest.*

„Vielleicht hätte Papas Mutter in ihrem schwangeren Zustand nicht heiraten sollen. Welcher Mann kommt damit klar?“ Mein Frust auf eine Frau, zu der ich keinen Bezug habe, ist ungerechtfertigt. Ich kannte Elfriede Bruns nicht mal.

„Da wir die näheren Umstände nicht untersuchen können, sollten wir nicht anmaßend reden oder gar urteilen. Angeblich war der Stiefvater deines Vaters ihre große Liebe.“

Wie verwirrend. Stirnreibend versuche ich klar zu sehen und meine ungerechtfertigte Wut unter Kontrolle zu halten.

„Wie groß kann diese Liebe sein, wenn man von einem anderen Mann schwanger ist?“, frage ich, weil mir dafür trotz aller Mühe das Verständnis fehlt.

„Es tut mir leid. Ich weiß zu wenig über die Familienumstände deines Vaters, um dir das beantworten zu können, mein Schatz.“

Meine Mutter hebt die Betonung am Ende des Satzes an. Ein deutliches Zeichen. Sie möchte nicht länger darüber reden. Paul Renner und seine Verwandtschaft sind Geschichte. Damit muss ich mich abfinden, weil sie sich auch damit abgefunden hat. Ende. Aus.

*Sei nicht traurig.*

Wenigstens habe ich heute mehr aus ihr herausbekommen als in den unzähligen Gesprächen, die wir vorher geführt haben.

„Danke, dass du mir das alles erzählt hast.“ Obwohl ich nicht wirklich schlauer bin, spüre ich, dass es gutgetan hat, darüber zu reden.

„Du bist meine Tochter. Dieses Gespräch war längst fällig. Selbstverständlich hast du ein Recht darauf, dass wenige, was ich weiß, zu erfahren."

„Danke", wiederhole ich mich und hänge meinen Gedanken nach.

Womöglich sollte ich den Nachnamen Renner recherchieren. Nicht Paul Renner den Golfprofi, sondern einfach Renner. Ich habe bei meiner Geburt den Nachnamen meiner Mutter bekommen. Gut möglich, dass mein Vater ebenfalls den Mädchennamen seiner Mutter bekommen hat. Es erscheint mir logisch, da der neue Ehemann, Pauls Stiefvater, ihn nicht in der Familie haben wollte.

„Tilda?"

„Ja."

„Denk nicht zu viel darüber nach. All das ist vergangen." Die Stimme meiner Mutter klingt nun fröhlicher. „Mittwoch wird super. Ich freu mich auf dich."

„Ich freu mich auch."

„Bis dann", beendet meine Mutter das Gespräch und legt vor mir auf. Einen Moment halte ich inne. Edit Kleine mag vor Jahren aufgegeben haben, aber ich fange gerade erst an, Licht ins Dunkle zu bringen.

# 17

## Conrad

**Samstag**

*Endlich Wochenende!* Die letzten Tage waren anstrengend und kräftezehrend. Ein Termin hat den nächsten gejagt. Und gestern, an meinem stressigsten Tag überhaupt, wollte die Agentur, bei der ich unter Vertrag stehe, unbedingt mit mir über eine neue Setcard sprechen. Meine Fotos entsprechen mir nicht mehr, sie sind zu alt und brauchen eine Auffrischung.

Mit siebenundzwanzig gehöre ich zu den erfahrenen Models. Ich habe mit zwanzig neben dem Lehramt-Studium gemodelt und es später zu einem Vollzeitjob umgewandelt. Mein Studium habe ich aufgeschoben. Wobei ...? Mittlerweile gilt es wohl eher als abgebrochen. Wie ich mich kenne, werde ich nicht an die Uni zurückkehren. Der Lehrerberuf war sowieso nur eine Notlösung.

Ich liebe das, was ich tue. Von ganzem Herzen.

Und wenn ich Glück habe und meinen Körper fit halte, kann ich noch viele Jahre in meinem Beruf arbeiten. Als Best Ager Model lässt sich sogar später noch gutes Geld verdienen, vorherige Erfahrung vorausgesetzt. Den Gedanken nachhängend trinke ich einen Schluck von meinem Frühstückskaffee und sehe auf die Uhr. In einer halben Stunde öffnet *Der kleine Laden*. Es juckt mich in den Fingern, über die Straße zu gehen und Tilda einen Besuch abzustatten.

Seit letztem Sonntag habe ich die Frau, die mich küssen wollte, nicht gesehen. Ich hirnloser Dummkopf habe ihr den Kuss verweigert. Darüber habe ich mich die ganze Woche geärgert. Warum habe ich das gemacht? Security hatte ihr nur das Gesicht abgeleckt. Ihre Lippen hatte er nicht berührt.

*Ihre Lippen ...*

Warum habe ich sie mir verwehrt? Wie überaus dumm. Ein solches Verhalten passt überhaupt nicht zu mir. Bisher hatte ich nie Scheu, eine Frau zu küssen.

*Du hast Angst! Außerdem kannst du nicht verhindern, dass Tilda deine Leistung als Küsser bewertet. Sie weiß von dem Hashtag und dessen Bedeutung und wird es automatisch tun. Was ist, wenn sie Julianes Meinung teilt?*

Teufel!

Ich habe ein Problem.

Die Erkenntnis trifft mich tief und schlägt mir umgehend auf den Magen. Plötzlich ist mir schlecht und mein Mund fühlt sich trocken an. Meine Ex-Freundin hat mir einen Komplex verpasst. Kann es sein, dass ich unwissend auf eine Katastrophe zusteuere?

Verdammt, Juliane!

Besser ich kümmere mich darum, bevor ich einen Therapeuten brauche. Gibt es Kusstherapeuten überhaupt?

***

Fünf Minuten nach zehn trete ich durch die Ladentür zu Tildas Geschäft. Hätte ich besser noch eine halbe Stunde gewartet? Wirke ich verzweifelt, wenn ich, kaum dass der Laden öffnet, hier auftauche?

*Nein. Du möchtest dich schließlich nach Security erkundigen.*

Wie es dem Welpen wohl geht? Hat Tilda mittlerweile seinen Besitzer ausfindig gemacht? Oder das Tierheim angerufen? Dass sie mich kein weiteres Mal zum Hundesitten gebraucht hat, lässt mich etwas in der Art vermuten.

Überrascht stelle ich fest, dass es mich sehr traurig machen würde, wenn ich den kleinen Kläffer nicht mehr wiedersehen würde. Am besten ich erinnere Tilda daran, mir Bescheid zu geben, sobald der Moment zum Abschiednehmen gekommen ist. Ohne ein letztes Ohrenkraulen kann ich Security nicht gehen lassen.

Die Glöckchen über dem Eingang bimmeln ein zweites Mal, als ich die Türe hinter mir schließe.

Befremdliche Stille empfängt mich.

Kein protestierendes Hundegebell ist zu hören. Nichts. Keine Kunden, keine Tilda. Ob sie sich wieder im Hinterzimmer aufhält?

Hoffentlich hat sie Security noch nicht abgegeben. Bitte nicht. Eine Heidenangst überkommt mich. Beim letzten Mal habe ich an die Möglichkeit, dass ich den kleinen Kerl vielleicht nicht wiedersehen werde, nicht gedacht.

Ein Fehler.

Hoffentlich ist der Welpe des Grauens noch da. Er muss noch da sein. Warum kläfft er nicht? Er bellt immer, sobald die Glöckchen über der Tür bimmeln.

„Tilda?", versuche ich es mit einem Rufen.

„Hier." Etwas fällt lautstark zu Boden. Und dann ... bricht der Orkan, den ich so sehr herbei gewünscht habe, los.

Gott sei Dank! Er ist noch da.

Security bellt, was das Zeug hält. Erleichterung und Freude durchfluten mich und lassen ein Glücksgefühl in mir aufsteigen. Mir wird sogar kurz schwindelig, weil die Freude mich für den Moment übermannt.

*Danke.*

„Halt! Stopp! Nein!" Wieder höre ich einen Tumult. Etwas fällt um. „Security! Nein, bleib hier. Nicht ..."

Da ich mir absolut sicher bin, dass gleich ein tollpatschiger Hund mit großen Pfoten auf mich zugeschossen kommt, gehe ich in die Hocke und breite die Arme aus. Wie ein übergroßes Sicherheitsnetz sitze ich da und warte auf meine Beute.

Lange muss ich nicht ausharren. Security kommt, das lose Ende einer Toilettenpapierrolle im Maul, auf mich zugestürmt. Wie eine weiße Fahne des Friedens zieht er das Papier hinter sich her und wedelt dabei vor Freude mit dem Schwanz. Bevor er in seiner Ausgelassenheit an mir vorbeilaufen kann, schnappe ich nach ihm.

*Hab dich!*

„Halt mein Kleiner. Hier ist Schluss!" Er hört meine Stimme, erkennt mich und lässt sofort sein neugefundenes Spielzeug los. Ehe ich mich versehe, leckt mir eine nasse Zunge durchs Gesicht. Kombiniert wird die stürmische Begrüßung mit dem bekannten Taubengurren.

„Security!" Tilda klingt fertig mit den Nerven.

„Ihrer Tonlage nach zu urteilen, ist es nicht deine erste Toilettenpapierrolle, die du vernichtest", maßregele ich den Hund auf meinem Arm und halte ihn von meinem Gesicht fern. Das Taubengurren verstärkt sich und lässt den ganzen Hundekörper vibrieren. Kurios, aber niedlich.

„Lass dich nicht einwickeln. Der Teufel steckt in ihm." Tilda taucht im Türrahmen zum Hinterzimmer auf. Schweißtropfen stehen ihr auf der zerfurchten Stirn. Ihre dunkelblaue Bluse hat sie bis zu den Ellenbogen aufgekrempelt und mit einem Halstuch hält sie sich die langen Haare aus dem Gesicht. In der Hand hält sie eine Klobürste.

Geschickt erhebe ich mich und klemme mir Security unter den Arm. So kann er mich nicht ablecken und keinen weiteren Unsinn anstellen. Die lange Hundezunge ist eindeutig das gefährlichste Körperteil an dem Welpen.

„Er hat das Badezimmer verwüstet." Tilda schwingt die Klobürste. „Dieser Hund ...", sie deutet anklagend mit dem Kloputzer auf Security, „... hat nur Unsinn im Kopf." Umgehend weiche ich zurück, und drücke den Unruhestifter an mich. Die Klobürste ist nass. Nur äußerst ungern möchte ich mit Toilettenwasser gesegnet werden.

„Du tropfst den Boden voll", sage ich mit Blick auf ihre erhobene Hand, die irgendwie bedrohlich wirkt. Obwohl die Situation für Tilda nicht lustig ist, muss ich lächeln. Mit Schadenfreude hat das nichts zu tun. Es ist … hier zu sein macht meinen langweiligen Samstag ein gewaltiges Stück schöner. „Ich kann dir helfen, das Toilettenpapier wieder aufzuwickeln – wenn du möchtest." Ein schwaches Angebot. Leider fällt mir spontan nichts Besseres ein.

Tilda wirkt geschlagen. Ein bemitleidenswerter Anblick. „Security bestraft mich, weil ich ihn ins Badezimmer gesperrt habe. Er ist beleidigt, deshalb spielt er mir Streiche."

*Der arme Hund.*

„Warum sperrst du ihn ein?" Mein Entsetzen ist deutlich herauszuhören. In dem Punkt bin ich definitiv auf Securitys Seite. „Er ist doch noch ein Baby."

*Alarmstufe rot!*

Der nächste Blick grillt meine Eingeweide. Das war eindeutig die falsche Frage mit der falschen Betonung. „Weil ich ein Geschäft führen muss, Conrad!", kommt es messerscharf mit schneidendem Blick zurück. „Leider kann ich mich nicht vierundzwanzig Stunden am Tag um einen Welpen kümmern. Dafür fehlt mir die Zeit." Tilda lässt Hand und Kinn gleichzeitig sinken. „Verdammt. So geht es nicht weiter. Ich dachte, ich hätte eine Möglichkeit gefunden, alles unter einen Hut zu bringen, aber sobald Frau Seinkamp von nebenan ausfällt, läuft alles drunter und drüber."

„Frau Seinkamp?", frage ich. Was habe ich in der letzten Woche verpasst?

„Ja." Tilda bückt sich und rafft das Toilettenpapier zusammen. „Sie hat auch einen Hund und nimmt Security seit ein paar Tagen vormittags mit in den Park. Heute haben ihre Kinder ein Fußballspiel, deshalb muss er warten, bis ich den Laden schließe und Zeit für ihn habe." Sie seufzt und stopft das Papier in den Mülleimer hinter dem Tresen.

„Du hättest *mich* fragen können", beschwere ich mich und streichele dem Hund unter meinem Arm den Kopf. „Security kennt mich. Ich komme mit dem Krawallmacher klar, das habe ich schon mehrfach bewiesen." Glaubt sie, ich wäre nicht fähig? Oder möchte sie mich nicht bitten? Sie weiß doch, dass ich den Kleinen, trotz meiner anfänglichen Abneigung, ins Herz geschlossen habe. Ebenso wie sein Frauchen ...

„So ist es nicht." Tilda weicht meinem Blick aus und wird sogar rot. „Ich weiß, dass Security dich liebt. Sein ständiges Gurren beweist es."

*Es liegt an dem Kuss, den sie nicht bekommen hat. Sie geht dir aus dem Weg. Verdammte komplizierte Frauenwelt!*

Entschlossen, die Sache zwischen uns klarzustellen, lasse ich Security runter und trete näher an Tilda heran. Sie blickt immer noch zu Boden. Auch die Klobürste hat sie nicht losgelassen. Sie klammert sich regelrecht daran fest.

„Tilda?" Geduldig warte ich, bis sie mich ansieht.

„Hm?" Ihre Gesichtsfarbe nimmt weiter zu und sie fängt an, auf ihrer Unterlippe zu kauen, aber sie hält meinem Blick stand. Mein Körper reagiert umgehend.

Die Luft zwischen uns beginnt zu knistern und die Verlockung, sie in die Arme zu schließen wird übermächtig.

„Hör mir gut zu." Mit dem Zeigefinger hebe ich ihr Kinn ein Stück. „Solange Security bei dir ist, kannst du mich jederzeit fragen, ob ich Zeit habe. Wenn ich es einrichten kann, passe ich gerne auf ihn auf." Um meinen Worten Nachdruck zu verleihen, lasse ich ihr Kinn los und lege meine Arme auf ihre Schultern. Anschließend verringere ich den Abstand zwischen uns. Obwohl ich zu Tilda runterschauen muss, sind unsere Gesichter sich nun ganz nah.

„Okay." Ihre Stimme kratzt und sie räuspert sich.

Interessante Reaktion. Spüre ich da einen Hauch Nervosität? Die Röte auf ihren Wangen scheint einen Höchststand erreicht zu haben.

Unbeweglich und abwartend bleibe ich stehen und blicke ihr in die Augen. Sie sind groß und blau. „Ich schulde dir einen Kuss", bringe ich es auf den Punkt. Kaum ausgesprochen zieht sie die Unterlippe zwischen die Zähne. Mit den Worten habe ich einen Volltreffer gelandet. Ihre Nervosität ist jetzt deutlich greifbar.

„Du musst nicht ..."

Ich lasse sie nicht ausreden, sondern drücke ohne nachzudenken meine Lippen auf ihre. Dabei ziehe ich sie zu mir und schiebe meine Hand unter ihre Haare in den Nacken, um sie zu halten. All meine Zweifel, ich könnte versagen oder innerlich blockiert sein, sind vergessen. Die Chemie zwischen uns stimmt. Dass Tilda sich im nächsten Augenblick butterweich gegen mich sinken lässt, bestätigt es.

Mit einem Plopp fällt die Klobürste zu Boden. Tilda schlingt mir die Arme um den Hals und stellt sich sogar auf die Zehenspitzen. Unterbewusst nehme ich Security wahr, der zu unseren Füßen wuselt und sich über ein neugefundenes Spielzeug freut.

Alles um mich herum ausblendend neige ich den Kopf zur Seite und fordere Tilda mit der Zungenspitze auf, den Mund für mich zu öffnen. Sie gibt nach und stößt sogar einen leisen verzückten Laut aus, der mir in die Eingeweide schießt.

Mehr Aufforderung brauche ich nicht. Etwas reagiert in mir und löst eine Welle aus. Langsam nehme ich die Hand aus ihrem Nacken und lege beide Hände an ihr Gesicht. So haltend intensiviere ich den Kuss und gebe ihr keine Chance, zu entkommen. Tilda seufzt leise und zeigt mir, dass sie mir gar nicht entkommen möchte. Wir küssen uns und geben uns hin, bis sich wüst und mit viel Palaver etwas zwischen unsere Schienbeine drängt.

Sofort spüre ich Tildas Lächeln an meinen Lippen und muss ebenfalls grinsen.

„Da ist jemand eifersüchtig", sage ich über ihrem Mund und ohne sie loszulassen. Verdammt! Wir sind noch nicht fertig.

„Das glaube ich auch." Tilda nimmt die Arme runter und senkt den Blick, sodass ich meine Hände von ihrem Gesicht nehmen muss. Unser Kuss scheint tatsächlich zu Ende zu sein. Schade. Security hockt nun brav zu unseren Füßen und blickt engelsgleich zu uns hoch. „Dabei hat er keinen Grund, neidisch zu sein." Tilda lacht und schüttelt den Kopf. „Schließlich durfte er dich zuerst küssen."

In ihr Lachen einstimmend umarme ich sie. Obwohl es mit dem Hund zwischen uns nicht ganz einfach ist. Sollte Security sich bewegen, fallen wir drei wie Mikadostäbchen übereinander. In einem winzigen Laden wie diesem, ist das keine erstrebenswerte Vorstellung. Einer würde sich garantiert den Kopf anschlagen. An die Kettenreaktion der eng stehenden Regale, die vermutlich ausgelöst werden würde, möchte ich gar nicht denken.

Keine Lust, mich zu lösen, drücke ich Tilda an mich und beuge mich dicht über ihr Ohr. „Dich küsse ich lieber", flüstere ich. Sofort hört Tilda auf zu lachen und wird ernst.

„Wir können es noch mal machen", bietet sie mir an und zuckt Gelassenheit vortäuschend mit den Schultern.

„Natürlich machen wir es noch mal. Da kannst du dir sicher sein." Mit dem nächsten Ausatmen berühre ich sanft die Stelle unter ihrem Ohr. Kaum erschaudert sie, küsse ich mich ihren Hals nach unten und werde mit einer Gänsehaut unter meinen Lippen belohnt.

„Conrad ..." Mein Name aus ihrem Mund klingt wie ein Stöhnen.

Verdammt. Die Verlockung weiterzumachen ist immens. Nur mit Mühe reiße ich mich zusammen. Wir stehen mitten im Geschäft. Jederzeit könnte ein Kunde hereinkommen.

„Tilda ... ich bitte dich ... hab Erbarmen." Obwohl es nicht leicht ist, schaffe ich es, mich zu lösen und ein paar Zentimeter Abstand zwischen uns zu bringen. „An der Stelle sollten wir eine kurze Pause einlegen." Mich räuspernd schlucke ich. „Es sei denn, du möchtest zu einer Hauptattraktion im kleinen Laden werden."

„O Gott! Wie leichtsinnig." Tilda tritt zurück und überprüft den Sitz ihrer Bluse, die heute in einem schlichten Hellblau gehalten und für ihre Verhältnisse wenig auffallend ist. „Jeder kann uns durchs Schaufenster sehen", stellt sie unnötigerweise fest und schließt den obersten Knopf, der schon die ganze Zeit offenstand.

„Deine Mittagspause gehört mir." Mit dem Zeigefinger streiche ich ihr eine Haarsträhne aus dem Gesicht und stecke sie ihr hinter das Ohr. „Und damit das funktioniert, gehe ich jetzt mit deinem Hund in den Park und sorge dafür, dass er müde wird, damit wir nachher ungestört da weitermachen können, wo wir jetzt besser aufhören."

„Okay. Du hast recht." Tilda fährt sich mit der Zunge über die Lippen, als wollte sie meinen Geschmack nachkosten. Ihre Atmung geht schneller als zuvor. „Gute Idee. Toller Plan." Heftiges Nicken folgt den Worten. „So machen wir es." Sie verdreht über ihr eigenes Gestammel die Augen und fängt anschließend an zu Grinsen.

„Gibst du mir die Leine für dieses Engelchen?" Spottend deute ich auf Security, der uns gerade beweist, dass er sehr wohl Stillsitzen kann, wenn er das für richtig hält.

„Klar, warte." Tilda flitzt davon und ist wenig später wieder zurück. „Hier." Sie reicht mir die Leine. „Danke."

„Mache ich gerne." Schnell stibitze ich mir einen letzten Kuss. „Wir sehen uns später." Meine Worte kröne ich mit dem Augenzwinkern, das diese wunderbare Frau bereits kennt.

„Conrad", hält sie mich auf, bevor ich die Tür öffnen kann. „Du bist übrigens ein hervorragender Küsser. Deine Ex-Freundin liegt falsch."

# 18

## Tilda

Am liebsten würde ich mir nachträglich die Zunge abbeißen. *Du bist übrigens ein hervorragender Küsser.* Wieso habe ich das gesagt? Conrad ist von Beruf Model, sein Ego ist hochhausgroß. Er braucht meine Bestätigung nicht.

*Tilda, du hättest die Klappe halten sollen.*

Aber verdammt ... warum ist er gegangen, ohne etwas zu erwidern? Hoffentlich hat das nichts zu bedeuten. Es wäre fantastisch, wenn sich etwas zwischen uns ergeben würde. Eine Beziehung ... oder ein vorsichtiges Rantasten an was auch immer. Ich wäre zu allem bereit und für alles offen.

Zu meinem Leidwesen bin ich schon viel zu lange ohne einen festen Freund. Mein Geschäft hat mich in den letzten Jahren derart in Beschlag genommen, dass kaum Zeit blieb, um über Männer nachzudenken. Geschweige denn welche zu daten.

Aufgewühlt atme ich ein paar Mal tief durch und versuche, mich auf das Hier und Jetzt zu konzentrieren.

Während der Ladenöffnungszeiten sollte ich mich keinen Träumereien hingeben, die zu nichts führen. Das macht nur schlechte Laune.

Mein erster Versuch, an etwas anderes zu denken, scheitert kläglich, als mir bewusst wird, dass es nur etwas mehr als zwei Stunden sind, bis ich das Geschäft schließen kann und Conrad wiedersehe.

Himmel. Wie versessen kann eine Frau eigentlich sein? Mein Herzschlag beschleunigt sich, allein weil ich mir vorstelle, Conrad nicht nur zu küssen, sondern auch anzufassen. Küssen und anfassen. Anfassen und küssen. Ob sein Körper sich so gut anfühlt, wie er aussieht? Ist sein Brustkorb behaart? Rasieren Männermodels sich die Brust? Ich habe keinen Schimmer. Bestimmt gibt es dafür Vorschriften.

Puh!

Mir schwirrt der Kopf. Allein die Vorstellung ... nackte Haut und ...

Keuchend atme ich aus und fächere mir Luft zu.

Stopp!

*Halt deine Gedanken in Schach, Tilda. Reiß dich zusammen. Heb die Klobürste auf und kümmere dich um das Chaos in der Toilette.*

Genau. Ja. Ich sollte auf mich selbst hören. Und ich sollte auf keinen Fall auf die Idee kommen, die Minuten bis zur Mittagspause zu zählen.

***

Einhundertsiebenundzwanzig Minuten später kann ich endlich die Ladentür abschließen und das Schild für die Mittagspause umdrehen. Samstags schließe ich nur für eine Stunde, dafür ist um sechzehn Uhr Geschäftsschluss.

Conrad und Security sind von ihrem Ausflug noch nicht zurück. Langsam mache ich mir Sorgen. Conrad wollte einen ausgiebigen Spaziergang machen, aber … so lange …

Warum ist er nicht längst wieder da? Wo sind die beiden hingegangen? Der kleine Security müsste mittlerweile völlig ausgepowert sein.

Durch die Glastür sehe ich zum Haus gegenüber. Erwartet Conrad, dass ich zu ihm in die Wohnung komme? Eine Textnachricht habe ich von ihm nicht bekommen. In der letzten halben Stunde habe ich gefühlt hundert Mal auf mein Handy geschaut. Nichts. Keine Nachricht. Kein Anruf.

Warum haben wir uns nicht abgesprochen, bevor Conrad sich auf den Weg gemacht hat?

Hier vor der verschlossenen Ladentür auszuharren, macht wenig Sinn, deshalb schnappe ich mir meine neue Handtasche aus rosa Kunstfell, die so wunderbar zu meiner himmelblauen Bluse passt, und gehe zur Hintertür. Zuerst werde ich bei Conrad klingeln und sollte weder Hagen noch Conrad aufmachen, werde ich es auf dem Handy versuchen. Guter Plan.

Noch bevor ich die Straße überqueren kann, entdecke ich, dass von mir vermisste Gespann. Da sind sie ja. Umgehend muss ich lächeln. Conrad hält sein Handy ans Ohr und scheint zu telefonieren, während Security hinter ihm herschleicht. Schleichen ist das passende Wort. Mein Hund wirkt völlig erschöpft. Die Leine hängt durch, sodass er mit jedem zweiten Schritt hineintritt. Der Arme. Er ist völlig erledigt.

Vielleicht hat Conrad es mit dem Spielen und Toben ein bisschen zu gut gemeint.

Glücklich und auch ein wenig erleichtert, die beiden gefunden zu haben, hebe ich den Arm, um auf mich aufmerksam zu machen. Security entdeckt mich sofort. Mein Baby sieht mich am Straßenrand stehen und ist plötzlich hellwach. Sein Schwanz beginnt zu wedeln und seine Ohren spitzen sich. Mit einem freudigen Blick fixiert er mich und steht ganz still.

Conrad bekommt davon nichts mit. Er ist in sein Telefonat vertieft und kickt gedankenverloren eine leere Coladose vor sich her. Die Hand, in der er die Leine hält, hat er lässig in die Hosentasche gesteckt, den Blick auf die Dose und den Weg vor sich gesenkt. Mich bemerkt er nicht.

Obwohl es total untypisch für Security ist, bellt er nicht. Er wedelt nur mit dem Schwanz, macht einen Hüpfer und prescht im nächsten Moment blitzartig nach vorn. Kurz verheddert er sich in der Leine, doch Sekunden später sind seine Vorderpfoten wieder frei. Die Zunge aus dem Mund hängend läuft er direkt auf mich zu. Über die Straße ...

Nein!

Instinktiv halte ich die Luft an.

*Bitte lieber Gott, lass kein Unglück geschehen.*

Es dauert nur Bruchteile von Sekunden, bis die Hundeleine sich spannt und ... Conrad aus der Hand gerissen wird. Offensichtlich hat er sie zu locker festgehalten.

Security ist frei ... und ich wie erstarrt, unfähig, mich zu bewegen.

Was wird jetzt passieren? Ich mag nicht hinsehen, aber wegsehen geht auch nicht. Das Schlimmste erwartend stehe ich einfach nur da, nicht in der Lage, die Welt für einen Moment anzuhalten.

Auf einmal höre ich Reifen quietschen und zucke zusammen. O Gott! Conrad ruft etwas, das ich nicht verstehe. Das nächste Auto kommt näher und versperrt mir die Sicht.

Verdammt! Obwohl ich nicht erkennen kann, was geschehen ist, kneife ich aus Angst die Augen zusammen. Schrecklich! Ich lege mir sogar beide Handflächen über die Augen und schüttele den Kopf.

*Nein!*

Bitte nein. Ich will das nicht sehen.

Liegt Security unter dem Auto, dessen Reifen ich quietschen gehört habe? Warum bellt er nicht? Nicht mal ein schmerzvolles Winseln ist zu hören. Nur der leise Verkehr, der offensichtlich zum Erliegen gekommen ist.

Als ich Conrads aufgebrachte Stimme höre, nehme ich die Hände weg und reiße die Augen auf. Hat er den Autofahrer gerade einen Vollhorst genannt? Augenblicklich erwache ich aus meiner Starre. Da sämtliche Wagen von rechts zum Stillstand gekommen sind, schaue ich kurz nach links und laufe über die Straße. Zu Conrad und Security.

Was für ein Unglück. Wie konnte das passieren?

Am ganzen Körper zitternd höre ich Conrads aufgebrachte Stimme, kann ihn aber nirgends entdecken. Offenbar kniet er auf dem Boden neben dem ersten stehenden Auto in der Schlange.

*Security, bell bitte! Gib ein Lebenszeichen von dir.*

Panik steigt in mir hoch und lässt mein Herz rasen. Wieso hat Conrad nicht besser aufgepasst? Er hätte die Leine fest in der Hand halten müssen. Security ist doch noch ein Baby. Außerdem fehlt es ihm an Erziehung. Conrad hätte aufpassen müssen. Es wäre seine Pflicht gewesen.

Meine Augen füllen sich mit Tränen und in meinem Hals entsteht ein Kloß. Wenn ...

Nein. An etwas so Unvorstellbares darf ich nicht denken.

Eine Träne löst sich aus meinen Augenwinkeln. Mit einem tiefen frustrierten Luftholen wische ich sie weg. Es ist zu früh zum Heulen. Mein Hund lebt ... er muss leben. Etwas anderes kann ich mir nicht vorstellen.

Da ...

Ganz leise.

Ein Winseln.

Höre ich wirklich ein Winseln? Mit neuer Hoffnung trete ich neben Conrad, der sich gerade wieder erhoben hat und gehe in die Hocke. Der Anblick lässt mein Herz schneller schlagen. Mehr Tränen kullern unaufhaltsam über meine Wangen und lassen mich aufschluchzen.

Mein Hund zittert am ganzen Körper und hat die Ohren angstvoll nach hinten gelegt. Er sitzt klein und geduckt unterm Auto gleich hinter dem rechten Vorderrad. Das Winseln, das er ausstößt, hört sich völlig anders an als das freudige Taubengurren, das ich von ihm zur Begrüßung gewohnt bin.

„Security?" Ich strecke die Arme aus. Irgendwie hat sich beim Sprint die Leine um den halben Hundekörper gewickelt. Kaum vernimmt Security meine Stimme, versucht er, zaghaft mit dem Schwanz zu wedeln.

„Sie hätten beinahe meinen Hund überfahren", blafft Conrad den Fahrer an, der mittlerweile ausgestiegen und um sein Auto herumgekommen ist. „Wo haben Sie denn ihre Augen gehabt? Haben Sie während der Fahrt am Handy gespielt?" Erneut geht Conrad in die Hocke und versucht, den verängstigten Security unter dem Auto hervorzuziehen, hat aber keine Chance.

Soweit ich das erkennen kann, weicht Security immer weiter zurück, weg von Conrad. Anscheinend denkt er, sein Herrchen würde ihn anschreien und nicht den Fahrer.

Mein armer Kleiner ist vollkommen verstört.

Ob er ernstlich verletzt ist? Blut sehe ich zum Glück nirgends. Hoffentlich hat er nur einen Schreck bekommen.

Ich habe definitiv einen Schreck bekommen.

Voller Sorge lege ich Conrad eine Hand auf die Schulter. „Sprich bitte leiser. Du machst ihm Angst. Wenn wir nicht aufpassen, haut er ab und rennt weg." Nicht auszudenken, würde er nach der Aktion noch unter die Räder eines anderen Autos kommen. Die Straßen sind stark befahren, alles ist möglich.

Conrad nickt und drückt die Lippen aufeinander. In Zeitlupe beugt er sich tiefer, bis er fast am Boden liegt. „Ich kann das Ende der Leine greifen. Gleich habe ich es." Ein ächzender Laut ist zu hören. Conrads Körper ist halb unter dem Wagen verschwunden.

„Gott sei Dank." Mit einem Lächeln sehe ich den Autofahrer an, der irgendwie schuldbewusst dreinblickt. Womöglich ist er doch nicht ganz unschuldig an dem

Vorfall. Dass er ein Handy in der Hand hält, lässt darauf schließen, dass Conrad mit seiner Vermutung recht gehabt haben könnte.

„Komm, mein Kleiner. Alles ist gut. Ich bin dir nicht böse." Conrads Stimme klingt nun butterweich. An der Leine ziehend richtet er sich in Zeitlupentempo auf.

Endlich sehe ich weißes flauschiges Fell unter all dem Blech aufblitzen. Ich entdecke Schmutz und ein paar feuchte Blätter auf Securitys Rücken, aber kein Blut. Sollte der Kleine tatsächlich einen Schutzengel gehabt haben?

*Danke!*

Kaum hat Conrad ihn vollständig unter dem Auto herausgezogen, nimmt er ihn auf den Arm, drückt ihn an sich und gibt ihm einen Kuss auf den Kopf. Anschließend setzt er ihn auf den Boden, entwirrt die Leine und beobachtet seine Bewegungen. Der Welpe macht ein paar zögerliche und sehr wackelige Schritte auf mich zu.

„Er humpelt. Vorne links." Conrad lässt Security nicht weiterlaufen, sondern nimmt ihn hoch und blickt mich zum ersten Mal, seit ich über die Straße gehechtet bin, an. „Wir müssen zum Tierarzt."

# 19

## Conrad

Ich bin schuld. Nicht der Autofahrer, der Security fast überfahren hätte, sondern ich. Ich allein. Zum Glück war der nächste Notfalltierarzt nicht weit und Security musste nicht lange warten, bis er behandelt wurde. Eine kleine Schnittwunde unterm Bauch, die auch von unserem wilden Spiel herrühren könnte, und eine verstauchte Pfote waren die Diagnosen des behandelnden Tierarztes.

Er hat ihm eine Beruhigungsspritze gegeben und die Pfote bandagiert. In drei Tagen müsste alles wieder in Ordnung sein. Die zwei Stationen, die wir mit der U-Bahn fahren mussten, habe ich Security im Arm gehalten. Ich habe ihn unter der Jacke getragen und sogar den Reißverschluss geschlossen, weil ich das Gefühl hatte, dass der kleine Kerl friert. Er hat sich kalt angefühlt und am ganzen Körper gezittert. Höchstwahrscheinlich eine Folge des Schocks.

Mit Tilda habe ich während der letzten Minuten nicht gesprochen. Ich konnte sie nicht mal ansehen, so tief sitzt die Scham über meinen Fehler. Könnte ich mich selbst bestrafen, würde ich es tun. Sofort.

Selbstverständlich habe ich die Rechnung übernommen. Alles andere wäre ja noch schöner gewesen.

Da die Frau, die erfolgreich ein Geschäft führt, stur ist, wollte sie protestieren. Ohne zu zögern, habe ich ihr das Wort abgeschnitten und der Dame an der Anmeldung meine Kreditkarte gereicht. Als wenn ich Tilda für meinen Fehler aufkommen lassen würde. Niemals. Ich bin schuld, dass Security verletzt wurde, also zahle ich auch. Mir tut die Rechnung, samt Samstagszuschlag, nicht weh. Tildas Einkommen unterscheidet sich bestimmt erheblich von meinem, weshalb ich jegliche Diskussion sofort im Keim erstickt habe.

Endlich zurück, schließe ich die Haustür zu meiner Wohnung auf und lasse ihr den Vortritt. In all der Aufregung und dem Durcheinander, habe ich Tilda nicht gefragt, ob wir zu mir oder zu ihr gehen. Am liebsten würde ich Security den Rest des Tages nah bei mir behalten und ihn nicht mehr loslassen. Er hätte heute sterben können.

Verdammt! Der Doktor hätte mir auch eine Beruhigungsspritze geben sollen. Ich friere und meine Hände zittern. Zum Glück funktioniert der kleine Hundekörper in meiner Jacke wie eine Wärmflasche.

Tilda macht sich wortlos daran die durchgetretenen Stufen bis zur vierten Etage hinaufzusteigen. Sie geht langsam vor mir her und atmet kontrolliert. Anscheinend hat sie gelernt, sich ihre Puste einzuteilen. Oder der Schock sitzt so tief, dass sie vergisst zu schnaufen.

„Ich habe keine Haftpflichtversicherung", sagt sie, als wir oben vor meiner Korridortür angekommen sind.

„Wie bitte?" Ohne sie anzusehen, schließe ich die Tür auf. Wir sind allein. Hagen ist für ein paar Tage beruflich unterwegs.

„Na, eine Hundehaftpflichtversicherung ... die habe ich nicht. Wäre bei dem heutigen Unfall ein Schaden in Millionenhöhe entstanden, wäre ich pleite und mein Leben ruiniert. Ich müsste zurück zu meiner Mutter ziehen, in mein Kinderzimmer. Ihre Stimme bricht.

Security und ich sind anscheinend nicht die Einzigen, die einen Schock erlitten haben. Am liebsten würde ich Tilda in den Arm nehmen und sie fest an mich drücken, aber da ich den Hund wie eine Kängurumama vor der Brust trage, ist das nicht möglich.

Arme Tilda. Ihre Gedanken sind nicht allzu weit hergeholt. Bei Verkehrsunfällen werden schnell hohe Schadenssummen erreicht. „Der Hund gehört dir doch gar nicht." Ohne meinen Blick von ihr zu nehmen, werfe ich den Schlüssel auf die Kommode neben der Tür. „Du wärst nicht verantwortlich gewesen." Klare Worte sind keine Umarmung, aber vielleicht helfen sie trotzdem.

„Stimmt." Tilda fängt an zu nicken. Mir entgeht nicht, dass sie die Hände in den Hosentaschen vergräbt und ihr Gesicht vor mir verbirgt. Verdammt, wir sind beide völlig durch den Wind.

Langsam öffne ich meine Jacke, nehme den schlafenden Security heraus und trage ihn zur Couch. Tilda folgt mir, greift nach der Decke am Fußende, breitet sie aus und ich lege den Welpen in das Nest. Security hebt nicht mal ein Augenlid. Er schlummert tief und fest. Die Spritze hat ihn allem Anschein nach ohne Umwege ins Land der Träume befördert.

„Möchtest du einen heißen Kakao? Ich glaube, wir könnten beide eine gehörige Portion Zucker vertragen." Zum Beweis hebe ich meine Hand, die leicht zittert. Höchstwahrscheinlich wackelt ihre genauso.

„Danke. Eine Tasse Kakao wäre super." Tilda schenkt mir ein erschöpftes Lächeln und blickt ein letztes Mal zu Security, bevor sie mir in die Küche folgt.

„Morgen kümmere ich mich um eine Hundehaftpflichtversicherung. So etwas wie heute darf nicht noch mal passieren." Sie setzt sich auf Hagens Platz an den Küchentisch und lässt mich den Kakao zubereiten. „Bestimmt kann ich online eine Versicherung abschließen", denkt sie laut. „Womöglich sollte ich schon mal eine günstige raussuchen." Sie zieht ihr Handy aus der Tasche und wirkt voller Tatendrang. Bevor sie das Display entsperren kann, nehme ich ihr das Ding weg und lege es auf die Fensterbank, außerhalb ihrer Reichweite.

Tilda ist aufgewühlter als ich.

„Heute nicht." Mein Blick ist mitfühlend. „Du bist durcheinander und nicht in der Lage, dich jetzt mit einem Versicherungsvergleich auseinanderzusetzen." Ich stütze mich auf den Küchentisch und bringe mein Gesicht dicht vor ihres. „Wir trinken Kakao." Mit dem Rücken meiner Finger streiche ich ihr über die Wange. „Und danach gehen wir zu Security ins Wohnzimmer." Unbeirrt von ihrer fragenden Miene drücke ich ihr einen sanften Kuss auf die Lippen. Wahrscheinlich kann sie eine Wagenladung Beruhigung und Verständnis gebrauchen. „Wenn du möchtest, kannst du auf meinem Schoß sitzen und ich halte dich", biete ich ihr meine Hilfe an.

Die Vorstellung scheint Tilda zu gefallen, denn ihr Gesicht bekommt endlich etwas Farbe und der fragile Gesichtsausdruck verschwindet.

„Meine Mittagspause habe ich mir irgendwie anders vorgestellt." Ihre Stirn legt sich in Falten. „Mist!" Sie sieht auf ihre Armbanduhr. „Ich hätte meinen Laden längst wieder öffnen müssen."

Bevor sie aufspringen und die Pflichtbewusste spielen kann, küsse ich sie noch mal. Diesmal weniger sanft, dafür bestimmend. „Hiergeblieben", flüstere ich dicht über ihrem Mund, kaum dass ich mich von ihr gelöst habe. „Wir machen es so wie ich es sage. Du bist aufgedreht und von den Ereignissen mitgenommen." Mich aufrichtend wende ich mich dem Wasserkocher zu, der längst ausgegangen ist. „Nachher gibt es ein weiteres Unglück, wenn du in dem Zustand die Straße überquerst."

„So schlimm ist es nicht", antwortet sie mit den Augen rollend. Wenigstens bleibt sie auf ihren vier Buchstaben sitzen.

Unbeirrt gieße ich heißes Wasser in die vorbereiteten Tassen, stecke einen Löffel in jede und reiche ihr eine. Ihre zittrigen Finger strafen ihre Worte, dass alles nicht so schlimm ist, Lügen. Auf keinen Fall werde ich Tilda in der nächsten Stunde meine Wohnung verlassen lassen. Sie soll Kakao trinken und anschließend auf meinem Schoß sitzend zur Ruhe kommen. Ich möchte sie im Arm halten und einfach nichts tun. Etwas Ruhe und Frieden brauchen wir beide.

***

Tilda sitzt nicht auf meinem Schoß. Leider. Dafür sitzt sie neben mir und hat Security auf ihren Oberschenkeln gebettet. Der Kleine kam zu uns in die Küche gehumpelt, da hatten wir unseren Kakao gerade ausgetrunken. Er wirkte noch leicht verstört und wollte wohl nachsehen, ob wir ihn allein gelassen hatten.

Im nächsten Moment hatte Tilda ihn an sich gerissen und seitdem nicht losgelassen. Mein Vorschlag, gemeinsam einen Film zu schauen, war die einfachste Möglichkeit, die beiden am Gehen zu hindern. Mein Verhalten ist jämmerlich, aber Hagen ist weg und ich habe das erste Mal seit einer Woche etwas Freizeit. Ist es da verwerflich, dass ich die Zeit mit einer schönen Frau verbringen möchte? Irgendwie habe ich Tilda die letzte Woche vermisst.

Zufrieden, und ins Wohnzimmer auf die Couch umgezogen rutsche ich näher an Tilda und lege meinen Arm um ihre Schultern. Sofort kuschelt sie sich an mich. Obwohl sie ihren Blick auf den Fernseher gerichtet hat, hört sie nicht auf, Security zu streicheln.

„Wir sollten den Tatsachen ins Auge sehen." Mein Blick fällt auf ihre Hand, die durch flauschiges Fell fährt. „Du wirst den kleinen Satansbraten nicht mehr abgeben können."

Die Frau unter meinem Arm versteift sich. „Es würde mir unglaublich schwerfallen." Ihr Kopf drückt gegen meine Schulter. „Aber ich muss. Ich habe zu wenig Zeit für einen Hund. Der Tag heute ist der beste Beweis." Sie seufzt aus tiefster Seele. „Security braucht Führung. Er muss in eine Hundeschule und lernen, Befehlen Folge zu leisten – zu seiner eigenen Sicherheit."

„Jep. Das wäre sicher nicht verkehrt." Versteckt grinse ich in mich hinein, weil Security im Park einem Kind das Eis weggeschnappt hat. Nur kurz war ich abgelenkt und schon hatte das Kind im Kinderwagen leere Hände und das Geschrei war groß. Da ich ein guter Kumpel bin, werde ich Securitys Missetat nicht verraten. Tilda macht sich schon genug Sorgen.

„Du glaubst gar nicht, wie gerne ich diesen Hund behalten würde." Der Satz wird von vielen Emotionen begleitet. Traurigkeit überwiegt.

„Doch." Diesmal seufze ich. „Mir fällt der Gedanke ans Abschiednehmen ebenfalls schwer." Nie hätte ich gedacht, dass ich mich mal für ein Haustier interessieren könnte. Beruflich bin ich viel auf Reisen. Auch ich habe keine Zeit, um mich angemessen zu kümmern.

„Deine Hose ist dreckig", stellt Tilda fest und deutet auf meinen Oberschenkel. Offensichtlich möchte sie das Thema wechseln.

„Jep, ist im Park passiert. Security springt einem ständig an den Beinen hoch." Noch etwas, das er eigentlich nicht machen sollte.

„War das Loch schon vor eurem Spaziergang da, oder ist das auch von unserem Unschuldslamm?" Sie schiebt einen Zeigefinger zwischen den Jeansstoff direkt über meinem Knie und fängt an Kreise auf meine Haut zu malen. Das Loch in meiner Hose dient ihr als Schablone.

Was für eine himmlische Folter! Warum ist die kaputte Stelle nicht größer?

Ihr Finger ist warm. Außerdem kratzt ihr Fingernagel über meine Haut und verursacht ein wohliges Kribbeln. *Bitte ... mehr davon.*

Sofort muss ich an die verpasste Mittagspause denken, die sie mir versprochen hat. Strenggenommen hat sie sie mir nicht versprochen, ich habe sie eingefordert.

Zu gerne möchte ich unsere Freundschaft, die wir in den letzten Tagen aufgebaut haben, auf die nächste Stufe heben. Ich möchte mehr ... ich möchte der betörenden Anziehung, die von ihr ausgeht, nachgeben.

Bevor sie den Finger zurückziehen, oder mit der himmlischen Folter aufhören kann, beuge ich mich zu ihr und bringe meine Lippen über ihre. Es ist allerhöchste Zeit für einen nächsten Kuss.

# 20

## Tilda

Langsam nähert sich Conrad mir. Weil ich plötzlich einen trockenen Mund habe, fahre ich mir mit der Zunge über die Unterlippe und warte auf das, was da kommt. Mein Körper spannt sich an und beginnt, in freudiger Erwartung zu summen. Mir ist bereits aufgefallen, dass Conrads perfekt geformter Oberschenkel sich unter meiner Berührung angespannt hat. Gerade will ich meinen Finger zurückziehen, um meine Hand an sein Gesicht zu legen, da spüre ich seinen Mund auf meinem. Sofort höre ich auf zu denken.

Schwupps! Alles weg. Leere im Gehirn.

Ich ergebe mich. Das leise Summen wird zu einem spürbaren Kribbeln. Wie auf Autopilot lege ich den Kopf schief und öffne den Mund ein winziges bisschen. Mehr Einladung braucht der Mann über mir nicht. Er verlagert sein Gewicht, beugt sich über mich und drückt mich sanft in die Rückenlehne der Couch.

*Bitte mehr!*

Mein Finger rutscht aus dem Loch seiner Hose und im nächsten Augenblick landet meine Hand in seinem Nacken. So fühlt sich also ein perfekter Kuss an. Obwohl er nicht über mich herfällt, ist er fordernd und allesverschlingend. Seine Zunge spielt mit meiner und ich schmecke den Kakao, den wir eben getrunken haben. Unbewusst und um nicht das kleinste Gefühl zu verpassen, halte ich die Luft an.

Den Geschmack, den Geruch und das Vibrieren in meinem Innern ... alles möchte ich festhalten. Wer braucht schon Sauerstoff, wenn er auf Wolke sieben schwebt?

„Du schmeckst süß – und nach mehr", sagt Conrad, nachdem er sich gelöst und Atem geholt hat. Anscheinend hat er ebenfalls die Luft angehalten. Mit einem liebevollen Blick streicht er mir eine Haarsträhne aus dem Gesicht und sieht auf meinen Schoß, wo Security immer noch tief und fest schläft. Von unserem Kuss hat er nichts mitbekommen.

„Du auch." Meine Worte sind raus, bevor sie mir peinlich sein können. O Gott! Die Antwort ist platt. Platter geht es kaum.

*Tilda! Erst denken.*

Zum Glück rettet Security mich, indem er sich bewegt, die Augen öffnet und anschließend herzhaft gähnt. Verschlafen blickt er von einem zum anderen, als wollte er fragen: *Was habe ich verpasst?*

Conrad schüttelt den Kopf und fängt an zu grinsen. „Dieser Hund ist eine Plage." Er lehnt sich zurück, aber nicht ohne Security über den Kopf zu wuscheln. „Entweder er küsst mich oder er verhindert, dass ich dich küsse. Ich bin nicht sicher, ob mir das gefällt." Die letzten Worte spricht er mit Blick auf meine Lippen aus. Obwohl sie noch feucht sind, fahre ich mir mit der Zunge darüber. Es ist ein Drang, dem ich erneut nachgeben muss.

„Unter Umständen sollten wir die Möglichkeit in Betracht ziehen, dass er uns versteht." Meine Stimme klingt leicht atemlos.

Conrad streckt die Hand aus und fängt an, mit meinen Haaren zu spielen. Dabei sieht er erst mich an und dann Security. Sobald sein Blick auf mich fällt, liegt in seinen Augen ein Verlangen, das eben noch nicht da war. „Da könnte was dran sein. Ich traue unserem Satansbraten einen Boykott durchaus zu."

Zu gerne möchte ich Conrad weiter küssen. Ich glaube, er möchte es auch, aber irgendwie haben wir gerade eine unfreiwillige Pause eingelegt.

Mit Mühe unterdrücke ich einen aufsteigenden Seufzer. Hier auf der Couch, mit einem Welpen auf dem Schoß können wir eh nicht weitergehen. Mir wird gerade bewusst, dass ich nur das Wohnzimmer und die Küche dieser Wohnung kenne. Conrads Reich – sein Zimmer – habe ich noch nicht gesehen.

„Darf ich dich etwas fragen?"

Der Mann neben mir mustert mich schweigend. Es entsteht sogar eine Falte, weil er die Augenbrauen so stark zusammenzieht. „Was möchtest du wissen?", fragt er mit Argwohn in der Stimme.

„Es ist nichts Schlimmes", fahre ich fort, kann ein Kopfschütteln aber nicht ganz zurückhalten. „Keine Sorge, deine Geheimnisse sind sicher. Es ist nur …", spreche ich, „... du wohnst in einer WG“, ich lasse meinen Blick schweifen, „... die winzig ist.“

„Unser Reich ist doch nicht winzig“, kommt die prompte Antwort. Conrad zieht an meiner Haarsträhne und seine Mundwinkel heben sich. „Ich weiß, was du eigentlich fragen möchtest.“ Mit sanftem Druck wickelt er meine Haare auf seinen Finger und verursacht mir damit eine Gänsehaut im Nacken. Es scheint ihm Spaß zu machen, meine Haare zu sortieren. „Warum ein Model, das genügend Geld für etwas Besseres hat, in einer Wohngemeinschaft haust?“

Damit hat er ins Schwarze getroffen.

„Na ja.“ Verlegen sehe ich kurz zur Seite. „Wie alt bist du noch mal? Siebenundzwanzig ...?“

„Jep.“ Conrad nickt und kommt meinem Gesicht näher.

„Möchte man ab einem gewissen Alter nicht eine Wohnung für sich allein? Vielleicht hat mich meine frühe Selbstständigkeit beeinflusst. Aber ich wollte so schnell wie möglich zu Hause ausziehen und ohne die Hilfe meiner Mutter klarkommen.“

„Ich bin mit sechzehn von Zuhause weg“, erklärt er und gibt mir nur unwesentlich mehr Raum. „Seit der Zeit habe ich in verschiedenen Großstädten in den unterschiedlichsten WGs gelebt. Umziehen und Reisen gehören zum Job eines Models. Seit neun Jahren verdiene ich mein Geld auf diese Weise.“

„Wow. Krass. Sechzehn ist früh.“ Wir kommen eindeutig aus verschiedenen Welten. „Mit sechzehn hatte ich noch ein Kinderzimmer und Poster über dem Bett.“

Conrad hebt die Schultern. „Ich liebe meinen Job, immer schon. Zwischenzeitlich habe ich versucht, zu modeln und zu studieren, aber das hat nicht funktioniert. Die Zeit reicht nur, um eines von beidem richtig zu machen. Studium oder Arbeit. Ich habe mich für das Modelleben entschieden." Er lässt die Haarsträhne los, nur um sich die nächste zu schnappen. „Und bevor du fragst; nein, meine Eltern waren damals nicht begeistert."

Der Kommentar entlockt mir ein Schmunzeln. „Es gibt wohl nur wenige Eltern, die es gutheißen, wenn ihre Kinder ohne Ausbildung durchs Leben ziehen wollen."

„Da hast du recht."

„Magst du das WG-Leben? Wohnst du deshalb nicht allein?" Leider bin ich nie in den Genuss gekommen, auch nicht während meines ersten Studienjahres.

„Sagen wir mal so ... ich bin daran gewöhnt und hatte bisher immer Mitbewohner, die auch meine Freunde waren. Aber das ist nicht der vorherrschende Grund. Die Wohnung ...", er macht eine raumumfassende Geste, „... gehört der Agentur, bei der ich unter Vertrag stehe. Wohnraum in Berlin ist knapp, wie du sicher weißt. Selbst wenn ich wollte, würde ich keine eigene Bleibe finden. Nicht mal, wenn Geld nur eine untergeordnete Rolle spielt."

Verständlich.

Mein Kopfnicken setzt automatisch ein. Das Problem ist leider gut bekannt. Mit meinem eigenen Laden, dem eine Zwei-Zimmer-Wohnung in der ersten Etage angeschlossen ist, habe ich einen wahren Glücksgriff getan. Viel zu oft vergesse ich, wie schwer es ist, in Berlin eine bezahlbare Bleibe zu finden. Ich muss Tante Hildegard unendlich dankbar sein, dass sie mich in ihrem Testament bedacht hat.

„Das heißt, Johan steht bei der gleichen Agentur wie du unter Vertrag? Weil er hier gewohnt hat?", kombiniere ich.

„Ja."

„Und Hagen? Modelt er auch? Entschuldige ... muss er ja, sonst würde er nicht hier wohnen."

„Hagen ist ein Sonderfall." Conrad lässt meine Haare los und lehnt sich zurück. „Hauptberuflich ist er Fotograf. Aber da er hin und wieder für die Agentur Aufträge erledigt und sich mit der Führungsspitze gut versteht, darf er in einer Agentur-WG wohnen."

„Lass mich raten." Gespielt nachdenklich lege ich den Kopf schief und hebe eine Augenbraue. „Ihr beide habt es irgendwie gedeichselt, dass Johan umziehen muss."

Das nächste Grinsen ist verschlagen. „Hier ist nur Platz für zwei. Und da Hagen mein Freund ist ..." Der Rest bleibt unausgesprochen.

„Verstehe", sage ich und beschließe, dass es höchste Zeit ist, dem unwiderstehlichen Grinsen nachzugeben. Was muss ich tun, damit Conrad diese verlockenden Lippen auf meine drückt? Verdammt! Wann hat sich unser wildes Knutschen auf der Couch zu einer Fragestunde entwickelt? So war das nicht geplant.

*Trau dich! Mach den Anfang!*

Meine Hand, die eben noch Security gestreichelt hat, schiebt sich über Conrads, die in seinem Schoß liegt. Möglicherweise bewegt er sie sogar ein winziges bisschen in meine Richtung.

„Du findest unser Wohnzimmer also winzig?" Conrad dreht die Handfläche nach oben und verschränkt unsere Finger miteinander. „Unter Umständen sagt dir mein Schlafzimmer mehr zu?" Er stellt den Satz als Frage und löst damit eine Welle der Freude aus. Kann da jemand Gedanken lesen? Offensichtlich wollen wir das Gleiche.

Das Vibrieren in seiner Stimme ist eindeutig. Der Blick auch. Conrad sendet Signale – in meine Richtung.

Mein Herzschlag beschleunigt sich. Die Unterhaltung über knappen Wohnraum ist vergessen. Alles ist vergessen. „Äh ...!" *Verdammt!* Warum kann ich keine Sätze bauen?

„Anders als dieses Sofa ist mein Bett riesig", versucht Conrad mich zu überzeugen. Dabei hebt er unsere Hände und küsst meine Fingerspitzen. „Außerdem ist mein Bett eine hundefreie Zone."

Denkt er, er muss mich überreden? Das muss er nicht.

Mir entschlüpft ein wohliger Laut, der einem Stöhnen ähnelt, als Conrad mit der Liebkosung meiner Fingerspitzen fortfährt. Sämtliche Nervenende scheinen unter seinen Lippen zu Enden.

Ich kann die Augen unmöglich offenhalten. Es geht nicht, die Lider fallen zu. Mehr ...

„Tilda?", höre ich Conrads leise Stimme. Sein Mund scheint über meinem Handgelenk zu schweben, direkt über meinem Puls. Diesmal stöhne ich wirklich.

„Ja-ha." Meine Augenlieder heben sich so weit wie nötig, um meinen Verführer ansehen zu können.

„Möchtest du mit mir schlafen?"

Die direkte Frage, löst etwas in mir aus. Etwas Gewaltiges. Ich war schon immer ein Fan von klaren Worten.

Teufel! Bisher waren sie nur nie von antörnender Natur.

*Tilda, zögere nicht. Nimm an, was dir geboten wird.*

Mein Körper scheint keinen Zuspruch zu benötigen. Als Conrad an meiner Hand zieht und mein Gesicht seinem näher bringt, durchrieselt mich ein wohliger Schauder, den ich als eindeutiges *Ja* interpretiere.

Hitze steigt mir den Hals rauf. „Aber ... warte." Bevor ich völlig den Verstand verliere und mich in Conrads Reich entführen lasse, müssen wir uns erst um den Hund auf meinem Schoß kümmern. „Was machen wir mit ihm?" Ich deute auf den Quälgeist.

Conrad antwortet nicht, sondern steht auf, nimmt Security und legt ihn zurück in das Deckennest auf der Couch. „Du bleibst hier, verstanden?" Der Welpe blickt mit treuherzigen Augen zu Conrad auf. „Die Erwachsenen haben etwas Wichtiges zu erledigen." Er hebt den Finger und intensiviert seinen Blick. „Mach Platz und bleib!"

Mir fällt die Kinnlade bis auf den Boden. Security tut, was Conrad ihm befielt. Wahnsinn! Woher ...? Haben die beiden das Kommando heute im Park trainiert?

„Ich bin beeindruckt." Das bin ich wirklich.

„Danke." Conrad reicht mir die Hand, um mich hochzuziehen. „Du hast meine Frage nicht beantwortet, süße Tilda." Sein freches und provozierendes Grinsen ist wieder da, genau wie der verhangene Blick. „Möchtest du ...?" Er deutet auf die Tür, die offensichtlich in sein Schlafzimmer führt.

„Ja", antworte ich mit einem Grinsen, das seinem in nichts nachsteht. *Ja, ja und nochmals ja.*

# 21

## Conrad

An der Hand führe ich Tilda in mein Schlafzimmer und hoffe, dass Security bleibt, wo er ist. Nur weil er gerade auf mich gehört hat, muss das nicht unbedingt etwas heißen. Es könnte einfach Glück gewesen sein.

Schnell, bevor er uns hinterherrennen kann, schließe ich die Tür und knipse das Licht an.

„Deinem Hund sind wir entkommen", sage ich und spitze die Ohren, ob ich Hundepfoten auf dem Parkett höre. Nein. Alles ruhig. Vorerst.

„Was ist das für eine coole Lampe neben deinem Bett?" Tilda steht unbeweglich mitten im Zimmer. „Und ist der Spiegel aus einem Flugzeugfenster gefertigt?" Beeindruckt hat sie die Augen aufgerissen und den Blick fokussiert.

„Äh … ja." Schnell, bevor ihr die Unordnung auffällt, klaube ich ein paar Klamotten vom Boden und werfe sie in den Schrank, in dem kaum Platz dafür ist. Fein säuberlich falten ist nicht unbedingt meine Stärke. „Mein Vater hat den Spiegel gemacht. Die Lampe auch", erkläre ich und überlege, was ich noch verschwinden lassen muss.

„Dein Vater?" Tilda tritt an die Lampe, die neben meinem Bett steht und begutachtet das Helikopter-Rotorblatt, aus dem sie gefertigt ist.

Mit dem Fuß schiebe ich die Sporttasche und das feuchte Handtuch, das ich gestern aus dem Fitnessstudio mitgebracht habe, unters Bett. So ist es besser. Perfekt aufgeräumt.

„Ja, mein Vater ist Konstruktionsmechaniker in einem Metallbetrieb und stellt in seiner Freizeit Luftfahrt-Möbel her." Von hinten trete ich an Tilda heran und lege ihr einen Arm um die Schultern. Von dem Platz neben der Lampe aus können wir uns im Spiegel an der Wand bewundern. „Das ist ein ausrangiertes Flugzeugfenster einer B747." Ich drehe ihren Köper ein Stückweit in Richtung Spiegel. „Es gibt nicht viele Dinge, an denen mein Herz hängt, aber die Lampe und der Spiegel sind die einzigen Teile, die schon jeden meiner vielen Umzüge mitgemacht haben.

„Verständlich. Das sind keine Möbel, das ist Kunst. Mich faszinieren solche ausgefallenen Stücke."

„Ist nicht zu übersehen", sage ich in misslichem Tonfall, weil wir schon wieder die Handbremse angezogen haben. „Du siehst nur den Spiegel, aber nicht den umwerfenden Mann, der dich daraus anstrahlt." Mit Bedacht streiche ich ihr die Haare aus dem Nacken und küsse die Stelle, die ich freigelegt habe.

„Entschuldige, du hast recht. Aber solche Meisterstücke sehe ich nicht alle Tage." Tilda neigt den Kopf zur Seite, lehnt sich gegen mich und blickt *in* den Spiegel.

Endlich sieht sie mich an. Mein Ego fühlt sich gleich besser.

„Ausnahmsweise vergebe ich dir. Du bist eben durch und durch Geschäftsfrau." Sehnsüchtig schlinge ich meine Arme fester um sie und küsse mich nach unten. Sie riecht nach den Duftkerzen aus ihrem Laden. „Bestimmt wären die Sachen von meinem Vater auch etwas für dein Geschäft." Ich genehmige mir einen langen Atemzug und schnuppere. Ihre Haut riecht nach Apfel und Zimt. Ich liebe Äpfel.

„Auf jeden Fall." Tilda erzittert und ich bin mir nicht sicher, ob sie wegen mir eine Gänsehaut bekommt oder weil die Vorstellung, die Luftfahrtmöbel meines Vaters zu verkaufen, sie so erregt. „Hättest du mir das", sie deutet auf die Rotorblatt-Lampe, „gebracht, anstatt einen Karton voller Klamotten, hätte ich dich sicher anders behandelt."

Gut zu wissen.

Mit wenig Lust, weiter über Möbel zu reden, ziehe ich ihren Ausschnitt ein Stück zur Seite. „Die Information ist abgespeichert." Meine Zunge befeuchtet ihre Haut und ich erlaube mir sacht darüber zu pusten. Sofort durchfährt Tilda ein Schaudern. Anscheinend gefällt ihr unser Vorspiel vor dem Spiegel. Aus den Augenwinkeln kann ich sehen, dass sie mich beobachtet. In ihren Augen steht ein Funkeln, welches mir ausgesprochen gut gefällt.

Da ich sie endlich richtig küssen möchte, drehe ich sie in meinen Armen um und umfasse ihr Gesicht mit beiden Händen. Nachdem ich ihren funkelnden Blick erwidert habe, drücke ich meine Lippen auf ihre.

Endlich.

*Ja!*

Tilda erwidert meinen Kuss, schlingt mir die Arme um den Hals und stößt einen Laut aus, der mir direkt in die Eingeweide fährt – und ein Stück tiefer.

Teufel!

Alle Lampen und Spiegel sind vergessen, als ich Tilda mit sanften Druck nach hinten schiebe. Sobald ihre Waden die Kante des Bettes berühren, drücke ich ihre Schultern nach unten, sodass sie sich setzen muss.

„Conrad …?", sagt sie, kaum dass unsere Münder sich lösen. Sie klingt leicht außer Atem.

„Tilda!" Ich warte nicht auf eine Ausführung der Frage, sondern trete einen halben Schritt nach hinten, fasse mir mit einer Hand in den Rücken und ziehe mir das Shirt über den Kopf. Im nächsten Moment stehe ich zwischen ihren Beinen, ihr Gesicht ist direkt vor meinem Sixpack, über das ich noch nie so froh war wie in diesem Augenblick. Mein Oberkörper ist wohl definiert und meine Haut hat einen von Natur aus dunklen Hautton. Anders als viele meiner Kollegen bin ich nicht tätowiert. Tilda bekommt nur Muskeln und nackte Haut serviert.

Die Röte, die ihr den Hals raufsteigt und der leicht geöffnete Mund, lassen mich darauf schließen, dass ihr gefällt, was sie sieht.

Ohne sie aus den Augen zu lassen, lege ich meine Hände an die Gürtelschnalle und mache mich daran, sie zu öffnen.

Die Frau vor mir seufzt und verfolgt jede meiner Bewegungen. Verrückt. Es erregt mich, ihr zuzuschauen wie sie mir zuschaut.

„Tilda …?"

„Ja?" Ihr Kopf schnellt hoch. Sie fühlt sich ertappt.

„Rutsch zurück und leg dich aufs Bett." Mit einem Grinsen auf den Lippen mache ich einen Schritt vor und bedränge sie mit meinem Körper. Ihre Röte steigt höher – ich liebe ihre Reaktion auf mich. Es wirkt fast ein wenig unschuldig.

„Äh … ich habe noch meine Schuhe an", stellt sie fest, als sie die Füße auf die Matratze heben möchte.

Meine Gürtelschnalle ist längst auf und die Knopfleiste an meiner Jeans ebenfalls.

„Zieh sie aus." Einen Augenblick halte ich inne, lasse sie meine Boxershorts betrachten und hake die Daumen in die Hosentaschen. Meine Jeans ist bereits ein gutes Stück tiefer gerutscht und gibt viel von meiner Erregung preis.

Tilda kickt die Schuhe von den Füßen.

„Jetzt die Hose." Es ist keine Bitte.

Folgsam schiebt sie die Jeans nach unten und wirft auch die weg. Ihr Höschen behält sie an. Schade, der Gedanke, dass sie mich gleich zu Beginn alles von sich sehen lässt, gefällt mir. Ihr Körper ist faszinierend. Und ihre Kurven … sie ziehen mich an und betonen auf hinreißende Weise ihre Weiblichkeit. Tilda fessaelt mich mit ihrem Äußeren viel mehr als die meisten meiner oftmals untergewichtigen Model-Kolleginnen.

Weil ich es nicht länger hinauszögern möchte und das Verlangen mich fest im Griff hat, mache ich Nägel mit Köpfen und schiebe meine Jeans samt Boxershorts hinunter.

Nackt, erregt und in voller Pracht stehe ich vor ihr.

Tilda blinzelt, bevor sie ihren Blick über meinen Körper wandern lässt. Sie schluckt und befeuchtet anschließend ihre Lippen. Vermutlich beschert mein Anblick ihr einen trockenen Mund. Auch wenn mein Ego aus mir spricht, ist ihre Körpersprache eindeutig. Ihr gefällt, was sie sieht.

„Lässt du mich zu dir aufs Bett?" Zufrieden mit ihrer Reaktion, beuge ich mich vor und nähere mich ihr bis auf wenige Zentimeter. Sie will mich. Gerade hat sie geschluckt. Gott, wie mich das antörnt ...

Tilda schiebt die Decke weg und macht mir Platz. „Ich hatte noch nie Sex mit einem Model", erklärt sie, kaum dass ich mich neben sie gelegt habe.

Ihre nervös ausgesprochenen Worte entlocken mir ein Schmunzeln. „Trifft sich gut. Ich hatte auch noch keinen Sex mit einer Ladenbesitzerin."

Der Kommentar wird mit einem Hieb in die Schulter belohnt. „Blödmann. Ladenbesitzerinnen sehen auch nicht alle gut aus, Models hingegen schon."

Ist sie unsicher? Dazu hat sie keinen Grund. Bisher hatte ich nicht das Gefühl, dass sie zu den Frauen gehört, die Probleme mit ihren Körpermaßen haben.

Höchste Zeit, ihr zu zeigen, was ich von ihr und ihren Kurven halte.

„Knöpf die Bluse auf." Wieder benutze ich den Befehlston, der ihr die Röte ins Gesicht treibt.

Sie tut, was ich verlange, lässt sich aber Zeit. Ein weißer Spitzen-BH, der zu ihrem Höschen passt, kommt zum Vorschein.

„Ich liebe BHs, die vorne zu öffnen sind." Mein Schmunzeln verbreitert sich.

Tilda schüttelt leicht den Kopf. „Möchtest du …" sie stützt sich auf die Unterarme und präsentiert mir ihr Dekolleté.

„Was für eine Frage! Natürlich möchte ich den Verschluss öffnen. Zu gerne möchte ich dich auch von dem Höschen befreien. Beides ist hübsch …", meine Finger nähern sich dem winzigen Häkchen, das die Spitze über der Brust zusammenhält, „… aber … ohne alles gefällst du mir besser."

„Woher willst du das wissen?" Bereit zu genießen, schließt sie die Augen und lässt den Kopf in den Nacken fallen. „Du hast mich noch nie ohne Klamotten gesehen."

„Ich weiß es eben." Kaum ist der Verschluss offen, lege ich viel nackte Haut frei und erfreue mich an dem Anblick.

„Du bist wunderschön, Tilda." Ich küsse eine Brust nach der anderen und anschließend die Stelle über ihrem Bauchnabel. Meine federleichten Berührungen werden mit einem langen zufriedenen Seufzen belohnt.

Meine Erregung steht ihrer in nichts nach.

„Con …?"

Die Frau, an deren Anblick ich mich gerade ergötze, verstummt, als ich den Rand ihres Höschens fasse. Langsam, damit mir auch kein Fitzelchen ihrer betörenden Reize entgeht, ziehe ich den Spitzenstoff nach unten.

Endlich habe ich freie Sicht.

„Con?"

Äußerst widerstrebend löse ich mich von dem Anblick und sehe hoch. Tilda hat die Augen geöffnet und schaut mich mit verhangenem Blick an. „Es gefällt mir, dass du im Bett einen besonderen Spitznamen für mich hast“, necke ich sie.

Tilda schnaubt, streckt die Hand aus und greift in meine Haare. Sie zieht mich bis vor ihren Mund und küsst mich stürmisch und ohne Halten. Anscheinend ist die Zeit zum Reden abgelaufen. „Hast du Kondome?“, fragt sie mich zwischen zwei Atemzügen.

„Kondome? Mehrzahl?“, erkundige ich mich belustigt, nachdem sie meinen Kopf freigegeben hat. Meine Kopfhaut kribbelt und fühlt sich wunderbar an.

„Conrad!“ Sie gibt mir einen tadelnden Schubs.

„Nenn mich Con. Das gefällt mir besser.“ Mit einem Lächeln auf den Lippen lasse ich mich nach hinten auf den Rücken fallen, strecke den Arm aus und ziehe blind die Nachttischschublade auf. Das kleine quadratische Päckchen finde ich ohne langes Herumtasten. Bestimmt sagt mein Geschick etwas über mich aus, aber gerade ist es mir völlig egal.

„Möchtest du oder soll ich?“ Fragend halte ich das Kondom hoch und hoffe, dass Tilda bereit ist, es mir überzuziehen. Ihre Hände … an mir … da unten. Allein der Gedanke bringt mich fast um den Verstand.

„Mein letzter Sex ist schon etwas her.“ Wie von mir erhofft, greift sie nach dem Päckchen und reißt es auf. „Aber ich kann es versuchen.“ Neckend macht sie mein Angeber-Zwinkern nach. „Gewisse Dinge verlernt eine Frau nicht.“ Ihre Mundwinkel zucken seltsam vergnügt.

Verdammt! Was habe ich angerichtet? „Du möchtest mich foltern. Habe ich recht?“

„Nur ein winziges bisschen." Die Luft im Zimmer scheint sich elektrostatisch aufzuladen.

Sofort höre ich auf zu denken und spüre nur noch Tildas Finger an mir. Sie ist geschickt und kein bisschen unsicher. Alles, was sie macht, macht sie mit voller und quälender Absicht. Ich bin verloren, ihren geschickten Fingern hilflos ausgeliefert.

Meine Kapitulation folgt auf dem Fuße. Diesmal bin ich es, der sich in die Kissen drückt und die Augen schließt.

# 22

## Tilda

Conrads athletischer Körper gehört mir. Zumindest für den Moment. Ich darf ihn anfassen, wo ich möchte. Was bin ich für ein Glückspilz.

Zufrieden, dass ich die Oberhand habe, mache ich mich ans Werk und scheue nicht davor zurück, mich an dem Anblick von Conrads Erregung zu erfreuen. Er ist gut ausgestattet. Viel zu schnell sitzt alles da, wo es hingehört.

Meine Finger, die jetzt leer sind, streichen über die gespannten Muskelstränge von Conrads Oberschenkeln und fahren rauf bis zu seinem Unterbauch, auf dem sich genau die richtige Menge Haare befinden. Wie sexy darf ein Mann eigentlich sein?

Conrad gibt einen gequälten Laut von sich, während ich meine Hände höher schiebe. Es könnte auch ein Fluchen gewesen sein, das ist schwer zu sagen. Gefällt ihm, was ich mache? Vielleicht ist er kitzelig.

Ich beschließe, es auszuprobieren und beuge mich über seinen Körper. Meine offenen Haare fallen nach vorn. Die Spitzen baumeln direkt über seinem Bauch.

Conrad zieht scharf die Luft ein. Seine Bauchdecke hebt und senkt sich plötzlich schneller.

Gerade, als ich meine Haarspitzen, die jetzt seine Haut berühren nach unten führen will, werde ich an den Schultern gepackt und auf den Rücken geworfen. „Teufel, Tilda! Genug ist genug! Meine Selbstkontrolle ist nicht unendlich.“

Vor Zufriedenheit kugele ich mich. „Du bist kitzelig“, stelle ich fest.

„Nein, bin ich nicht.“ Ein sichtlich aufgebrachter Conrad legt sich über mich und drückt mich mit seinem Gewicht in die Matratze, dabei verschont er mich nicht.

„Du hast mich *Teufel Tilda* genannt“, sage ich nach Luft ringend. „Das gefällt mir.“ Bevor er antworten kann, gebe ich ihm einen Kuss auf den Mund. „Du bist schwer“, flüstere ich an seine Lippen.

„Geschieht dir recht. Du hast jedes erdrückende Gramm verdient.“ Obwohl seine Worte etwas anderes sagen, hebt er seinen Körper an und stützt sich auf die Unterarme. Sofort bekomme ich mehr Luft.

„Danke.“

Jetzt, wo ich frei durchatmen kann, wird mir Conrads Körper auf meinem bewusst. Seine Härte. Seine Muskeln und auch seine Atmung lassen darauf schließen, dass ihm die Position, in der ich mich befinde, gefällt.

„Schluss mit lustig! Jetzt bin ich dran, mein kleines Teufelchen.“ Mit einem Lächeln auf den Lippen, fängt Conrad an, sich über mir zu bewegen. Er dringt in mich ein … und … Himmel!

„Con!“ Ich kralle mich mit den Fingern in seinen Rücken. Ohne Rücksicht auf Verluste. Das Haut-auf-Haut-Gefühl ist der Wahnsinn.

„Schließe die Augen und schlinge die Beine um mich."
Verdammt! Diesem rauchigen Befehlston kann ich mich nicht widersetzen. Artig tue ich wie mir geheißen und lasse mich fallen.

***

Stunden später werde ich von einem Kratzen an der Schlafzimmertür geweckt. Es ist längst später Abend geworden. Wir sind nach dem besten Sex, den ich je hatte, eingeschlafen. Tief und fest und völlig ausgelaugt. Eigentlich sollte ich aufstehen und nach Hause gehen, aber ich fühle mich wunderbar träge und habe wenig Lust, mich aus dem warmen Bett zu quälen. In den letzten Stunden habe ich alles vergessen. Nicht mal ein Schild habe ich an meine Ladentür gehängt, das erklärt, warum das Geschäft nach der Mittagspause nicht mehr geöffnet wurde. Daran sind nur Conrad und seine Ablenkung schuld.

Das Kratzen ist jetzt lauter und wird von einem leisen Winseln begleitet. Anscheinend ist Security wach. Ob er nach draußen muss? Da er noch nicht stubenrein ist, sollte ich ihn nicht zu lange vor der Tür warten lassen.

Mit Blick auf den schlafenden Conrad schleiche ich mich aus dem Bett. Mein neuer Freund liegt auf dem Bauch, alle Viere von sich gestreckt. Die Decke bedeckt seinen atemberaubenden Körper nur zur Hälfte. Seine Kehrseite – ein wahrer Augenschmaus. Sogar die Wade wirkt muskulös und schöner als die Männerwaden, die ich bisher gesehen habe.

*Tilda, du hast einen Knall!*
Wau!

212

Das Bellen ist leise, trotzdem zucke ich bei dem Geräusch zusammen.

„Ich komme schon", flüstere ich und gehe auf leisen Sohlen zur Tür. Auf dem Weg sammele ich meine Kleidung ein, die überall auf dem Boden verstreut liegt.

Hoffentlich freut Security sich leise und verhalten. Conrad muss nicht wach werden. Security ist mein Hund. Es ist meine Aufgabe, mit ihm rauszugehen.

Nackt, die Kleidung an die Brust gedrückt, trete ich aus Conrads Schlafzimmer. Security springt mir sofort an den Beinen hoch und zerkratzt mir mit seinen stumpfen Krallen die Waden. Super, jetzt können meine erst recht nicht mehr mit den wohlgeformten von Conrad mithalten.

„Psst! Sei leise." Mit der freien Hand streichele ich Security, der sich sofort beruhigt. „Musst du Pippi?" Mein Hund setzt sich und hört mir zu. „Ich ziehe mir schnell was an, dann gehe ich mit dir raus. Wie spät ist es überhaupt?", frage ich mich flüsternd.

„Gleich Mitternacht", kommt die Antwort aus dem Wohnzimmer.

Mir entweicht ein verängstigter Schrei. Mein Herz donnert los und ich drücke mir die Kleidung fester an die Brust.

Grundgütiger.

„Wer ist da?" Meine Stimme zittert. Lediglich ein wenig Licht von der Straßenlaterne fällt durchs Fenster und lässt mich Umrisse erkennen. „Warum sitzen Sie im Dunkeln? Wer sind Sie? Und was machen Sie in Conrads Wohnung? Mitten in der Nacht?" Ich spreche nicht leise. Mein Schrei war so laut, den muss Conrad sogar im Tiefschlaf gehört haben. Gleich wird er zu meiner Rettung eilen, da bin ich sicher.

„Dies ist auch meine Wohnung“, kommt die Antwort leicht belustigt aus der Dunkelheit.

„Hagen?“, rate ich. Das muss Conrads Mitbewohner sein, der Fotograf.

Eine Lampe wird angeknipst, sodass ich endlich etwas erkennen kann.

„Stimmt, ich bin Hagen Kaiser, Conrads Mitbewohner.“

„Der mit dem Foto“, stelle ich dämlich fest und höre Geräusche aus dem Zimmer hinter mir. Offensichtlich ist Conrad gerade dabei, sich etwas anzuziehen.

Ein Nicken, das von einem Grinsen begleitet wird, ist die Antwort. „Sie spielen sicher auf das Foto mit Ihrem Hund an. Jep, der Schnappschuss ist von mir.“

Sein Blick fährt in Zeitlupe meinen Körper rauf und wieder runter. Das ist der Moment, in dem mir bewusst wird, dass ich unbekleidet vor einem Fremden stehe. Einem fremden Mann, der in der dunklen Jeans und einem offenstehenden Businesshemd erschöpft, aber verdammt gut aussieht. Wären die Klamotten vor meiner Brust nicht ...

Röte kriecht mir den Hals rauf.

„Äh ...“, ist mein einziger Kommentar. Kann ich rückwärts gehen und mich aus dem Staub machen? Wäre das unhöflich? Auf keinen Fall drehe ich mich um. Die Türklinke finde ich sicher auch so.

„Du bist die Frau ohne Namen.“ Erkenntnis ist aus den Worten herauszuhören.

„Wie bitte? Natürlich habe ich einen Namen. Ich bin Tilda." Wieso sollte ich keinen Namen haben? Ist er betrunken?

„Tilda?!" Hagen erhebt sich von der Couch, stellt sein halbvolles Whiskeyglas auf den Wohnzimmertisch und kommt auf mich zu. Er streckt die Hand aus. „Schön, dich endlich kennenzulernen, Tilda." Meinen Namen lässt er sich auf der Zunge zergehen. „Schöner Name." Er zwinkert und ich habe keine Ahnung warum.

In meinem Rücken wird die Tür aufgerissen. „Was ist hier los?", fragt Conrad in einem Tonfall, der die Wände wackeln lässt.

Einen Moment blicke ich auf die Hand, die mir entgegengestreckt wird. „Auch wenn du mich mit deiner Anwesenheit überrumpelt hast, bin ich nicht von gestern." Mein Blick hebt sich, um Hagen ins Gesicht zu sehen. Er ist fast so groß wie Conrad. „Ich werde dir nicht die Hand schütteln und riskieren, dass meine Klamotten verrutschen oder ich sie fallen lasse. Entschuldige bitte, du wirst für eine angemessene Begrüßung warten müssen, bis ich angezogen bin." Da sind sie wieder, die klaren Worte, die ich so liebe.

Hagen lässt die Hand sinken und zuckt mit den Schultern. „Einen Versuch war es wert." Sein Lachen klingt tief und sympathisch. Ich mag ihn.

„Was machst du hier? Ich dachte, du kommst erst morgen zurück." Conrad schiebt seinen Körper vor meinen und gibt mir Deckung.

„Mein Flug wurde verschoben. Ich konnte einen früheren nehmen." Die Worte werden von einem Gähnen begleitet. „Entschuldige, ich habe gerade nichtsahnend meinen Schlummertrunk genossen, als deine neue Freundin plötzlich nackt vor mir stand." Das Wort nackt betont er.

„Ich bin *nicht* nackt", widerspreche ich und drücke mich an Conrads Rücken. Immerhin sind alle wichtigen Stellen bedeckt. Frechheit.

„Geh schlafen, Hagen."

„Hab ich vor." Conrads Mitbewohner schnappt sich seinen Whiskey vom Wohnzimmertisch und prostet mir über Conrads Schulter zu. „Tilda ... ich wünsche angenehme Träume." Ein Mundwinkel hebt sich, als er sich an Conrad wendet. „Der Hund hat übrigens in die Küche gemacht."

# 23

# Tilda



**Montag**

Ich habe einen Freund. Habe ich einen Freund?

O Gott!

*Ich. Habe. Einen. Freund.*

Conrad und ich haben eine heiße Nacht zusammen verbracht und am nächsten Morgen gemeinsam unser Frühstück genossen, ganz ohne ein sonderbares Gefühl danach. Security hat mit uns gefrühstückt, nachdem Conrad mit ihm draußen gewesen war. Es hat sich fast angefühlt, als wären wir drei eine kleine Familie.

*Tilda, du überstürzt die Sache. Security ist nicht dein Hund und Conrad ist ein Model, das viel unterwegs ist und mit vielen schönen Frauen arbeitet. Warte ab, wie sich die nächsten Tage entwickeln. Er gehört sicher nicht zu den Männern, die sich nach einer heißen Nacht an die Leine legen lassen.*

Meine Gedanken sind offenbar postkoital verwirrt.

Plötzlich von einem Engegefühl erfasst, öffne ich den ersten Knopf meiner Bluse und fächere mir Luft zu.

Verflixt! Ich sollte mich mit den Lieferscheinen beschäftigen und nicht an gestern denken. Gestern war Sonntag, heute ist Montag; ein Werktag. Die Arbeit ruft nach mir.

In der letzten Woche ist einiges liegengeblieben. Zutun habe ich also genug.

*Mach dich an die Arbeit, Tilda.*

Kaum habe ich mich zusammengerissen und mich auf die abzuheftenden Lieferscheine fokussiert, geht die Ladentür auf und Johan tritt ein.

Meine Güte. Wie abgelenkt bin ich gewesen? An ihn, die Brosche und das Foto habe ich in den letzten Tagen keinen Gedanken verschwendet. Dass er hier auftaucht, muss bedeuten, dass er etwas herausgefunden hat. *Oder er hat noch nicht genug von dir und möchte dich zu einem zweiten Date einladen*, tönt eine spottende Stimme in meinem Kopf.

„Hey, Johan", begrüße ich ihn mit der nötigen freudigen Überraschung. „Was machst du hier? Bist du gekommen, um dein gerahmtes Bild abzuholen?" Die Fotografie sieht toll aus. Der Silberrahmen, den ich dafür ausgewählt habe, hat die richtige Größe und passt perfekt.

„Tilda, Tilda … ich dachte, du wartest sehnsüchtig auf mich und meine Nachforschungen." Er schüttelt den Kopf. „Wie sehr ein Mann sich doch täuschen kann." Mit übertriebenem Charme zwinkert er mir zu.

Hatte ich früher auch so viele umwerfende Männer in meinem Laden, die sich aufs sexy Zwinkern verstehen? Womöglich ist das eine besondere Model-Fähigkeit.

Moment ... was hat Johan gesagt? Hat er etwas herausgefunden? Nervöse Unruhe erfasst mich. „Du weißt etwas Neues über die Brosche?" Auf der Suche nach einer Reaktion starre ich Johan an. „Was hat dieser Karl gesagt? Ist Elfriede Bruns mit mir verwandt? Und wenn ja, was hat das zu bedeuten?" Mein Mund fühlt sich plötzlich trocken an. Sofort kommt mir das Telefongespräch mit meiner Mutter wieder in den Sinn. Möchte ich die Antwort darauf überhaupt hören? Warum ist Johans Körpersprache so schwer zu entziffern?

„Langsam, langsam." Johan bremst mich aus, kaum dass ich den Mund für eine nächste Salve Fragen geöffnet habe. Mit erhobener Hand kommt er auf den Tresen zu, hinter dem ich stehe. „Für meine brandneuen Informationen möchte ich etwas bekommen. Eine Hand wäscht die andere...", er zwinkert, diesmal mit weniger Charme dafür mit mehr Sexappeal. „... du verstehst."

*Nein. Nicht wirklich.*

Soll das eine Anmache sein? Eine von der platten Sorte? Eine große Portion Unwohlsein steigt in mir auf und löst die Nervosität ab. Seine Worte fühlen sich stark nach Erpressung an.

*Was hast du erwartet? Johan hat sich bei eurem letzten Treffen schon arrogant und selbstgefällig verhalten. Warum sollte sich daran etwas geändert haben.*

„Du bekommst einen Rahmen aus 925er Silber – geschenkt." Bevor er meinen Unmut an meiner Miene ablesen kann, drehe ich mich um und hole das fertige Bild, welches ich zur Seite gelegt habe, aus dem Regal. „Zudem habe ich ein vier Millimeter Passepartout aus chlorfreiem Museumskarton mit Schrägschnitt anfertigen lassen. Das war auch nicht umsonst."

„Das Silberding und der Museumskarton sind mir herzlich egal." Er streckt die Hand aus und schiebt den Rahmen, ohne einen Blick darauf geworfen zu haben, zur Seite. „Ich würde gerne mit dir ausgehen. Was sagst du? Bekomme ich eine zweite Chance. Versuchen wir es noch mal?"

Grundgütiger. Der Mann hat Höhenflüge.

„Noch eine Fahrt in deinem Porsche, nein danke." Dann verzichte ich lieber auf deine ach so tollen Informationen.

Ich runzele die Stirn und es ist mir jetzt herzlich egal, dass Johan sieht, wie sauer mich sein Vorschlag macht. Ich verkaufe mich nicht. Da treffe ich mich lieber noch mal mit meiner Mutter bei *Luigi* und versuche, auf die Weise etwas herauszubekommen. Während des Essens zu ihrem Geburtstag, habe ich das Thema ruhen lassen. Ich wollte ihr schließlich nicht ihren Ehrentag ruinieren.

Johan beugt sich vor und stützt sich auf den Tresen. „Entschuldige, ich habe verstanden, dass ich dich mit meinem Auto nicht beeindrucken konnte." Sein Blick bekommt etwas Verletzliches. Eventuell blitzt auch ein Hauch Reue durch. „Deshalb finde ich, habe ich noch eine zweite Chance verdient. Bitte, Tilda. Auch wenn ich dich bisher enttäuscht habe, mit mir kann man Spaß haben."

Würde der letzte Satz etwas Anzügliches haben, würde ich dieses erpresserische Supermodel hochkant aus meinem Laden werfen. Aber das Gegenteil ist der

Fall. Johan wirkt viel mehr so, als wollte er ein missglücktes Date wieder gutmachen wollen und wüsste nicht, wie er das anstellen soll.

Was für ein Chaos.

*Du bist zu gutmütig.*

Nachdenklich atme ich aus und kratze mich am Kopf. Irgendwie traue ich dem Braten nicht. Aber habe ich viel zu verlieren?

„Wie es scheint, bist du noch unentschlossen." Johans Mundwinkel heben sich und seine Miene bekommt einen selbstgefälligen Zug. „Lass mich dir helfen ... was hältst du davon, wenn ich dir Karl Bruns persönlich vorstelle. Ich könnte ein Treffen zu dritt arrangieren; im Anschluss würden wir irgendwo einen Happen essen gehen. Ganz ungezwungen. Du könntest ihn an dem Tag selbst fragen, was es mit seiner Frau und der Ähnlichkeit zu dir auf sich hat."

*Treffer, versenkt!*

Damit hat er mich am Haken.

Mir klappt der Mund auf. Ich vergesse sogar kurz zu atmen. Wenn das kein Angebot ist ...

Einen Vorschlag wie diesen kann ich unmöglich ablehnen. Informationen aus erster Hand sind mehr wert als alles, was mir Johan oder das Internet verraten könnte.

Kurz beschleicht mich der Verdacht, dass Karl Bruns Johan bereits erzählt hat, dass er nichts zu mir und meiner Ähnlichkeit zu seiner Frau weiß. Unter Umständen möchte dieser Frauenversteher mich mit dem Treffen nur dazu verleiten, mit ihm auszugehen.

*Tilda!*

Bilde ich mir zu viel ein? Ist mein Ego mittlerweile so groß wie das von Conrad? Johan hat sicher tausend Möglichkeiten, auszugehen und Spaß zu haben.

Ich sollte das Risiko eingehen. Eine bessere Gelegenheit bekomme ich nicht wieder.

„Okay." Sicher, das Richtige zu tun, reiche ich ihm die Hand, als würde ich einen Vertrag mit ihm besiegeln wollen. „Wann fahren wir zu Karl?"

Johan lacht, ohne meine Hand loszulassen. „Nicht so schnell, meine Liebe. Gib mir ein paar Tage Zeit, das zu organisieren." Er zieht mich sanft an den Fingern zu sich heran.

Meine erste Freude verpufft so schnell wie sie gekommen ist. Hat Johan vorschnell Versprechungen gemacht, die er nicht halten kann? Gehört er zu den Männern, die unbedingt ihren Kopf durchsetzen wollen – komme was da wolle?

Mit nachdenklicher Miene ziehe ich meine Hand aus seiner. „Melde dich, wenn du ein Datum hast." Ich nehme den Silberrahmen und lege ihn zurück in das Regal hinter mir. Der Gedanke, ohne Johans Hilfe Kontakt zu Karl Bruns aufzunehmen, blitzt kurzzeitig auf. Ich könnte es einfach versuchen. Wie viele Karl Bruns wird es in Berlin wohl geben? Es können nicht allzu viele sein.

*Nein!*

Besser ich gedulde mich und warte ab. Sicher ist Karl aufgeschlossener, wenn Johan vermittelt. Ich möchte ungern als durchgeknallte Doppelgängerin weggeschickt werden. Johans Erzählungen zufolge ist Karl Bruns sehr vermögend, unter Umständen ein Exzentriker. Er vererbt einem Bekannten, der nicht zur Familie gehört, einen wertvollen Porsche. Wer macht sowas? Nur jemand, dem Geld wenig bedeutet. Höchstwahrscheinlich wohnt der Pensionär in einer gutgesicherten und von Kameras überwachten Festung.

Halt! Stopp! Meine Gedanken gehen mit mir durch. Ich lese eindeutig zu viele Bücher.

„Tilda. Bist du noch da?" Eine Hand wedelt vor meinem Gesicht und lässt mich zurückschrecken.

„Entschuldige. Ich war kurz woanders." Johan steht immer noch direkt vor meinem Tresen. Wie es scheint, hat er es an diesem Morgen nicht eilig.

Gerade überlege ich, ihn nach Karl Bruns Adresse zu fragen, um zumindest ein wenig nachforschen zu können, da geht die Tür auf und Conrad schlendert herein. Er trägt wie so oft eine tiefsitzende Jeans und einen schwarzen Hoodie mit einem Designerlogo drauf. Die Kapuze hat er sich über den Kopf gezogen. Der Stoff über seinen Schultern ist nass und ein paar Regentropfen zieren sein Gesicht. Mir bleibt kurz die Luft weg. Ich liebe diesen lässig abgehalfterten Look. Nur mit Mühe halte ich meine Reaktionen in Schach. Johan muss nicht mitbekommen, wie sehr ich seinen Model-Kollegen anschmachte.

Nie habe ich mich für eine Frau gehalten, der bei dem Anblick eines Mannes Herzchen aus den Augen springen. Aber jetzt ... gut, dass ich mir nicht selbst ins Gesicht schauen kann.

„Hey", begrüße ich ihn mit Freude in der Stimme. Wie auf Autopilot richtet mein Körper sich auf und ich fahre mir kurz mit der Zunge über die Lippen. So viel dazu, dass Johan meine Reaktion nicht mitbekommen soll. Meine Selbstkontrolle ist erbärmlich. Hoffentlich halten sich die Herzchen, die leuchtend rot meinen Kopf umschwirren, in Grenzen.

„Hey", antwortet Conrad und streift sich die Kapuze vom Kopf. Er strahlt mich an und wirkt so glücklich, wie ich mich fühle. „Ich dachte, ich komme vorbei und gehe mit Security in den Park. Heute Nachmittag bin ich unterwegs, aber jetzt könnte ich dir den Satansbraten noch für ein Stündchen abnehmen."

„Conrad", meldet Johan sich, bevor ich antworten kann. „Interessant. Spielst du immer noch den Hundesitter für Tilda?" Spöttisch runzelt er die Stirn. „Wie nobel von dir."

„Was treibst du in Tildas Laden?" Mein Freund sieht mich an und anschließend wieder Johan. Offensichtlich hat er ihn für einen Kunden gehalten und nicht sofort erkannt. „Hast du noch eine alte Bibel zu verschenken? Diesmal vielleicht eine wertvolle?"

Mein Atem gerät ins Stocken.

Das hat er nicht wirklich gefragt, oder? Ich muss mich verhört haben. Die Schwingungen, die augenblicklich durch die Luft schwirren, fühlen sich aufgeladen und bedrohlich an.

Johan zeigt sich unbeeindruckt von Conrads Schlagfertigkeit und schmunzelt. An seinem Gesichtsausdruck erkenne ich, dass er verbal zurückschlagen wird. Er scheint mir der passiv aggressive Typ zu sein, der nicht zu unterschätzen ist.

Bestimmt ist es besser, ich stelle frühzeitig etwas klar:

„Kein Zwist in meinem Laden, Jungs." Mit der flachen Hand klopfe ich auf die Tresenoberfläche, um für Aufmerksamkeit zu sorgen. „Schäden durch Schlägereien sichert meine Hausratversicherung bestimmt nicht ab.“

„Keine Sorge.“ Johan tätschelt meinen Handrücken. „Ich bin ganz brav.“

*Wer’s glaubt …*

Ein schneller Blick auf Conrad verrät mir, dass sein Kiefer malt. Sogar seine hübschen Gesichtsmuskeln sind völlig verspannt und wirken scharfkantiger. Und das wütende Funkeln in seinen Augen … puh! Es fühlt sich strafend an.

„Johan …“, setze ich an und werde unterbrochen.

„Ich gebe dir Bescheid und bestelle einen Tisch für uns zwei. Hast du beim Essen besondere Vorlieben?“ Johan grinst und nimmt meine Hand in seine. „Was magst du am liebsten? Wäre Sushi okay?“ Er beugt sich vor und schiebt sich so nah an mich, dass ich sein Aftershave riechen kann. „Sag es dem lieben Jo.“

Was soll der Mist? Glaubt er mit der Provokation irgendwas zu erreichen?

Mit einem Ruck entreiße ich ihm meine Finger. Auf diese Kampfansage, die eindeutig an Conrad adressiert ist, habe ich keine Lust. Von einem romantischen Dinner nach dem Treffen bei Karl war nie die Rede. Lediglich von einem schnellen Happen.

Hoffentlich lässt Conrad sich von dem Blödmann und seinen Spielchen nicht provozieren. Da er Johan besser kennt als ich, weiß er hoffentlich, dass dieser Wichtigtuer nur eine Show abzieht. Alles nur leeres Geschwätz.

Bevor das lächerliche Kräftemessen ausufert, fordere ich Conrad mit einer strengen Lass-dich-nicht-für-dumm-verkaufen-Miene auf, mir zu vertrauen und mich das regeln zu lassen. Als Antwort bekomme ich ein unscheinbares Nicken. „Wo ist Security?“

„Im Klo.“ Verflixt! Ein Lächeln zupft an meinen Mundwinkeln. „Also... im Badezimmer hat er seinen Schlafplatz, das wollte ich sagen.“

Dieses Übermaß an Testosteron um mich herum bringt mich völlig durcheinander.

Conrad geht an Johan vorbei, ohne ihn eines Blickes zu würdigen. Er tritt zu mir hinter den Tresen zieht mich in eine Umarmung und drückt seine Lippen auf meine. Direkt vor Johans Augen.

Meine Güte.

Überrumpelt von der Inbrunst, mit der mein neuer Freund mich küsst, brauche ich einen Moment, bevor ich erwidern kann. Verlockende Reize und Conrads unverwechselbarer Duft überwältigen mich. Einen langen Augenblick genieße ich einfach was mir gegeben wird. Wahnsinn. So muss sich die Hauptdarstellerin in einem Liebesfilm fühlen.

Da ich nur halb so cool wie Conrad bin, dauert es nicht lange, bis mich die Blicke unseres stillen Zuschauers nervös machen. Sanft, aber mit Nachdruck schiebe ich meinen neuen Freund ein Stückchen zurück.

Er lächelt mich wissend an und ich muss über seine Art, das Revier abzustecken, den Kopf schütteln. Verrückter Kerl. Seine Methode hat etwas für sich und zeigt mir, dass ich kein One-Night-Stand für ihn bin.

„Wo ist die Hundeleine?“ Conrad streicht mir über die Wange und ignoriert seinen Kollegen weiterhin mit Erfolg. Wärme durchflutet mich. Der Ausdruck in seinen Augen ist unglaublich weich.

„Äh ... hängt an der Türklinke.“

Conrad tritt zur Seite und richtet sich im nächsten Moment an Johan. „Hör auf, meine Freundin anzugraben. Du kannst sie weder mit deinem Luxusschlitten noch mit einem antiken Buch beeindrucken, also versuche es gar nicht erst. Verpiss dich einfach!“

# 24

# Conrad

„Eingebildeter Fatzke! Schnösel! Idiot! Hab ich noch eine Bezeichnung vergessen?", frage ich Security während wir den Weg zum Park entlanggehen. „Ich kann diesen Prahler einfach nicht ausstehen. Punkt." Der Welpe geht neben mir her, ohne an der Leine zu ziehen. In den letzten Tagen hat er einiges dazugelernt. Es ist schön, dass ein gewisses Maß an Disziplin zur Selbstverständlichkeit geworden ist. Zumindest so lange keine Ablenkung in Sicht ist. Ein Käfer auf dem Weg oder ein vorbeifliegender Schmetterling reichen schon aus, um Security alles vergessen zu lassen.

Wir biegen nach links, um den Radfahrern, die häufig die Abkürzung durch den Parkweg nehmen, auszuweichen. Ein Verkehrsunfall im Monat ist völlig ausreichend.

„Was Jo betrifft, Security", spreche ich nach unten gerichtet. „Solltest du jemals Zweifel haben, ihn darfst du anbellen. Du darfst ihn sogar in Grund und Boden kläffen – bis er die Flucht ergreift." Es tut verdammt gut, das auszusprechen. Bei der Vorstellung, wie Johan mit angstverzerrter Miene aus Tildas Laden stürmt, bekomme ich eine Gänsehaut. Hoffentlich bekommt Security bald eine Gelegenheit, sein Organ an meinem Kollegen zu testen. Und hoffentlich bin ich dann zur Stelle, um alles mitanzusehen.

„Gizmo? Ist das Gizmo?"

Security bleibt wie erstarrt stehen, als er die Kinderstimmen in der Entfernung hört. Er spitzt die Ohren und hebt sogar die Nase, als erhoffe er etwas zu erschnüffeln.

„GIZMO!", ruft ein Junge von etwa sechs Jahren. „Komm her!" Er steht am anderen Ende der Spielwiese und winkt in unsere Richtung.

Ist das eine Verwechselung? Oder ...

*Nein!*

*In Dreiteufelsnamen.*

Security zögert, er steht immer noch unbeweglich da. Erst als der Junge auffordernd auf seine Oberschenkel klatscht und anschließend in die Hocke geht, scheint er sich vollends sicher zu sein. Sein Schwanz fängt an zu wedeln und sein kleiner Körper zittert vor Freude. Mit einem Satz nach vorn, reißt er mir die Leine aus den Fingern und stürmt los. Dem Jungen entgegen.

Weil ich aus meinen Fehlern nicht lerne, stehe ich ein zweites Mal innerhalb von Tagen ohne Leine in der Hand da.

„Verdammt! Security!", ärgere ich mich über mich selbst. Wenigstens sind hier keine Autos, denke ich und setze dem Ausreißer hinterher. So viel zum Thema Disziplin und Ablenkung. Wieso zum Teufel bin ich unfähig, ein Stück Schnur festzuhalten? Dafür braucht man keine Superkräfte.

Gottverdammt!

*Bitte, lass es eine Verwechselung sein. Security liebt Kinder. Sicher ist er wegen seines Spieltriebs und aus Übermut zu dem Jungen gerannt.*

Als ich sehe, wie Tildas Hund von dem Jungen in die Arme geschlossen wird und sich das Gesicht ablecken lässt, verlangsame ich meine Schritte. Ein Unfall passiert jetzt sicher nicht mehr, aber ... die Katastrophe, die sich da anbahnt, könnte schlimmer enden als jeder Autounfall.

„Hey", begrüße ich den Jungen und versuche mir meine Sorge nicht anmerken zu lassen. Mittlerweile ist ein zweiter, deutlich kleinerer Junge dazugekommen. Der Ähnlichkeit nach zu urteilen ein Familienmitglied. „Kennt ihr den Hund?", frage ich und fürchte mich vor der Antwort.

„Natürlich. Das ist Gizmo", sagt der Ältere und schnappt sich die Leine, als hätte er Angst, ich würde ihm den Hund wegnehmen wollen.

„Der gehört uns", klärt der kleinere der beiden mich auf und stellt sich schützend vor seinen Bruder, der immer noch auf dem Boden hockt. Die Arme verschränkt er vor der Brust. „Er war plötzlich weg. Einfach verschwunden."

Verdammt! Die Entwicklung der Dinge ist nicht gut. Oder ... im Grunde ist sie doch gut. Schließlich sucht Tilda nach den Besitzern.

Ich bin verwirrt, völlig durch den Wind. Was soll ich denken?

Eigentlich brauche ich mir nur den glücklichen und sehr lebhaften Security anzusehen, und weiß, dass er seine Familie gefunden hat.

Gott bewahre. Was wird Tilda sagen?

Wie bringe ich ihr die Neuigkeit bei? Ich weiß, dass sie Security gerne behalten würde … ich würde ihn selbst gerne behalten. Aber Tilda führt ein Geschäft und ich bin häufig auf Reisen, lebe die Hälfte des Jahres aus dem Koffer. Wir können uns beide nicht dauerhaft um einen Hund kümmern. Securitys Besitzer zu finden wäre ein Segen. Für alle.

Außerdem … wenn ich mir den Hund so ansehe, scheint er sich wirklich zu freuen, die Jungs wiederzusehen. Er hat sie eindeutig vermisst.

„Seid ihr allein im Park? Wo ist eure Mutter oder euer Vater?" Meine Kehle fühlt sich so eng an, dass ich die Worte nur schwer über die Lippen bekomme.

Der größere der Beiden erhebt sich. „Da hinten." Er deutet in Richtung Spielplatz. „Unsere Mutter sitzt auf der Bank und liest ein Buch."

„Kann ich mit ihr reden?", frage ich und straffe die Schultern, um mich zu wappnen.

„Klar." Der Junge wickelt sich die Leine um die Hand und stapft los. Ungewollt muss ich schmunzeln. Das Bürschchen ist schlau. Vielleicht hätte ich mir auch die Leine um die Hand wickeln sollen. Die Technik scheint erprobt zu sein. Und lässt keinen Zweifel daran, das Security diesen beiden Kindern gehört. Sie kennen ihn besser als ich.

Bei dem Gedanken fällt mein Schmunzeln in sich zusammen. Gibt es eine schonende Methode, Tilda die neusten Vorfälle mitzuteilen? Sie wird am Boden zerstört sein. Ich bin mir sicher, dass sie im Stillen gehofft hat, Security behalten zu können. Irgendwie wollte sie es möglich machen.

„Mama, Mama, schau mal der Mann hat uns Gizmo zurückgebracht." Die letzten Meter bis zur Bank rennen die Kinder. Ihre überschäumende Freude wäre schön mit anzusehen, wenn sie mich nicht so traurig machen würde.

An der Bank angekommen gebe ich der Mutter Zeit, ihr Buch wegzulegen und Security – nein, er heißt, Gizmo – zu erkennen. Ihre Augen weiten sich und füllen sich anschließend mit Tränen. Sie legt sich sogar die Hand auf den Mund und schluchzt.

Verflixt! Tildas Augen werden sich auch mit Tränen füllen, wenn ich ihr hiervon erzähle.

Stopp!

Ich muss aufhören an Tilda zu denken und diese Situation in den Griff bekommen. Es gibt einiges zu bereden. Es ist unmöglich, ohne den Hund von diesem Spaziergang zurückzukommen. Das wäre fatal.

„Hallo, ich bin Conrad Faterhaar und habe vor ein paar Wochen diesen Welpen vor dem kleinen Laden an der Odenberger Straße gefunden. Er war dort mit einem Strick an der Türklinke angebunden." Das stimmt zwar nicht ganz, Tilda hat Security gefunden, nicht ich, aber ich denke, die Kleinigkeit tut jetzt nichts zu Sache.

„Guten Tag, ich bin Silvia Opper und das sind Nicklas und Arian." Die Frau, die deutlich älter ist als ich, geht in die Hocke und begrüßt Security, der sich vor Freude, zwischen den dreien zu stehen, im Kreis dreht. Er bekommt sich gar nicht mehr ein und gurrt, was das Zeug hält. Gleich hat er einen Drehwurm.

„Gizmo wurde uns gestohlen", erklärt die Mutter mir und hört auf, Security zu streicheln. „Er wurde aus dem eingezäunten Garten entführt." Sie schüttelt den Kopf, nachdem sie sich aufgerichtet hat. Missbilligung und Abscheu liegen in der Luft. „Welcher Mensch macht sowas?“

„Keine Ahnung. Sec... äh Gizmo hat es faustdick hinter den Ohren. Unter Umständen gab es ein Loch im Zaun und er ist abgehauen“, suche ich nach einer anderen Möglichkeit.

„Nein. Es gab kein Loch.“ Silvia senkt ihre Stimme. Anscheinend möchte sie nicht, dass die Kinder den nächsten Satz hören. „Diese Drecksäcke wollten mit unserem Gizmo schnelles Geld machen.“

„Bitte?“ Meine Augenbrauen ziehen sich zusammen. „Ich verstehe nicht“, spreche ich so leise wie Silvia. „Wie soll das gehen?“

„Gizmo ist ein reinrassiger australischer Labradoodle. Diese Hunderasse kostet ein Vermögen.“ Securitys Frauchen zuckt mit den Schultern. „Und da unser Gizmo noch ein Welpe ist, wäre es für seine Entführer ein leichtes gewesen ihn schnell und unkompliziert weiterzuverkaufen.“

„Verstehe.“ Security ist ein wertvoller Hund, für den es sich lohnt, Papiere zu fälschen. Was für eine Überraschung. Besser ich behalte für mich, dass Tilda und ich dachten, er wäre eine Promenadenmischung mit zu großen Füßen.

„Wieso wurde er vor Ihrem Laden angebunden? Das ergibt keinen Sinn.“

„Darauf habe ich keine Antwort.“ Am Kopf kratzend sehe ich zu wie die Kinder mit Security, nein Gizmo, spielen. „Hören Sie ...“ Wie fange ich das am besten an? „... es ist schön, dass ... Gizmo seine Familie gefunden hat, aber ... meine Freundin hat sich in den letzten Wochen um Ihren Hund gekümmert. Sie hat ihn liebgewonnen und ... verflixt ... ich kann unmöglich ohne den Hund vom Spaziergang zurückkommen. Tilda wäre am Boden zerstört."

Silvia sieht nicht aus, als würde sie mich verstehen. Bestimmt denkt sie, dass ich mich mit Security davonstehlen will.

„Bitte. Der Hund gehört Ihnen. Daran zweifele ich keine Sekunde. Verdammt, ich gebe Ihnen meine Adresse und auch meinen Personalausweis, wenn Sie eine Sicherheit für meine Worte brauchen. Aber haben Sie Erbarmen ... geben Sie meiner Freundin die Möglichkeit, sich von Ihrem Hund zu verabschieden. Sie wissen selbst wie schlimm es ist, wenn ein geliebtes Tier ohne Vorwarnung verschwindet."

Volle Punktzahl. Mit dem letzten Satz treffe ich ins Schwarze. Ich sehe es an Silvias Augen, die sich erneut mit Tränen füllen. Sie hat Mitgefühl mit meiner Situation.

Ein verstehendes Nicken setzt ein. „Okay." Sie zieht die Nase hoch und reißt sich zusammen. „Bis zum nächsten Wochenende können wir Ihnen noch Zeit geben." Ihr Blick hebt sich. „Aber dann muss Gizmo wieder zu uns kommen. Er gehört uns." Ihre Stimme ist fordernd und lässt keinen Zweifel daran, dass sie ihren Hund zurückhaben möchte.

„Danke. Sie tun das Richtige." Mir fällt ein Stein vom Herzen. Bei allem Leid ... wenigstens kann Tilda sich noch verabschieden.

# 25

## Conrad

Mir ist übel, als ich den kleinen Laden wenig später betrete und die Tür hinter mir schließe. Der Stein, der mir vom Herzen gefallen ist, als Silvia mir erlaubt hat, Security noch bis zum Wochenende zu behalten, ist wieder da. Diesmal steckt er mir in der Kehle. Er ist größer und schwerer und drückt mir die Luft ab. Ich habe das Gefühl, zu ersticken. Mein Brustkorb fühlt sich eng an.

Wieso musste ich heute Vormittag in den Park gehen und Securitys Familie über den Weg laufen? Wir sind schon so oft im Park gewesen, haben dort sogar Zettel aufgehängt ... nie war jemand da, nie hat jemand Anspruch auf den Hund erhoben.

Bis jetzt.

„Conrad, bist du das?", kommt Tildas Stimme wie gewohnt aus dem Nebenraum.

„Jep. Bin zurück", rufe ich in gleicher Lautstärke. Zum Glück klingt meine Stimme nicht emotional.

Mit wenigen Handgriffen löse ich die Leine und lasse Security zu Tilda laufen. Im nächsten Moment höre ich freudiges Bellen.

Meine Übelkeit schraubt sich nach oben. Würde der Stein nicht in meiner Kehle stecken, würde ich mich sicher übergeben.

*Sei ein Mann. Auf in den Kampf, stell dich der Aufgabe. Du kannst nicht ändern was passiert ist.*

„Danke, dass du Security heute übernommen hast", sagt Tilda, als sie auftaucht. Sie kommt um den Tresen herum und schließt mich in die Arme. Sofort umschlinge ich ihren Körper, halte ihn fest und atme ihren lieblichen Duft ein. Wenn sie hört, was ich zu sagen habe, wird sie mir sicher nicht mehr dankbar sein. „Bitte sei nicht sauer auf mich." Ihre Stimme klingt unglaublich süß. „Johan ist einfach aufgetaucht und hat mit Informationen zu Karl Bruns vor meiner Nase herumgewedelt. Er ist ein Wichtigtuer, der mich kein bisschen interessiert, aber genau weiß, wie er mich locken kann. Nur du interessierst mich."

*Johan? Sie redet über Johan?*

Offensichtlich interpretiert sie meine feste Umarmung falsch. Sofort lockere ich meine Arme und gebe ihr mehr Raum. Los lasse ich sie aber nicht. Für das, was ich zu sagen habe, muss ich sie im Arm halten.

„Wusstest du, dass Security ein reinrassiger australischer Labradoodle ist?", springe ich Kopfüber ins kalte Wasser und ignoriere ihre Bemerkung zu Johan. Der arrogante Fatzke ist gerade noch unwichtiger geworden, als er sowieso schon war.

Tilda prustet und lässt sich nach hinten gegen meine Arme sinken. „Echt? Unser Satansbraten ist reinrassig?" Ihr Prusten wird zum Glucksen, das von einem fassungslosen Kopfschütteln begleitet wird. „Du meinst die großen Füße und die wilden Locken auf seinem Kopf, die ihm ständig in die Augen fallen, zeugen von einem edlen Stammbaum?"

„Jep", sage ich und atme lange aus. Kein Schmunzeln kommt mir über die Lippen. Nicht mal ein aufgesetztes.

Das ist der Augenblick, in dem Tilda registriert, dass etwas nicht stimmt. Mein emotional belastetes Ausatmen und das Fehlen jeglichen Humors, haben mich verraten. Vielleicht auch meine aufeinandergepressten Lippen.

„Was ist passiert? Woher weißt du, dass Security reinrassig ist? Hast du einen Hunderasseexperten im Park getroffen?" In den Worten schwingt kein Humor mit, nur echtes Misstrauen.

„Nein. Keinen Hunderassenexperten, ... nur Securitys Familie."

Stille.

Lediglich unser leises Atmen ist zu hören.

„Seine Familie?" Tilda klingt fassungslos – entsetzt. Natürlich weiß sie was das zu bedeuten hat.

„Ja. Er gehört einer Familie mit zwei kleinen Kindern, die ihn sehr lieben." Endlich ist es raus. Müsste der Kloß in meinem Hals jetzt nicht verschwinden? Warum ist er noch da?

„Aber …" Tilda möchte sich aus meinem Griff befreien, aber ich lasse es nicht zu. Sie ist durcheinander, ihr Körper zittert. „Wir haben Zettel im Park aufgehängt. *Du* hast Zettel im Park aufgehängt. Es hat sich keiner gemeldet. Vielleicht ist es nicht Securitys Familie, die du heute getroffen hast. Wenn er reinrassig ist, ist er sicher wertvoll. Möglicherweise …"

„Tilda", unterbreche ich die Flut aus Worten, die mit einer Menge Emotionen auf mich einströmt. „Ich war dabei. Security hat die Kinder erkannt, er hat sich gefreut und ihnen das Gesicht abgeleckt."

„Ich bitte dich! Ein Beweis ist das nicht gerade. Das macht er bei jedem, wie du sicher bestätigen kannst." Sie schüttelt den Kopf, als könnte sie die Wahrheit abwehren. Das Zittern ihres Körpers wird schlimmer. Sogar ihre Atmung kommt jetzt stockender.

„Tilda, ich habe mit der Mutter der beiden Kinder gesprochen." Meine Stimme halte ich ruhig. „Security heißt Gizmo und wurde vor einigen Wochen aus dem Garten gestohlen. Er gehört ihnen, das ist die Wahrheit. Verleugnen ist zwecklos."

„Wenn er gestohlen wurde, wieso war er dann an meine Tür angebunden. Das ergibt doch keinen Sinn?"

„Ich habe keine Erklärung, warum er an besagtem Tag vor deinem Laden gelandet ist. Vielleicht hat er seine Entführer gebissen und ist abgehauen." Ich versuche mich an einem Lächeln. „Du musst zugeben, dass ein solches Verhalten zu ihm passen würde. Er ist eigenwillig und ein Dickkopf."

Der Zeitpunkt ist gekommen.

Tildas Augen füllen sich mit Tränen, wie ich es vorhergesagt habe. Begreifen liegt in ihrem Blick. „Ja, es würde zu ihm passen, dass er seinen Entführern ein Schnippchen schlägt." Herzzerreißend zieht sie die Nase hoch und schluckt. „Es erklärt aber nicht, warum er angebunden war."

Ihr Schmerz fühlt sich an wie meiner.

„Nein, das erklärt es nicht." Warum kann sie nicht einfach akzeptieren, wie es ist? Und warum kann ich ihren Schmerz nicht auch noch übernehmen? „Möglicherweise hat ein vorbeilaufender Passant ihn angebunden, weil er keine Lust hatte sich mit dem Problem eines freilaufenden Welpens zu beschäftigen. Unter Umständen wollte er verhindern, dass er überfahren wird." Seufzend streiche ich ihr über den Rücken. „Wir werden es nicht erfahren. Fakt ist das Sec... Gizmo eine Familie hat, die ihn zurückhaben möchte."

Tilda schweigt. Eine Träne läuft ihr über die Wange. Mit dem Daumen wische ich sie weg. Es ärgert mich, dass ich nicht mehr tun kann, als ihr dieses jämmerliche bisschen Trost zu spenden.

„Eine Mutter mit zwei Kindern hast du getroffen?", fragt sie nach.

„Ja." Endlich stellt sie sich den Tatsachen. So kommen wir weiter. Alles wird gut werden.

„Wie alt waren die Kinder?"

„Warum ist das wichtig?" Argwöhnisch verziehe ich das Gesicht und lasse sie nicht aus den Augen. „Im Schätzen bin ich grottenschlecht. Der große war vielleicht in der ersten Klasse, der Bruder im Kindergarten."

„Na, bitte!" Tilda befreit sich von mir. Diesmal halte ich sie nicht auf. „Was macht ein schulpflichtiges Kind Montagvormittag im Park. Was ist das für eine Mutter, die mit ihren Kindern zusammen blau macht? Wir sollten die Familie überprüfen, bevor wir Security dahingeben."

Ernsthaft?

Mit einer solchen Reaktion habe ich nicht gerechnet. Die Worte schreien vor grenzenloser Hilflosigkeit. „Vielleicht waren die Kinder krank und hatten Scharlach und durften nicht in die Schule und in den Kindergarten. Was weiß ich! Denkbar wäre vieles. Ich habe keine Ahnung, mit Kindern und deren Krankheiten kenne ich mich nicht aus. Auf mich hat die Familie einen ganz normalen Eindruck gemacht. Die Mutter hat sogar geweint, als sie Gizmo mit ihren Kindern spielen sah.“

„Für mich heißt er Security. Gizmo passt nicht zu dem Unruhestifter.“ Tilda überkreuzt die Arme vor der Brust. „Gizmo ist ein selten dämlicher Name. Wie kommt man überhaupt auf die Idee, einen Hund Gizmo zu nennen?“

Arme Tilda. Wie kann ich ihr nur helfen? Wie kann ich es ihr leichter machen? Mir fällt nichts ein, was es besser machen könnte. Ein Abschied tut immer weh.

Weil es das Richtige ist, ziehe ich die Visitenkarte aus der Tasche, die Silvia Opper mir gegeben hat und reiche sie meiner Freundin. „Am Sonntag erwartet die Familie uns zum Frühstück. Bis dahin gehört Security noch uns.“

# 26

# Tilda

Die nächsten Stunden schleichen dahin, ohne dass ich viel mitbekomme. Kunden kommen und gehen und als der Tag sich dem Ende neigt, schließe ich die Tür und schnappe mir meinen Hund. Wir gehen spazieren und machen es uns anschließend auf der Couch gemütlich. Und vielleicht drücke ich ihn heute ein bisschen fester als üblich an mich. Einfach weil ich es brauche.

Obwohl Conrad nichts dafür kann, dass ihm diese Frau Opper über den Weg gelaufen ist, möchte ich ihn heute nicht mehr sehen. Ich möchte mit Security allein sein. Mein Verhalten ist unreif und wenig erwachsen, aber ich brauche einfach Zweisamkeit mit meinem vierbeinigen Freund, bevor ich ihn abgeben muss. Noch nie ist mir etwas so schwergefallen. Ständig denke ich darüber nach, ob es nicht doch noch eine Möglichkeit gibt, ihn behalten zu können.

Nicht mal die Nachricht von Johan, die spät am Abend auf meinem Handy aufploppt, kann mich aufmuntern. Er hat ein Treffen mit Karl Bruns am Sonntagnachmittag ausgemacht.

Dann wird der nächste Sonntag mein Leben wohl maßgeblich verändern. Erst trenne ich mich von meinem Hund und später lerne ich einen Mann kennen, der möglicherweise mit mir verwandt ist – um zehn Ecken. Oder um eine? Vielleicht auch gar nicht. Alles wäre denkbar.

Frühstück bei Familie Opper, Kaffee und Kuchen bei Herrn Bruns. Was ich von den Aussichten halten soll, weiß ich nicht. Die verlockende Alternative, einfach im Bett zu bleiben, gibt es schließlich auch noch.

Seufzend streichele ich Security, der sich auf meinem Schoß zusammengerollt hat. „Warum kann ich nicht beides haben. Dich und den neuen Verwandten Karl Bruns. In dem Fall wäre der Sonntag sicher spektakulär. Er würde in die Geschichte der Familie Kleine eingehen."

Security, der zu spüren scheint, dass mit mir etwas nicht stimmt und ich mich in einer sonderbaren Stimmung befinde, sieht zu mir hoch. Er legt sogar den Kopf schief, als würde sein niedlicher Anblick mir helfen können. Dabei macht er es nur schlimmer.

Um mich abzulenken und weil ich zum Fernsehen keine Lust habe, schnappe ich mir mein Tablet vom Wohnzimmertisch. Kaum ist das Display erwacht, gebe ich Renner, den Nachnamen meines Vaters, in die Suchmaschine ein. Es ist ein kläglicher und eher schwacher Versuch Zerstreuung zu finden, aber der Einzige, der mir einfällt.

Zweihundert Millionen Treffer werden mir angezeigt. Von einem mittelalterlichen Kriegspferd bis zu einem Justus Gothe Renner, der Kostümbildner im 18.

Jahrhundert war, ist alles dabei. Das war ein gezielter Schuss ins Blaue. Dieser undurchdachte Plan wird zu nichts führen.

Karl Bruns ist der nächste Name, nach dem ich suche. Es gibt keine zweihundert Millionen Treffer, aber immerhin drei Millionen. Ein Großteil davon scheinen Todesanzeigen zu sein. Offensichtlich waren Karl und Karl-Heinz Bruns früher sehr geläufige Namen.

Wenn ich die Suche nicht spezifiziere, wird das nichts. Dann ist die Mühe, eine Ablenkung zu finden gescheitert. Aus dem Bauch heraus und ohne Erwartung, einen Treffer zu landen, gebe ich *Renner, Stammbaum, Karl Bruns* ein. Vielleicht habe ich ja Glück, und es gibt in dieser Kombination eine Verbindung.

Es wäre schön, wenn ich eine Ahnung hätte, was mich Sonntag erwartet. Ich weiß nicht mal, wie Karl Bruns aussieht. Gut möglich, dass es Fotos von ihm im Internet gibt. Er ist ein Porscheliebhaber wie Johan. Obwohl er heute gesundheitlich angeschlagen ist und das Haus nicht verlassen kann, ist es durchaus möglich, dass er früher auf diversen Porschetreffen gewesen ist. Bestimmt gibt es öffentliche Facebookgruppen mit Fotos. Es gibt doch für alles irgendwelche Gruppen.

Voller Hoffnung drücke ich die Entertaste. Online-Stammbäume, Familiennamen und eine Menge Zeug, in das ich mich sicher nicht einlesen werde, tauchen auf den nächsten Internetseiten auf. Verdammt. Ich bräuchte Wochen, um mich da durchzuquälen. Nein, danke. Ein direkter Treffer wäre ja auch zu schön gewesen.

*Übe dich in Geduld, Tilda. Jetzt hast du schon so lange gewartet, da machen ein paar Tage mehr nichts aus.*

Oder ... ich sehe mir den Stammbaum in der Bibel noch mal an. Wegen der Ähnlichkeit zu mir, habe ich mein Hauptaugenmerk auf das Foto gerichtet und die Bibel völlig vergessen.

Da ich beschlossen habe die Heilige Schrift zu behalten und nicht im Laden zu verkaufen, steht sie sogar unweit von mir entfernt im Bücherregal. Unter Umständen habe ich etwas übersehen. Es besteht immerhin die winzige Chance, dass mehr als das Foto und der Brief zwischen den Seiten liegen.

Soweit ich mich erinnere, gehört die Bibel mit dem wunderschönen Goldschnitt der Familie Meinhard. Der Name Renner oder Bruns war mir beim ersten Durchblättern nicht aufgefallen. Aber es kostet mich nichts mir die handschriftlichen Einträge in dem antiken Buch erneut anzusehen und zwischen den Seiten nach ... was auch immer zu suchen. Vielleicht habe ich Glück. Und wenn nicht ... dann habe ich zumindest eine Beschäftigung, die mich den traurigen Abend überstehen lässt.

Da ich Security, der fest auf meinem Schoß schläft, nicht wecken möchte, hebe ich ihn sanft hoch und bette ihn auf die Decke am Couchende. Das Tablet lege ich weg. Er blinzelt nur kurz, kommt aber nicht auf die Idee, sein Schläfchen abzubrechen. Die Runde im Park hat ihn ganz schön ausgepowert.

Mit dem Buch in der Hand knipse ich die Stehlampe neben der Couch an und setze mich gleich darunter. Dann wollen wir mal sehen. Wie aussichtsreich ist meine Mühe wohl? Johan würde mir sicher nichts schenken, was für ihn noch von wert wäre. Das Foto und der Brief waren bestimmt das einzig Wichtige für ihn.

Zuerst sehe ich mir die handschriftlichen Einträge auf den ersten Seiten an. Sie haben sich nicht verändert und sind immer noch so nutzlos wie zuvor. Keine Bruns nur Meinhards. Eindeutig eine Sackkasse.

Hoffnungsvoll blättere ich ans Ende. Hier habe ich noch nicht nachgesehen. Nichts. Leider. Es gibt lediglich ein paar leere Buchseiten, die für handschriftliche Einträge der Familie freigehalten wurden. Auch zwischen den Seiten scheint nichts versteckt zu sein. Wie enttäuschend.

Gerade möchte ich das Buch vorsichtig zuschlagen, da fallen mir einige Unebenheiten im Papier auf.

Moment ... steht da etwas geschrieben?

Als wäre es Blindenschrift, fahre ich mit den Fingerspitzen über die Unebenheiten. Ist die Tinte womöglich verblasst und nur die Abdrücke sind noch fühlbar? Beides, Papier und Tinte, sind schließlich viele Jahre alt.

Augenblicklich hellwach hebe ich die Bibel näher zum Licht, kippe das Buch und gehe mit den Augen näher ran. Ich kneife sogar die Augen zusammen und werde im nächsten Augenblick belohnt.

Da steht tatsächlich etwas. Oder da stand etwas, jetzt ist nichts mehr zu sehen. Aber der handschriftliche Eintrag, der über die halbe Seite geht, hat im Papier einen Abdruck hinterlassen. Die Schrift ist höchstwahrscheinlich neueren Datums. So würde jemand in meinem Alter den Stift führen. Die leserlichen Bögen, Kurven und Schlaufen sehen nicht aus wie die meiner Oma. Ihre Einkaufszettel konnte ich als Kind kaum entziffern. Sie hat das Z immer mit Unterlänge geschrieben.

Mist! Leider erkenne ich nur wenige Worte. Ich wünschte, ich hätte eine Lupe zur Hand. Der Text verläuft nicht gerade. Er geht diagonal von links unten nach rechts oben.

Diese Art der Schriftführung ist merkwürdig. Es sieht fast so aus, als hätte jemand die Bibel nur als Unterlage benutzt und der Stift hätte durch das eigentliche Papier in die Seite gedrückt.

Mein Herz beginnt schneller zu schlagen und mein Körper spannt sich an. Das muss es sein. Bei einem weichen und so alten Papier entstehen Druckspuren, wenn eine Kugelschreibermiene oder Ähnliches zuschlägt. Das würde auch erklären, warum es keine Tinte gibt.

*Tilda, du könntest Kriminologin werden. Deine Schlussfolgerungen sind grandios.*

Und jetzt? Im Film nehmen sie immer einen weichen Bleistift und schraffieren den Text, bis er vollständig lesbar ist.

Allein bei dem Gedanken in einem Buch aus dem 18. Jahrhundert mit einem Bleistift herumzukritzeln stellen sich mir sämtliche Nackenhaare auf. Nein. O Gott! Das geht auf keinen Fall. Es muss eine andere Lösung her.

Von der Dringlichkeit angefixt krame ich in meinem Filmgedächtnis nach Alternativen. Es muss etwas geben.

Während ich nachdenke, halte ich die Bibel immer dichter an die Lampe. Aber mehr als vereinzelte Worte kann ich nicht entziffern. *Turbo, … Zustand. Keine hunderttausend gelaufen,* kann ich mit sehr viel Mühe lesen. Es ist mehr geraten als gelesen.

Was hat Johan da aufgeschrieben? Es wirkt wie die wenig interessante Beschreibung eines Autos. Irgendwie enttäuschend.

Ich lasse die Hände sinken, bevor ich noch etwas kaputt mache. Halogenlicht in der Intensität ist sicher nicht gut für das alte Papier.

Schlagartig habe ich eine Idee. Es ist eher ein spontaner Einfall. Ohne lange nachzudenken, schnappe ich mir mein Handy und rufe Conrad an. Auf eine Begrüßung verzichte ich in der Aufregung, die Worte prasseln nur so aus mir heraus. „Ist Hagen Zuhause und weißt du, ob er zufällig ein Vergrößerungsobjektiv hat?" Angespannt halte ich die Luft an.

Conrad antwortet nicht sofort. Natürlich überraschen ihn meine Fragen. Nichts anderes habe ich erwartet.

„Äh ja. Zu beidem. Hagen ist Fotograf, er hat gefühlt an die zehn Kameras und unendlich viele Objektive. Da ist sicher auch ein Vergrößerungsobjektiv dabei. Warum fragst du?"

Freude erfüllt mich, auch wenn die Wahrscheinlichkeit besteht, dass Jo nur über sein geliebtes Auto geschrieben hat. „Erkläre ich dir, sobald ihr hier seid." Unruhig laufe ich auf und ab. „Könnt ihr zu mir rüberkommen und kann Hagen seine Ausrüstung mitbringen? Ich bin da auf etwas Interessantes gestoßen und brauche eure Hilfe."

Kurz herrscht Stille in der Leitung. Ich höre nur mein eigenes Herz schlagen.

„Conrad ... bist du noch dran?“ Meine Ungeduld muss er doch rausgehört haben. Warum sagt er nichts? Hoffentlich lässt er mich nicht hängen.

„Ja, Tilda, ich bin noch dran.“ Er klingt angefressen oder zumindest verwundert. „Du bist mir also nicht mehr böse? Wegen Security?“

*Mistkacke! Das hast du verbockt.*

Schuldgefühle überkommen mich. Ich habe nicht nachgedacht und meinen Freund vor den Kopf gestoßen. Das wollte ich nicht. Er war so lieb zu mir, hat mich in den Arm genommen und mir Trost gespendet. Meine stille Zurückweisung, die nichts mit seinem Verhalten zu tun hatte, hat er nicht verdient.

„Conrad ...“, sage ich voller Scham und mit Gewissensbissen. „Ich war dir nie böse. Entschuldige, dass ich mich zurückgezogen und dich heute Abend ausgeschlossen habe. Ich stand unter Schock. An den unschönen Gedanken, dass du Securitys Besitzer ausfindig gemacht hast, musste ich mich erst gewöhnen. Und daran, dass wir ihn verlieren werden.“ Mein Blick wandert zu dem schlafenden Schätzchen auf der Couch. Mir wird das Herz schwer. „Die Wendung der Dinge hat mir nicht gefallen.“ Mein Seufzen kommt von tief in mir drin. „Aber natürlich weiß ich, dass es keine andere Möglichkeit gibt. Der Hund gehört nicht mir und dir auch nicht. Er gehört der Familie Opper, die ihn liebt und viel Geld für ihn bezahlt hat.“

Ein langes Ausatmen, in dem Erleichterung liegt, ist zu hören.

„Wir sind in zehn Minuten da“, ist Conrads Antwort auf meinen Monolog.

## 27

## *Tilda*

Die beiden brauchen eine Viertelstunde. Hagen sieht nicht begeistert aus als ich die Tür öffne. Seine Haare sind verstrubbelt und seine Augenlider hängen auf Halbmast, als hätte Conrad ihn aus dem Bett gezerrt. Dabei ist es gerade mal kurz nach acht Uhr abends.

„Hey, du", begrüßt er mich und stößt die Hand hebend ein herzhaftes Gähnen aus. „Conrad hat mir erzählt, dass die Welt untergeht, wenn ich dir nicht sofort zur Hilfe eile."

Hagen fliegt mir fast in die Arme, weil Conrad, der hinter ihm steht, ihn in den Rücken boxt.

Mein Lächeln, das über Hagens Schulter zu meinem Freund fliegt, kommt von ganzem Herzen. Ich verliebe mich gerade noch ein Stückchen mehr in das Model, mit der weichen Seite.

„Du musst nicht rot werden." Hagen grinst mich an, als hätte er auch hinten Augen und wüsste genau, was zwischen Conrad und mir abgeht.

Frechheit. Ich bin kein bisschen rot. In meinen Fingern juckt es. Jetzt bin ich es, die ihm gerne einen Hieb versetzen würde. Da ich aber auf seine Hilfe angewiesen bin, reiße ich mich zusammen und lasse es bleiben. „Kommt rein", sage ich den Kommentar ignorierend und führe die beiden Prachtexemplare ins Wohnzimmer.

Security entdeckt Conrad, springt von der Couch und rennt schwanzwedelnd auf ihn zu. „So viel zu meinem Kommando: Bleib", sage ich mit Spaß in der Stimme. Natürlich habe ich nicht wirklich erwartet, dass Security auf seinem Platz ausharrt, wenn er Conrad entdeckt. Mittlerweile mag er ihn genauso gerne wie mich. Einen Moment stehe ich einfach nur da und sehe den beiden bei ihrem Begrüßungsritual zu. Ein seliges Seufzen verkneife ich mir.

„Nun sag schon." Hagen knufft mich in die Seite. „Du könntest den beiden stundenlang beim Spielen zusehen, oder?"

Aus dem Konzept gebracht, fahre ich zu der Stimme herum und erkenne gerade noch das Augenrollen, das Hagen vor mir verstecken möchte.

„Du ... ich ..." Empört stemme ich die Hände in die Hüften. „Grrr ... weil du aussiehst, als hätte mein Freund dich gerade aus dem Bett geholt, werde ich deinen Kommentar ignorieren und Erbarmen haben. Du hast Glück."

Hagen verbeugt sich in einer albernen Geste vor mir. „Herzlichen Dank." Er stößt ein Glucksen aus. „Mich quält der Jetlag. Ich war in den letzten Wochen zu oft in den USA mein Biorhythmus ist völlig durcheinander." Erneut gähnt er und schlägt sich die Hand vor den Mund. „Entschuldige, diese Kurztrips sind besonders schlimm für meinen empfindsamen Körper. Dafür werde ich langsam zu alt."

„In dem Fall danke ich dir umso mehr, dass du Zeit für mich hast."

Hagen schnaubt und macht zwei Schritte vor. „Als hätte Conrad mir erlaubt abzulehnen."

Wärme erfüllt mich. Sie explodiert in meinem Innern und erfüllt mich. Mein Freund ist ein Schatz.

„Da hast du verdammt recht, Bro." Conrad erhebt sich und schickt Security mit einem kurzen Befehl zurück auf seinen Platz. Unser Hund folgt ohne Zögern. Da könnte ich glatt eifersüchtig werden. Aber da wir den Kleinen nur noch ein paar Tage haben werden, ist es wohl zwecklos. „Um was geht es denn genau bei dieser Aktion?", fragt er. „Es schien mir dringend zu sein, deshalb habe ich Hagen keine Wahl gelassen."

„Es ist auch dringend." Schnell gebe ich Conrad einen Begrüßungskuss und nehme die Bibel vom Wohnzimmertisch. „Auf der letzten Seite ist ein halbseitiger Eintrag, aber ich kann ihn nicht entziffern. Er scheint nur durchgedrückt zu sein. Vielleicht kann Hagen ihn vergrößert abfotografieren." Ganz bei der Sache schlage ich das Buch an der Stelle auf und zeige Hagen die durchgedrückte Schrift. „Ohne ausreichend Licht sieht man kaum etwas."

Hagen schafft es trotz seiner Müdigkeit die Augen vollständig zu öffnen und sich das Problem anzusehen. „Bin nicht sicher, ob das so klappt, wie du dir das vorstellst. Wir müssten die Seite auf jeden Fall von hinten beleuchten. Du hast nicht zufällig einen Leuchttisch?"

„Nein, zufällig nicht." Witzbold. „Aber ich glaube, irgendwo habe ich eine Taschenlampe. Soll ich die holen?"

„Vielleicht später." Unsicherheit liegt in Hagens Seufzen. „Ich versuche es erst mal mit dem, was ich dabeihabe. Im Zweifelsfall können wir das Foto anschließend mit dem Grafikprogramm aufarbeiten und undeutliche Kleinigkeiten vergrößert freistellen. Lass mich mal machen." Mit den Worten stellt der Meister seine Tasche ab und holt eine Kamera heraus, auf die er ein sehr kurzes Objektiv schraubt.

Conrad legt einen Arm um meine Schulter. „Geht es dir schon besser? Du warst heute Mittag ziemlich durcheinander." Er zieht mich an sich, sodass ich meinen Kopf an seine Schulter legen und Hagen bei seinem Tun beobachten kann. Dabei streichelt er mich. Mein Freund zeigt wahre Stärke und Teamgeist. Wieso wollte ich überhaupt mit meinem Kummer allein sein? Wie dumm von mir.

*Du warst zu lange Single. Du bist es gewohnt, Dinge allein zu regeln.*

„Es geht mir besser", beantworte ich seine Frage. „Es tut mir leid, dass ich heute im Laden abweisend zu dir gewesen bin. Das war falsch. Du warst so lieb und hattest eine andere Reaktion verdient." Ein Seufzen kommt mir über die Lippen. „Aber obwohl ich mich langsam mit dem Gedanken abfinden und du mich am Sonntag begleiten wirst, wird mir der Abschied von dem nervenraubenden Klorollenvernichter unglaublich schwerfallen."

„Mir auch", antwortet Conrad, ohne über meinen Witz zu lachen. Er küsst meine Stirn und mir entgeht nicht, dass sein Blick zu Security schweift. „Mir auch, verdammt!“

***

Dreißig Minuten später ist das Wunder vollbracht. Kurzerhand hat Hagen seinen Laptop aus der Wohnung geholt und das Foto bearbeitet. Er hat ihm Tiefe gegeben. Und jetzt, wo er auch noch an den Kontrasten gefeilt hat, können wir lesen, was ich mit Hilfe der Stehtischlampe nicht entziffern konnte.

*Franz Dudenkopf (87, Alzheimer), Porsche 911 Turbo, Wagen müsste umlackiert werden, aber sonst top Zustand. Keine hunderttausend gelaufen.*
*Elena Maria Graf (82) Zwei Enkel, keine Erbberechtigten, besitzt Porsche Boxster von ihrem verstorbenen Ehemann. Sie hasst schnelle Autos. Wäre einen Versuch wert, ist äußerst spendabel.*
*Werner Thomas (65, Herzprobleme) Porsche Cayenne in mittelmäßigem Zustand, sechs Jahre alt. Einschätzung schwierig. Mehr Recherche erforderlich.*

Meine Gedanken überschlagen sich. „Der Inhalt lässt darauf schließen, dass das Johan geschrieben hat. Aber was ist das für eine Auflistung? Wer sind diese Menschen? Und warum sind da Krankheiten vermerkt?“, frage ich die Jungs, die still einen Blick tauschen. „Diese Übersicht ist extrem gruselig.“ Was soll ich davon halten?

„Ich habe nur das Foto gemacht und dafür gesorgt, dass du es entziffern kannst“, antwortet Hagen, als hätte er meine Gedanken gelesen. „Eine Erklärung kann ich dir nicht liefern." Conrads Freund klappt den Laptop zu. „Fertig. Hab alles an deine Mailadresse geschickt."

„Danke."

Schweigend und nachdenklich sehe ich von einem Mann zum anderen. Warum guckt Conrad so merkwürdig und weicht meinem Blick aus? Und wo ist der redselige Hagen hin, der mich bei unserem ersten Aufeinandertreffen ausgefragt hat, obwohl ich nichts anhatte?

Da ist was im Busch.

„Stopp!" Als Hagen Anstalten macht seine Ausrüstung wegzupacken, halte ich ihn auf. „Ihr beiden wisst etwas und ich lasse euch nicht eher gehen, bis ihr mich eingeweiht habt." Ihre Mienen sind ausdruckslos, aber mich können sie nicht täuschen. „Hagen, du hast dir die Wohnung mit Johan geteilt, was weißt du über diese Liste?" Um zu verdeutlichen, wie ernst mir die Sache ist, stemme ich erneut die Hände in die Hüften. Sogar das Kinn strecke ich vor. Auch wenn das albern ist, soll er das Gefühl haben an mir nicht vorbeizukommen. Meine Körpersprache darf ihm das gerne symbolisieren.

„Gar nichts. Ich weiß gar nichts. Diese merkwürdige Auflistung sehe ich zum ersten Mal ..."

„*Aber ...*? Warum denke ich, dass da noch ein Aber kommt?" So schnell gebe ich mich nicht geschlagen. Hagen kennt Johan am besten von uns dreien. Es ist sehr wahrscheinlich, dass er etwas weiß. Zumindest vermutet.

Conrad gibt ihm einen Schubs. „Erzähl es ihr. Sie wird nicht lockerlassen."

Überraschung. Conrad weiß anscheinend auch Bescheid. Nur ich nicht. Aber wie es scheint, kann er mich schon ziemlich gut einschätzen. Denn er hat Recht ... ich werde auf keinen Fall lockerlassen.

Hagen atmet lange aus und räuspert sich. „Ich sehe diese merkwürdige Auflistung zum ersten Mal ...", widerholt er den Satz, „... *aber* ich habe schon lange den Verdacht, dass mein ehemaliger Mitbewohner es sich zum Ziel gemacht hat, seine Porschesammlung langfristig zu vergrößern. Und da ihm das nötige Kleingeld fehlt, versucht er die Luxusschlitten zu erben."

„Zu erben? Wie soll das gehen? Bringt er Leute um?" Mir wird schlecht. O Gott! In was bin ich da reingeraten?

„Nein. So dramatisch ist es nicht. Aber ich denke, er sucht gezielt Kontakte zu Porscheliebhabern, die bereits in die Jahre gekommen sind. Er stellt sich gut mit den Pensionären, hilft Ihnen und wird in den letzten Lebensmonaten gut Freund mit Ihnen. Und dann ... keine Ahnung, wie er es schafft, aber irgendwann, bevor es zu Ende geht, schließt er einen Erbvertrag ab."

„Krass."

„Irgendwie schon. Ich habe zufällig ein paar ausgefüllte und notariell beglaubigte Standartverträge in unserer Wohnung gefunden. Er hat auch Schenkungsverträge in seiner Sammlung."

„Hast du Johan darauf angesprochen?" Meine Verwirrung nimmt weiter zu. Ist das ein Fall für die Polizei? In so was Seltsames war ich noch nie verwickelt.

„Nein. So redselig unser Porscheliebhaber manchmal ist, so verschwiegen kann er sein. Und da Conrad nach Berlin ziehen musste, habe ich dafür gesorgt, dass er Johans Platz in der WG einnehmen kann."

„Danke nochmal." Conrad klopft seinem Freund auf die Schulter. „Ohne dein Drängen und die Empfehlung, hätte ich das Zimmer sicher nicht so schnell bekommen."

Hagen nickt. „Ich denke ...", spricht er an mich gewandt weiter, „... das, was Johan macht, ist nicht illegal. Aber es ist gerissen und irgendwie makaber." Er schüttelt den Kopf. „Damit möchte ich nicht in Verbindung gebracht werden. Nicht mal als unwissender Mitbewohner."

„Jetzt wird mir einiges klar." Scharf nachdenkend lege ich mir die Hand ans Kinn. „Deshalb hat er das Foto dieser Elfriede Bruns. Er rahmt es, geht mit mir zum Senioren-Kaffeeklatsch, sorgt dafür, dass Karl gut unterhalten wird und dann ... *bumms* ... bekommt er Karls Porsche geschenkt, oder vererbt. Verrückt, aber gerissen."

„Gut möglich, dass Karl Bruns ihm bereits den Vertrag unterschrieben hat", erinnert Conrad mich.

„Wenn das so ist, dann ist es nett, dass er trotzdem noch zu Karl geht, obwohl er bereits hat, was er begehrt." Unschlüssig, was ich davon halten soll, kratze ich mich am Kopf. „Aber macht es die Abzocke deshalb weniger schlimm? Er zieht alte Menschen über den Tisch und schmiert ihnen Honig um den Bart. Ja, er leistet ihnen Gesellschaft, verbringt freie Zeit mit ihnen ... aber trotzdem." Mir gefällt das nicht. Es ist in meinen Augen eine Irreführung. Ein Betrug.

Conrad lässt sich auf die Couch fallen, neben Security. „Wahrscheinlich gibt es mehr einsame reiche alte Leute als du glaubst. Geld macht nicht zwangsläufig glücklich." Er fängt an, Security zu streicheln. „Johan bekommt, was er möchte, aber er bemüht sich auch. Irgendwie."

„Du nimmst sein Handeln in Schutz?", frage ich empört.

„Nein. Aber diese Menschen geben ihren Besitz freiwillig ab. Natürlich bekommt Johan den Porsche von Karl Bruns erst nach seinem Tod, aber irgendwie muss er ihn schließlich überzeugen. Wahrscheinlich reden sie über Autos, fahren mit ihren Luxusschlitten herum und fronen ihrem Hobby." Conrad unterstreicht seine Worte mit einem Schulterzucken. „Sie haben Spaß zusammen. Alle beide."

„Darüber muss ich nachdenken."

„Tu das!"

„Das ist mein Stichwort." Hagen schnappt sich seinen Kram. „Ich gehe wieder ins Bett und lasse euch mit den Problemen anderer Leute allein."

„Danke, dass du mir geholfen hast." Herzlich ziehe ich den Mann, der mir seinen Schlaf geopfert hat in eine Umarmung, bevor ich ihn zur Tür bringe. Mir entgeht nicht, dass ich von der Couch aus beobachtet werde. Ist das ein eifersüchtiger Blick? Habe ich Conrad beim Reinkommen überhaupt umarmt? Nur an den schnellen Kuss erinnere ich mich.

Zurück im Wohnzimmer lasse ich mich neben Conrad fallen. Zufrieden, hinter das Geheimnis der Schriftabdrücke gekommen zu sein, lehne ich mich gegen ihn und nehme seine Hand. „Und was jetzt?"

„Nichts." Er verschränkt unsere Finger. „Du gehst Sonntag zu dem Kaffeeklatsch mit Johan und Karl und siehst dir das Spielchen zwischen den beiden an." Er drückt einen Kuss auf meine Finger. „Und nebenbei erfährst du mehr über deine Doppelgängerin."

Einen Moment denke ich nach.

„Unter Umständen hast du recht. Die Möglichkeit, Karl Bruns von meinem Betrugsverdacht zu erzählen, bleibt schließlich bestehen. Nicht sofort, aber irgendwann vielleicht. Bestimmt gibt es einen Weg, einen bereits geschlossenen Erbvertrag wieder aufzulösen, sollte er bereits in die Falle getappt sein."

Conrad schüttelt schmunzelnd den Kopf. „Du bist toll. Eine kleine Samariterin. Obwohl du den Mann nicht mal kennst, möchtest du nur sein Bestes." Die Bewunderung für etwas, das für mich selbstverständlich ist, schmeichelt mir.

„Natürlich. Ich möchte immer das Beste, für alle Menschen. Wer möchte das nicht?"

Einen Moment herrscht Stille zwischen uns.

„Ich liebe dich, Tilda Kleine."

*Bitte?*

Habe ich das richtig verstanden?

*Einfach so spricht Conrad die magischen drei Worte aus?*

*Ein Feuerwerk, von dem ich gar nicht wusste, dass es darauf gewartet hat, gezündet zu werden, explodiert. Die Welt wird bunt und ich halte überrascht von so viel Ehrlichkeit die Luft an. Wie war das mit den klaren Worten, die ich so sehr liebe?*

„Hast du gerade *Ich liebe dich* gesagt?", frage ich und sonne mich in meiner überschäumenden Freude. Mit einem sicher schrecklich übertrieben verliebten Grinsen strecke ich mich Conrad entgegen und drücke unsere Finger.

Der Mann, der gerade lernt, in mir wie in einem offenen Buch zu lesen, lächelt wissend zurück. „Ja, das habe ich. Ich. Liebe. Dich", wiederholt er langsam und deutlich. Und dann liegt sein Mund auf meinen und ich bekomme keine Chance, die süße und völlig unerwartete Liebesbekundung zu erwidern.

# 28

## Conrad

Ich bin auf Wolke Sieben. Weil ich ein ausgehungerter Schuft bin, lasse ich Tilda kaum Luft zum Atmen. Wie auch ..., sie schmeckt unglaublich süß und ihre Lippen sind so weich ... wer braucht da schon Sauerstoff. Meine Zunge spielt mit ihrer und obwohl sie leise gegen meinen Mund stöhnt, weiß ich, dass sie darauf brennt, mir etwas zu sagen. Es ist unverkennbar. Ich spüre es an der Art, wie sie küsst und wie ihr Körper sich anspannt. Meine Freundin, der ich gerade meine Liebe gestanden habe, platzt vor innerer Ungeduld. Es hat ihr sicher nicht gefallen, dass ich ihr keine Zeit zum Antworten gelassen habe.

Nach einer gefühlten Ewigkeit löse ich mich von ihren Lippen und lege meine Stirn gegen ihre. Wir atmen beide schwer. Tilda zu küssen ist mit nichts zu vergleichen. Ich habe schon viele schöne Frauen geküsst, aber so unglaublich, wie nach diesem von Herzen kommenden *Ich liebe dich*, hat es sich bisher noch nie angefühlt. Verrückt. Vor allem, weil ich nicht beschreiben kann, was dieses Gefühl in mir auslöst. Wir passen einfach zueinander, wie dieser berühmt berüchtigte Topf zum Deckel.

Tilda hebt als erstes den Kopf. Ihr Blick ist verhangen, mit einem winzigen Funkeln.

„Nur … um eins deutlich klarzustellen." Das Funkeln um die Iris herum nimmt zu. „Ich liebe dich ebenfalls, auch wenn du mir zuvorgekommen bist und die Worte zum ersten Mal vor mir ausgesprochen hast."

Mein Schmunzeln kommt automatisch. Wusste ich es doch, … meine strebsame und stets fleißige Geschäftsfrau hat es gestört, nicht sofort erwidern zu können. Ihr Verlangen zu gewinnen und überall die Erste zu sein, ist zu süß. Zweifellos kann ich meine Freundin, obwohl wir uns erst vier Wochen kennen, ziemlich gut einschätzen.

„Das ist kein Wettrennen, Tilda." Mit dem Zeigefinger streiche ich ihr eine Haarsträhne hinter das Ohr. „Ich bin froh, dass du uns angerufen hast. Hättest du das nicht gemacht, wäre ich in einer Stunde rübergekommen. Mehr Zeit zum Schmollen hätte ich dir nicht gegeben."

Tilda wirkt plötzlich traurig. Das freudige Funkeln ist einem nachdenklichen Blick gewichen.

„Es tut mir leid. Es war nie mein Wunsch, dich auszuschließen. Für dich muss es ebenfalls schwer sein, Security abzugeben. Du hast ihn genauso liebgewonnen wie ich." Tildas Blick schweift zu dem schlafenden Hund. „Mein Verhalten war egoistisch. Entschuldige."

Sanft berühre ich ihre Wange. „Ich bin dir nicht böse. Es ist verständlich." Zeit, die Stimmung zu heben, sie hat sich oft genug entschuldigt. „Aber … freu dich, wir haben noch den Rest der Woche, um zu dritt etwas zu unternehmen."

Tilda möchte etwas einwenden, aber ich lasse sie wieder nicht zu Wort kommen. „In deiner Mittagspause und nach oder vor meiner Arbeit, versteht sich. Es wird sich schon eine Möglichkeit finden lassen."

Meine Freundin nickt nicht mehr ganz so betrüblich. Sie ist bereit, das Thema abzuhaken und die Tatsachen zu akzeptieren. Ihr Gesicht spricht Bände. Die gekräuselte Nachdenkerstirn ist verschwunden. „Was fangen wir jetzt mit dem frühen Abend an?" Sie klettert auf meinen Schoß. „Es ist gerade mal neun Uhr."

Zufrieden, sie festhalten zu können, schlinge ich meine Arme um ihren schlanken Körper. „Ich denke, wir sollten es wie Hagen machen."

„Wie Hagen?" Ihre Verwunderung ist niedlich, fast unschuldig.

„Jep." Mit ihr auf dem Schoß rutsche ich zur Kante der Couch und stehe mit ihr auf dem Arm auf. Wie von mir erwartet, schlingt sie ihre Beine um mich, sodass ich meine Hände tiefer gleiten lassen kann. Tilda hat einen wunderbar runden Po. „Conrad?" Mein Name hört sich wie ein Quieken an. „Was hast du vor?"

„Das gleiche, was Hagen vorhat." Sanft, aber bestimmt kneife ich sie in mein Lieblingskörperteil von ihr und schreite unbeirrt weiter. „Ins Bett gehen – natürlich."

„Ach … sowas aber auch!" Sie zappelt auf meinem Arm, doch ich lasse sie nicht los. „Du bist also genauso müde wie dein jetleggeplagter Freund?"

„Nein." Mit dem Fuß stoße ich die Tür zu ihrem Schlafzimmer auf. „Ich bin kein bisschen müde." Mein Mund trifft ihren. „Und ich hoffe, du auch nicht."

Sonntag

„Schade, dass du nicht mit zu Karl Bruns kommen kannst", sagt Tilda und greift über den Tisch nach meiner Hand. Wir sitzen in meiner Küche und warten darauf, dass Johan mit seinem Porsche vorfährt, um Tilda abzuholen. Sie hat den Hosenanzug ausgewählt, von dem ich immer dachte, er wäre ein Einzelstück. Ohne es mir erklären zu müssen, weiß ich, dass sie mit dem kostspieligen und unisex geschnittenen Designerteil aus schwarzem Samt Eindruck schinden möchte. Schließlich ist Karl Bruns vermögend, zumindest wenn wir Johans Erzählungen Glauben schenken können.

„Leider kann ich dich nicht begleiten." Mitgefühl überkommt mich. „Johan würde das niemals erlauben."

„Ein bisschen Unterstützung wäre nach dem nervenaufreibenden Vormittag nicht schlecht." Sie seufzt und mir wird das Herz schwer. „Ich bin nervös und habe keinen Schimmer, was mich in der Villa Bruns erwartet."

„Du schaffst das", sage ich, weil mir keine bessere Motivation einfällt. Meine Gedanken sind unstet und wollen nicht zur Ruhe kommen. Gerade bin ich Tilda keine große Hilfe.

Vor vier Stunden haben wir uns von Security getrennt. Vor vier Stunden haben wir uns das letzte Mal von dem Kleinen das Gesicht ablecken lassen. Und vor vier Stunden habe ich Tilda im Arm gehalten und ihr über den Rücken gestreichelt, weil ihr Körper von heftigen Schluchzern durchgeschüttelt wurde.

Verdammt! Am liebsten würde ich eine Runde heulen.

Es wird sicher Tage oder sogar Wochen dauern, bis wir uns mit der Tatsache, ohne Security weiterleben zu müssen, abgefunden haben. Wir werden den Satansbraten nicht wieder sehen. Ich hätte es schön gefunden, wenn Silvia Tilda angeboten hätte, Security hin und wieder besuchen zu können. Aber das hat sie nicht getan. Hoffentlich überlegt es sich die Familie noch anders, sobald die Urlaubszeit näher rückt. Tierpensionen kosten schließlich ein Vermögen.

Anders als Silvia Opper, hatte Herr Opper wenig Verständnis für unseren Kummer. Er hat uns seinen Vornamen nicht verraten und uns auch kein Du angeboten. Wahrscheinlich traut er uns sogar zu, dass wir es waren, die vor Wochen den Hund aus seinem Garten gestohlen haben. Er hat es sich jedenfalls nicht nehmen lassen uns bei dem steifen Frühstück, das ohne die Kinder stattgefunden hat und ihm sichtlich gegen den Strich ging, zu erzählen, dass Gizmo Papiere und einen außergewöhnlichen Stammbaum besitzt. Außerdem wäre er seit neustem in irgendeinem hochwichtigen Register gelistet, das das Aufspüren geklauter Rassehunde erleichtern soll. Nicht ohne Grund hätten sie eine Unsumme für den Hund bezahlt. Gizmo ist nicht nur ein Spielgefährte für die Kinder, sondern auch eine Geldanlage.

Sobald er zur Zucht zugelassen werden kann, plant Herr Opper Großes. Australische Labradoodle sind seltene Zuchttiere in Deutschland. Bla bla bla …

Kaum waren die Worte selten und Zuchttier gefallen, bekam Tilda einen Hustenanfall. Verständlich. Wenn Security oder besser Gizmo Pech hat, darf er nie wieder ohne Leine herumtollen, weil immer die Gefahr besteht, dass Herr Opper eine Unsumme oder sein bald preisgekröntes Zuchttier verliert. Ich brauchte Tilda nur anzusehen, und wusste sofort, was sie darüber dachte. *Keine wilden Teenagerjahre für Security.* Die Worte standen ihr ins Gesicht geschrieben.

Meine Güte! Solche Menschen wie Herr Opper sollten keine Tiere halten. Sie sollten besser in Aktien investieren.

Schade, dass Tilda nicht erleben durfte, wie sehr Gizmo die beiden Jungs liebt. Der Abschied wäre ihr sicher um ein Vielfaches leichter gefallen, hätte sie die Freude der Kinder sehen können. Jetzt hat sie nur mein Wort, dass es Gizmo bei Silvia und ihren Sprösslingen gut gehen wird.

Wenn wir Herr Oppers Worten Glauben schenken können, ist er sowieso meist auf Dienstreise und nur selten Zuhause. Zum Glück.

„Hallo, Conrad? Bist du noch da?" Tilda wedelt mit der freien Hand vor meinem Gesicht.

„Entschuldige. Ich war kurz woanders."

„Das war nicht zu übersehen." Auf ihrem traurigen Gesicht taucht ein winziges Lächeln auf. „Wir können einfach oft in den Park gehen und hoffen, ihn zufällig dort anzutreffen."

Fester als nötig drücke ich ihre Hand. „Du weißt, woran ich gedacht habe?" Auch ich muss lächeln. Es ist ungewohnt, Gedanken mit einer Frau zu teilen. Ungewohnt ... aber gut.

„Natürlich." Sie erwidert den Druck. „Ich kann auch nicht aufhören, das Gespräch von heute morgen wieder und wieder im Kopf durchzugehen. Mein Gefühl sagt mir, dass Security es bei uns besser hätte. Trotz der Kinder, die in deinen Augen ein Pluspunkt sind."

„Was ist mit: *Ich kann keinen Hund halten, ich habe nicht genügend Zeit?*" Genau beobachte ich Tildas Miene.

Sie zuckt mit den Achseln und entzieht mir ihre Hand. „Deshalb habe ich *uns* gesagt. Die letzten Tage haben doch wunderbar funktioniert." Sie ringt mit den Fingern und beobachtet mich. „Gemeinsam, mit dir an meiner Seite, wäre es machbar. Außerdem ist Frau Seinkamp auch noch da. Ich könnte mit ihr ein dauerhaftes Arrangement ausmachen, notfalls gegen Bezahlung."

Offensichtlich ist Tilda mit ihren Überlegungen schon deutlich weiter als ich. Unsere Beziehung ist noch frisch, wir sollten uns keinen gemeinsamen Hund anschaffen, bevor klar ist, dass wir dauerhaft zusammenbleiben. Aber Teufel ... ihr Gedanke gefällt mir ausgesprochen gut. Warum nicht etwas wagen? Eine Garantie für irgendwas gibt es sowieso nicht.

Sofort schaltet mein Gehirn in den nächsten Gang und beschleunigt. Mir wird schwindelig, so schnell dreht sich mein Gedankenkarussell.

*Ruhig, Conrad!*

Möglicherweise kann ich der Familie Opper unseren Schatz abkaufen. Über die Unsumme, die Herr Opper erwähnt hat und die auf mich zukäme, mache ich mir keine Gedanken. Auf meinen Konten – Mehrzahl – befinden sich hübsche Sümmchen. Von den Geldanlagen, die mein Finanzberater für mich tätigt, ganz zu schweigen. Egal, welchen Betrag Herr Opper nennt, ich kann ihn zahlen. In den letzten Jahren habe ich einige sehr lukrative Aufträge an Land gezogen. Warum nicht endlich mal etwas von dem Geld ausgeben?

Die Idee gefällt mir besser und besser.

Auf keinen Fall lasse ich Tilda für irgendetwas aufkommen. Da werde ich nicht mit mir reden lassen. Tilda ist stur, aber ich bin es auch.

Sollte sie protestieren, kann sie ein neues Hundehalsband kaufen. Das aktuelle wird Security langsam zu eng.

Mein Körper fühlt sich an, als hätte man ihm eine hübsche Dosis Adrenalin verabreicht. Er summt vor sich hin und lässt mich Anspannung fühlen. Positive Anspannung. Es ist wie ein wunderbarer Rausch.

Der Gedanke, den Hund zurückzukaufen, fühlt sich grandios und wie die beste Idee aller Zeiten an. Warum bin ich nicht selbst darauf gekommen?

Möglicherweise kann ich Tilda sogar überraschen. Damit das gelingt, müsste ich mein Vorhaben vor ihr geheim halten. Aber Vorsicht! Die Sache muss gutdurchdacht werden. Ein zu harsches Auftreten meinerseits, oder gar eine Forderung, die wie ein Anspruch rüberkommt, könnte mehr schaden als nutzen. Wenn die Oppers sich querstellen, habe ich ein Problem, das sich mit Geld nicht lösen lässt. Hier ist Fingerspitzengefühl von Nöten.

Die Zeit, die Tilda mit Johan unterwegs sein wird, werde ich nutzen, um einen Plan auszuarbeiten. Eine bessere Ablenkung gibt es für mich nicht. Mir geht es nämlich gehörig gegen den Strich, Johan mit Tilda im

Porsche durch Berlin fahren zu lassen. Keine Ahnung, ob Johan ein zuverlässiger Autofahrer ist. Wehe er passt nicht auf meine Freundin auf. Und wehe er behält seine Finger nicht bei sich.

„Hallo, Conrad? Bist du noch da?" Tilda wedelt erneut mit der Hand vor meinem Gesicht.

„Entschuldige. Ich war kurz woanders", antworte ich mit denselben Worten wie eben und grinse. Meine Laune hat sich um hundertachtzig Grad gedreht.

Tilda lacht und schüttelt den Kopf. „Verrätst du mir, woran du diesmal gedacht hast?"

*Never ever.*

„Nein." Eilig stehe ich auf, damit Tilda meine positive Anspannung nicht registriert. Bevor nicht feststeht, dass ich Security zurückkaufen kann, darf sie nichts von meinem Vorhaben erfahren. Nicht auszudenken, wenn ich mich durch meine Mimik vorzeitig verraten würde. Ich könnte auch scheitern, die Eventualität darf ich nicht außer Acht lassen.

Zu meinem Glück klingelt es in diesem Moment an der Tür. „Meinhard ist da!", verkünde ich einen Tick zu erfreut. „Vergiss den Bilderrahmen für Karl nicht." Lautstark schiebe ich den Stuhl zurück und stehe auf, um sie zu begleiten.

Tilda lässt mich nicht aus den Augen. Mit Argwohn schnappt sie sich die Geschenketüte, die auf dem Küchentisch steht und in der sich das Foto ihrer Doppelgängerin befindet.

Mit einem kontrollierten Gesichtsausdruck strecke ich die Hand aus. „Ich bringe dich runter."

„Warum?" Noch mehr Misstrauen schlägt mir entgegen.

Muss ich das echt erklären? „Weil ich Johan sicher nicht mit dir wegfahren lasse, ohne ihm ein paar Worte mit auf den Weg zu geben. Nur, weil er dich ein zweites Mal in seinem Porsche herumfahren darf, bedeutet das nicht zwangsläufig, dass du ihn magst. Ich möchte sicherstellen, dass er sich dessen bewusst ist.“

Tilda ergreift meine ausgestreckte Hand. Ihre Bedenken sind verschwunden. „Also schön ... Deine Eifersucht ist irgendwie süß. Gefällt mir.“ Sie kichert.

„Danke. Süß sein ist meine Spezialität.“ Herausfordernd, aber mit der Gelassenheit eines erfahrenen Models lächele ich sie an. „Mein Verhalten hat nichts mit Eifersucht zu tun. Ich muss ...“

„Spar dir die Mühe. Ich versteh schon“, stoppt sie meine Erklärung. „Du musst dein Revier abstecken.“ Ihr verständnisvoller Blick, wird von einem Nicken begleitet. „Dagegen habe ich nichts, Conrad. Für gewöhnlich finde ich ein Neandertalergehabe kindisch, aber diesmal begrüße ich es. Ich wünsche es mir sogar. Der Gedanke, Johan könnte irgendwas von heute falsch verstehen, macht mir ein wenig Sorge. Ein Briefing von dir schadet sicher nicht, um jeglichen Hoffnungsschimmer im Keim zu ersticken.“

„Belaste dich nicht mit unnützen Grübeleien und lass Johan Meinhard meine Sorge sein.“ An der Hand ziehe ich sie in meine Arme und drücke meinen Mund auf ihren.

Obwohl es zum zweiten Mal klingelt, nehme ich mir die Zeit, um Tilda ausführlich zu küssen. Johan warten zu lassen, erfüllt mich mit Befriedigung. Eventuell bin ich doch ein winziges bisschen eifersüchtig, dass er den Nachmittag mit meiner Freundin verbringen darf.

## 29

## *Tilda*

„Bist du nervös?", fragt mich Johan und wirft mir einen argwöhnischen Blick zu. Zum Glück behält er beide Hände am Lenkrad. Hoffentlich kommt er nicht auf Ideen. Äußerst ungern würde ich mir von ihm aufmunternd das Knie tätscheln lassen.

„Geht schon." Mit beiden Händen halte ich mich an der Geschenketüte auf meinem Schoß fest. Anders als Johan sehe ich ihn nicht an, sondern schaue Desinteresse heuchelnd aus dem Fenster.

Mein Fahrer stößt ein Schnauben aus. „Du bist eine grottenschlechte Lügnerin, Tilda." Er hebt die Hand, bestimmt um sie mir aufs Knie zu legen, aber ich ziehe mein Bein weg.

„Himmel! Hast du Angst, ich würde über dich herfallen?", fragt er eingeschnappt und lässt den Arm sinken. Lässig, wieder mit Blickkontakt zu mir, steuert er das Auto nun einhändig.

„Nein." Diesmal spreche ich und sehe ihn dabei an. „Aber ich möchte mich trotzdem nicht anfassen lassen.

Außerdem wäre es mir recht, wenn du während des Fahrens auf die Straße sehen würdest."

„Verstanden", schnaubt er. „Ich tue etwas Nettes für dich, indem ich dich Karl Bruns vorstelle, und du spielst die Kratzbürste. Besten Dank auch."

Empörung macht sich breit. Offensichtlich braucht Johan eine Auffrischung der Tatsachen. „Wer hat denn das Foto für dich gerahmt? Und wer hat die Kosten übernommen? Du bekommst in meinen Augen sehr wohl eine Gegenleistung für deine Mühe, mir Karl Bruns vorzustellen."

Einen kurzen Moment herrscht Stille im Auto. Heute hat Johan das Verdeck geschlossen, sodass nur wenige Geräusche von draußen eindringen. War die Stimmung bisher eher neutral, ist sie nun angespannt.

„Du und Conrad also? Love forever?" In seiner Stimme schwingt Belustigung mit.

Was für ein subtiler Themenwechsel. „Stört dich das?"

„Nein. Macht, was ihr wollt. Vögelt, habt euren Spaß und spielt mit dem hässlichen Hund aus deinem Laden glückliche Familie." Er trommelt mit dem Daumen auf dem Lenkrad. „Ich glaube nur, dass Conrad so wenig ein Beziehungstyp ist wie ich es einer bin. Hast du eine Ahnung, mit wie vielen schönen Frauen wir es in unserem Job zu tun haben? Die Verlockung ist groß und immer präsent."

*Was soll das?*

Möchte er mir den Nachmittag schon im Vorfeld vermiesen? Langsam beschleicht mich ein Verdacht. Was hat Conrad meiner Begleitung mit auf den Weg gegeben, bevor wir losgefahren sind? Die beiden haben minutenlang gesprochen, als ich längst im Auto saß. Anscheinend hat Conrads Predigt Johan gehörig die Laune verhagelt.

Es gefällt mir, dass mein Freund besitzergreifend ist und Machtspielchen mit anderen Männern austrägt. Ihm liegt etwas an mir, das ist schön zu spüren. Hoffentlich übertreibt er es in Zukunft nicht. Sich geliebt fühlen ist eine Sache, Eifersuchtsdramen erdulden zu müssen eine andere.

„Du irrst dich. Sobald die richtige Frau auftaucht, ist ein Mann auch beziehungstauglich, wie du es nennst. Davon bin ich überzeugt."

Ein wenig humorvolles Glucksen geht den Worten vorweg. „Und du bist die Richtige für den großen Conrad Faterhaar?" Sein Trommeln auf dem Lenkrad beschleunigt sich.

Breit und glücklich grinsend antworte ich. „Ja." Mehr ist dem nicht hinzuzufügen.

Für den Rest der Fahrt hält Johan die Klappe und beide Hände am Steuer.

***

Zehn schweigsame Minuten später biegen wir in eine schmale Zufahrtsstraße ein, die Anliegern vorbehalten ist. Um nichts zu verpassen, setze ich mich aufrechter und drücke mir fast die Nase am Seitenfenster platt. Wie groß muss das Haus sein, in dem Karl Bruns wohnt, wenn es von einer Parkanlage wie dieser umgeben ist? Es muss sich um eine Villa oder ein Schloss handeln. Ob der Weg zum Anwesen gehört?

Mein Fahrer schweigt beharrlich, aber das ist mir egal. Soll er ruhig. Gekommen bin ich, um mich mit Karl Bruns zu unterhalten, nicht mit Johan.

Gestern habe ich noch mal mit Conrad über das gesprochen, was wir über Johan und seine Erbverträge herausgefunden haben. Mit dem Ergebnis, dass mein Freund mir verboten hat, seinen Model-Kollegen damit zu konfrontieren, solange er nicht dabei sein kann. Zunächst wollte ich protestieren – ich lasse mir nicht gerne Vorschriften machen – aber dann ... möglicherweise hat Conrad recht. Das Risiko, dass der Erbschleicher mich an einer Straßenecke ablädt und allein zu Karl fährt, ist zu groß. Besser wir handeln überlegt und spielen unsere Karten geschickt aus. Strenggenommen macht Johan nichts Illegales. Den Fakt muss ich mir immer wieder ins Gedächtnis rufen, damit er nicht in den Hintergrund gedrängt wird.

Eins nach dem anderen.

Jetzt und in diesem Augenblick möchte ich mich nur auf Karl und das Foto seiner Frau konzentrieren. Bin ich mit der Familie Bruns verwandt? Und stammt die Brosche, die ich bei mir trage, von Elfriede? Und wenn ja, ... wie kommt sie dann in meinen Laden? So vieles brennt mir unter den Nägeln, das es herauszufinden gilt. Hoffentlich bekomme ich wenigstens ein paar Antworten.

„Wir sind da." Johan spricht, sobald der Eingang der Villa vor uns auftaucht. Es ist mindestens eine Villa, vielleicht sogar ein Schloss. Das weiße, freistehende Haus mit den vier angeschlossenen Garagen wirkt elegant und luxuriös. Es hat drei Geschosse und einen prunkhaften Eingangsbereich, der von zwei Steinsäulen gerahmt wird.

Mir ist durchaus bewusst, dass Zehlendorf bekannt für wohlhabende Berliner ist. Aber wie viel Geld muss ein Mensch besitzen, um sich etwas Pompöses wie das leisten zu können? Ungewollt bin ich beeindruckt.

Kaum hat Johan vor einer der Garagen angehalten und den Motor abgestellt, öffne ich bereits die Tür. War ich eben nur nervös, bin ich jetzt nervös und ungeduldig. Keine gute Kombination. Hoffentlich plappere ich nicht einfach drauf los und blamiere mich.

„Du hast mir bei unserem ersten Treffen erzählt, dass Herr Bruns chronisch krank ist und das Haus nicht ohne Hilfe verlassen kann …", sage ich und warte, bis Johan um den Wagen herumgekommen ist. Wie wird unser Besuch unter den Umständen wohl ablaufen? Gott, bin ich aufgeregt. Zum Glück kann ich mich an der Geschenketüte festhalten.

„Karl wird nächstes Jahr achtzig", erklärt Johan, bevor ich meine nächste Frage formulieren kann. „Er hat Arthrose in den Gelenken und leidet unter Gichtanfällen, die sich leider mehr und mehr häufen." Johan streckt die Hand aus. „Komm, ich stell dich ihm vor."

Ohne darüber nachzudenken, ergreife ich die dargebotene Hand und lasse mich zum Eingang führen.

*Hör auf zu zappeln, Tilda.*

Wie es für ein Gebäude dieser Größenordnung üblich ist, gibt es eine Überwachungsanlage, die seitlich über dem Eingang angebracht ist. Johan drückt einen Knopf neben der Tür und winkt in das Kameraauge. *Wir sind da*, formt er mit den Lippen.

Wenig später wird die Tür von einer Frau mittleren Alters geöffnet. Sie trägt Arbeitskleidung, bestehend aus einem dunklen Rock und einer weißen Bluse mit passender Samtweste, und strahlt uns freundlich an. „Herr Meinhard, schön Sie wiederzusehen. Karl erwartet Sie bereits sehnsüchtig.“

„Hallo Frau Ziegler, darf ich Ihnen Tilda Kleine vorstellen? Sie besitzt ein Vintage-Geschäft in der Stadt und hat das Foto von Elfriede für Karl eingerahmt.“

„Hallo“, sage ich zur Begrüßung. Meine Stimme klingt etwas steif, also räuspere ich mich.

„Wie schön, dass Sie mitgekommen sind. Ich bin Karls rechte Hand und manchmal, wenn es ihm schlechter als üblich geht, auch seine Krankenpflegerin.“ Sie schenkt mir ein liebenswürdiges Lächeln. „Aber keine Sorge, heute geht es ihm gut. Er wird sich freuen, dass Sie Johan begleiten.“ Mit plötzlich weniger freundlichem Gesicht wendet sie sich an den Mann neben mir. „Sie haben sich mit dem Bild viel zu lange Zeit gelassen.“

„Entschuldigung, ich hatte viel zu tun.“ Die Maßregelung an sich abprallend, lässt Johan meine Hand los und deutet mir an vorzugehen. Er möchte sich eindeutig nicht länger mit Karls plötzlich ungehaltener Angestellten unterhalten.

***

Karl Bruns erwartet uns im Wintergarten. Unser Gastgeber sitzt in einem Korbstuhl aus geflochtenem Rattanholz und hat die Beine unter einem cremefarbenen Wollplaid hochgelegt. Sein Blick ist in den Garten gerichtet. Der lichtdurchflutete Raum riecht nach getrockneter Baumrinde und frischen Grünpflanzen, fast wie nach einem Regenschauer.

„Hey Karl, alter Freund, gut siehst du aus." Johan geht direkt auf den Mann zu, der ein kantiges Gesicht, eine große Nase und einen imposanten und fast weißen Walrossbart hat. Auf seinem Kopf, zwischen vollem ergrautem Haar, steckt eine Brille, als hätte er sie nach dem Lesen hochgeschoben und dann vergessen. „Du hast mehr Farbe im Gesicht. Scheint, als würdest du jeden Morgen deinen Vitaminsaft trinken." Er drückt ihm aufmunternd die Schulter. „Weiter so."

„Du lässt dich also auch mal wieder blicken?" Karl mustert erst Johan und anschließend mich. „Und du bist nicht allein."

Von jetzt auf gleich habe ich das Gefühl, im Rampenlicht zu stehen. Ein wacher Blick liegt auf mir.

„Nein, bin ich nicht." Johan setzt sich auf den anderen Korbstuhl, der zur zweiteiligen Sitzgruppe gehört und gibt den Blick auf mich frei. „Das ist Tilda, Tilda Kleine. Du hast uns erwartet." Er deutet auf mich. „Ich habe dir von ihr erzählt und dir versprochen, sie bei meinem nächsten Besuch mitzubringen." Ein belustigter Laut verlässt seinen Mund. „Sie findet, dass sie wie deine verstorbene Frau aussieht."

*Jetzt! Der Moment ist gekommen.*

Mein Unwohlsein abschüttelnd trete ich vor und reiche Karl die Geschenketüte. „Guten Tag, Herr Bruns, vielen Dank, dass Sie sich Zeit für mich nehmen. Ich hoffe, der Rahmen, den ich für das Foto Ihrer Frau ausgewählt habe, gefällt Ihnen."

Karl schaut mich an. Er lässt mich nicht aus den Augen und greift auch nicht nach der Tüte. Er starrt mich einfach an und schweigt. Sein Verhalten hat etwas Unheimliches an sich.

Was nun? Lasse ich den Arm sinken oder stelle ich ihm mein Mitbringsel auf den Schoß? Warum bewegt sich kein Muskel in seinem Gesicht? Und was hat der bohrende Blick zu bedeuten? Muss ich mich fürchten?

„Du siehst aus wie sie." Karls Stimme ist fast nicht zu verstehen.

„Bitte?" Da ich nicht länger mit ausgestrecktem Arm herumstehen möchte, entscheide ich mich dafür, die Tüte auf den Beistelltisch zu stellen.

„Du siehst aus wie meine liebe Elfriede." Karl nimmt meine Hand, nachdem ich die Tüte abgestellt habe und bevor ich sie wegziehen kann. Sanft umschließt er meine Finger.

Johan räuspert sich. „Vielleicht hast du ein bisschen recht. Mit viel Fantasie ..."

„Sei still", fährt Karl ihn an. „Du hast meine Frau nie kennengelernt. Wie willst du beurteilen, wie sie in jungen Jahren ausgesehen hat?"

„Setz dich zu mir, Kindchen." Er lässt mich los, aber nicht aus den Augen. „Hol Tilda bitte einen Stuhl, Johan. Es kann nicht sein, dass du bereits auf deinen vier Buchstaben hockst, während mein Gast noch herumsteht. Wo sind deine Manieren?" Sein Tonfall ist jetzt lauter und unfreundlicher.

„Entschuldige." Wenig erfreut trägt Johan mir einen der unhandlichen Korbstühle heran, die an der Seite des Raums gestapelt stehen. „Bitte, Tilda."

„Danke, Johan", erwidere ich in dem gleichen provokativen Tonfall und setze mich. Es freut mich, dass Karl Johan im Griff zu haben scheint. Alles lässt der Senior sich jedenfalls nicht gefallen. „Möchten Sie sich das gerahmte Foto nicht ansehen?", frage ich auf die Tüte deutend. Karls intensiver Blick verunsichert mich. Anscheinend möchte er sich meine Gesichtszüge genau einprägen. Vielleicht sucht er auch nach Unterschieden. Ohne ihn näher zu kennen, ist sein Verhalten schwer zu deuten.

„Sicherlich." Mit einem vorsichtigen Lächeln schiebt er das Seidenpapier zur Seite und zieht den Rahmen aus der Geschenketüte. Anschließend nimmt er die Brille vom Kopf, setzt sie auf und fährt mit den Fingern über die geschlungenen Verzierungen. „Es ist perfekt. Danke." Die Stimme klingt von Emotionen belegt. Ich höre Wehmut und auch Traurigkeit heraus.

„Tilda glaubt, die Brosche deiner Frau in ihrem Laden gefunden zu haben", mischt Johan sich ein. „Ich habe ihr erklärt, dass es wahrscheinlich nur eine ähnliche Brosche und nicht die vom Foto ist, aber sie wollte sie heute unbedingt mitbringen." Er schüttelt den Kopf. „Es ist eine Silberbrosche von geringem Wert. Sicher hat sie nicht deiner Frau gehört. Wie ich dich einschätze, hast du ihr damals kostspieligere Geschenke gemacht. Gold und Edelsteine sind doch eher dein Ding. Du hast sie schließlich geliebt", fügt Johan großspurig hinzu, als wüsste er das besser als Karl.

„Mir gefällt die Brosche", nehme ich das Schmuckstück, das hübsch, aber nicht wertvoll ist in Schutz. „Jetzt, wo ich das Foto gesehen habe, überlege ich sogar, sie nicht zurück in den Verkauf zu legen. Mit der richtigen Bluse und einem passenden Tuch, könnte es die Trägerin umwerfend aussehen lassen." Während ich das sage, hole ich das Spitzentaschentuch heraus, in dem ich das Schmuckstück eingeschlagen habe.

„Darf ich die Brosche sehen?", fragt Karl.

„Natürlich." Schnell hole ich sie zwischen dem Spitzenstoff hervor und reiche sie ihm. „Das Silber ist angelaufen, aber ich bin mir sicher, dass es die gleiche ist wie auf dem Foto."

„Ich denke das nicht", gibt Johan seinen Senf dazu. Seine Anwesenheit und die unpassenden Kommentare stören mich mehr und mehr. Am liebsten würde ich ihn zum Teufel schicken – oder zumindest vor die Tür. Ein Klebeband über dem Mund würde im Notfall auch seinen Zweck erfüllen.

Während ich meinen Begleiter mit einem bösen Blick strafe, besieht Karl sich die Brosche genauer. Er dreht sie schweigsam in den Händen und scheint in Erinnerungen zu schwelgen.

„Tilda ... wie sind Sie an dieses Schmuckstück gekommen? Unfassbar."

Der Reaktion nach zu schließen, habe ich recht und Karl erkennt die Brosche als die seiner Frau wieder. „Genau kann ich es nicht sagen." Verlegen räuspere ich mich. „Jemand hat sie in meinen Vintage-Laden gebracht. Hin und wieder kaufe ich interessante Sachen an, um sie danach mit Gewinn weiterzuverkaufen. Glauben Sie wirklich, dass es die Silberbrosche Ihrer Frau ist?"

„Ja. Dieses Schmuckstück ist einmalig und gehörte meiner Elfriede. Es ist eine Sonderanfertigung, die ich zu unserem zehnten Hochzeitstag in Auftrag gegeben habe. Nach Elfriedes Tod habe ich das Erinnerungsstück ihrer besten Freundin überlassen. Ich hatte keine Verwendung dafür und Magret hat sich übermäßig gefreut, etwas von Elfriede zu bekommen."

Ein Räuspern verhindert, das Karl weiterspricht. „Also schön, dann ist es eben die Brosche vom Foto. Wertvoll wird sie dadurch trotzdem nicht", sagt Johan wenig zurückhaltend.

*Wo ist das Klebeband?*

„Für mich ist sie von Bedeutung", kontert Karl. „Sentimentale Werte steigen im Laufe des Lebens. Irgendwann wirst du das auch verstehen."

Johan schweigt.

„Es tut mir leid, dass sie in meinem Laden gelandet ist. Wie auch immer das passiert sein mag. Vielleicht hat Magret sie irgendwann verkauft. Sie dürfen sie gerne behalten. Dafür möchte ich nichts haben. Es freut mich, dass ich Ihnen ein Stück Erinnerung zurückbringen konnte." Wann ist wohl der richtige Moment gekommen, um Karl zu fragen, ob wir miteinander verwandt sind? Seit er mich angesehen hat, als wäre ich Elfriede persönlich, brennt mir die Frage auf der Zunge.

*Worauf wartest du? Trau dich!*

„Herr Bruns ...", fange ich an und spiele mit dem Spitzentaschentuch in meiner Hand. „Darf ich Sie etwas fragen?" Mein Herzschlag galoppiert davon. Jetzt oder nie.

Der alte Mann hebt den Kopf und sieht mich über die Brille hinweg an. „Natürlich, Kindchen." Das Lächeln auf seinen Lippen verrät mir, dass er ahnt, worauf ich hinaus möchte.

„Warum bin ich Ihrer verstorbenen Frau wie aus dem Gesicht geschnitten? Das ist kein Zufall, oder?"

Wenn Johan jetzt den Mund aufmacht, vergesse ich mich. Zum Glück scheint er selbst an der Antwort interessiert zu sein und hält die Klappe.

„Nein, Tilda. Mit Zufall hat das wenig zu tun." Karl fokussiert mich. Unzählige Emotionen huschen über sein Gesicht, sodass es schwer ist, auch nur eine einzelne auszumachen und festzuhalten. „Heißt dein Vater Paul Renner?"

*O Gott!*

Tränen steigen mir in die Augen, plötzlich und ohne, dass ich es verhindern kann. Ich nicke, sprechen geht nicht. Meine Angst, die Kontrolle zu verlieren, ist zu groß.

Karl Bruns senkt das Kinn und jetzt erkenne ich die eine Emotion, die sich auf seiner Miene festsetzt, ganz deutlich. Er fühlt sich schuldig – und verantwortlich. „Elfriede Bruns war deine Großmutter. Du hast sie nie kennenlernen dürfen – und daran bin ich schuld."

# 30

## Tilda

Die Rückfahrt ist schweigsamer als die Hinfahrt. Doch diesmal liegt es nicht daran, dass ich befürchte von Johan betatscht zu werden. Es liegt an der Flut von Informationen, die mit Hochgeschwindigkeit in meinem Kopf umherwirbeln.

Verrückte Welt!

Was soll ich zuerst denken? Was soll ich fühlen? Muss ich sauer auf Karl Bruns sein? Offensichtlich war er in jungen Jahren ein äußerst starrköpfiger Mann, der wenig einsichtig war. Höchstwahrscheinlich hätte ich ihn nicht gemocht. Wegen seiner Halsstarrigkeit und seinem Hass auf den Mann, der seine Zukünftige geschwängert hat, habe ich meine Großmutter nie kennengelernt. Wegen diesem verbitterten Eigenwillen ist mein Vater so verkorkst, was die Familie angeht. Hätte Karl nicht darauf bestanden, dass Paul nach der Geburt den Namen seines Vaters annimmt und hätte er nicht verlangt, dass meine Oma ihn schon früh ins Internat abschiebt, wäre vielleicht alles anders gekommen. Dann hätte ich eine intakte Familie gehabt. Womöglich wäre meine Mutter in Familienangelegenheiten offener gewesen. Seit langem hege ich den Verdacht, dass sie diese Eigenschaft meinem Vater zuliebe angenommen hat. Sie wollte ihm gefallen, immer schon. Gebracht hat es ihr nichts. Er ist trotzdem gegangen und hat sie für seine Karriere verlassen.

„Glaub nicht, dass alles eitel Sonnenschein wäre, wenn Karl sich in der Vergangenheit anders verhalten hätte", reißt Johan mich aus meinen Gedanken. Dass er jetzt meine komplette Familiengeschichte kennt, passt mir nicht. Aber bei all den Neuigkeiten, die ich gerade erfahren habe, ist das wohl mein geringstes Problem.

„Wieso sagst du das? Natürlich wäre mein Leben anders verlaufen, wenn Karl meinen Vater nicht verstoßen hätte. In jedem Zeitreisefilm erfährt man, wie maßgeblich sich die Zukunft wandelt, wenn nur eine Winzigkeit im Ablauf verändert wird."

Johan biegt um eine Kurve und beschleunigt. „Selbstverständlich wäre dein Schicksal ein anderes gewesen. Du hättest deine Großmutter kennengelernt und sicher auch Karl getroffen. Aber glaubst du ernsthaft, Karl wäre vor dreißig Jahren ein liebender Großvaterersatz gewesen? Wie ich das sehe, hat er nur deine Großmutter und seinen Reichtum geliebt. Du bist nicht mit ihm verwandt. Nur mit seiner über alles geliebten Elfriede. Heute möchte er dich, seine Stiefenkelin, kennenlernen und ist bereit, mehr von sich zu geben. Aber vor Jahren ... als seine Frau noch lebte, hatte er dieses Bedürfnis, wie er uns gerade gestanden hat, nicht. Du stehst *jetzt* an erster Stelle, weil du das Einzige bist, dass ihm von seiner Elfriede geblieben ist. Dein Vater scheint für ihn immer noch kein Thema zu sein. Dass du ihr so verdammt ähnlich siehst, macht es für ihn noch leichter, sich auf dich einzulassen. Er möchte deine Vergebung, das ist mal sicher.“

Johan fährt zu schnell. Er hat sich derart in Rage geredet, dass es ihm nicht mal auffällt. Aber mit dem, was er gesagt hat, hat er nicht ganz unrecht. Darüber muss ich in Ruhe nachdenken.

„Könntest du langsamer fahren“, bitte ich ihn und halte mich am Türgriff fest.

„Entschuldige.“ Den Kopf gegen die Nackenstütze legend lacht er und drosselt das Tempo. „Ich vergesse immer, dass du nicht auf schnelle Autos stehst.“

Der Tonfall gefällt mir nicht. An seinen zuvor ausgesprochenen Worten mag etwas Wahres dran sein, aber sicher schwingt auch eine gehörige Portion Eifersucht mit. Möglicherweise hat er Angst, dass seine Hoffnungen durch mich zunichte gemacht werden. „Hast du Sorge, dass Karl dir nun keinen Porsche mehr vererbt? Dass er dich abserviert? Jetzt, wo ich auf der Bildfläche erschienen bin. Eine neue mögliche Erbin für ein Riesenvermögen.“ Das Teufelchen in mir hat die Führung übernommen. Die Worte lösen sich von allein aus meinem Mund. „Den Erbvertrag für Karls Porsche ... hast du ihn schon in der Tasche, oder muss der gute Karl erst noch unterschreiben?“, lasse ich nicht locker.

*Verdammt! Tilda! Das war dumm.*
Diese speziellen Fragen sollte ich nicht stellen. Nicht jetzt, wo ich innerlich aufgewühlt bin und nicht weiß, was ich denken soll. Conrad würde ausflippen, wenn er wüsste, dass ich Johan damit konfrontiere, während der Fahrt. Hoffentlich lenkt er uns nicht gegen die nächste Straßenlaterne.

Einen Moment sagt keiner etwas.

Johan durchbricht als erster die angespannte Stimmung. „Warum glaubst du, dass ich scharf auf Karls Porsche bin?" Argwohn und Wut schwingen mit.

Echt? Möchte er den Unschuldigen spielen? „Die Show kannst du dir sparen. Conrad und ich wissen Bescheid. Hagen übrigens auch."

„Ach ja? Was wisst ihr?" Wieder fährt er schneller als erlaubt.

Es wäre besser, ich würde die Klappe halten, aber ich kann nicht. Ich muss es laut aussprechen. „Du hast die Bibel, die du mir überlassen hast, aufgeschlagen als Unterlage benutzt, um eine Liste besonderer Porscheliebhaber aufzustellen, die du beerben möchtest. Allesamt alte Menschen, die keine oder nur wenig Familie haben und zudem krank sind. Gib es zu, du bist ein Erbschleicher. Und Karl wird der nächste auf deiner Liste sein."

Alles ist gesagt. Das Schicksal kann seinen Lauf nehmen.

Meine Hände zittern und ich bin kurzatmig, aber die Wahrheit liegt vor uns auf dem Tisch – oder auf dem Armaturenbrett. Wie man es nimmt.

Obwohl Conrad es sicher nicht gutheißen würde, wenn er von meiner Offenlegung der Tatsachen erfahren würde, fühle ich mich besser. Viel besser.

„Was für ein Bullshit. Ich habe keinen Schimmer, wovon du redest", spricht Johan durch zusammengebissene Zähne. Er ist ein grottenschlechter Schauspieler. Wenn er nicht aufpasst, brechen ihm die Schneidezähne ab.

„Ach Johan, einen deiner Erbverträge habe ich bereits in den Händen gehalten. Hast du das vergessen? Er lag in der Bibel. Mit den durchgedrückten Einträgen und deinem heutigen Auftreten bei Karl, ist es nicht schwer eins und eins zusammenzuzählen." Meine Stimme klingt jetzt trügerisch sanft. „Keine Ahnung, auf welche Weise du die Menschen findest, die du um ein Luxusauto erleichtern kannst ... sicher gibt es spezielle Treffen für Autoliebhaber oder so. Du bringst dich ins Gespräch. Bist ein netter junger Mann mit gutem Geschmack. Und dann ... bietest du deinen potenziellen Opfern deine Hilfe an. Bei Karl war es das Foto meiner Großmutter, das du für ihn rahmen wolltest." Gleichgültig zucke ich mit den Schultern. „Bestimmt bist du erfinderisch. Grenzen gibt es nicht." Obwohl ... Johan auf Knien bei der Gartenarbeit, kann ich mir nur schwer vorstellen. Das würde er nicht machen. Nicht mal für einen Porsche.

Johan mahlt mit dem Kiefer. Höre ich da ein Zähneknirschen? „Deine Theorie ist ziemlich weit hergeholt", sagt er abfällig. „Kannst du irgendwas davon beweisen?"

*Jetzt hast du den Salat.*

„Äh – nein." Mein Blick senkt sich auf meine Hände, die in meinem Schoß liegen. „Aber wenn du fünf Porsche in der Garage stehen hast, und ich mit meinen Vermutungen zur Polizei gehe ..." Den Rest des Satzes lasse ich offen. Verdammt! Wieso rede ich noch? Ich sollte aufhören, unbegründete Vermutungen anzustellen. Nichts davon wollte ich laut aussprechen. Dieses verflixte Chaos in meinem Kopf wird nur größer, je mehr ich rede.

„Ich enttäusche dich nur ungern, liebste Tilda, aber ich habe nur diesen einen Porsche. Den einen, in dem ich dich netterweise zu deinem … was weiß ich, was Karl für dich in Zukunft sein wird, gefahren habe, weil ich ein guter Kerl bin."

Wer's glaubt. Einen guten Kerl stelle ich mir irgendwie anders vor. Zum Glück spreche ich das diesmal nicht laut aus.

„Vergessen wir die Unterhaltung." Mit einem unbehaglichen Gefühl, für das ich selbst verantwortlich bin, reibe ich mit meinen schwitzigen Handflächen über meine Oberschenkel. „Du hast Recht, ich kann nichts beweisen. Fahr mich bitte einfach zu Conrad zurück und lass uns nicht mehr über die Sache reden." Damit ich nicht doch noch irgendetwas sage, beiße ich mir auf die Zunge und starre auf die Straße.

Aus den Augenwinkeln sehe ich Johan den Kopf schütteln und das Gesicht verziehen.

„Du hast Glück, dass ich dich nicht an der nächsten U-Bahn-Station rauswerfe." Er schnaubt und trommelt mit den Daumen auf dem Lenkrad. „Für gewöhnlich lasse ich nicht so mit mir umspringen."

***

Kein Hund begrüßt mich schwanzwedelnd, als ich Conrads Wohnung betrete. Kein ohrenbetäubendes Bellen empfängt mich, nur Stille. Eine Stille, die mir in der Brust wehtut. Wie lange wird es wohl dauern, bis ich Securitys Begrüßungsritual vergessen habe? Bis ich das schrille Gekläffe oder das niedliche Taubengurren nicht mehr vermisse?

„Hallo Conrad, bist du da? Ich bin zurück", rufe ich und ziehe meine Schuhe an der Tür aus. Besser ich verdränge sämtliche Gedanken an den Welpen, sonst fange ich nur wieder an zu heulen. Sicherheitshalber atme ich ein paar Mal tief durch und dränge das schwere Gefühl in der Brust zurück. Für Conrad ist es auch nicht leicht, tröste ich mich.

Auf Socken ins Wohnzimmer gehend, frage ich mich, warum Conrad mir nicht antwortet. Ist er vielleicht gar nicht Zuhause?

Im Türrahmen erkenne ich den Grund. Mein Freund schläft. Tief und fest auf der Couch liegend mit offenem Mund. Fehlt nur noch, das leise Schnarchen, denke ich in mich hineinlächelnd und spitze die Ohren. Da ist nichts. Nur Stille. Conrad schnarcht nicht. Nicht mal ein winziges Schlafgeräusch ist zu hören. Nur Stille.

Da ich ihn auf keinen Fall aufwecken möchte, bleibe ich für den Moment, wo ich bin, und beobachte nur. Habe ich mir überhaupt schon mal Zeit genommen, ihn ausgiebig zu bewundern? Ich glaube nicht. Und das, obwohl mein Freund ein internationales Model ist, das mit seinem Aussehen eine Stange Geld verdient. Auch wenn ich nicht genau weiß, wie hoch das Gehalt eines Männermodels ist, bin ich mir sicher, dass Conrad mit mehr Vermögenswerten jonglieren muss als ich.

Er ist ganz anders als Johan. Johan lässt keine Möglichkeit aus, seinen Lebensstandard mit teuren Luxusschlitten zu etikettieren. Eine wenig sympathische Eigenschaft, wie ich finde.

Der Mann vor mir bewegt sich und dreht sich im Schlaf auf die Seite in meine Richtung. Dabei verrutscht die Decke, die er sich über die Beine gelegt hat.

Gütiger Himmel! ... verdammt ... er trägt keine Hose. Nur eine Boxershorts und den Hoodie mit dem Logo seiner Agentur drauf. Hoodies gehören eindeutig zu seinen bevorzugten Kleidungsstücken, wenn er privat unterwegs ist. Mein Freund wirkt fast, als hätte er nach dem Duschen das erstbeste übergestreift und sich dann aufs Ohr gelegt. Meine Vermutung könnte zutreffen. Seine Haare sind zwar nicht feucht, aber sie kräuseln sich über den Ohren, als wären sie erst vor kurzem an der Luft getrocknet.

Der Anblick vor mir ist gerade um ein Vielfaches verlockender geworden. Schade, dass er die Boxershorts trägt ... und den Hoodie. Die Vorstellung, Conrad könnte unbekleidet unter der Wohnzimmerdecke liegen und auf mich warten, stellt etwas Verrücktes mit meinem Inneren an. Es kribbelt und mein Mund wird plötzlich trocken. Von meinem Herzschlag, der gerade einen Hüpfer gemacht hat, mal abgesehen.

*Tilda, du bist über beide Ohren verknallt. Verknallt und verliebt.*

O Gott.

Die Kombination ist dem Anschein nach besonders verhängnisvoll. *Verknalltverliebt* zu sein bringt eindeutig meine Hormone in Wallung. Am liebsten würde ich Conrad wecken und seinen Körper genauestens erforschen. Bei Licht. Jetzt. Sofort. Im Wohnzimmer, wo immer die Gefahr besteht, dass Hagen Zeuge meines Tuns werden könnte.

*Tilda! Tilda!*

Mit erhöhtem Blutdruck und ohne Plan nähere ich mich diesem Kunstwerk von einem Mann. Conrad gehört mir, mir ganz allein. Der Gedanke wirkt wie ein

Aphrodisiakum auf mich. Als müsste ich meine Libido noch weiter anheizen.

Mit Bedacht, ohne ihn zu wecken, setze ich mich ans Fußende und lege meine Hand auf seine Wade. Sanft streiche ich über die feinen Härchen, die sich dort befinden. Conrad hat einen tiefen Schlaf und wacht nicht auf.

Mutiger fahre ich mit den Fingern rauf bis in seine Kniekehle. Mein Druck ist jetzt fester. Kein Muskel spannt sich an, auch Conrads Atmung bleibt ruhig und gleichmäßig. Mich beschleicht der Verdacht, dass mein Freund mich an der Nase herumführt.

Ohne Ziel lasse ich meine Hand wieder nach unten gleiten und zupfe auf dem Weg an den Härchen. Nichts. Conrad liegt völlig ruhig.

Na warte.

An den nächsten Härchen, die ich in die Finger bekomme, zupfe ich fester.

„Aua." Conrad streckt das Bein aus und entzieht sich mir. „Warum folterst du mich?" Sein Grinsen ist unschuldig. „Solltest du deinen Freund nicht mit einem liebevollen Kuss wecken?"

Lächelnd klettere ich auf ihn und erdrücke ihn mit meinem Gewicht. „Das hätte ich auch gemacht, aber du hast so laut geschnarcht, dass die…"

Ich darf den Satz nicht vollenden, denn Conrad schlingt seine Arme um meinen Rücken und drückt seine Lippen auf meine. Ergeben lasse ich mich küssen und öffne den Mund, um seine Zungenfertigkeit zu genießen.

„Ich schnarche nicht", beschwert er sich, als er mich nach einer gefühlten Ewigkeit zu Luft kommen lässt.

„Nur ein bisschen. Ganz leise." Schmunzelnd drücke ich ihm einen Kuss auf die Nase und streiche mit dem Finger über das Muttermahl an seiner rechten Augenbraue. „Lass mich aufstehen, ich bin zu schwer."

„Nein." Empört schnaubt er. „Du wiegst fast nichts. Außerdem habe ich dich gerne auf mir." Um das zu beweisen, drückt er seine Hüften gegen meine. Und obwohl die Decke zischen uns liegt, spüre ich seine Härte.

Na gut, wenn er es unbedingt möchte, mache ich es mir eben bequem. „Ich bin zurück", sage ich überflüssigerweise. Meine Finger spielen mit der Kordel seiner Kapuze.

„Ist mir aufgefallen." Vorsicht liegt in den Worten. „War das Zusammentreffen sehr schlimm für dich?"

„Nein. Eigentlich nicht." Mein Blick geht hoch und ich lächele. „Karl war sogar richtig nett. Er hat mir ein paar Dinge erzählt ... Elfriede Bruns war meine Großmutter, wie ich es schon vermutet hatte. Und... er will mich wiedersehen, mich kennenlernen." Andeutend zucke ich mit den Schultern, wenn es auch in der eingeklemmten Position schwierig ist. „Vielleicht möchte er sogar eine Verbindung mit mir aufbauen, die Fehler aus der Vergangenheit ausbügeln. Er hat sowas angedeutet." Wie sehr Karl es wirklich will, wird sich zeigen.

„Das freut mich für dich." Seine Hand streichelt liebevoll über meinen Rücken. „Johan hat diese Wendung sicher nicht gefallen. Schließlich liebt er es die alleinige und ungeteilte Aufmerksamkeit zu bekommen. Und jetzt, wo du da bist ..." Conrad bricht ab, als er sieht, wie meine Miene sich verändert.

„Johan! Äh … Eventuell habe ich mich auf der Rückfahrt mitreißen lassen und ihm ein paar Dinge vorgehalten, die ich ihm besser nicht vorgehalten hätte." Die Beichte ist raus.

„Tilda!" Conrads Körper spannt sich unter mir an. „Hatten wir uns nicht darauf geeinigt …"

„Reg dich ab! So schlimm war es nicht." Ich rolle mit den Augen, weil ich nicht darüber sprechen möchte. Jedenfalls nicht jetzt. „Lass uns lieber andere Sachen machen, als die Geschehnisse des Tages zu diskutieren. Für heute hatte ich wahrlich genug Aufregung." Um zu verdeutlichen, was ich möchte, wackele ich mit den Hüften und übersäe sein Gesicht mit kleinen Küssen.

Conrad zögert noch einen Moment, dann gibt er nach. „Also schön. Machen wir, dass wir ins Schlafzimmer kommen. Hagen ist in seinem Zimmer. Bestimmt dauert es nicht mehr lange bis er nach Gesellschaft sucht." Mein Freund setzt sich mit mir zusammen auf, sodass ich breitbeinig auf seinem Schoß lande. „Ich trage dich bis zum Bett, aber erst möchte ich wissen, ob ich wirklich schnarche." Sein Blick ist zu schön. „Du hast geflunkert, oder? Sag mir die Wahrheit."

# 31

# Conrad



Die letzte Woche war ein stetiges Auf und Ab. Den Montag habe ich bei Tilda verbracht und auch bei ihr geschlafen. Das war eindeutig ein Auf. Dienstagmorgen musste ich wegen eines außerplanmäßigen Shootings für drei Tage nach Paris fliegen. Das war ein Ab. Die Zeit ohne Tilda war die Hölle.

Seit Donnerstagabend bin ich zurück in Berlin. Das wäre eigentlich ein Auf, wenn da nicht das Ab wäre. Meine Freundin gefällt mir nicht. Sie ist blass und obwohl das nicht sein kann, dass jemand in drei Tagen sichtbar an Gewicht verliert, kommt es mir doch so vor.

Tildas Veränderung könnte Einbildung sein, aber der Blick und das kurze Innehalten, als sie eine Toilettenpapierrolle aus dem Vorratsschrank in der Küche holt, um sie ins Bad zu bringen, sprechen Bände. Sie denkt in diesem Moment an Security und vermisst ihn. Ihr ist eingefallen, dass Toilettenpapier Securitys liebstes Spielzeug war. Keine Ahnung, wie viel Rollen der kleine Teufel in der Zeit bei Tilda abgewickelt hat. Es waren hunderte Meter, würde ich sagen.

Sie hat ihre Reaktion mit einem tiefen Luftholen überspielt, aber mir kann Tilda nichts vormachen. Ich fühle es auch. Wir vermissen Security beide wie verrückt. Der Kleine fehlt uns.

Deshalb gehe ich heute, am Freitagmorgen, gleich nachdem Tilda die Wohnung verlassen hat, um ihren Laden aufzuschließen, zu Oppers. Der Einfall ist halbspontan. Schon vor Paris habe ich mir überlegt, welche Möglichkeiten ich habe, den Hund zurückzuholen. Außer der Familie Opper eine Menge Geld anzubieten, ist mir nichts eingefallen.

Hoffentlich wird meine Spontaneität belohnt. Keine Ahnung, was ich mache, sollte niemand Zuhause sein. Dann muss ich wiederkommen. Aufgeben ist keine Option.

Das vertraute Bellen, welches ertönt, sobald ich den Klingelknopf drücke, löst wahrhaftige Freude in mir aus. Mein Körper wird von einer Welle aus Endorphinen überrollt. Das reflexartige Grinsen fühlt sich irgendwie befreiend an.

*Da ist er! Security wie er leibt, lebt und bellt.*

„Sei bitte still", höre ich Silvia Oppers Stimme durch die verschlossene Tür. „Du musst ruhig sein. Die Nachbarn ..."

Was für ein kümmerlicher Versuch. Als wenn Security auf eine verzweifelt ausgesprochene Bitte hören würde.

Wie befürchtet wird das Bellen lauter und freudiger. Silvias Stimme hat nicht die Spur von Autorität. Ohne Durchsetzungskraft wird der Hund nie lernen, Befehle zu befolgen. Wie gut, dass ich gekommen bin, um sie von dem Problem zu erlösen. Meine Chance könnte nicht besser sein.

Die Tür wird lediglich einen Spaltbreit geöffnet. „Ja." Ein Bein schiebt sich in die Lücke zwischen Tür und Rahmen und verhindert, dass der Hund auf die Straße laufen kann.

„Hallo, Frau Opper – Silvia. Ich bin's ... Conrad Faterhaar. Meine Freundin und ich haben letzten Sonntag Security, äh Gizmo, zurückgebracht. Erinnerst du dich?" Hoffentlich wird die Tür nicht direkt wieder zugeknallt.

„O Gott ja, natürlich." Plötzlich ist der Eingang offen und Security hat freie Bahn. Der Welpe weiß gar nicht wie ihm geschieht. Gerade überlegt er, davonzustürmen und seine neu gewonnene Freiheit zu genießen, da erkennt er mich. Ich sehe es an seiner Schwanzspitze und den Ohren. Beide zucken unkontrolliert.

Aus dem betäubenden und viel zu hohem Bellen wird ein Taubengurren, das mich mitten ins Herz trifft. Security springt vor, wedelt mit dem Schwanz und streicht mir um die Beine. Er springt *nicht* an mir hoch, so wie ich es ihm beigebracht habe. Braver Hund. Um ihm näher zu sein und zu verhindern, dass er doch noch Luftsprünge macht, gehe ich in die Knie und lasse mir von ihm das Gesicht ablecken. Verdammt! Es ist fast nicht zu glauben, aber das fühlt sich wunderbar an.

Mit Hundesabber im Gesicht lache ich und Security gurrt weiter, was das Zeug hält. Wie ist das möglich? Er hört sich an wie ein kompletter Taubenschlag.

Glücklich blende ich alles um mich herum aus. Diese ekstatische Freude zieht mir den Boden unter den Füßen weg. Sollte die Familie Opper mir den Hund nicht verkaufen wollen, muss ich ihn stehlen. Ohne Security möchte ich nicht mehr sein. Die Würfel sind endgültig gefallen.

„Conrad, komm doch herein." Securitys Frauchen scheint es nicht zu gefallen, dass wir unsere Wiedersehensfreude vor ihrer Haustür ausleben, wo jeder Nachbar uns sehen kann. „Du musst doch nicht auf dem Boden hocken."

Widerstrebend erhebe ich mich und gehe ins Haus. Natürlich folgt Security mir. „Es ist schön zu sehen, dass er mich so vermisst hat wie ich ihn."

Du hast ja keine Vorstellung." Die Haustür wird geschlossen und ich ahne Übles. Missbilligung liegt in der Luft. Und daran ist bestimmt der Hund zu meinen Füßen schuld.

„Was ist passiert?", frage ich und folge Silvia in die Küche, wo sie mich mit einer Handbewegung bittet, Platz zu nehmen.

„Gizmo ist außer Kontrolle geraten." Schachmatt gesetzt lässt sie sich auf den Stuhl mir gegenüber fallen. „Es ist alles noch schlimmer geworden. Früher war es schon schlimm, also bevor er gestohlen wurde, aber jetzt ..." Sie holt Luft und sammelt sich. „... jetzt ist es eine Katastrophe. Er hört nicht. Nicht auf mich und nicht auf meinen Mann. Manchmal hört er auf Arian, aber das ist eher selten der Fall."

„Ein junger Hund wie Gizmo braucht Führung – eine Ausbildung", sage ich, obwohl das eigentlich klar sein sollte.

Silvia nickt und sieht beschämt zu Boden. „Ich habe zwei Kinder, die Hilfe in der Schule brauchen. Meine Freizeit ist knapp bemessen. Für eine Hundeschule fehlt mir die Lust und auch die Zeit."

Die Frage, warum die Familie sich überhaupt einen Hund angeschafft hat, verkneife ich mir. Eine solche Diskussion würde zu nichts führen. Ich bin nicht gekommen, um Belehrungen auszusprechen. Ich bin gekommen, um einen Scheck auszustellen.

Auf Silvias Miene taucht ein winziges Lächeln auf. „Wissen Sie was Gizmo gestern angestellt hat?"

Meine Neugier ist geweckt. „Es muss etwas Lustiges gewesen sein, wenn deine Mundwinkel sich derart nach oben verziehen."

„Mehr oder weniger." Ihr Grinsen wird breiter. „Er hat den randvollen Gulaschtopf vom Herd geholt." Sie schüttelt den Kopf und das Grinsen verschwindet. „Ich sage nur ... Rindfleisch überall." Halbherzig deutet sie auf einen braunen getrockneten Fleck in etwa ein Meter Höhe über dem Boden an der Tapete. „Rindergulasch mit Eierspätzle ist das Leibgericht meines Mannes, auf das er nach einem langen Arbeitstag nicht gerne verzichtet."

Ach du liebe Güte.

Kann es wirklich sein? Ist es so einfach, unseren Schatz zurückzubekommen? Ich vergesse fast, über den Gulasch-Streich zu lächeln, weil die Erkenntnis mit voller Wucht zuschlägt. Security hat es sich mit Herrn Opper verscherzt und sein Rindfleisch gefressen.

„Was bedeutet das für Gizmo, Silvia? Ist er in Ungnade gefallen?" Meine Hände zittern.

„Warum bist du gekommen Conrad?", antwortet sie mit einer Gegenfrage. Bestimmt hat sie eine Vermutung.

„Ich möchte dir – euch – den Welpen abnehmen. Tilda und ich möchten ihn zurückhaben. Wir lieben ihn und vermissen ihn. Gerne zahle ich den doppelten Kaufpreis." Mein Angebot ist ausgesprochen. Sehe ich da Erleichterung in Silvias Augen? Hat sie diese Worte hören wollen? Hoffentlich. *Bitte Gott, lass sie ja sagen!*

„Nicklas und Arian werden traurig sein …"

„Meine Freundin und ich sind nicht aus der Welt", gehe ich dazwischen, bevor sie an mein Mitgefühl appellieren kann. „Die Kinder können an den Wochenenden gerne mit uns in den Park kommen. Sie müssen ihren Spielgefährten nicht aufgeben. Alle können zufrieden sein – auch deine Kinder."

„Stopp. Es ist nicht nötig Überzeugungsarbeit zu leisten, Conrad." Einen Moment ringt sie mit sich selbst. „Fakt ist, dass wir, dass ich, es mir anders vorgestellt habe, einen Hund zu besitzen. Es ist mehr Arbeit, als ich je für möglichgehalten hätte."

„Security ist jung und verspielt", versuche ich den Hund und seine Taten in Schutz zu nehmen.

„Das mag sein." Silvia räuspert sich und setzt sich aufrechter. „Aber ich würde mich sehr freuen, wenn Gizmo, oder Security, bei dir und Tilda bleiben könnte. Damit helft ihr mir enorm."

„Und dein Mann? Was wird der zu ihrer Entscheidung sagen?" Er war es schließlich, der auf dem Hund bestanden und ihn als Geldanlage bezeichnet hat. Was nützt es, wenn Silvia mir den Hund gibt und Herr Opper ihn später zurückverlangt. Die Papiere für den Kauf sind auf seinen Namen ausgestellt.

„Lass meinen Mann meine Sorge sein. Sollte Markus sich querstellen, wird er lebenslang auf Rindergulasch mit Eierspätzle verzichten müssen." Ihr Lächeln hat etwas Berechnendes an sich, das mir ein wenig Angst einjagt. Anscheinend ist Silvia Opper nicht zu unterschätzen.

„Okay." Mein Glück kaum fassend, streichele ich Security, der sich zu meinen Füßen niedergelegt hat. „Dann haben wir einen Deal." Weil es sich richtig anfühlt, richte ich mich auf und reiche ihr meine Hand.

„Silvia schlägt ein und wirkt über die Maßen erleichtert. Du brauchst mir keinen Scheck auszustellen. Nimm den Unruhestifter einfach mit. Das geht schon in Ordnung."

Wirklich?

Mir kommen Zweifel. „Nein. Besser nicht", sage ich, die Hand loslassend. „Es ist klüger, wenn ich euch eine Gegenleistung zahle. Dein Mann wollte sich mit dem Hund eine Geldanlage schaffen, da ist es nur Fair, dass er wenigstens einen kleinen Gewinn macht." Keine Ahnung, wie sehr Herr Opper Silvias Gulasch liebt, aber sicher ist sicher. Auf der Zielgeraden möchte ich nicht scheitern.

Sobald ich mit Security an der Leine dieses Haus verlassen habe, wird er bei Tilda und mir bleiben. Für immer.

# 32

## Tilda

Obwohl der Verlust immens ist und ich es mir eigentlich nicht leisten kann, hunderte Bücher ins Altpapier zu werfen, muss ich es tun. Seit diese Influencerin in meinem Laden war und mir angeboten hat, Amanda Rose King und mein Geschäft zusammen in einem Beitrag zu markieren, denke ich über die Bestsellerautorin und mein Tun nach.

Je mehr Zeit verstreicht, desto mehr wird mir bewusst, dass es unter Umständen ein großer Fehler war, die Widmung für die Autorin zu schreiben ... ohne deren Auftrag.

O Gott! Mit meiner Moral ist es nicht weit her.

Letzte Nacht hatte ich einen fürchterlichen Traum, bei dem die Polizei mit einem Einsatzkommando in meinen Laden gestürmt ist und mich wegen Unterschriftenfälschung in mehr als hundert Fällen verhaftet hat. Conrad stand mit Security auf dem Arm am Rand und hat beobachtet, wie mir die Handschellen angelegt wurden. Er hat nur mit dem Kopf geschüttelt und gesagt: *Dafür bekommst du zehn Jahre.*

Als ich schweißgebadet aus diesem Horrorszenario aufgewacht bin, hatte ich das starke Bedürfnis, im Internet nachzuforschen, wie lange man für Unterschriftenfälschung einsitzen muss. Ich habe es nicht getan, dafür habe ich, kaum dass ich meinen Laden aufgeschlossen habe, das kalligrafierte Schild: *Sie möchten Ihr Zuckerkuss-Exemplar mit persönlicher Widmung? Kein Problem, sprechen Sie uns an* aus dem Fenster genommen.

Die Bücher sind als nächstes dran. Ich werde sie zunächst in Kartons packen und später entscheiden, was damit passieren soll. Hauptsache die signierten Exemplare verschwinden aus meinem Fenster, wo sie jeder sehen kann. Nicht auszudenken, wenn eine weitere Buchbloggerin in meinen Laden käme und mich für ihr Marketing einspannen wollte. Allein der Gedanke verursacht mir eine Gänsehaut. Teufel! Der Druck der Traum-Handschellen um meine Handgelenke, ist noch sehr präsent in meinem Kopf. Der Stahl hat mir heute Nacht tief in die Haut geschnitten.

*Tief durchatmen, Tilda.*

Alles ist gut, denke ich und reibe mir die Handgelenke.

Es ist bereits zwei Wochen her, dass diese Influencerin bei mir war. Warum schlägt mein moralischer Radar erst jetzt mit voller Wucht aus?

Womöglich liegt es am Stress. Bisher hatte ich mit dem Unruhestifter, der Recherche um Karl Bruns und Conrad so viel um die Ohren, dass ich den folgenschweren Besuch kurzzeitig verdrängt hatte. Aber jetzt ist der Welpe weg und mein Gehirn hat nachts Kapazitäten, sich solchen Unfug auszudenken.

Es schüttelt mich am ganzen Körper. Wie fatal von mir, dass ich die sozialen Netzwerke noch nicht überprüft habe. Gut möglich, dass sich eine Katastrophe bereits anbahnt und ich nichts davon weiß. Wer kann sagen, wie viele Buchbloggerinnen tagtäglich an meinem Laden vorbeikommen. Ein paar sind es sicherlich. Buchverliebte gibt es überall.

Mir wird schlecht. Schnell lasse ich von meinen Handgelenken ab und lege mir eine Hand auf den Bauch. Um die Übelkeit zurückzudrängen, schlucke ich ein wenig trockene Spucke hinunter.

Schluss mit Grübeleien, die zu nichts führen, außer Übelkeit und schlechten Träumen. Bedauerlicherweise kann ich nicht ändern, was ich getan habe. Ich habe nur die Möglichkeit, es heute besser zu machen.

Die Bücher müssen weg. Das ist die einzig richtige Entscheidung. Verlust hin oder her. Ich habe einen Fehler gemacht und nun muss ich dafür geradestehen. Einsicht ist der erste Schritt. Ich sollte mich glücklich schätzen, nur ein bisschen Geld zu verlieren. Nicht auszudenken, wenn Amanda Rose King von meinem Fehlverhalten erfahren hätte.

*Hoffentlich hat sie noch nichts erfahren.*

Während ich die *Zuckerkuss*-Exemplare aus dem Fenster hole und in Kartons packe, plane ich bereits die Neugestaltung des Schaufensters. Da ich heute Nacht nach dem Albtraum nicht wieder einschlafen konnte, habe ich mir Gedanken gemacht, die ich jetzt umsetzen möchte.

*Weißer Vintage.* So wird das neue Motto vom kleinen Laden lauten.

Es geht in erster Linie nicht um die Art der zu verkaufenden Dinge, sondern allein um die Farbe. Alles, was weiß ist und zum Verkauf steht, wird im Fenster ausgestellt. Natürlich müssen die Sachen angemessen arrangiert werden, es darf nicht vollgestopft aussehen. Die Idee dahinter ist ein Ton in Ton gestaltetes Schaufenster, das durch die Abwesenheit von Farbe Aufmerksamkeit erregt. Schlichtes Weiß ist das neue Thema.

Wenn ich die richtigen Stücke zusammentrage, kann das umwerfend aussehen, davon bin ich überzeugt. Notfalls bin ich auch bereit, ein paar Ladenhüter weiß anzustreichen, damit sie in die Komposition passen. Hinten in der Garage steht noch eine Kommode von Tante Hildegard. Sie hat den Stil Eiche rustikal und würde mit einem passenden Anstrich sicher hübsch aussehen. Sobald Conrad mich in der Mittagspause besuchen kommt, werde ich ihn bitten, das schwere Monstrum nach vorn zu holen, damit ich es mir genauer ansehen und das Potenzial abschätzen kann. Ich könnte die Schubladen offen präsentieren und ein paar Perlenketten und weißen Federschmuck raushängen lassen. Auch die Spitzentaschentücher, die sich im Laufe der Jahre angesammelt haben, könnten auf Hildegards Kommode äußerst schicklich zur Geltung kommen. Meiner Kreativität sind keine Grenzen gesetzt. Das wird toll aussehen. Ich spüre es in den Fingerspitzen.

Mit den neuen Gedanken verfliegt der Rest Übelkeit, der noch an mir haftet. Er wird von Tatendrang und Aufregung ersetzt. Noch nie gab es ein Motto für meine Schaufensterplanung. Wie das wohl bei den Kunden ankommt? Werden sie es überhaupt bemerken?

Ich komme nicht länger dazu, darüber nachzudenken, denn ein Mann auf der anderen Straßenseite zieht meine Aufmerksamkeit auf sich. Er hält einen Hund auf dem Arm und ist mir wohlbekannt.

Träume ich?

Vor Verblüffung klappt mir der Mund auf.

Alles erstarrt, meine Atmung stockt. Die Welt hat aufgehört sich zu drehen. Beinahe hätte ich die Bücher, die ich in die Kisten zu meinen Füßen packen wollte, fallen lassen.

Wie lange steht Conrad schon da und beobachtet mich? Und warum hat er Security dabei? Und was am wichtigsten ist – warum zum Teufel steht er dämlich grinsend viele Meter von mir entfernt und kommt nicht rüber. Was hat der freudige Gesichtsausdruck zu bedeuten?

*Kann es sein...?*

Ein Schluchzen löst sich aus meiner Kehle. Erschrocken über den kläglichen Laut lege ich mir die Hand auf den Mund. Dabei fallen die Bücher nun doch runter. Egal.

Tränen schießen mir in die Augen und kullern über meine Wangen. Ein Aufhalten ist unmöglich. Als hätte ich einen Schalter umgelegt, fällt eine salzige Träne nach der anderen zu Boden und landet auf den Buchdeckeln von *Zuckerkuss.*

Hat Conrad Security für einen Spaziergang von der Familie Opper geholt oder ...?

Nein. Niemals. Mein Freund wird sicher nicht auf die unvernünftige und vollkommen hirnlose Idee gekommen sein, und den Welpen für immer zurückgeholt haben.

Das wäre verrückt ... und gleichzeitig zu schön, um wahr zu sein.

Ein Traum, der Wirklichkeit wird.

Da er immer noch keine Anstalten macht, die Straße zu überqueren, wische ich mir über die Augen und winke ihn mit einer deutlichen Handbewegung zu mir. Möglicherweise verziehe ich verärgert das Gesicht und kneife sogar die Augen zusammen, weil er unendlich viel Zeit zu haben scheint. Verdammte Ungeduld! Es könnte sogar sein, dass ein angriffsmäßiges Funkeln blitzartig aus meinen Augen springt. Aufregung und Frust, wechseln sich ab und steigern sich im Sekundentakt.

„Nun mach schon!", spreche ich in seine Richtung und hoffe, dass Conrad Lippen lesen kann. Zumindest meinen Blick müsste er doch verstehen.

Der Mann, in den ich mich verliebt habe, und der meinen extrem dünnen Geduldsfaden auf die Probe stellen will, legt den Kopf in den Nacken und lacht. Anschließend wuschelt er Security über den Kopf und überquert die Straße.

Endlich. Zur Hölle, das wurde auch Zeit.

In Windeseile klettere ich aus dem Ausstellungsbereich vor dem Fenster und gehe zur Tür. Ich reiße sie auf, bevor die beiden die Bordsteinkante auf meiner Straßenseite betreten haben. Das Glöckchen über dem Eingang wird beinahe aus der Wand gerissen, so übereifrig bin ich.

„Was macht ..."

Zu mehr komme ich nicht, da Security sich auf Conrads Arm windet und heruntergelassen werden möchte. Er zappelt und wehrt sich mit aller Kraft gegen den eisernen Griff seines Herrn. Und das Beste ... er gurrt. Er schaut zu mir, fixiert mich und gurrt wie verrückt.

Mit diesem sehr speziellen Liebesbeweis, den nur Conrad und ich verstehen, ist es um mich geschehen. Mein Herz macht einen Hüpfer und beschleunigt. Es springt mir förmlich aus der Brust. Und dabei laufen die Tränen sturzbachartig. Aufhalten zwecklos.

„Moment Sec..." Conrad hat alle Hände voll zu tun, den Wildfang zu bändigen. Unser Welpe scheint in der einen Woche, in der er weg war, gewachsen zu sein. Außerdem hat er an Kraft zugelegt. Verdammt! Ist das überhaupt möglich, in so kurzer Zeit?

„Nun komm schon rein", sage ich und ziehe die Nase hoch, „... damit ich die Tür hinter euch schließen kann." Meine Stimme hört sich kaum wie meine an. Sie wird von einem emotionalen Schluchzen durchbrochen. Ich bin eine schreckliche Heulsuse. Aber jetzt in diesem Moment ist es mir piepegal.

„Security hat zugenommen." Conrad lässt den Hund runter und ich gehe in die Knie. Sofort kommt der Kleine, der gar nicht mehr so klein ist, auf mich zu gerannt. Er stürzt sich auf mich gurrt und fängt an, mir das Gesicht abzulecken. Da meine Wangen salzig sind, scheint es ihm besonders viel Freude zu bereiten. Ich schließe die Augen, recke das Kinn, grinse und lasse mir das Gesicht waschen.

Conrad gluckst vergnüglich. „Zu gerne würde ich sagen, dass ich dich nach der intensiven Gesichtsreinigung auf keinen Fall küssen werde, aber ich habe vorhin die gleiche Wäsche bekommen."

Sanft stoppe ich den übermütigen Security und schließe ihn in die Arme. Obwohl er sich nicht gerne drücken lässt, muss er meinen Liebesbeweis in diesem Moment ertragen. Es geht nicht anders, mein Verlangen, ihn im Arm halten zu dürfen, ist übermächtig. Ich muss ihm nachgeben.

„Wieso ...?" Mein Blick richtet sich nach oben. „Wieso ist er hier?" Langsam erhebe ich mich, mache mich darauf gefasst, die Wahrheit zu hören. „Wieso hast du Security geholt? Ist er...? Gehört er ...?" Ich traue mich nicht, den Satz zu vollenden. Es wäre zu schön.

Conrad grinst, kommt auf mich zu und schließt mich in die Arme. Seine Miene ist ernst. „Ja, Security gehört uns. Ich war bei den Oppers und habe Silvia ein Angebot gemacht. Sie hat vor wenigen Minuten meinen Scheck angenommen." Conrads Mundwinkel zucken und seine Arme schließen sich fester um mich. „Sie sorgt dafür, dass wir die geänderten Papiere in den nächsten Tagen zugestellt bekommen."

„Die Papiere?" Ich verstehe nicht.

„Security, ist ein Rassehund, der Papiere besitzt. Sollten wir mit ihm auf Ausstellungen gehen wollen, brauchen wir die."

„Ausstellungen?" Offensichtlich hat mein Gehirn Schwierigkeiten, das Wichtige vom Unwichtigen zu trennen.

„Jep." Conrad nickt, küsst mich aber nicht. Ich würde mich auch nicht küssen. Mein Gesicht muss glänzen wie ein frischglasierter Donat. Es fühlt sich nass und klebrig an.

„Bedeutet das ...“, ich schlucke, „... bedeutet das, dass du Security gekauft hast? Dass er jetzt dir gehört?“ Voller Hoffnung hebe ich beide Augenbrauen.

„Er gehört uns beiden.“ Conrad streicht mit seiner Hand über meinen Rücken. „Unsere beider Namen werden in die Urkunde eingetragen. Herr Opper wird sich darum kümmern, das hat Silvia mir fest versprochen.“

„Aber ...“ Mein Gehirn ist völlig überlastet. Gleich erleidet es einen Kurzschluss und brennt durch.

„Freust du dich denn gar nicht?“ Conrad sieht mich feixend an. Mistkerl. Er weiß genau, dass ich völlig aus dem Häuschen bin und nicht reden kann.

„Ob ich mich nicht freue?“ Spielerisch, aber mit genügend Wumms, boxe ich ihn in die Rippen. „Du hast dafür gesorgt, dass wir, obwohl unsere Beziehung erst ein paar Wochen andauert, einen Hund haben. Du bist schuld, dass ich in Zukunft eine Verantwortung zu tragen habe.“ Ich boxe ihn noch mal, diesmal sanfter mit mehr Liebe. „Du bist dafür verantwortlich, dass ich nicht mehr traurig sein muss, dass ich nachts ruhig schlafen kann.“ Ich schmiege mich an ihn. „Du bist dafür verantwortlich, dass ich einen Freund zurückbekommen habe.“ Fest umschlinge ich seine Taille und drücke mein Gesicht gegen seine Brust. Sein Herz schlägt so schnell wie meins. „Du bist der Beste und ich liebe dich. Gottverdammt, ich liebe dich, Conrad Faterhaar. Du hast mich mit dieser Aktion überglücklich gemacht. Danke. Du bist der Allerbeste.“

# 33

## Conrad

„Gern geschehen. Ich habe mich auch glücklich gemacht." Bevor sie sich lösen kann, drücke ich Tilda einen Kuss auf den Kopf. „Ich liebe dich auch", sage ich und ziehe sie fester an mich. Es gefällt mir, wenn sie sich an mich kuschelt, als wollte sie in mich reinkriechen. Mit Juliane habe ich mich niemals zusammengehörig gefühlt. Bei keiner meiner früheren Beziehungen, habe ich ähnlich wie bei Tilda empfunden. Das lässt hoffen, dass wir es hinbekommen und mit Security eine Familie werden können.

Einen Moment stehen wir da und sind einfach glücklich. Security durchbricht den innigen Augenblick, indem er sich zwischen unsere Schienbeine schiebt. Das macht er nicht zum ersten Mal. „Offensichtlich möchte unser neuer Hund bei diesem Gekuschel mitmachen", murmelt Tilda in den Stoff meiner Jacke. In ihrer Stimme schwingt ein Lächeln mit.

„Sieht ganz danach aus." Nachdem ich Tilda einen zweiten Kuss auf den Scheitel gedrückt habe, löse ich mich langsam von ihr. So schön diese Position auch ist, ich würde ihr gerne ins Gesicht schauen. Ich möchte das Glück in ihren Augen sehen und festhalten. Das Glück, für das ich mir allein auf die Schulter klopfen darf.

Ich, Conrad Faterhaar, habe meine Freundin mit dem Hundekauf glücklich gemacht. Nein, ich habe sie überglücklich gemacht.

*Vorsicht. Dein Ego lässt grüßen!*

Die innere Stimme ignorierend, ergötze ich mich an dem atemberaubenden Anblick, den Tilda mir bietet. Beide Mundwinkel sind nach oben gezogen und in ihren Augen funkelt es. Irgendwie leuchtet sie von innen heraus. Sie ist wunderschön. In Gedanken mache ich ein Foto von ihr in diesem besonderen Moment. Ich muss es einfach festhalten.

Tilda mustert mich so intensiv wie ich sie. „Wie kommt es, dass die Familie Opper bereit war, uns Security zu überlassen, zu verkaufen?" Sie reißt den Mund auf und holt Luft. „Verdammt! Wie viel hast du überhaupt bezahlt? Ich gebe dir natürlich die Hälfte des Geldes. Du musst mir nur bis zum nächsten Ersten Zeit geben." Ihre Wangen färben sich rot.

Meine Tilda ... Glaubt sie wirklich, ich würde ihr Geld nehmen?

„Der Hund ist ein Geschenk. Und für Geschenke zahlt der Beschenkte nie etwas", kläre ich sie sachlich auf. „Außerdem gehört dir nur der halbe Hund. Die andere Hälfte gehört mir", versuche ich sie abzulenken.

Tilda ist nicht dumm, sie blickt mir tief in die Augen, als könnte sie da den Betrag entdecken, der Security gekostet hat. „Herr Opper hat uns erzählt, dass Security eine Unsumme wert ist. Außerdem besitzt er offizielle

Papiere." Ihre Stirn runzelt sich. „Ach du liebes Gottchen, er muss Tausende Euro gekostet haben." Sie blickt runter, wo unser neues Familienmitglied es sich auf unseren Fußspitzen bequem gemacht hat.

Bevor sie anfängt, über diesen Geld-Quatsch nachzudenken, schiebe ich meine Finger unter ihr Kinn und hebe es an. „Lass gut sein Tilda. Nimm das Glück einfach an, das dir gerade in den Schoß gefallen ist. Freu dich mit mir zusammen und hör auf nachzudenken. Ich verdiene in meinem Job schweineviel Geld." Meine Schultern heben sich kurz. „Zum ersten Mal habe ich das Gefühl, es für etwas wirklich Sinnvolles ausgegeben zu haben. Also lass mir meinen Spaß."

Tilda gibt nach. Ich sehe es an ihrer jetzt entspannten Stirn und dem warmen Blick. Die Rädchen in ihrem Kopf haben aufgehört, sich wie wild zu drehen.

„Okay." Dem Wort folgt ein Nicken. „Du hast gewonnen. Ich lasse dir deinen Spaß, wie du es nennst."

Na bitte. Das war einfacher als angenommen. „Möchtest du wissen, was Security in den letzten Tagen angestellt hat?", frage ich und lasse ihr Kinn los. „Warum Silvia heilfroh war, ihn loszuwerden?"

Interesse kombiniert mit Belustigung blitzt auf. „Lass mich raten, es hat was mit Toilettenpapier zu tun?" Sie stellt es als Frage und mit einem Kichern.

„Nein, mit Rindergulasch und Eierspätzle." Meine salopp ausgesprochene Antwort hat etwas Erleichterndes an sich. „Ist ne lange Geschichte. Wenn du mich noch eine Weile in deinem Laden ertragen kannst, erzähle ich dir alles."

„Auf jeden Fall. Bleib hier und weihe mich in die vermutlich sehr unterhaltsame Story ein." Tilda zieht ihre

Fußspitzen unter Security weg und klettert zurück in den Ausstellungsbereich vor dem Schaufenster. „Aber … während du redest und ich unsere glückliche Dreisamkeit genieße, kannst du mir vielleicht mit ein paar Büchern helfen. Sie müssen alle in Kartons gepackt werden. Mein Schaufenster bekommt nämlich ein Facelift."

***

Nachdem ich den Vormittag bei Tilda im Laden verbracht und Kisten gepackt habe, während sie Kunden bedient hat, ist es nun Zeit, an meinen eigenen Job zu denken. Meine Agentur hat mich und ein paar Kollegen für ein außerplanmäßiges Meeting ins Büro bestellt. Hin und wieder machen sie das, vor allem, wenn die Bekanntgaben mehr als ein Model betreffen. Eine Einladung dieser Art bedeutet meist, dass ein großer Job winkt. Nicht selten ist der Auftraggeber via Facetime oder persönlich vor Ort und erläutert im Vorfeld wichtige Kriterien.

Hoffentlich muss ich nicht für einen längeren Zeitraum weg. Das käme zum jetzigen Augenblick ungelegen. Ich möchte Tilda und Security nicht allein lassen. Jedenfalls nicht sofort und auch nicht morgen oder übermorgen.

Wahrscheinlich verhalte ich mich wie ein verliebter Trottel, aber das ist mir herzlich egal. Es darf jeder sehen, dass ich total verknallt bin. Unter Umständen bringt mein neues entzücktes Schmunzeln mir beim nächsten Shooting ein paar Pluspunkte. In den letzten Tagen habe ich es jedenfalls perfektioniert.

„Warum grinst du so?" Es ist Johan, der mich anspricht, kaum dass ich den Flur unserer Agentur betreten habe. Er sitzt im Wartebereich auf einem der bequemen roten Sofas, die, da sie im Halbkreis aufgestellt sind, Platz für mehr als zehn Leute bieten.

„Gute Laune", ist meine Antwort. Gefolgt von einem noch breiteren und unter Umständen selten dämlichen Grinsen. Die Tatsache, dass es mir völlig schnuppe ist, was mein Kollege gerade von mir denkt, ist noch etwas, das mir ausgesprochen gut gefällt. Mehr Tage wie heute und dann bin ich bald beherrscht wie ein Zen-Mönch.

Mit reichlich Abstand lasse ich mich auf dem Sofa neben seinem nieder. Damit er nicht auf die Idee kommt, sich mit mir unterhalten zu wollen, ziehe ich mein Handy heraus und schalte es ein.

„Du und Tilda also? Ihr seid fest zusammen?"

„Jep." Anscheinend stört es ihn nicht, dass ich ihn ignoriere, ihm nicht mal einen Blick schenke. Ich wette, es fuchst ihn maßlos, dass er es nicht geschafft hat, mich eifersüchtig zu machen. Wie neidisch ich am Samstag wirklich war, als er mit Tilda zu Karl gefahren ist, werde ich ihm sicher nicht auf die Nase binden. Das bleibt mein Geheimnis, das ahnt nicht mal Tilda.

Zwei weitere Models kommen durch die Tür und setzen sich zu uns. Alle beäugen sich, aber keiner spricht ein Wort. Die Verhaltensweisen aller Beteiligten sind bei diesen Treffen immer gleich. Jeder möchte Ruhm. Jeder möchte das große Geld verdienen und überlegt, wer von den anderen ihm die Tour vermasseln könnte. Heute prallen alle Blicke an mir ab. Ich werde einen neuen Auftrag nur annehmen, wenn ich ihn von Berlin aus erledigen kann.

Johan rückt in meine Richtung. Er ist jetzt nur noch knapp einen Meter von meinem Sofa entfernt.

„Deine Freundin hat ein vorlautes Mundwerk", spricht er leise, sodass nur ich es hören kann. „Sie sollte besser nicht auf die Idee kommen, mit ihren haltlosen Beweisen zur Polizei zu gehen." Der Tonfall kommt einer Drohung gleich.

*Ach nee!*

„Warum?" Umgehend schließe ich die App, mit der ich mich beschäftigt habe und beuge mich vor. Um ihm nah zu sein, stütze ich meine Ellenbogen auf meinen Knien ab. „Hast du Angst, dass die Polizei ein paar Nachforschungen anstellen könnte?" Meine Stimme ist so leise wie seine. Allerdings höre ich mich nicht bedrohlich an, eher belustigt.

Johan presst die Lippen aufeinander. „Sollte Tilda glauben, sie kann mir bei Karl die Tour vermasseln, dann ..."

„Dann was?" Interessant. Also hat er doch etwas geplant. Wie viele Erb- oder Schenkungsverträge wohl in seiner Schreibtischschublade liegen und darauf warten, zu gegebener Zeit zum Einsatz zu kommen? Tildas Erzählungen zufolge hat er nur den einen Porsche in der Garage. Aber das heißt nicht, dass es in naher Zukunft nicht mehr werden könnten. Johans Plan ist eindeutig auf Langfristigkeit ausgelegt. Er erbt schließlich erst, wenn die Person, bei der er sich eingeschlichen hat, gestorben ist. Diese Art, für die Zukunft vorzusorgen ist wirklich außerordentlich speziell.

„Besser sie lässt es nicht darauf ankommen", sagt Johan und lehnt sich zurück. Er schlägt die Beine übereinander und starrt auf seine Schuhe. Der Angeber gibt sich entspannt, aber ich spüre, dass es in ihm brodelt. Die Entwicklung der Dinge gefällt ihm überhaupt nicht. Ängstlich oder besorgt wirkt er nicht. Dafür hat er einen kämpferischen, fast schon aggressiven Ausdruck im Gesicht, der mir nicht gefällt.

Wenn er glaubt, er könnte Tilda einschüchtern ...

Am liebsten würde ich eine deutliche Ansage nach dem Motto *Finger-weg-von-meiner-Freundin* machen, aber die Gelegenheit bekomme ich nicht, da Mariana, die Agenturchefin, uns zum Meeting in den großen Konferenzraum bittet.

# 34

## Tilda

In den nächsten Tagen bin ich damit beschäftigt, das Thema *Weißer Vintage* umzusetzen. Conrad hat mir die schwere Massivholz-Kommode in den Hinterhof geschleppt, wo ich sie mit weißem Mattlack aus der Dose besprüht habe. Der abgeschmirgelte Effekt schimmert genauso wie ich es mir vorgestellt habe.

Seit heute Morgen steht Tante Hildegards Erbstück im Schaufenster. Alle Schubladen stehen offen und bieten den Vorbeilaufenden einen Überblick über allerlei weißen Kram. Die Perlenketten und Spitzentaschentücher wirken altertümlich und absolut passend. Ein Glück, dass ich gleich vier verschiedene Lampen mit weißen Schirmen im Bestand hatte, die meine Komposition wunderbar in Szene setzen. Derart zufrieden war ich schon lange nicht mehr mit meiner Arbeit. Hoffentlich kurbelt die innovative Fenstergestaltung den Verkauf ordentlich an.

Das in nur dreißig Minuten gleich vier Kunden vor dem Schaufenster stehen geblieben sind, ist schon mal ein guter Anfang. Der Tag scheint Potenzial zu entwickeln.

Zufrieden und voller Tatendrang wie lange nicht, mache ich mich dran, die Lieferscheine neben der Kasse in die dafür vorgesehenen Ordner abzuheften. Jetzt, wo mein Laden von außen strahlt, kann es nicht schaden, wenn auch der Tresen aufgeräumt und blitzblank ist.

Meine Laune ist so gut, dass ich leise vor mich hin pfeife, als das Glöckchen über der Tür einen Kunden ankündigt. Das ging ja schnell. Für welches Stück aus dem Fenster er sich wohl entschieden hat? Hoffentlich möchte keiner die Kommode kaufen. Auf der Rückseite ist mir nämlich die Farbe ausgegangen.

„Hallo, kann ...“ Kaum erkenne ich, wer da mein Geschäft betreten hat, halte ich inne. In meinem kleinen Laden steht Karls Bruns auf zwei Gehstöcke gestützt. Der Mann, den ich immer an dem ausgefallenen Walrossbart erkennen würde, trägt eine dunkle Baumwollhose, schwarze glänzende Schuhe und einen grauen Rollkragenpullover, der ihm in meinen Augen etwas Jugendliches verleiht. Das zaghafte Lächeln, das er mir schenkt, will nicht richtig zu einem mürrisch dreinblickenden Mann in seinem Alter passen. Interessiert sieht er sich im Verkaufsraum um. Beim Drehen auf der Stelle hat er ein wenig Mühe, das Gleichgewicht zu halten.

„Hallo Tilda.“ Sein Tonfall verrät nichts über seine Stimmung oder den Grund, warum er gekommen ist. Das Lächeln auch nicht.

Was macht mein Stiefopa hier? Keine Ahnung, ob es diese Bezeichnung überhaupt gibt, aber der Gedanke, einen Opa zu haben, gefällt mir. Großeltern sind etwas Unschätzbares, was ich bisher vermisst habe.

„Hallo Karl", erwidere ich, „bist du gekommen, um mich zu besuchen oder schaust du nach etwas Bestimmtem? Ich habe noch weitere antike Silberrahmen, die dem, den ich dir mitgebracht habe, ähnlich sind. Gerne zeige ich dir eine Auswahl."

„Danke. Aber ich möchte nichts einkaufen." Vorsichtig macht er zwei wackelige Schritte vorwärts. Wer hat ihm die Tür aufgehalten? Und wie ist er überhaupt hergekommen? Mit dem Auto? Ganz sicher ist er nicht selbst gefahren. Johan hat recht, in seinem gesundheitlichen Zustand und ohne Hilfe kann Karl seine Villa nicht verlassen.

Ein Blick durchs Fenster verrät mir, dass draußen ein Mann im schwarzen Anzug steht und wartet. Wow ... sogar mit verschränkten Armen und bösem Blick. Mein Stiefopa hat einen echten Bodyguard. Wahrscheinlich ist der Aufpasser nur ein Fahrer, der wie ein Bodyguard aussieht. Aber trotzdem ... im Stillen bin ich beeindruckt.

*Tilda werde nicht nervös. Konzentriere dich auf das Wesentliche.*

„Also kommst du mich besuchen?", frage ich nach dem Grund seiner Stippvisite. Ich könnte Karl einen Arm als Stütze anbieten, aber ich bin nicht sicher, ob er das möchte. Mein Gefühl sagt *nein*.

Eventuell können wir uns nach hinten in den Nebenraum setzen, sollte das Gespräch länger dauern. Dort habe ich einen Tisch und zwei Stühle.

„Ich wollte mir dein Geschäft anschauen", erklärt er seinen Besuch und lässt den Blick über die Ausstellungsregale schweifen. Natürlich fällt ihm sofort der Wasserfleck an der Decke auf. Verdammt, wann ist der Riss im Putz größer geworden? Lange kann ich eine Renovierung nicht mehr aufschieben. Die dringlichsten Ausbesserungen sollte ich mir alsbald vornehmen. Besser gestern als heute.

„Möchtest du etwas trinken? Sollen wir uns in den Nebenraum setzen?", lenke ich von dem Problem an der Decke ab. Es ist mir unangenehm, dass ihm der Makel sofort aufgefallen ist. Hoffentlich hat er sich vor dem Betreten mein Schaufenster angeschaut. Darauf bin ich stolz.

„Nein, Danke. Zu beidem. Lange bleibe ich nicht." Er macht etwas mit seinem Mund, aber der Bart, der seine Oberlippe verdeckt, verhindert, dass ich mehr erkennen kann. Es scheint, als hätte er zum Reden angesetzt, wüsste aber nicht, wie er die Unterhaltung anfangen soll.

„Okay." Und nun? Die Stille fühlt sich emotional aufgeladen an. Anscheinend versteht keiner von uns es, mit der Situation umzugehen.

„Ich bin nicht nur gekommen, um mir dein Geschäft anzuschauen. Überdies möchte ich dir die Brosche zurückbringen", spricht er schnell und undeutlich, als wollte er diese Rede schleunigst hinter sich bringen.

„Aber sie gehörte deiner Frau", empöre ich mich.

„Stimmt." Karl fasst die Gehstöcke nach. Seine Unterarme zittern leicht. „Meiner Frau, deiner Großmutter. Du sollst sie haben." Er lächelt so breit, dass ich es sogar unter den Barthaaren erkenne. „Sobald ich es geschafft habe, sie aus der Hosentasche zu holen, bekommst du sie." Sein Kopf bewegt sich zur Seite und zurück. „Diese verdammten Gehstöcke", flucht er.

„Ein solches Geschenk kann ich unmöglich annehmen. Das Schmuckstück bedeutet dir zu viel. Außerdem hast du es gerade erst zurückbekommen."

Karl kommt einen Schritt vor, lehnt seinen Gehstock gegen den Tresen und holt, sich mit dem Ellenbogen abstützend, Elfriedes Silberbrosche heraus. Wenig später liegt sie zwischen uns, gleich neben den Lieferscheinen, um die ich mich eigentlich kümmern wollte. „Bitte schön. Sie gehört dir."

Zum Protest ansetzend mache ich den Mund auf, komme aber nicht zu einer Antwort.

„Gutes Kind, dein Edelmut in allen Ehren, aber ich bin ein alter Mann, dem eine verschnörkelte Silberbrosche nicht steht. Auch nicht mit dem geeigneten Tuch." Ein Laut, der einem Kichern ähnelt und von dem ich nie gedacht hätte, dass ein Mann wie Karl ihn ausstoßen kann, entweicht ihm. „Nimm sie. Elfriede hätte es gewollt." Da ich noch nicht danach gegriffen habe, schiebt er sie mir über den Tresen zu.

Verdammte Zwickmühle!

Niemals könnte ich das Geschenk jetzt noch ablehnen. „Danke." In dem Wort liegen so viele Emotionen. „Die Geste weiß ich zu schätzen. Mit Freude werde ich sie in Ehren halten und an meine Kinder weitervererben, sollte ich welche bekommen."

„Mach es besser als ich." Karl greift nach seinem Stock und stützt sein Gewicht darauf. „Elfriede und ich hatten keine Kinder. Irgendwie konnte ich mich nie durchringen. Ich wollte meine Frau für mich allein haben, wollte sie nicht mit mehr Nachwuchs teilen. Dass sie bereits ein Kind hatte, das auch noch von einem anderen Mann stammte, war eine Belastung für mich. Dass der Mann, dein leiblicher Großvater, damals bereits tot und keine Konkurrenz mehr war, hat mich nicht gelassener gestimmt." Ein emotional aufgeladener Seufzer entweicht ihm. „Unerfahren wie ich war, wollte ich vor der Situation fliehen, habe mich gegen jegliche Verbindung zu deinem Vater gewehrt und wollte auch keine neuen mit leiblichen Kindern knüpfen. Elfriede, war alles, was ich je begehrt habe." Er schluckt und hält einen Moment inne, bevor er weiterspricht. „Mache nicht so viele Fehler wie ich, Tilda. Noch heute bezahle ich für die Starrköpfigkeit, von der ich in der Vergangenheit besessen war."

Mit einem solchen Geständnis habe ich nicht gerechnet. Es hat fast den Anschein, als wollte Karl sich bei mir entschuldigen. Wie würde mein Vater reagieren, wenn er das hören würde? Natürlich lassen sich viele verkorkste Jahre nicht mit einem einzigen Gespräch ausradieren, aber wäre ich mein Vater, würde ich mich über diese Einsicht freuen. Auch wenn sie reichlich spät kommt.

„Versprechen kann ich nichts", sage ich mit bemüht leichtem Tonfall. Die Stimmung ist viel zu ernst geworden. „Aber ich werde es versuchen. Versprochen."

„Braves Kind." Karl nickt und bewegt sich rückwärts, als wolle er gehen. „Gestern habe ich eine Privatdetektei damit beauftragt, deinen Vater ausfindig zu machen."

Echt? Ist das zu glauben?

„Warum?“ Verwirrt und überrumpelt kann ich nicht fassen, was ich da höre. Bemerkenswert. Hatte mein Stiefopa die gleichen Gedanken wie ich?

„Nicht für mich. Für meinen Seelenfrieden ist es bereits zu spät“, wehrt Karl ab. „Es ist nur eine Vermutung, aber unter Umständen fehlen Paul das Geld und der nötige Anstoß, seine Tochter zu besuchen oder zumindest den Kontakt wieder aufzunehmen. Mein Vermögen ist beträchtlich und bedeutet mir nicht mehr so viel wie früher. Warum soll er die Möglichkeit nicht bekommen nach Deutschland zu reisen? Wenigstens teilweise möchte ich ein paar Fehler aus der Vergangenheit wiedergutmachen.“

„Danke.“ Ein schlichtes Danke ist zu wenig, aber momentan weiß ich nicht, was ich anderes sagen könnte. Ich bin von den Worten überwältigt und ergriffen. Jeder verändert sich im Laufe des Lebens. Gesundheit und Alter haben großen Einfluss auf das Verhalten der Menschen. Karl scheint der beste Beweis zu sein.

„Nicht dafür, Kleines.“ Karl gibt dem Mann vor der Tür durch das Schaufenster ein Zeichen. „Dein Geschäft gefällt mir übrigens ausgesprochen gut. Solltest du weitere Antiquitäten benötigen, darfst du gerne auf meinem Dachboden stöbern. Deine Großmutter hatte ein gutes Auge für ausgefallene Dinge.“ Gefühlsregungen, die ich nicht deuten kann, huschen über Karls Miene. Sicher denkt er gerade an die Zeit, als seine Frau noch lebte. „Und da ich über die Jahre nichts wegwerfen konnte, was ihr gehört hat …“, fährt er fort, „… habe ich sämtliche Sachen behalten. Sicher findest du einige Schätze, die sich wunderbar hier verkaufen lassen würden.“

Das Glöckchen über der Tür bimmelt und plötzlich steht der Bodyguard neben meinem Stiefopa und hat ihn am Unterarm gepackt. Sofort lässt Karl ihn sein Gewicht tragen. Die Erleichterung ist ihm anzusehen.

„Oh Mann ... zweifelsohne ist das ein verlockendes Angebot, das ich nicht ablehnen kann", sage ich und blättere gedanklich in meinem Kalender. Diesen Monat hätte ich noch zwei freie Wochenenden. „Alte Dinge aus vergessenen Zeiten faszinieren mich. Außerdem gibt es nichts Schöneres als auf dreckigen Dachböden im Staub zu kriechen und ekeligen Krabbeltieren auszuweichen."

Karl schmunzelt wissend, als hätte er auf eine Antwort wie diese gehofft. „In dem Fall freue ich mich auf deinen nächsten Besuch." Ein Zeichen gebend nickt er seinem Helfer zu und die beiden setzen sich in Bewegung. Sie wirken wie ein eingespieltes Team. „Auf Wiedersehen, Tilda."

„Auf Wiedersehen, Karl."

„Mein Fahrer steht dir jederzeit zur Verfügung. Du musst dich nur melden, dann holt er dich ab. Bogart, gib ihr meine Visitenkarte und schreib auch deine Handynummer dazu, sodass meine Enkelin sich melden kann." Karl schnaubt und ärgert sich offenbar über sich selbst. „Die Telefonnummer, ... das Wichtigste hätte ich fast vergessen. Entschuldige."

„Danke", sage ich zum gefühlt hundertsten Mal und nehme die Karte von Bogart entgegen. Und zum gefühlt hundertsten Mal fühlt es sich an, als müsste ich mehr als nur Danke sagen.

„Ruf mich bitte an. Und lass mich nicht zu lange warten. Ich bin ein alter Mann. Die Zeit, die mir noch bleibt, möchte ich nutzen."

Mein Positiv-Barometer schießt nach oben und erfüllt mich. So habe ich mich noch nie gefühlt. Jedenfalls nicht, wenn es um meine Familie geht.

Leider bekomme ich keine Zeit, mir eine Antwort zu überlegen. Zwei Minuten später ist der Laden leer und ich stehe mit der Visitenkarte und völlig verdattert da. Mir ist nicht entgangen, dass Karl mich Enkelin genannt hat.

# 35

## Tilda

Eine halbe Stunde vor Ladenschluss steht meine Entscheidung fest. In Zukunft werde ich mehr Mühe und Anstrengung in die Schaufenstergestaltung stecken. Eine komplette Neugestaltung, mindestens quartalsweise, muss drin sein. So viele Kunden wie heute, waren schon lange nicht mehr hier. Es hatte fast den Anschein, als gäbe es im kleinen Laden etwas umsonst. Zum Glück bin ich heute einen Großteil der Duft- und Aromakerzen losgeworden. Notiz an mich: Neues Schaufenster in Kombination mit einem stark reduzierten Special Price-Artikel funktioniert ausgesprochen gut.

Gerade will ich die Kerzen, die ich für einen besseren Verkauf angezündet habe, auspusten und anfangen, das Geschäft zu schließen, da geht die Tür auf. Mit Wucht wird sie aufgestoßen, als hätte der Kunde es besonders eilig.

Bevor ich ein Hallo aussprechen kann, erkenne ich den Besucher.

„Johan?!" Meine Stimme klingt verwundert. Mit ihm habe ich in der nächsten Zeit nicht gerechnet. Anders als bei unseren letzten Dates, trägt er eine graue Tuchhose und ein schwarzes Hemd, inklusive Krawatte. Darüber einen weich aussehenden dunklen Mantel der bestimmt aus Kaschmir ist. Alles in allem sieht er ziemlich schick aus, ganz Businesslook.

Was macht er hier, kurz vor Ladenschluss? Er kann doch nicht ernsthaft annehmen, dass ich bereit bin, mich ein drittes Mal mit ihm zu treffen. Nicht mal seine Beziehung zu Karl rechtfertigt einen solchen Glauben. „Kann ich dir helfen?" Unter Umständen bin ich gar nicht der Grund für seinen Besuch und er möchte lediglich bei mir einkaufen.

Der Blick in sein Gesicht deutet auf nichts Gutes hin. Johan ist aufgebracht, seine Stirn ist zerfurcht, außerdem mahlt er mit zusammengebissenen Zähnen mit dem Kiefer und scheint innerlich angespannt. Wäre er ein Luftballon, würde ich denken, er steht kurz vorm Platzen.

„Du!" Er deutet mit dem Finger auf mich, bleibt aber in der Entfernung stehen.

„Ich?", frage ich mit einem Mundwinkelzucken, obwohl das seinen Zustand sicher nicht verbessert. „Was ist mit mir?" Unbeirrt puste ich die erste Kerze aus.

Leise Tippelgeräusche auf den Bodenfliesen verraten mir, dass Security aufgewacht und in den Verkaufsraum gekommen ist. Conrad hat ihn nach seinem mittäglichen Spaziergang vorbeigebracht. Wir haben festgestellt, dass wir Security das Bellen am besten abgewöhnen, wenn wir ihn mit verschiedenen Kunden konfrontieren. Sobald sich viele Leute im Geschäft aufhalten, weiß er nicht, wen er zuerst anbellen soll. Also bellt er überhaupt nicht.

Da ich heute einen Ansturm erhofft hatte, war der Tag natürlich perfekt. Unser Trick hat funktioniert. Security hat sich musterhaft verhalten und sogar ein paar Kinderherzen für sich gewonnen. Bis gerade hat der müde Ladenaufpasser auf seinem Platz in der Toilette geschlafen. Der letzte Kunde hat mein Geschäft vor etwa zwanzig Minuten verlassen.

Wenn er Johan jetzt nicht anbellt, haben wir erziehungstechnisch einen großen Schritt in die richtige Richtung gemacht. Ein Hund, der die Kunden verscheucht, ist nämlich äußerst geschäftsschädigend.

Securitys Schritte hinter mir verstummen. Er bleibt neben mir stehen, als wäre er mein Bodyguard. Sofort muss ich an Karl und Bogart denken. Sie haben heute morgen an der gleichen Stelle gestanden wie wir jetzt.

Wahrscheinlich verhält mein vierbeiniger Freund sich nur so ruhig, weil er müde vom Trubel ist, aber mir ist es egal. Ich bin trotzdem stolz auf ihn. Vor Wochen wäre Security in einer Situation wie dieser kaum zu bändigen gewesen.

Da ich auf meinen Hund fixiert bin, wird mir erst jetzt bewusst, dass Johan immer noch unbeweglich vor mir steht und auf mein *Ich?!* nicht geantwortet hat. Was ist mit ihm? Ist er so wütend, dass er nicht sprechen kann?

„*Der kleine Laden* schließt in zehn Minuten, wenn ich dir noch irgendwie helfen soll, musst du mit mir reden." Meine Aufräumarbeiten fortführend puste ich die nächsten zwei Kerzen aus.

„Karl hat mich angerufen“, lässt er die Bombe platzen. „Sollte ich seinen Worten Glauben schenken können, war er heute morgen bei dir und hat einen auf Familie gemacht.“ Ihm entschlüpft ein Laut der irgendwo zwischen lächerlich und empört liegt.

„Karl war hier“, bestätige ich. „Dass er einen auf Familie gemacht hat, wie du es nennst, würde ich nicht behaupten, aber er hat mir angeboten, in seiner Villa auf dem Dachboden nach Antiquitäten für mein Geschäft zu suchen.“ Dass er einen Privatdetektiv engagiert hat, um meinen Vater ausfindig zu machen, verschweige ich, das geht den hinterhältigen Erbschleicher nichts an.

Johan kommt näher, die Arme hängen an den Seiten, die Hände hat er zu Fäusten geballt. Was hat mein Stiefopa ihm erzählt, dass er derart aufgebracht reagiert? Mir wird ein wenig mulmig zumute. Bisher hat das extrovertierte Männermodel nur mit Worten und ein paar harmlosen Drohungen um sich geworfen. Aber momentan wirkt er, als wollte er erst zuschlagen und dann reden. Zum Glück steht Security neben mir. Erstmalig bin ich froh, nicht allein im Laden zu sein und einen Beschützer an meiner Seite zu haben. Hoffentlich verteidigt er mich im Notfall. Security kann zwar bellen, aber kann er auch beißen? Eventuell werde ich es gleich erfahren.

„Bonuskind!“, ist alles, was Johan als nächstes sagt. Seine Aussprache ist feucht. Gott sei Dank stehe ich weit genug von ihm entfernt.

Unsicherheit überkommt mich. Was hat Karl angerichtet? Und was ist ein Bonuskind? Soll ich das sein? Wie ein Kompliment hört es sich nicht an.

„Entschuldige, ich verstehe nicht. Du musst in einem vollständigen Satz sprechen, wenn du eine Antwort von mir möchtest." So sehr ich mir wünsche, mehr über meine Großmutter zu erfahren und eine Beziehung zu Karl aufzubauen, so sehr befürchte ich, dass Johan der Verlierer in der Gleichung sein wird. Jedenfalls in seinen Augen.

„Karl hat mich angerufen." Er nähert sich mir. Hoffentlich behält er seine Spucke bei sich. „Dein lieber Stiefopa möchte in Zukunft einen auf Patchwork machen und hat beschlossen, dass du sein neues *Bonuskind* bist. Mich, den netten Typ mit einem Verständnis für exklusive Autos, der ihm seit einem Jahr zur Seite steht und sonntags Gesellschaft leistet, hat er kurzerhand abserviert." Obwohl Johan noch näherkommt, weiche ich nicht zurück. Das ist mein Geschäft und hier lasse ich mich weder einschüchtern noch in die Ecke drängen. „Daran bist nur du schuld." Er schüttelt den Kopf. „Hätte ich nur nicht diese bescheuerte Bibel im Umzugskarton vergessen."

*Hört er sich eigentlich zu?*

„Stimmt genau. Wenn wir hier schon Schuldzuweisungen verteilen, dann gib dir selbst die Schuld. Du hast dieses Rad in Bewegung gebracht – nicht ich."

„Halt die Klappe! Halt einfach die Klappe, verdammt." Seine Wut macht ihn kurzatmig und verleiht ihm eine ungesunde Gesichtsfarbe.

„Bitte geh!"

„Nein. Nicht, bevor ich fertig bin und alles gesagt habe. Bevor ich erledigt habe, was ich erledigen will." Ihm wird wohl bewusst, dass er die Hände zu Fäusten geballt hat. Umgehend öffnet er sie und bewegt die Finger.

„Und was hast du zu erledigen?" O Gott … die Antwort möchte ich sicher nicht hören. Um mich zu vergewissern, dass Security nicht neben meinem Bein eingeschlafen ist, tippe ich ihn mit dem Fuß an. Er sieht fragend zu mir hoch. Natürlich … ein solches Kommando hat er noch nie bekommen. Kapitulierend stoße ich einen Seufzer aus. An unserer wortlosen Kommunikation müssen wir noch arbeiten.

„Ich möchte, dass du etwas für mich tust. Dann lasse ich dich zufrieden und du kannst das Bonuskind spielen, das Karl sich offensichtlich seit neustem wünscht."

„Was soll ich machen?" Zwar plane ich nicht, irgendetwas für Johan zu machen, aber der Höflichkeit halber frage ich nach. Vielleicht holt Conrad mich ein paar Minuten eher ab. Mit ihm an meiner Seite brauche ich keine Angst zu haben, dass Johan ausfallend oder handgreiflich wird. Der Porscheliebhaber ist schließlich zwanzig Zentimeter Größer und etliche Kilos schwerer als ich. Ein Kräftemessen können wir uns sparen.

„Bring Karl dazu, mir seinen Porsche Boxter zu vererben. Er hat mir schon vor Monaten versprochen darüber nachzudenken." Die Forderung spricht er völlig gelassen aus, ohne das Gesicht zu verziehen.

*Also doch. Dieser Mistkerl.*

*Von wegen alles frei erfunden. Er hat mir direkt ins Gesicht gelogen.*

Kurz bin ich sprachlos. An dem Tag, als ich ihn mit meiner Vermutung konfrontiert habe, habe ich genau ins Schwarze getroffen. Ich wusste es. Jetzt bin ich es, die unbewusst die Fäuste ballt. Am liebsten würde ich sie heben und ihm damit drohen. Dabei bin ich kein gewalttätiger Mensch mit Aggressionsproblemen.

„Dann bist du scharf auf Karls Porsche, so wie ich vermutet habe?" Bevor er meine Frage beantworten kann, spreche ich weiter. „Du bist ein Erbschleicher. Und ich soll dir helfen, meinen Stiefopa über den Tisch zu ziehen. Für wie blöd hältst du mich?" Am liebsten würde ich mir mit der flachen Hand vor dem Gesicht wedeln. Aber da die Stimmung angespannt genug ist, verzichte ich auf die Geste.

„Ich habe bereits zehn Monate in den alten Bruns investiert." Fassungslos schüttelt er den Kopf. „Außerdem interessierst du dich nicht für Autos. Du fährst mit der verdammten U-Bahn und findest das auch noch gut." Diesmal schüttelt er seinen ganzen Körper, als würde er sich ekeln. „Du willst seinen Porsche doch gar nicht."

*Wie unverfroren kann ein Mensch sein.*

„Achtung! Hier kommt eine Neuigkeit, die dich interessieren könnte. Ich möchte gar nichts von Karl Bruns Erbe", kläre ich den Unwissenden auf. „Sieh dich mal um. Ich habe bereits ein Geschäft. Die Wohnung darüber gehört ebenfalls mir. Karl darf seine luxuriöse Villa und sämtliche Autos behalten oder nach seinem Tod einer gemeinnützigen Organisation spenden. Ich habe zu ihm Kontakt aufnehmen wollen, weil er mit meiner Oma verheiratet war, weil er meinen Vater kennt und mir etwas über meine Familie erzählen kann. Das war der einzige Grund."

Johan schnaubt und diesmal spüre ich die Feuchtigkeit vor meinem Gesicht. „Dein Grund ist mir herzlich egal. Ich möchte sein Auto. Nur eins von den vielen, die er besitzt und nicht mehr fährt. Und du, liebe Tilda, wirst dafür sorgen, dass ich es bekomme."

Johan scheint auf einem besonders farbenfrohen Tripp zu sein.

„Sonst was?" Mein angespannter Tonfall sorgt dafür, dass Security die Ohren spitzt und seinen Körper gegen mein Bein drückt. Er spürt offenbar, dass die Stimmung sich verändert hat. Alle seine Sinne sind in Alarmbereitschaft.

„Glaub mir, …", er zögert, „was dir sonst blüht, willst du nicht wissen."

Natürlich nicht. Am liebsten würde ich den Mann, der mir versucht Befehle zu erteilen, auslachen. Als Model mag er hübsch anzusehen sein, aber Köpfchen hat er keins. Seine Argumente verlaufen im Sande, und er ahnt das. Womit möchte er mich denn erpressen? Ohne Druckmittel steht er selten dämlich dar.

*Dieses Spiel wirst du verlieren, Johan!*

„Ich denke, du solltest jetzt gehen." Obwohl er kaum einen halben Meter von mir entfernt steht, beuge ich mich vor, sodass unsere Nasen sich fast berühren. „Verlass mein Geschäft und komm nicht wieder. Wir haben uns nichts mehr zu sagen." Den Befehl auszusprechen, fühlt sich gut an. Sehr gut sogar.

„Verzogenes Miststück." In dem Moment, wo Johan den Kopf zurückzieht, als wollte er Anlauf für eine Kopfnuss nehmen, fängt Security an zu bellen.

Bravo! Dem Himmel sei Dank. Mein Beschützer hat beschlossen, dass unser Gast sich im Ton vergriffen hat. Auf meinen Hund ist also doch verlass. Er ist feinfühlig und passt in Notsituationen auf mich auf.

Johan hat keinen Respekt vor dem Gebell. Er hebt die Hand, streckt den Zeigefinger aus und möchte mich gerade pieken, als Security zuschnappt. Ohne Vorwarnung. Noch bevor mich die Fingerspitze berühren kann, ist es geschehen.

Johan jault auf. „Auaaaa." Sein Geheul wird von einem Stöhnen begleitet. „Verdammt ... tut das weh! Schaff mir das Hundevieh vom Hals." Das Bein schüttelnd, hofft er, den Hund loszuwerden. Fehlanzeige. Security verbeißt sich nur fester in die Wade.

Was für ein Anblick ...

Einen Moment gebe ich mich der Schadenfreude hin. Geschieht dem Angeber recht. Die elegante Tuchhose ist hinüber. Die Löcher kann er sicher nicht stopfen.

Noch bevor ich mich selbst für meine Empfindungen und den Spott verurteilen kann, setzt das rationelle Denken ein. Conrad und ich fliegen aus der Hundehaftpflichtversicherung, bevor sie den ersten Beitrag eingezogen haben. Zur Hölle! Ein Hund, der Menschen beißt, kommt sicher auf eine schwarze Liste oder so. Wenn ich nicht sofort etwas unternehme, ist unser Schatz geliefert.

„Security!", rufe ich voller Panik und versuche, das Schlimmste zu verhindern.

„Ahhh. Verdammte Töle." Johan tritt mit dem freien Fuß nach dem armen Security. Damit er bei dem Spagat nicht umfällt, greift er nach der Kante des Tresens, rutscht ab und wirft sämtliche Kerzen zu Boden. Die, die ich ausgepustet habe und die, die noch brennen.

*Nein!*

Was für ein Unglück.

Was für eine Katastrophe. Mein schöner Laden.

Sämtliche Kerzen, fünf an der Zahl, landen in dem offenen Karton vor dem Tresen mit *Zuckerkuss*-Exemplaren, die Conrad längst zum Altpapier in die Garage hätte bringen müssen. Ein Teil des flüssigen Wachses trifft Johans Hand und lässt ihn noch lauter aufheulen.

Das totale Chaos.

Dieser Hitzkopf hat unbeabsichtigt eine Kettenreaktion ausgelöst. Und Security scheint immer fester zuzubeißen. Es hat fast den Anschein, als würde er nicht mehr loslassen wollen. Auch wenn der Kleine nur Milchzähne hat, bin ich mir sicher, dass die Beißerchen sich mittlerweile tief ins Fleisch eingegraben haben.

Verdammt!

Was mache ich jetzt? Versuche ich, den Hund einzufangen oder kümmere ich mich um das Feuer, das im Pappkarton schnell größer wird?

Einen Moment stehe ich erstarrt da und kann mich nicht entscheiden.

*Tilda, das ist ein Notfall!*

*Mach was! Beweg dich!*

Kurzentschlossen treffe ich die einzig richtige Entscheidung und nähere mich meinem Hund und Johan, die mittlerweile bis zum Eingang zurückgewichen sind. Johan schreit, meckert und Security knurrt. Die Kombination aus Worten und Lauten hört sich an wie ein sehr wütendes Lied. Der Tanz, den Johan auf einem Bein ausführt, passt perfekt dazu.

*Bring das in Ordnung, aber schnell!*

Langsam gehe ich in die Hocke, begebe mich auf Augenhöhe mit meinem Hund und fange an mit ruhiger

Stimme auf Security einzureden. Dabei halte ich Blickkontakt. Er soll wissen, dass mir keine Gefahr mehr
droht und er den Angreifer freilassen kann.

# 36

## Conrad

Gerade habe ich die Straße überquert, um Tilda beim Laden abzuholen, da kommt Security auf mich zugelaufen. Ohne Leine, ohne Tilda und völlig verstört. Seine angelegten Ohren wehen nicht wie sonst im Wind und sein Blick ist starr nach vorn gerichtet. Er rennt, als wäre der Teufel persönlich hinter ihm her.

Natürlich ist es die gleiche Stelle, wo er beinahe überfahren worden wäre. Allein der Gedanke, es könnte … nochmal passieren … sofort wird mir kalt. Sogar mein Gehirn fühlt sich schockgefrostet an.

Es ist etwas passiert. Es muss etwas passiert sein. Tilda würde Security niemals allein nach draußen auf die Straße lassen. Außerdem wirkt der Hund aufgelöst, fast schon verängstigt.

„Komm her, mein Kleiner." Bevor er mit seinem Tunnelblick an mir vorbeilaufen kann, gehe ich in die Knie und öffne meine Arme für ihn. Zusätzlich stoße ich einen schrillen Pfiff aus, der ihn hoffentlich wachrüttelt. Den speziellen Ton verwende ich im Park, beim Kommandos üben. Nicht auszudenken, wenn er an mir vorbei auf die Fahrbahn laufen würde. Eine Wiederholung des Vorfalls von vor drei Wochen brauche ich nicht. Einmal hat vollkommen ausgereicht.

Security kommt vor mir zum Stehen und drückt seinen Körper an meine Brust. Er zittert. Geradewegs und unter Strom stehend nehme ich ihn hoch und drücke ihn an mich. Mein Gesicht vergrabe ich in seinem flauschigen Fell. Der Kleine riecht nach Hund und dem typischen leicht muffigen Geruch, der Tildas Antiquitäten anhaftet.

Zum Glück ... zum Glück ist nichts Verhängnisvolles passiert. Erleichtert gönne ich mir einen langen und dringend benötigten Atemzug und lasse beim Ausatmen etwas von der Anspannung aus mir rausfließen. Hoffentlich bringt sein Temperament mich nicht eines Tages um den Verstand. Für einen Herzinfarkt fühle ich mich zu jung.

„Wie kommst du nur allein auf die Straße?", frage ich und umschlinge ihn fester. „Hatten wir uns nicht darauf geeinigt, keinen Unsinn mehr anzustellen?" Mein Tonfall wird zum Ende des Satzes strenger.

Vorsichtig hebe ich ihn ein Stück hoch und von mir weg, um ihm strafend in die Augen sehen zu können.

„Was hast du da am Maul?" Mich wundernd sehe ich genauer hin. *Was ist ...?* „O Gott – ist das Blut?"

Unmöglich.

Entsetzt reibe ich das rote Fell zwischen Daumen und Zeigefinger. Es ist schmierig und fühlt sich auf der Haut schleimig an. Es riecht wie ... – es ist Blut. Die metallische Note ist unverkennbar.

*O Gott.*

Grundgütiger. Wieso ist Security blutverschmiert? Schnell untersuche ich seine Schnauze und taste ihn auf dem Arm haltend ab. Es scheint nicht sein Blut zu sein. Eine offene Wunde finde ich jedenfalls nicht. Wo hat er nur seine Nase reingesteckt? Wer ist verletzt, wenn nicht er?

*Tilda!*

Adrenalin schießt mir durch die Blutbahn und mein Herz fängt an zu galoppieren. War mir eben kalt ist mir jetzt eiskalt. Eine Gänsehaut der übelsten Sorte kriecht mir den Rücken hinauf. Verdammt!

Warum glaube ich nur nicht, dass Security seinen Kopf in eine Mülltonne gesteckt hat? Wäre das der Fall, wäre er nicht so verstört. Es muss etwas passiert sein. Tilda muss etwas passiert sein.

Als hätte Security darauf gewartet, dass ich die Situation in ihrer Ganzheitlichkeit begreife, fängt er an zu zappeln, er möchte runtergelassen werden. „Nein, auf keinen Fall setze ich dich auf den Boden." Voller Sorge, die Schockstarre abschüttelnd, klemme ich mir den Vierbeiner unter den Arm und fange an zu laufen – zu rennen. Irgendetwas muss im Geschäft vorgefallen sein. Hoffentlich geht es Tilda gut. Ist sie überfallen und ausgeraubt worden? Mein Kopfkino fängt an, mir die schlimmsten Szenarien zu zeigen.

*Stopp! Conrad, halte den Film an. Konzentrier dich auf deine Beine und lauf schneller.*

Eine Schusswunde sollte eher unwahrscheinlich sein, selbst bei einem Überfall. So unsicher ist die Gegend nicht, hier zieht keiner eine Waffe.

Aber woher stammt das Blut? Ob es von Tilda ist? Teufel! Zerfahren wie ich mich fühle, kann ich nicht aufhören, mir das Schlimmste auszumalen.

Hoffentlich liege ich mit meiner Vermutung daneben. *Bitte, Gott, lass mich daneben liegen.*

***

Aus der Ferne erkenne ich, dass die Ladentür aufsteht und ein merkwürdiges Licht nach außen dringt. Es flackert und flammt und wirft Schatten auf den Gehweg.

*Kerzen*, denke ich zuerst.

*Nein. Feuer.* Der Lichtschein ist zu groß und unruhig für eine einzelne Kerze.

Voller Sorge drücke ich Security an mich, laufe schneller und mache mich auf das Schlimmste gefasst. Im kleinen Laden scheint ein Feuer ausgebrochen zu sein. Wenn Tilda keine Marshmallows im Verkaufsraum röstet, kann es eigentlich nicht anders sein.

Mit einer Vollbremsung komme ich vor dem neugestalteten Schaufenster zum Stehen. Security jault auf, weil ich ihn zu feste halte.

Und nun? In den Laden stürmen?

Angst und ein noch nie dagewesenes Gefühl der Panik überkommen mich.

Was mache ich mit dem Hund unter meinem Arm? Nehme ich ihn mit hinein, in dem Fall kann ich Tilda womöglich nicht helfen. Aber auf den Boden setzen kann ich Security auch nicht. Sicher würde er abhauen und womöglich auf die Straße laufen.

Ich sitze in der Patsche.

„Tilda!"

Außer Atem schaue ich durch die Scheibe und verschaffe mir einen Überblick. In Not geratene Personen sind auf den ersten Blick nicht zu erkennen. Aber das muss nichts heißen. Während ich versuche, das zu verstehen, was sich vor meinen Augen abspielt, fische ich mit der freien Hand das Handy aus meiner Hosentasche. Kaum sehe ich die ersten Flammen zündeln, drücke ich den Notruf. Meine Vermutung war die richtige. Es brennt. Das Feuer scheint noch nicht all zu groß zu sein, trotzdem gehe ich kein Risiko ein. Lieber rufe ich die Feuerwehr einmal zu viel an, als dass ich die Situation falsch einschätze und jemand zu Schaden kommt … das Tilda zu Schaden kommt.

Mit wenigen Worten erkläre ich der Stimme am Telefon was los ist und lege auf.

„TILDA", rufe ich erneut, diesmal lauter, obwohl ich sie nirgends entdecken kann. Wo ist meine Freundin? Hoffentlich hat sie sich ins Freie gerettet. Krampfhaft versuche ich mich zu erinnern, wo im Laden der Feuerlöscher aufgehängt ist. Mist! Warum achte ich nie auf sowas?

„Tilda, verdammt!"

Durch das beschlagene Fenster kann ich nicht viel erkennen. Irgendetwas liegt auf dem Boden neben dem Feuer, das aus einem der vielen Kartons neben dem Tresen schlägt.

„CONRAD? Bist du das?" Dem Rufen folgt ein Husten. „Komm nicht rein." Wieder ist ein Röcheln zu hören. „Warte einfach da. Einen Moment. Ich komme raus."

Eindeutig Tildas Stimme.

Glaubt sie ernsthaft, ich würde zusehen und abwarten, bis sie das Feuer im Griff hat? Da kennt sie mich aber schlecht. Panisch und voller Ungeduld blicke ich mich um. Wohin mit Security? Eine Fußgängerin, die etwa zehn Meter entfernt ist und gemächlichen Schrittes in meine Richtung kommt, muss herhalten. Voller Sorge stürze ich auf sie zu und drücke ihr den zappelnden Security in den Arm. „Bitte halten Sie meinen Hund fest. Passen Sie auf ihn auf. Da vorn im Geschäft brennt es", sage ich und bin schon weg.

Den Rauch ignorierend, stürze ich in den Laden. „Tilda", rufe ich und lege mir die Hand über den Mund. Es stinkt. Zum Glück brennen nur der Karton und sein Inhalt. Der Rest des Raums scheint vom Feuer unberührt zu sein.

„Conrad. Ich bin hier." Meine Freundin sitzt auf dem Boden und hält sich den Kopf. „Du solltest doch nicht reinkommen", beschwert sie sich halbherzig. „Wir müssen den Karton nach draußen ziehen, bevor das Feuer sich ausbreitet", sagt sie, während ich mich neben sie hocke.

„Nein, meine Liebe. Ich widerspreche dir nur ungern, aber den Karton kann niemand mehr anfassen. Wo ist der Feuerlöscher? Bist du verletzt?" Mit dem Blick scanne ich ihren Körper. Blut entdecke ich keins.

„Mein Kopf. Ich bin rücklinks auf den Boden aufgeschlagen." Mit zwei Fingern reibt sie sich den Nacken und stöhnt. „Das wird eine Monsterbeule geben."

Meine Besorgnis wird nur durch die Tatsache gedämpft, dass es gleich neben mir brennt. Wir sollten unsere Zeit nicht mit Reden vergeuden. Sanft berühre ich ihre Wange und zwinge sie mich anzusehen. „Wo ist der Feuerlöscher, Tilda?“ Der Gestank wird von Sekunde zu Sekunde schlimmer. Auch der Rauch scheint überall hinzuziehen.

„Richtig.“ Meine Freundin nickt und verzieht gleich darauf das Gesicht. „Wir sollten uns beeilen, bevor mein schöner Laden in Schutt und Asche liegt. Der Feuerlöscher – er hängt an der Wand neben der Toilette.“ Sie seufzt und versucht aufzustehen. „Würdest du ihn holen?“

„Bleib sitzen.“ Sachte, aber bestimmend drücke ich sie zurück auf den Boden. „Ich kümmere mich. Halte dir die Hand vor den Mund.“

Mit drei großen Schritten bin ich im Flur und Sekunden später habe ich das Ding von der Wand gerissen. Ohne Rücksicht auf die Antiquitäten zu nehmen, die ich womöglich mit der Aktion ruiniere, ziehe ich den Sicherungshaken ab und begrabe den Karton unter einem Berg weißem Löschschaum. Die Aktion dauert nur wenige Sekunden, dann ist der Spuck vorbei. Das Feuer gelöscht.

„Geschafft.“ Hustend und mit leicht zusammengekniffenen Augen stelle ich den Feuerlöscher ab und lasse ihn an Ort und Stelle liegen. Es brennt nur noch in den Augen und im Hals.

Wir sollten ein Fenster öffnen, damit der Rauch abziehen kann. „Lass uns an die frische Luft gehen und tief durchatmen“, sagt sie und röchelt.

Schon bin ich zurück an Tildas Seite. „Warte ich helfe dir“, halte ich sie auf, da sie nur zögerlich und stark wankend auf die Beine kommt. Vermutlich hat sie eine Gehirnerschütterung. Die Fenster können einen Moment warten. Erst bringe ich Tilda in Sicherheit.

*Was für eine Katastrophe.*

Wie konnte es nur dazu kommen? Warum schlägt Tilda mit dem Kopf auf dem Boden auf? Und warum brennt es im Verkaufsraum? Wie konnte dieses Feuer überhaupt entstehen? Direkt vor ihren Augen?

Alles Fragen, die ich Tilda stellen werde. Aber erst müssen wir weg von dem Qualm und dem Gestank.

Draußen höre ich die Sirenen der Feuerwehr.

„Du hast den Notruf gewählt?" In ihrer Frage schwingen Entsetzen und ein deutlicher Vorwurf mit.

„Natürlich." Als sie stolpert, umschlinge ich ihren Körper fester. „Falls dir das entgangen sein sollte, liebste Tilda, in deinem Laden hat ein Feuer gebrannt."

„Es war nur ein kleines." Ihr Keuchen, mit dem sie die Aussage krönt, hört sich furchtbar an. Bestimmt hat sie zu viel Rauch eingeatmet.

„Tue mir einen Gefallen, und setz dich für einen Moment!" Ich deute auf einen Blumenkübel, der neben einer Straßenlaterne steht. Jetzt ist nicht der Moment, um zu streiten. „Ich bin gleich wieder da." Bevor sie fragen kann, wohin ich will, gebe ich ihr einen schnellen Kuss. „Warte einfach. Einen Moment. Bin gleich zurück."

Schnell finde ich die Fußgängerin, der ich Security gegeben habe. Sie steht in der ersten Reihe der Schaulustigen, die sich bereits gebildet hat. Kaum zu glauben, wie anziehend eine Feuerwehrsirene auf die Menschen wirkt. Wo kommen all die Leute her?

„Danke, dass Sie auf meinen Hund aufgepasst haben." Erleichtert, dass er noch da ist, strecke ich die Arme aus, um ihr Security abzunehmen.

„Kein Problem. Er war ganz lieb. Aber er hat Blut am Maul." Die Frau wirkt besorgt, was in Anbetracht der Situation verständlich ist.

„Ja, ich habe es gesehen. Darum kümmere ich mich als nächstes." Damit sie sich nicht sorgt, schenke ich ihr ein Lächeln. „Er ist nicht verletzt. Entschuldigen Sie, ich muss jetzt zu meiner Freundin. Ihr geht es nicht gut. Vielen Dank noch mal fürs Aufpassen."

Tilda spricht mit einem Feuerwehrmann, als ich mich hinter sie stelle. Am liebsten würde ich ihr meine Hand auf die Schulter legen, aber ich möchte sie nicht unnötig erschrecken. Sie scheint sich nur schwer konzentrieren zu können.

„Sind Sie verletzt?", höre ich den Mann fragen.

„Nein." Tilda schüttelt den Kopf und hält sich gleich darauf rechts und links am Blumenkübel fest. „Mir ist nur schwindelig." Mit einem Seufzen deutet sie auf ihren Hinterkopf. „Bin beim Sturz zu hart aufgeschlagen."

Misstrauen macht sich in mir breit. Von dem Sturz hat sie eben schon gesprochen. Wieso ist sie auf dem Boden aufgeschlagen? Um ihr besser ins Gesicht sehen zu können, trete ich unauffällig neben sie. Tildas Blässe lässt darauf schließen, dass ihr schlecht ist. Möglicherweise hat sie einen Schock. Auf jeden Fall sollte sie sich im Krankenhaus durchchecken lassen. Dieses gezwungene Lächeln wirkt beängstigend. Wem möchte sie hier etwas vormachen. Ihr geht es nicht gut.

Was ist nur passiert? Am liebsten würde ich mit Millionen Fragen über sie herfallen.

„Wir können Sie mit dem Rettungswagen ins Krankenhaus bringen", schlägt der Feuerwehrmann vor und nimmt bereits Blickkontakt mit seinem Kollegen auf. „Zum Durchchecken. Wäre sicher besser."

„Nein." Tilda reibt sich über die Stirn. „Ist nicht nötig. So schlimm ist es nicht."

Sie lügt.

*Conrad, das ist dein Einsatz.*

„Tilda, du musst ins Krankenhaus. Mit einer Gehirnerschütterung ist nicht zu spaßen."

„Conrad?" Offensichtlich merkt sie erst jetzt, dass ich neben ihr stehe. „Und Security!" Freudestrahlend wuschelt sie dem zappelnden Hund auf meinem Arm den Kopf. „Dir ist nichts passiert. Ein Glück." Ihr Blick hebt sich. „Mein Kleiner ... Wo hast du ihn gefunden?"

Bevor ich darauf antworte, mustere ich Tildas Miene. Jetzt, da sie mich anschaut, bin ich mir absolut sicher. Ihr muss kotzübel sein, sie ist erschreckend weiß. Außerdem umklammert ihre Hand, die gerade noch Security gestreichelt hat, wieder den Blumenkübelrand. Schwindelig ist ihr also auch noch.

„Bitte, jetzt ist keine Zeit für Unvernunft. Lass dich ins Krankenhaus bringen. Ich kümmere mich um alles und schließe auch dein Geschäft ab. Du musst dir keine Sorgen machen. Nicht um mich und auch nicht um Security."

„Nein. Es geht schon ... wenn ich mich ein bisschen hinlege." Umständlich erhebt sie sich und schwangt. Mist ... sie kann kaum das Gleichgewicht halten. Der Feuerwehrmann und ich greifen gleichzeitig zu. Erst flackern Tildas Augenlider und danach geben ihre Knie nach. Zum Glück hat der Feuerwehrmann beide Hände frei und kann zupacken, bevor Tilda zum zweiten Mal an diesem Tag auf dem Boden aufschlägt.

# 37

## Conrad

*Warum brauchen die hier so lange?* Da meine innere Unruhe mich fest im Griff hat, laufe ich im Wartebereich vor den Stühlen auf und ab. Die Frau, die mit einem schlafenden Kind auf dem Arm auf dem ersten Stuhl in der Reihe sitzt, hat mich schon mehrfach böse angefunkelt. Lange dauert es nicht mehr, bis sie sich über mich beschwert.

Selbstverständlich habe ich Verständnis für ihr Missfallen, aber leider kann ich nichts an meiner Ruhelosigkeit ändern. Bevor mir niemand Auskunft gibt, werde ich nicht aufhören können, durch den Wartebereich zu tigern.

An der Information habe ich erfahren, dass meine Freundin im Krankenwagen das Bewusstsein wiedererlangt hat und nun beim CT ist. Wie lange dauert die Untersuchung wohl noch?

Bevor ich einen U-Turn hinlege, um zurückzutigern, sehe ich auf meine Uhr. Dreißig Minuten; so lange bin ich schon hier. Eine gefühlte Ewigkeit.

Ich könnte noch mal zur Information gehen und nachfragen. Womöglich hat die Stationsschwester vergessen, dass ich hier warte.

Gerade beschließe ich mein Glück zu versuchen, da kommt ein Mann im weißen Kittel mit Stethoskop um den Hals herein. „Für Kleine?" Er sieht erst die Frau mit dem Kind und anschließend mich an.

„Jep, hier!" Sofort stehe ich parat, alle Muskeln angespannt. „Ich bin ihr Freund."

Der Arzt mustert mich, zögert einen Moment. Bitte nicht! Wehe er weigert sich, mir Auskunft zu geben, weil ich nicht zur Familie gehöre. Eine Komplikation wie diese fehlt mir in meinem Gemütszustand gerade noch. Zudem hätte ich keine Ahnung, wie ich Tildas Mutter erreichen soll. Ich habe sie ja noch nicht mal kennengelernt.

„Ihrer Freundin geht es so weit gut", erlöst der Arzt mich endlich und greift mit den Händen nach den Enden des Stethoskops. „Für gewöhnlich sehen wir bei leichten Gehirnerschütterungen von einer Computertomografie ab, aber da Frau Kleine am Unfallort das Bewusstsein verloren hat, wollten wir auf Nummer sicher gehen." Der Arzt räuspert sich. „Ein schweres Schädel-Hirn-Trauma kann ernstzunehmende Folgen haben. Erfreulicherweise haben wir bei Frau Kleine nichts gefunden, was uns Sorgen bereiten könnte. Ihre Freundin darf das Krankenhaus verlassen." Er sieht mich eindringlich an. „Allerdings bekommt sie Anweisungen für die Nacht und starke Schmerzmittel. In den nächsten vierundzwanzig Stunden muss jemand bei ihr sein, um sie zu beobachten."

Aufmerksam nicke ich und speichere alle Informationen ab. „Das ist kein Problem. Ich passe auf, bin da und kann ihr im Notfall helfen."

Der Arzt nickt. „Eine leichte Übelkeit ist nach einem schweren Sturz normal. Die Schmerztabletten werden helfen. Aber sollte Ihre Freundin Bewusstseinsstörungen haben, muss sie zurück ins Krankenhaus", weist er mich mit einem ernsten und mahnenden Blick an.

„Verstanden." Meine Erleichterung ist groß.

„Gut. Ihre Freundin wird in ein paar Minuten zu Ihnen kommen, dann können Sie beide gehen." Mit den Worten und einem aufmunternden Schulterklopfen lässt der Arzt mich zurück.

Endlich kann ich mich setzen und durchatmen. Ich seufze und spüre den Blick der Mutter auf mir. Sie scheint froh zu sein, dass ich meine vier Buchstaben gefunden habe.

***

Es dauert ewig, bis Tilda in den Wartebereich kommt. In der Hand hält sie einen Briefumschlag und einen Tablettenstreifen. Sie ist immer noch blass, aber nicht mehr weiß. Ihr müdes Lächeln ist ein jämmerlicher Versuch, mich beruhigen zu wollen.

Ruckzuck bin ich auf den Beinen.

„Ein Glück." Unglaublich vorsichtig, weil ich Angst habe ihr wehzutun, schließe ich sie in die Arme. „Dir ist nichts passiert." Ich streiche ihr über den Rücken und atme ihren Duft ein, der durch den Krankenhausgeruch verfälscht ist.

„Es geht mir gut." Fester als ich erwartet habe, erwidert sie meine Umarmung. Ein langes Ausatmen folgt. „Können wir nach Hause gehen? Ich bin müde."

„Natürlich. Wir hätten schon längst weg sein können, wenn du nicht ewig brauchen würdest, um deine Hose wieder anzuziehen." Es ist ein schwacher Versuch witzig zu sein. Ich reiße ihn auch eher für mich als für Tilda. Die letzte Stunde hat mich fertig gemacht. Ein wenig Auflockerung können wir beide gebrauchen.

Tilda löst sich von mir. Mehr als ein Mundwinkelzucken bekomme ich nicht für meine Mühe. „Sie haben meinen Kopf untersucht, Conrad. Dafür musste ich nicht die Hose ausziehen." Der Moment, als sie sich ein Kopfschütteln verkneift und stattdessen das Gesicht verzieht, ist nicht zu übersehen.

Alles klar. Mehr brauche ich nicht, um zu erkennen, dass Tilda völlig erledigt ist. Wenn ich nicht achtgebe, klappt sie mir noch beim Verlassen des Krankenhauses zusammen. „Wir gehen jetzt nach Hause."

„Gute Idee." Tilda setzt sich vor mir in Bewegung. Um sicher zu gehen, greife ich nach ihrem Ellenbogen. Sofort hakt sie sich bei mir ein.

Plötzlich und ohne Vorwarnung bleibt sie stehen. „Security!" Ihre Hand krallt sich in meinen Arm. „Wie konnte ich unseren Schatz vergessen?" Jetzt schüttelt sie doch den Kopf. Sofort schwankt sie und hat Schwierigkeiten das Gleichgewicht zu halten. „Wo ist er? Du hast ihn doch nicht allein Zuhause gelassen – oder? Sicher hat er einen Schock. Der arme Kleine. Wer weiß, was Johan mit ihm angestellt hat, um ihn loszuwerden."

*Oh ha!*

*Johan!*

Interessant. Der Name in Verbindung mit Security schlägt wie eine Bombe ein. Ist es möglich, dass mein Kollege auch etwas mit dem Feuer zu tun hatte? Würden wir nicht längst stehen, würde ich jetzt eine Vollbremsung hinlegen. Was hat der Mistkerl angestellt? Mein Puls beschleunigt sich und Zorn kriecht mir den Hals hinauf. Ich spüre die Hitze bereits im Gesicht.

*Nicht hier, Conrad. Hier ist nicht der richtige Ort, um zu reden oder zu explodieren.*

Um den Vulkan in mir zu beruhigen, atme ich tief durch und zähle bis fünf. Tilda lasse ich nicht aus den Augen.

„Security ist bei Hagen", erkläre ich und atme vorsichtshalber noch mal lange aus. „Die beiden kuscheln auf der Couch und schauen sich gemeinsam eine Dokumentation über ein Bergungsteam in Alaska an." Den missgestimmten Tonfall kann ich nicht vollständig aus meiner Stimme heraushalten. Die Anspannung ist zu groß.

Der schraubstockartige Griff um meinen Unterarm lockert sich. „Alaska?" Tilda schmunzelt und legt ihren Kopf gegen meine Schulter. „Hört sich kalt an."

*Bring sie nach Hause!*

Kaum gedacht, setze ich mich in Bewegung und bemühe mich, Tildas Kopf nicht unnötig in Schwung zu bringen. „Ich möchte wissen, was passiert ist. Alles. Jedes kleinste bisschen." Meine Zähne knirschen, weil ich mit dem Kiefer mahle. „Und vor allem möchte ich wissen, was der verdammte Johan Meinhard damit zu tun hat."

„Hm. Etwas in der Art habe ich mir gedacht." Tilda
hebt in Zeitlupentempo den Kopf und bleibt stehen.

Bevor sie den Mund aufmachen kann, unterbreche
ich sie. „Stopp! Erst rufen wir uns ein Taxi und fahren
nach Hause. Sobald du neben Security und Hagen unter eine Decke gekuschelt sitzt, kannst du mir alles
haarklein erzählen."

Tilda lächelt und wirkt zufrieden. „Dein Plan hört
sich wunderbar an. Bekomme ich auch einen Tee?"

„Natürlich." Wir gehen weiter. „Sogar mit Schuss,
wenn du möchtest."

***

Eine Stunde später ist es endlich so weit. Tilda und Hagen sitzen mit Security auf der Couch im Wohnzimmer, während ich den Tee auf einem Tablett herein-
bringe. Der Fernseher ist leise gestellt und ich stehe unter Hochspannung. Um meine Ungeduld in den Griff zu
bekommen, habe ich mir ebenfalls eine Tasse Tee gemacht, obwohl ich sonst nur Kaffee trinke. Auch
abends.

„Wieso bist du überhaupt gestürzt und hast dir den
Kopf angeschlagen?", frage ich und lasse mich auf den
Sessel gegenüber fallen. Sicher ist es sinnvoll mit einer
einfachen Frage anzufangen. „Bitte sage nicht, du bist
über einen der vielen Kartons gestolpert, die ich längst
für dich in die Garage hätte bringen sollen." Sofort
macht sich mein schlechtes Gewissen breit.

„Nein, gestolpert bin ich nicht." Tilda nimmt sich eine
Tasse vom Tisch und wärmt sich ihre Hände. Auch Ha-

gen greift zu. Er riecht am Inhalt und nickt anerkennend. Offensichtlich habe ich sein Mischungsverhältnis getroffen.

„Was ist denn dann passiert?" Anders als die beiden vor mir lasse ich meinen Tee vorerst stehen.

„Versprich mir, dass du nicht überreagierst", sagt Tilda und wirft mir einen eindringlichen Blick zu.

Der Kommentar entlockt Hagen ein Feixen. Sofort starre ich ihn an. „Tschuldigung." In den Tee pustend versteckt mein nerviger Mitbewohner sein Grinsen hinter der Tasse.

„Erzähl mir einfach was passiert ist und danach werden wir sehen, wie ich reagiere." Natürlich werde ich reagieren. Wie sollte ich auch nicht?

„Conrad verspricht nichts, was er nicht halten kann."

Der nächste Blick trifft Hagen. „Wenn du bleiben und zuhören möchtest, solltest du die Klappe halten."

„Bin schon still." Er lehnt sich zurück und tätschelt Tildas Oberschenkel. „Am besten du machst es kurz und schmerzlos. Wie bei einem Pflaster. Reiß es einfach ab. Er wird nicht begeistert sein, egal wie lange du es hinauszögerst."

„Hagen!" Mein Tonfall ist scharf.

„Schon gut, schon gut." Er nimmt die Hand von dem Oberschenkel meiner Freundin.

„Jungs!" Tilda stellt den Tee zurück, ohne einen Schluck getrunken zu haben. „Der Brand war ein Unfall und nicht die Schuld eures Kollegen." Sie hält einen Moment inne. „Zumindest hat er nicht absichtlich ein Feuer gelegt."

„Also doch." Ich stehe auf und gehe vor dem Fernseher auf und ab. „Johan ist dafür verantwortlich. Was hat er angestellt?"

Tilda schnaubt. „Dein Hund hat ihn gebissen und da hat Johan aus Versehen die Kerzen auf dem Tresen umgestoßen. Er wollte sich nur festhalten."

„Mein Hund?" Fragend sehe ich auf den schlafenden Security, dessen Schnauze Hagen längst sauber gemacht hat. Sein Fell ist wieder strahlend weiß.

„Ja." Tilda grinst. „Wenn er Unsinn macht, ist er dein Hund, sonst gehört er uns beiden."

„Erzählst du mir gerade, dass das Blut an Securitys Maul von Johan stammte?", versuche ich die Informationen zu sortieren. „Die Vorstellung gefällt mir", sage ich breit grinsend und voller Genugtuung.

„Leider ja. Er hat seine spitzen Milchzähne in Johans Wade gegraben, kaum, dass er mich grob am Arm gefasst hatte. Der Kleine wollte mich nur beschützen." Den letzten Satz spricht sie mit einer mütterlichen Weichheit aus.

Zufrieden lasse ich mich zurück auf den Sessel fallen. „Wenn er Johan beißt, darf er gerne mein Hund sein. Der Mistkerl hat es sicher verdient, zerfleischt zu werden." Misstrauisch geworden halte ich inne. „Was hat mein geschätzter Kollege gemacht, dass unser Hund glaubte, dich verteidigen zu müssen?", frage ich nach. Ich sage absichtlich unser Hund.

Tilda erzählt uns die komplette Geschichte. Währenddessen stehe ich zweimal auf und setze mich wieder hin. Den Tee rühre ich nicht an. Ihre Erzählung endet damit, dass Johan sie in seiner Wut wüst zurückgestoßen hat und mit Security am Bein aus dem Laden gestürmt ist. Anscheinend hat er gehofft, der Hund würde loslassen, sobald er auf dem Gehweg und an der frischen Luft ist. Bei dem Stoß ist Tilda hinterrücks zu Boden gegangen und hat sich den Kopf angeschlagen.

Es ist unglaublich, dass Johan Tilda sich selbst überlassen hat, obwohl der Laden in Flammen stand. Sie hätte schließlich ohnmächtig sein können. Gütiger Himmel, sie hätte an dem Rauch ersticken können. Für einen Moment macht mich dieser Leichtsinn sprachlos. Wie fahrlässig ...

Zum Glück hat niemand einen Schaden erlitten.

Zum Glück war ich da, um das Feuer zu löschen.

Zum Glück kam mir Security auf dem Gehweg entgegen.

Zum Glück ist er nicht überfahren worden.

Mein Gott, ich hätte Tilda und Security am gleichen Tag verlieren können. Sicher dramatisiere ich gerade ein wenig. Aber daran, dass die beiden einen Schutzengel gehabt haben, besteht kein Zweifel.

„Hat er wirklich von dir verlangt, dafür zu sorgen, dass er Karls Porsche bekommt?", fragt Hagen, der weniger geschockt zu sein scheint als ich.

Tilda nickt. „Ja, er möchte eine Unterschrift auf dem Erbvertrag, den er vorbereitet hat. Wir hatten mit all unseren Vermutungen recht." Sie sieht erst Hagen und anschließend mich an. „Johan Meinhard ist ein Schwindler und Betrüger. Er hat es zugegeben."

Ihre Empörung hallt einen Augenblick nach und verpufft wenig später im Raum.

„Und wir können nichts dagegen unternehmen", bringe ich es auf den Punkt. Enttäuschung schwingt mit.

„Wir können ihn nicht anzeigen oder der Polizei melden. Aber ich habe nicht vor, Karl darum zu bitten, Johan seine heißbegehrte Unterschrift zu geben." Tilda zuckt mit den Schultern und täuscht Gelassenheit vor. An ihrer Miene erkenne ich, dass sie zu gerne etwas gegen Meinhards Machenschaften unternehmen würde. Ich bin kein rachsüchtiger Mensch, aber selbst ich würde Johan zu gerne für sein durchdachtes Vorgehen bei der Beschaffung von Luxusautos zur Rechenschaft ziehen. Seine Schmeichelei und Aufopferung dürfen nicht länger zu Erfolgen führen.

„Wir sollten ihn wegen Brandstiftung anzeigen. Schließlich hat er das Feuer verursacht", wage ich einen Versuch.

„Es war ein Unfall", kontert die viel zu gutmütige Tilda. „Die Kerzen habe ich angezündet und auf den Tresen gestellt. Außerdem wurde er von unserem Hund gebissen. Die Tatsache sollten wir nicht außen vorlassen. Wenn wir nicht aufpassen, macht er uns das Leben schwer." Sie drückt die Lippen fest aufeinander und scheint sich das Schlimmste auszumalen. „Allein bei dem Gedanken, dass er verlangen könnte, dass Security eingeschläfert wird, weil er ihn, einen Kunden, angefallen hat, wird mir eiskalt."

Meine Güte. So weit habe ich gar nicht gedacht. Könnte das wirklich passieren? Zumindest könnte die Versicherung verlangen, dass er zukünftig einen Maulkorb trägt und an der Leine geführt werden muss.

Hagen seufzt und erhebt sich. „Wenn ihr meinen Rat in der Angelegenheit wollt ...“ Zeitgleich blicke ich mit Tilda auf. Gemeinsam sehen wir Hagen an und warten auf seine grenzenlose Weisheit. „Geht ins Bett und macht euch morgen Gedanken darüber.“ Er gähnt herzhaft und steckt uns beide damit an.

„Hagen hat recht.“ Tilda schenkt mir ein erschöpftes Lächeln. „Mein Kopf bringt heute keine brauchbaren Lösungen mehr zustande.“

„Komm.“ Sie sieht tatsächlich müde aus. Warum habe ich nicht längst dafür gesorgt, dass sie sich ausruhen kann? Unverzüglich erhebe ich mich und strecke die Hand aus. „Lass mich dich ins Bett bringen.“ Tilda kann an meine Schulter gebettet schlafen, während ich mir Gedanken über den Erbschleicher und unseren Gegenschlag mache.

Es muss eine Möglichkeit geben ... ein wenig Vergeltung nach all dem Ärger ist schließlich nicht zu viel verlangt.

# 38

## Tilda

„Was machst du da?", frage ich und stelle Conrad eine Tasse Kaffee auf den Frühstückstisch. Die letzte Nacht habe ich nur mittelmäßig geschlafen, was mich nach dem Sturz von gestern wenig überrascht hat. Mit einer Beule, die so groß wie ein Golfball ist, lässt es sich schwer eine schmerzfreie Position finden. Am bequemsten lag ich auf Conrads Schulter. „Halloooo", versuche ich Aufmerksamkeit von meinem gedanklich abwesenden Freund zu bekommen. „Was machst du da?", wiederhole ich meine Frage. Seit er sich an den Küchentisch gesetzt und mir einen Guten-Morgen-Kuss gegeben hat, ist er abwesend – oder sagen wir besser stark beschäftigt. Er starrt auf sein Handy und ignoriert mich völlig.

„Entschuldige, ich suche etwas", ist seine Antwort, die mir kein bisschen weiterhilft.

Was zur Hölle sucht er denn? Was kann so wichtig sein?

Eigentlich hatte ich gedacht, wir würden bei einer Tasse Kaffee über gestern sprechen. Über Johan und meinen Laden. Über das Feuer! Verdammt, mein schöner geliebter kleiner Laden. Wie soll ich die Renovierung bezahlen? Oder besser wovon? Hoffentlich ist der Schaden nicht allzu groß. Da nur der Karton gebrannt hat, stehen die Chancen gar nicht schlecht, dass ich nur putzen und lüften muss.

*Wovon träumst du nachts, Tilda?*

Um mich von den grauenhaften Gedanken abzulenken, trete ich hinter Conrad und starre auf sein Handy. Mein Verhalten ist unhöflich, aber wenn er mir keine besseren und vor allem ausführlicheren Antworten gibt, muss er mit meiner Neugier klarkommen.

Konzentriert kneife ich die Augen zusammen, und beuge mich zu ihm runter. „Autoaufkleber? Du suchst nach Autoaufklebern?" Meine Überraschung könnte nicht größer sein. „Du besitzt doch gar kein Auto."

Conrad macht keine Anstalten, mir die Sicht auf sein Handy zu versperren. „Ich nicht. Aber jemand anderes." Der schadenfrohe Unterton in seiner Stimme ist nicht zu überhören.

*Ach du liebes Gottchen.*

„Was hast du vor?" Ich setze mich zurück auf meinen Platz, ihm gegenüber an den Tisch. Es ist besser, ich beobachte seine viel zu gelassene Miene. Da ist eindeutig etwas im Busch. „Was hast du mit Johans Auto vor", präzisiere ich meine Frage.

„Wer sagt, dass ich etwas mit dem Auto dieses Idioten vorhabe?" Seine Empörung ist gespielt und überzeugt mich kein bisschen.

„Ich." Für dumm verkaufen lasse ich mich nicht.

„Wie geht es deinem Kopf heute Morgen? Tut er noch weh? Hast du die Schmerzmittel genommen, die der

Arzt dir mitgegeben hat?" Conrad legt das Handy weg und greift nach seinem Kaffee. Sein jetzt völlig entspannter Blick ruht auf mir.

Ist das sein Ernst? Wie wenig subtil ist denn dieser Themenwechsel?

„Meinem Kopf geht es gut", wiegele ich ab und atme aus. „Und das bleibt auch so, sobald du mir erzählt hast, was du planst."

Conrads Mundwinkel zuckt unkontrolliert. „Wenn ich dich in mein Vorhaben einweihe, bist du eine Mitwisserin. Überlege dir gut, ob du das wirklich sein möchtest. Es gibt kein Zurück", klärt er mich auf, als würden wir in einem Spionagefilm mitspielen und es ginge um Leben und Tod.

„Himmel Conrad, was hast du vor? Rück mit der Sprache raus. Ist es illegal?" Voller Sorge spüre ich wie mein Blutdruck ansteigt. Ein dumpfes Pochen setzt umgehend unter meiner Schädeldecke ein und sagt mir, dass ich nicht bereit für neue Aufregung bin.

„Bleib locker. Der Arzt hat dir jegliche geistige und körperliche Anstrengung in den nächsten Tagen verboten. Was ich plane, ist nur ein winziges bisschen illegal." Gerade als ich protestieren möchte, hebt er die Hand. „Warte ab und höre dir erst mal an, was ich mir ausgedacht habe, dann kannst du dafür oder dagegen sein."

Wegen dem dumpfen Schmerz hinter der Stirn unterdrücke ich ein Augenrollen, obwohl Conrad es verdient hätte. „Wenn es illegal ist, bin ich dagegen." Zur Beruhigung trinke ich einen Schluck von meinem Kaffee. Verdammt, warum habe ich mir keinen Tee gemacht? Ein

Zitronenmelisse-Tee würde meine Nerven viel besser beruhigen.

„Ich habe die halbe Nacht wach gelegen und überlegt, wie wir Johan zur Strecke bringen können."

„Und?" Ungeduld ist mein zweiter Vorname.

„Mir ist nichts eingefallen. Nichts, was uns nicht selbst in den Knast bringen könnte." Conrad beugt sich mir entgegen. „Der Erbschleicher, mit dem wir es zu tun haben, ist schlau. Wie wir schon mehrfach festgestellt haben, tut er nichts Gesetzwidriges. Und der Vorfall in deinem Geschäft ... vielleicht könnten wir ihn wegen unterlassener Hilfeleistung anzeigen ... aber wie groß sind unsere Chancen? Wenn er anführt, selbst verletzt aus dem Laden gestürmt zu sein ..." Conrad schüttelt den Kopf. „Realistisch, von der rechtlichen Seite betrachtet, ist das Eis zu dünn. Und unser Hund steht mit auf dem Eis, weil er einen Kunden im Geschäft gebissen hat."

Meine Frustration äußert sich durch langes Ausatmen. „Wir können auch einfach alles vergessen und weitermachen – unser Leben leben. Es gut sein lassen. Johan wird Karls Porsche nicht bekommen. Mein Stiefopa hat ihm bereits eine Absage erteilt."

„Nein." Conrad schnaubt abfällig. „Nichts zu unternehmen ist mir zu wenig. Das reicht nicht."

„Du willst Rache?" Meiner Meinung nach führt Hass nirgendwo hin. Sie macht alles nur bitterer.

„Rache ist ein zu hartes Wort", widerspricht er mir. „Nennen wir es lieber Gegenschlag, Vergeltung oder Streich. Eine Belohnung für dich und mich."

„Was für eine Belohnung?" Es ist zum Verrücktwerden. Muss er sich alles aus der Nase ziehen lassen? Am liebsten würde ich die Worte aus ihm rausschütteln.

Conrad nimmt mit einem verschlagenen Grinsen sein Handy auf. „Schau", er entsperrt es und lässt mich auf das Display schauen. Erneut lese ich das Wort: *Autoaufkleber*. Aber auch *Fahranfänger* und *Begleitetes Fahren*.

„Entschuldige, ich verstehe immer noch nicht. Wofür brauchst du Autoaufkleber? Möchtest du Johans Porsche bekleben?" Langsam fällt der Groschen.

O Gott! Das ist fies.

Conrads Miene verrät nichts von seinen Gedanken. „Stell dir ein Porsche Cabrio mit einem Fahranfänger Aufkleber auf dem Heck vor. Und stell dir dann Johans entsetztes Gesicht vor, wenn er entdeckt, dass der Aufkleber kratzfest, UV-beständig und wetterfest ist. Diese hier ...", er deutet auf seine Suchanfrage, „... sind sogar Waschanlagen geeignet."

Dafür kommt mein Freund in die Hölle, mindestens ins Fegefeuer.

„Das wird wehtun. Im Grunde ist es ein Schlag unter die Gürtellinie."

„Genau. Heute Nacht ist mir bewusst geworden, dass Johans Achillesferse sein geliebtes Auto ist. Wollen wir ihm Schmerzen zufügen, dann da."

„Moment." Darüber muss ich kurz nachdenken. „Mal angenommen, du bekommst die Gelegenheit einen solchen Aufkleber am Heck zu platzieren. Glaubst du wirklich Johan fährt einen Meter damit? Er wird ihn noch an Ort und Stelle entfernen."

„Wahrscheinlich wird er es versuchen. Aber die Dinger kleben in der Regel ziemlich fest." Conrad zuckt mit den Schultern. „Um mich abzusichern und damit mir der Nachschub niemals ausgeht, bestelle ich einfach einen Hunderterpack." Die Worte kommen ihm aalglatt über die Lippen.

Diese Arglist hat etwas Niederträchtiges.

Aber vollends bin ich noch nicht überzeugt. Conrad übersieht ein paar Schwachstellen in seinem Plan.

„Wie willst du an sein Auto herankommen? Johan parkt sein Schmuckstück für gewöhnlich in einer Tiefgarage und lässt es nur äußerst selten am Straßenrand stehen. Das hat er mir bei unserem ersten Date erzählt."

„Liebe Tilda, du vergisst, dass wir in der gleichen Model-Agentur unter Vertrag stehen. Johan parkt wie alle anderen auch in regelmäßigen Abständen auf dem abgeriegelten Platz der Agentur. Einfacher kann es für mich nicht sein."

*Ach du grüne Neune!*

*Wie gemein.*

„Aber dann wird er sofort wissen, dass du dahintersteckst." Wieder erfüllt Sorge meine Stimme. Ich bin eindeutig zu brav und zu gut erzogen für diese Art der Vergeltung.

„Jep! Natürlich." Conrad grinst hochzufrieden mit sich. „Das ist doch das Beste an dem Scherz. Ich muss nur aufpassen, dass keine der Parkplatzkameras mich bei meiner Tat filmt. Dann kann mir nichts passieren", sagt der Mann, der mir vor Wochen erklärt hat, dass er zu den bösen Jungs gehört.

Das ist ein Spiel mit dem Feuer. *Eher ein Spiel mit den Überwachungskameras.*

Anscheinend hat er letzte Nacht jedes Für und Wider durchdacht. „Conrad!“, sage ich und versuche ein gewisses Maß an Strenge an den Tag zu legen. Stoppen kann ich ihn eh nicht. Er scheint fest entschlossen zu sein. „Ich weiß nicht, wie ich dich aufhalten oder was ich noch sagen soll.“

„Dann lass es und sag gar nichts.“ Voller Vorfreude reicht er mir sein Handy. „Wie findest du den Aufkleber? *Mistkerl am Steuer: Bitte nicht aufregen.*“

# Epilog
# Tilda

**Acht Wochen später**

Ich kann es noch gar nicht fassen, in welchem Glanz mein kleiner Laden nach der Renovierung erstrahlt. Karl hat dafür gesorgt, dass aus meinen geplanten Ausbesserungsarbeiten eine komplette Renovierung geworden ist. Sogar die elektrischen Leitungen, die längst überfällig und nicht mehr sicher waren, hat er austauschen lassen.

Zuerst war es mir unangenehm, dass er für die Kosten aufkommen wollte. Er sollte nicht das Gefühl haben, sich irgendetwas von mir erkaufen zu müssen. Aber nach einem klärenden Gespräch, bei dem er mir außerdem erzählt hat, dass er meinen Vater in den USA ausfindig gemacht hat, haben wir alle Schwierigkeiten beseitigt.

Karl hat klargestellt, dass er sich auch in Zukunft die Freude nicht nehmen lassen wird, der Enkelin seiner Frau Geschenke zu bereiten. Egal was ich sage oder wie heftig ich protestiere. Er hat in der Vergangenheit zu viel verpasst.

Das er meinen Vater für einen mehrwöchigen Besuch nach Deutschland holen möchte, ist sein nächstes Geschenk an mich.

Dankbar für alles was mir in den letzten Wochen passiert ist, lasse ich meinen Blick schweifen. Meine neue Inneneinrichtung sieht umwerfend schön aus. Der leichte Geruch nach Farbe, der noch in der Luft hängt, stört überhaupt nicht. Er erinnert mich an Neuwagenduft bei einem Auto. Mein Laden hat jetzt einen *Neuladenduft*. Verdammt, höchstwahrscheinlich habe ich mich, Dank Johan, in den letzten Monaten zu viel mit teuren und neuen Autos beschäftigt. Mein Gehirn scheint dahingehend bereits gestört zu sein.

*Johan!*

Conrads Aufkleber-Aktion ist wahrlich gelungen und hat meinem Freund unverhältnismäßig viel Spaß bereitet. Unzählige seiner kindischen Aufkleber hat er auf Johans Porsche gepappt. Sogar dann, wenn Johan den letzten noch nicht entfernt hatte. Dreister geht es kaum.

Bis jetzt habe ich Conrad machen lassen. Aber nach der heutigen Feier zur Neueröffnung soll Schluss mit dem Streichespielen sein. Irgendwann reicht es einfach. Der Geck hat sich totgelaufen und ist nicht mehr witzig.

Wahrscheinlich möchte ich Johan nicht mehr piesacken, weil um mich herum alles so verdammt wunderbar ist. Das Glück dringt mir aus jeder Pore. Es wäre nicht richtig ihn weiter zu quälen.

Am besten gefällt mir in meinem Laden die Ecke mit dem weißen Vintage. Es war eine grandiose Idee auch im Geschäft selbst einen weißen Bereich einzurichten.

Gedanklich plane ich sogar schon eine silberne und eine braune Ecke. Es wird eine Menge Arbeit, die farblich passenden Stücke zusammenzutragen. An den Verkauf muss ich schließlich auch noch denken. Ich bin keine Kunst- und Antiquitätenausstellung, sondern ein Unternehmen, das Geld verdienen muss.

Als hätte der erste Kunde des Tages auf mein Stichwort gewartet, geht die Ladentür auf. Wie fast alles im Verkaufsraum ist auch die Lichtschranke über der Tür neu. Jetzt summt es, anstatt zu bimmeln. An das ungewohnte Geräusch muss ich mich erst noch gewöhnen.

„Hallo", begrüße ich die Kundin freundlich, die mir irgendwie bekannt vorkommt. „Darf ich Ihnen behilflich sein, oder wollen Sie lieber selbst stöbern?"

Ihr Blick schweift umher und bleibt wenig später an mir hängen. Prüfend, als wollte sie mich an Ort und Stelle fixieren, betrachtet sie mich einen Moment lang.

Was hat das wenig höfliche Anstarren zu bedeuten?

Ist ihr Gesichtsausdruck abfällig? Warum sieht sie mich so merkwürdig an? Habe ich etwas im Gesicht kleben? Oder gefällt ihr mein Outfit nicht? Zugegeben, heute wirke ich mit meinen gelben Boots und der rot/weiß gestreiften Bluse farblich ein wenig übersteuert. Aber mir gefällt der Kontrast zu den weißen Sachen in meiner Ausstellung. Sollte ihr mein kleiner Laden oder meine Kleidung nicht zusagen, kann sie ja gehen.

Gerade will ich mich abwenden, der Kunde ist schließlich König, und bevor ich etwas ausspreche, dass ich später bereue, ziehe ich mich lieber hinter meinen Tresen zurück.

„Sind Sie Tilda Kleine, die Besitzerin von *Der kleine Laden*?"

Verwundert halte ich in der Bewegung inne und drehe mich zurück. Sie sucht nach mir? Diese Frau sucht nach Tilda Kleine. Nach mir persönlich. Fühle ich mich geehrt oder ist das unheimlich? Was habe ich angestellt?

„Ja." Kaum ausgesprochen fällt meine Begriffsstutzigkeit ab und ich weiß, woher ich die Person kenne. Es hat klick gemacht, laut und deutlich. Nein! Das kann nicht wahr sein. Bitte nicht.

Schlagartig spüre ich wie mir sämtliche Farbe aus dem Gesicht weicht. Adrenalin wird ausgeschüttet und mein Herz setzt zu einem Spurt an. Ich höre das Blut in meinen Ohren rauschen und kann nichts tun als vorsichtig zu nicken.

Mein letztes Stündlein hat geschlagen. Der Gong war laut und deutlich zu hören. Aus der Nummer komme ich nicht heraus, ohne erheblichen Schaden zu nehmen. Ich bin geliefert. Aber sowas von.

Vor mir steht Amanda Rose King. Die Bestsellerautorin, deren Unterschrift ich hundertfach gefälscht habe.
*Mist!*
Und sie sieht überhaupt nicht glücklich aus.

*Wie auch, Tilda? Was hast du nach deiner Tat erwartet? Dass sie Luftsprünge macht, weil du ihr die Sehnenscheidenentzündung an ihrer Schreibhand abgenommen hast.*

Amanda bewegt sich, setzt zu einem Rundgang in meinem winzigen Verkaufsraum an und lässt mich stehen. Sie weiß, was ich getan habe. Und sie weiß, dass ich sie erkannt habe.
*Mistkacke!*

Was hat sie vor? Ist sie gekommen, um mich darüber zu informieren, dass sie mich bei der Polizei angezeigt hat? Unbewusst reibe ich mir über die Handgelenke. Vielleicht hätte ich das Strafmaß für Unterschriftenfälschung doch nachschlagen sollen. Zumindest wüsste ich dann wenigstens was auf mich zukommt.

„Verkaufen Sie nur Antiquariate?" Amanda zeigt auf das Bücherregal in dem einige alte Bücher und Johans Bibel stehen.

„Aktuell ... ja." Meine Stimme klingt furchtbar, weswegen ich mich räuspere. Auch meine Schultern lockere ich, als würde ich mich für einen Boxkampf bereitmachen.

Die außergewöhnliche Kundin nickt und sieht sich weiter um. „Kann es sein, dass Sie bis vor kurzem den Roman *Zuckerkuss* zum Verkauf angeboten haben?"

„Ja." Da ich bereit bin, für meine Fehler einzustehen, lüge ich nicht. Was hätte es auch für einen Sinn. Es würde alles nur schlimmer machen und käme am Ende doch heraus. „Ja", wiederhole ich mich, „ich habe Ihren Roman verkauft und Ihre Unterschrift für eine Signatur gefälscht."

*Zackbumm!*

*Die Hölle ist mir sicher.*

Es ist raus. Das Geständnis ist draußen und mir nicht mal schwergefallen. Es fühlt sich sogar gut an. Wahrscheinlich ändert sich das, sobald Amanda Rose King anfängt mir die Folgen aufzuzeigen. Aber aktuell erleichtert mich meine Beichte sehr.

„Wie viele Exemplare haben Sie verkauft?", kommt die nächste Frage. Anscheinend sammelt sie Fakten für die Anklage.

„Dreihundertvierundsiebzig." Das weiß ich so genau, da mich die Zahl in meinen Träumen verfolgt. Manchmal steht sie auch als Seriennummer auf den Handschellen, die ich trage. Verrückt! Mein Unterbewusstsein zieht wirklich alle Register. „Darf ich erfahren, woher Sie davon wissen?" Die Frage kommt mir als demütiges Flüstern über die Lippen.

„Meine Agentur, die Lesungen für mich organisiert und soziale Netzwerke mit Content bespielt, hat mich darauf aufmerksam gemacht, dass ich vertraglich dazu verpflichtet bin, Signierstunden ausschließlich über die Agentur zu buchen."

Oh!

An die Möglichkeit, dass eine Literaturagentur sich darüber beschweren könnte, dass Bücher im Umlauf sind, die speziell für ein Geschäft signiert sind, bin ich nicht gekommen. Die Welt in den sozialen Netzwerken ist kleiner als gedacht.

Was antworte ich darauf?

*Bitte um Verzeihung, Tilda. Es wird Zeit.*

*Worauf wartest du?*

„Es tut mir leid. Für das, was ich getan habe, gibt es keine Entschuldigung." Meine Finger ringen miteinander. „Es … die Idee ist aus einer kreativen Phase kombiniert mit einer Geschäftsflaute entstanden. Es war falsch und ich bereue mein Verhalten zutiefst. Höchstwahrscheinlich werden Sie Anzeige erstatten." Ich atme tief durch. „Das ist Ihr gutes Recht, ich habe es bereits vermutet. Bitte nehmen Sie meine Entschuldigung an. Ich liebe Ihr Buch über alles. Nur deshalb ist die Wahl damals auf *Zuckerkuss* gefallen."

*Tolle Erklärung, Tilda. Ihr Buch ist so toll, deshalb habe ich Ihnen Schaden zugefügt und ihren Erfolg für meine Zwecke ausgenutzt.*

Amanda Rose King mustert mich erneut. Ihr Blick ist allerdings nicht mehr respektlos. Sie sieht eher aus, als wüsste sie nicht was sie mit meinem Geständnis anfangen soll. Eventuell besteht noch Hoffnung für mich.

„Meine Agentur hat mir empfohlen umgehend rechtliche Schritte gegen Sie einzuleiten."

„Verständlich." Wie ein gemaßregeltes Kind nicke ich. „Wahrscheinlich sollten Sie das tun. Es ist Ihr gutes Recht."

„Vielleicht, vielleicht auch nicht. Ich überlege noch wie ich reagieren soll. Zumindest wollte ich mir den Laden und die Frau, die hinter dem dreisten Vorfall steckt ansehen." Amanda geht zum Tresen und stellt ihre Handtasche ab. „Wie muss eine Person sein, ein Charakter, um auf eine solch verrückte Idee zu kommen? Unsummen können Sie mit dem Verkauf der knapp vierhundert Bücher nicht verdient haben."

*Wenn sie wüsste wie recht sie hat.*

„Nein." Stöhnend schüttele ich den Kopf. „Im Grunde habe ich sogar Verlust gemacht, da ich die letzten von mir signierten Bücher aus dem Verkauf genommen und vernichtet habe." Hitze kriecht mir den Hals rauf. „Meine Einsicht kam leider zu spät. Ich kann mich gar nicht oft genug entschuldigen." Gewissensbisse lassen mich auf meiner Unterlippe kauen.

„Wie kam es zu der Einsicht?" Amanda legt den Ellenbogen auf den Tresen ab und scheint sich auf eine ausführliche Antwort gefasst zu machen. Es hat fast den

Anschein, als würde sie zu gerne alles bis ins kleinste Detail erfahren.

„Äh … eine Buchbloggerin kam in meinen Laden …"

Amanda unterbricht mich mit einem erfreulichen Ton, der einem Quieken ähnelt. „Ja, das ist gut, sehr gut. Etwas in der Art hätte ich mir auch ausgedacht."

„Ausgedacht?" Leider versteh ich nur Bahnhof.

Die Bestsellerautorin schenkt mir ein zögerliches Lächeln. „Wahrscheinlich ist es falsch und meine Agentur wird für mein Verhalten kein Verständnis zeigen, aber ich mache Ihnen ein Angebot, Tilda. Aktuell versuche ich einen geeigneten Anfang für meinen neuen Roman zu finden. Der Anfang einer Geschichte ist immer das Schwierigste, finde ich. Jedenfalls habe ich noch keinen Aufhänger für den Anfang gefunden."

Sie hat dreimal das Wort Anfang benutzt. Entweder ist sie gerade sehr nervös geworden, oder der Anfang ist ihr Angstgegner und sie benutzt deshalb so viele Wortdopplungen. Das ist sehr ungewöhnlich für eine Person, die mit Sprache ihr Geld verdient.

„Ich versteh nicht", sage ich neugierig geworden. „Was hat Ihr Anfang mit meinem Fehlverhalten zu tun?"

Amanda räuspert sich und jetzt bin ich mir sicher, dass sie aufgeregt ist. Sie blickt sogar kurz auf ihre Schuhe. „Ich möchte das, was Sie getan haben, als Aufhänger für meinen neuen Roman verwenden. Ihr Fehlverhalten, wie Sie es nennen, wäre ein grandioser Buchanfang. Ich müsste Ihnen noch einige Fragen zu dem *Wieso? Weshalb? Warum?* stellen, um den Charakter zeichnen zu können. Aber danach kann ich sofort loslegen. Meine Agentur wartet bereits auf eine erste Leseprobe."

*Bitte?*

*Echt jetzt?*

„Sie wollen ein Buch über mich schreiben?" Fassungslos stehe ich da und traue meinen Ohren nicht. Amanda Rose King möchte über mich schreiben. Über Tilda Kleine. Ich werde prominent sein!

„Nein. Ich möchte kein Buch über Sie verfassen. Ich möchte, das was Sie getan haben in etwas anderer Form für meine Geschichte, meinen Anfang, verwenden. Der Inhalt des Romans wird nichts mit Ihnen oder Ihrem Geschäft gemein haben." Amanda nimmt ihre Handtasche und hängt sie sich über die Schulter. „Im Gegenzug würde ich von einer Anzeige absehen."

Wow! Ich bekomme gleich zwei Geschenke an einem Tag?

Jemand hat einen Eimer Glück über mich ausgekippt. Wie eine wohlig heiße Dusche fließt es über mich hinweg. Kann es so einfach sein? „Das fühlt sich mehr nach Belohnung, als nach Strafe an", spreche ich die Wahrheit aus.

„Es ist keine Belohnung, vertuen Sie sich nicht." Amandas Blick wird ernst und maßregelnd. „Ich bin immer noch sauer und hoffe, Sie kommen nie wieder auf eine solch verrückte und gesetzeswidrige Idee. Geschäftsflaute hin oder her."

„O Gott, nein!" Mich der Situation fügend hebe ich beide Hände. „Für mein restliches Leben bin ich kuriert. Glauben Sie mir. Versprochen. Pfadfinder Ehrenwort."

Auf Amandas Lippen formt sich ein Schmunzeln. „Ausgezeichnet, dann haben wir einen Deal." Sie reicht mir ihre Hand und ich ergreife sie. „Meine Agentur meldet sich bei Ihnen wegen der Abtretungserklärung. Und ich ... ich würde Sie morgen telefonisch kontaktieren, damit ich Sie genauer zu dem Geschehen und der Absicht dahinter befragen kann. Jeder Ihrer Hintergedanken ist wichtig für mich." Geschäftig holt sie ihr Handy aus der Tasche und entsperrt es. „Würden Sie mir Ihre Nummer geben, damit ich Sie anrufen kann?"

***

Die Telefonnummer von Amanda Rose King ist in meinem Handy gespeichert. Das ist die Wirklichkeit und kein Traum. Eine Bestsellerautorin hat mir ihre Nummer gegeben. Vielleicht ist es eine Arbeitsnummer und keine private ... aber trotzdem; das ist verdammt cool. Megacool.

Ich schwebe immer noch auf Wolke Sieben, als Conrad zwei Stunden später in den Laden kommt. Obwohl mein Freund wie so oft nur eine verschlissene Jeans und einen schwarzen Hoodie trägt, die er mit schlammverschmierten Sneakern kombiniert hat, sieht er umwerfend aus. Schon oft habe ich mich gefragt, wie er es schafft, einfache Klamotten derart wirken zu lassen. Bei mir funktioniert das nie. Bestimmt liegt es nicht nur an seinem Äußeren, sondern auch an der Lässigkeit, mit der er sich bewegt. Das er groß und durchtrainiert ist, schadet natürlich auch nicht.

Seine Schuhauswahl lässt darauf schließen, dass er mit Security in den Park möchte. Nie hätte ich für möglich gehalten, dass unser Dreiergespann derart gut funktionieren könnte. Aber ja ... wenn ich mir die Arbeit mit Conrad teile und Frau Seinkamp einspringt, sobald Conrad beruflich unterwegs ist, klappt es ausgezeichnet. Security ist ausgelastet und muss selten länger als ein paar Stunden allein sein. In den letzten Wochen hat er sogar ein Grundwissen an Disziplin erlangt. Das Einzige, was mich ein wenig stört, ist die Tatsache, dass der ehemalige Satansbraten besser auf Conrad hört, als auf mich. Meine Befehle befolgt er auch, aber sobald Conrad etwas von ihm verlangt, bekommt Security diesen ergebenen anhimmelnden Blick, als wäre Conrad Faterhaar der Gebieter auf Erden.

Mich sieht er nie so an. Aber ich bin auch nicht der Rudelführer in unserem Team.

„Hey, du wirst nie glauben, wer eben im Laden war?“, sage ich statt einer Begrüßung. Ich bin zu aufgeregt, um mit einem Hallo anzufangen.

Conrad schweigt, kommt auf mich zu und drückt seinen Mund auf meinen. Okay. So kann man natürlich auch Hallo sagen.

Mit einem Schmunzeln lasse ich mich gegen ihn sinken und öffne die Lippen, damit er mich richtig küssen kann. Die geschickte Zunge, die wenig später auf meine trifft, lässt mich alles um mich herum vergessen. Sogar die Tatsache, dass ich diese für mich besondere Nummer habe, die ich immer in Ehren halten werde, ist plötzlich nicht mehr wichtig.

Verdammt, ja! Mein Leben ist momentan ziemlich perfekt.

Conrad löst seine Lippen von meinen, bevor Security sich eifersüchtig zwischen uns drängen kann. Er blickt mir in die Augen, und streicht mir eine Strähne aus dem Gesicht.

„Hallo, Tilda."

Meine Antwort ist ein Augenrollen. „Dir auch hallo. Du wirst nie glauben, welcher Promi mich hier im Laden besucht hat." Unter Umständen ist Promi etwas weit hergeholt, aber wann ist ein Promi überhaupt ein Promi. Für mich ist Amanda Rose King sehr prominent. Eine echte V.I.P. der Buchbranche.

„Dann sag es mir." Er lächelt und überreicht mir ein Päckchen. „Das ist übrigens für dich."

„Für mich?"

„Jep. Ein kleines Geschenk zur Ladeneinweihung"

„Die Party ist doch erst am Wochenende." Neugierig drehe ich das Päckchen, das nicht sehr groß ist in den Händen. Eine Kaffeetasse würde genau hineinpassen.

„Mach es auf und danach kannst du mir von deinem aufregenden Vormittag erzählen. Deine Wangen sind immer noch rot." Er zwinkert. „Muss ich eifersüchtig sein? Welche prominente Sahneschnitte hat dir heute morgen den Kopf verdreht."

Am liebsten würde ich gleich wieder die Augen rollen. „Es war eine Frau, kein Mann", erkläre ich ein wenig empfindlich und reiße das Geschenkpapier ab.

Was ist das?

Neugierig auf welche Idee Conrad gekommen ist, öffne ich die schlichte braune Umverpackung und halte inne sobald ich das Messing aufblitzen sehe.

„O Gott! Sie ist nicht weggeworfen worden?" Andächtig streiche ich mit dem Finger über das Metall.

„Nein." Ehe ich mich versehe bekomme ich einen schnellen Kuss. „Natürlich nicht. Du hast mir erzählt, dass sie so alt ist wie das Geschäft. Und auch wenn dein renoviertes Reich umwerfend und modern aussieht, glaube ich, dass es mit den Türglöckchen von deiner verstorbenen Tante Hildegart, das gewisse Etwas bekommt."

Die liebe Geste trifft mich völlig unvorbereitet mitten ins Herz. Augenblicklich schießen mir Tränen in die Augen. Emotionen überrollen mich und legen mich komplett lahm. Nach dem Brand und den Abrissarbeiten war die Türglocke plötzlich verschwunden. Ich dachte, die Bauarbeiter hätten sie mit dem Schutt und Müll entsorgt und war darüber zutiefst enttäuscht. Es ist albern, weil es nur winzige Glöckchen aus Messing sind. Aber sie klingeln so viel schöner, als diese neumodischen Summtöne.

„Du hast sie poliert? Früher hat sie nicht so wunderschön geglänzt." Die Oberfläche war stumpf, dunkel angelaufen und voller Grünspan.

„Nein. Ich habe sie polieren lassen, von einem Goldschmid, das ist ein Unterschied." Conrad grinst verschmitzt und sichtlich zufrieden mit sich. „Hätte ich es gemacht, sähe sie jetzt nicht so gut aus."

*Dieser Mann ...*

„Ich liebe dich." Zum Glück ist dieses Supermodel vor Wochen mit einem Karton ausrangierter Designerstücke in meinen Laden marschiert. Und zum Glück hat Johan seine Bibel beim Umzug vergessen. „Du weißt gar nicht wie sehr ich dich liebe, Conrad." Und dann falle ich meinem Traummann um den Hals. Nie wieder werde ich ihn loslassen.

# Nachwort

Wie es bei all meinen Geschichten ist, sind die Personen, die Handlungsorte und die Geschehnisse fiktiv. So ist es auch bei *Tildas kleiner Laden zum Verlieben*. Bis auf eine Ausnahme; die Sache mit dem Toilettenpapier. Während ich das schreibe, habe ich ein Lächeln auf den Lippen. Denn unsere Hündin hat als sie jung war jeden unbedachten Moment ausgenutzt, um ins Badezimmer zu huschen und sich den Zipfel vom Toilettenpapier zu schnappen. Anschließend ist sie damit voller Tatendrang durch die Wohnung gelaufen. Je länger die Fahne hinter ihr war, desto aufgeregter war sie.
Diese Eigenschaft war zu süß und speziell; ich musste sie einfach in die Geschichte einbauen.

Ach ja ... es ist sehr schade, aber Amanda Rose King und ihren Bestseller „Zuckerkuss" gibt es übrigens nur in der Geschichte. Mögliche Ähnlichkeiten wären rein zufällig.